Risto Isomäki ist Schriftsteller, Wissenschaftsredakteur und Umweltaktivist. Er hat bereits an mehreren internationalen Umweltprojekten mitgearbeitet.
Durch seine Sachbücher und Romane hat er wichtige, aber vergessene Themen aufs Tapet gebracht. Sein Bestseller *Die Schmelze* (2005) warnte vor dem Schmelzen des Festlandeises und vor der Gefahr, die große Tsunamis für Kernkraftwerke darstellen. *Ascheregen* (2007) machte auf die mit Brutreaktoren verbundenen Risiken sowie auf die Schädlichkeit des in Tabakwaren enthaltenen radioaktiven Poloniums aufmerksam.
GOTTES KLEINE FINGER ist sein dritter Thriller, der auf Deutsch erscheint.

Weiterer Titel des Autors:

Die Schmelze (auch als Lübbe Audio erschienen)
Ascheregen (auch als Lübbe Audio erschienen)

Titel in der Regel auch als E-Book erhältlich

Risto Isomäki

GOTTES KLEINER FINGER

Aus dem Finnischen von
Angela Plöger

BASTEI
LÜBBE
TASCHENBUCH

BASTEI LÜBBE TASCHENBUCH
Band 16 637

1. Auflage: März 2012

Dieser Titel ist auch als E-Book erschienen

Vollständige Taschenbuchausgabe

Bastei Lübbe Taschenbuch in der Bastei Lübbe GmbH & Co. KG

Deutsche Erstausgabe

Titelillustration: © SuchBild, Pauline Schimmelpenninck,
Büro für Gestaltung
Umschlaggestaltung: Pauline Schimmelpenninck
Büro für Gestaltung, Berlin
Autorenfoto: Pertti Nisonen
Satz: Urban SatzKonzept, Düsseldorf
Gesetzt aus der Garamond
Druck und Verarbeitung: GGP Media GmbH, Pößneck
Printed in Germany
ISBN 978-3-404-16637-4

MAADI, ÄGYPTEN
FEBRUAR 1915

An dem Tag, an dem die erste Revolution der Sonnenenergie starb, bevor sie überhaupt geboren wurde, glühte die Sonne so großartig und grausam wie immer am ägyptischen Himmel. Frank Shuman saß auf dem Erdboden und sah zu, wie seine Lebensarbeit zerstört wurde.

»Effendi, Sir, wir müssen gehen«, hörte er Omar al-Hadidi immer wieder sagen.

»Ich kann die Parabolrinnen nicht unbewacht zurücklassen«, klagte Shuman.

Er war von mittlerer Statur und trug trotz der Hitze einen korrekten grauen Anzug und eine Brille mit runden Gläsern. Die Maschinengewehrgarben der Türken knatterten jetzt schon viel näher. Unter den Lärm der leichten Waffen mischten sich inzwischen auch vereinzelte Kanonenschüsse.

Shuman sah dort, wo die Granaten explodierten, dunkle Wolken zum Himmel aufsteigen. Er hatte gehört, dass zwanzigtausend Türken an mehreren Stellen den Suezkanal überquert und Kairo und Alexandria angegriffen hatten.

Hinter ihnen gab es in einigen Kilometern Entfernung fünf lange, in Nordsüdrichtung angelegte und acht Meter voneinander entfernte Parabolrinnen mit spiegelblanker Oberfläche. Jede war etwa sechzig Meter lang und vier Meter breit. Die blanken, trogartigen Reflektoren warfen das gebündelte

Sonnenlicht auf die im Brennpunkt der Rinnen angebrachten schwarzen Röhren. Shuman wusste, dass die Rinnen insgesamt eine Leistung von etwas mehr als fünfzig Pferdestärken würden produzieren können.

»Effendi«, sagte Omar noch nachdrücklicher.

Eine einsame Granate explodierte nur wenige Hundert Meter entfernt, und feiner Sand und Staub regnete auf sie herab, sodass sie eine Weile husten mussten und zu ersticken glaubten. Überall fielen kleine Steine herab. Etwas Scharfes streifte Shumans Nase und schnitt eine Wunde hinein, die sofort zu bluten begann.

»Wir waren so nahe dran«, seufzte Shuman.

»Ich weiß, Effendi. Aber hier sind wir nicht mehr sicher. Die Türken kommen!«

Shuman erinnerte sich an all ihre früheren demütigenden Misserfolge und die unzähligen Schwierigkeiten, die sich ihnen auf ihrem Weg entgegengestellt hatten. Wie er, ausgehend von der alten Idee des Schweden Ericsson, allmählich immer besser funktionierende Sonnenkraftwerke gebaut hatte, zunächst in Tacony in den Vereinigten Staaten und dann im ägyptischen Maadi. Er erinnerte sich nur zu gut an all die Male, wo seine Errungenschaften in den Zeitungen und bei verschiedenen öffentlichen Veranstaltungen verspottet und verächtlich gemacht worden waren, mal sehr direkt, mal verklausuliert.

Erst in allerletzter Zeit, als jene fünf Reflektoren in Maadi ihre endgültige Form gefunden hatten, war der Spott überraschend verstummt. Die Deutschen hatten berechnet, dass Shumans Sonnenkraftwerk so viel Kohle einsparen würde, dass es sich in vier Jahren amortisiert haben und einen jährlichen Zins von fünfundachtzig Prozent auf die Investition erbringen würde. Der Deutsche Reichstag hatte deswegen eine Sondersitzung zur Sonnenenergie anberaumt und ihn, Frank Shuman, als Hauptredner eingeladen, eine Ehre, die der deutsche Staat noch niemals zuvor einem Erfinder hatte zuteilwerden lassen. Deutschland hatte bei ihm ein Sonnenkraftwerk für Südwestafrika bestellt, das viel größer sein sollte als das von Maadi. Auch Lord Kitchener wollte für den britischen Sudan einen großen Prototyp des Sonnenkraftwerks haben, um das Wasser für die Bewässerung seiner achttausend Hektar großen Baumwollplantagen heranpumpen zu können. Sogar die wissenschaftlichen Zeitschriften, die früher seinen Unternehmungen sehr skeptisch gegenübergestanden hatten, wie etwa sein alter Feind Scientific American, hatten plötzlich angefangen, dieses Sonnenkraftwerk zu rühmen. Was natürlich auch kein Wunder war, denn mithilfe seiner Kraftwerke würden nur einige zehntausend Quadratkilometer Sahara bald den Energiebedarf der gesamten Menschheit decken können.

Alles wäre so gut gewesen. Wenn nur ...

Plötzlich mischte sich ferner, dröhnender Donner unter den Gefechtslärm – dann ein schwereres, langsameres Heulen –, und die Landschaft vor ihm zersprang zu einem Hexenkessel hoher schwarzer Explosionswolken. Das Krachen der Explosionen stürzte über sie herein wie eine Wand.

Shuman begriff, dass die bei Alexandria vor Anker liegenden zwölf englischen Kriegsschiffe das Feuer eröffnet hatten, um die britischen Landstreitkräfte bei der Abwehr des Angriffs zu unterstützen.

»Effendi, wir müssen gehen«, sagte Omar wieder. »Wir können später zurückkommen. Der Angriff wird abgewehrt, da bin ich ganz sicher. Die Engländer sind stark in der Übermacht!«

Ja, vielleicht, dachte Shuman. Was aber, wenn das Kraftwerk bei dem Beschuss vernichtet wird, bevor die Türken sich zurückziehen?

Widerstrebend ließ Shuman sich von Omar zu dem Automobil führen, das jenseits des Hügels wartete. Omar sah, dass Shuman die Tränen aus den Augen rannen.

Omar hatte recht, der Angriff der Ottomanen blieb stecken. Noch während desselben fatalen Februars würden die Türken achtzigtausend Mann in der großen, entscheidenden Schlacht von Sarıkamış gegen die Russen verlieren. Die Briten würden gegen die Türken dreihunderttausend Mann in Ägypten und eine Million Mann in Mesopotamien und zusammen mit den Franzosen eine halbe Million Mann auf dem Balkan konzentrieren, und das ganze, früher so mächtige ottomanische Reich, das von allen Seiten heftig bedrängt wurde, würde bald in seinen Fugen krachen.

Aber die britischen Ingenieure von Shumans Sonnenkraftwerksprojekt wurden zum Wehrdienst einberufen, der eine hierhin, der andere dorthin. Seine Gruppe zerfiel, und von ihren Mitgliedern waren nach dem Krieg nicht mehr viele am Leben. Wenig später hörte auch Deutsch-Südwestafrika auf zu existieren, sodass auch die deutschen Sonnenkraftwerksbestellungen hinfällig geworden waren. Nach Kriegsende hatten die Briten die arabische Halbinsel, die zum ottomanischen Reich gehört hatte, besetzt und plötzlich bemerkt, dass sie auf unermesslichen Ölvorkommen saßen. Und für jemanden, der viel, viel mehr Öl hatte als irgendjemand sonst, lohnte es sich nicht, eine Energiequelle zu erschließen, die ohne Mühe für alle zugänglich war.

Frank Shuman kehrte als gebrochener Mann in die Vereinigten Staaten zurück und starb, noch bevor der große Krieg zu Ende war.

Die verbogenen Parabolrinnen des in den Kämpfen teilweise zerstörten Sonnenkraftwerks blieben verlassen in Maadi zurück. Der Wind häufte eine immer dickere Schicht Wüstensand über ihnen auf. Schließlich machte sich niemand mehr die Mühe, sie zu bewachen. Die Metallplatten der Reflektoren und die Eisenstangen, die sie an ihrem Platz gehalten hatten, verschwanden allmählich und wurden von den Menschen genutzt, die dafür Verwendung hatten. Nach einiger Zeit waren von Shumans Kraftwerk nur noch einige Gebäude aus Lehm übrig, deren Strohdächer verbrannt waren und die in der gnadenlosen Sonnenhitze allmählich zerbröckelten. Dann waren auch sie dahin, und nichts erinnerte mehr an den Ort, an dem beinahe eine die Geschicke der ganzen Welt beeinflussende Revolution stattgefunden hätte.

Viel später besuchte ein kleines, vielleicht sieben oder acht Jahre altes Mädchen mit seiner Mutter diesen Ort. Das Mädchen untersuchte eifrig die Steinfundamente der alten Gebäude, die aus dem vom Wind aufgehäuften Sand herausragten. Sie grub mit dem Fuß im Sand herum und war enttäuscht, als darunter kein blank schimmerndes Metall zum Vorschein kam. Nur feiner, heller Staub stieg in die Luft, der ein Weilchen wie weißer Rauch herumwirbelte, bis ein Windhauch ihn mit sich fortführte.

»Was machst du da, Razia?«, jammerte ihre Mutter.

Das Mädchen sah seine Mutter an, und seine Augen glänzten vor Eifer.

»Großmutter hat gesagt, dass es hier einmal so eine Fabrik gab, die Strom produzierte – nur aus Sonnenlicht. Da waren große Metallspiegel, die das Sonnenlicht reflektierten und es in Strom verwandelten.«

Die Mutter seufzte schwer und nahm ihre Tochter entschieden bei der Hand.

»Du darfst nicht alles glauben, was deine Oma sagt. Sie ist schon alt und weiß nicht mehr alles so ganz richtig.«

»Aber, Mutter …«

»Razia, alle wissen, dass es weder hier noch sonst irgendwo jemals so etwas gegeben hat.«

Aber Mutter, es hat sie wirklich gegeben, Großmutter hat mir Fotos davon gezeigt, dachte Razia al-Qasreen, als ihre Mutter sie entschlossen von dem Ort fortzog, an dem Frank Shumans Traum einst im Sand zerronnen war.

Eins

Der Sonnenturm

1

Ein schwarzer Mercedes raste in einer dunklen Nacht die linke Spur einer bayerischen Autobahn entlang. Das Auto wurde von einem vielleicht dreißig Jahre alten jungen Mann gelenkt. Die drei anderen Fahrstreifen waren voller schwerer Lkws. Ihre Rücklichter leuchteten im Dunkeln, als wäre eine knallrote Schlange unterwegs, die sich zum Schwanz hin verjüngte. Sonst gab es nur wenig Verkehr.

Der Mercedes fraß die Kilometer und überholte einen Lkw nach dem anderen, sie blieben gleichsam stehen, nachdem die Limousine an ihnen vorbeigerauscht war.

Auf der Rückbank des Wagens saßen zwei Personen, ein Mann und eine Frau. Die Frau musste sich schon dem Rentenalter nähern, aber sie war offenbar noch in guter physischer Verfassung. Sie hatte weißes, sprödes Haar und ein sonnengebräuntes Gesicht. Der Mann neben ihr hatte den über dem Gürtel gewölbten Bauch eines Menschen von mittlerem Alter und ein leicht beschädigtes Lid, das halb über das linke Auge herabhing.

»Ulrich, fährst du jetzt nicht ein wenig zu schnell?«, fragte die Frau auf Deutsch.

Der Mann am Lenkrad lachte, und die Nadel des mattgrün schimmernden Tachos ging von hundertsechzig auf hundertfünfzig herunter, und dann noch weiter auf hundertdreißig.

»So ist es viel besser«, sagte die weißhaarige Frau billigend.

»In unserem Land wäre das immer noch eine sehr beachtliche Geschwindigkeit«, sagte der neben ihr sitzende Mann.

Er sprach Deutsch mit starkem Akzent.

»Dein Landsmann, wie hieß er doch gleich, du meinst, er wäre bereit, mich zu empfangen?«, fragte die Frau.

Ihr Begleiter nickte.

»Bestimmt. Ich glaube, es ist das Beste, ihn einfach aufzusuchen. Nina hat den Flug schon gebucht, für Dienstag. Frag sie nach den Einzelheiten.«

»Gut. Hast du direkt mit ihm gesprochen?«

Der beleibte Mann schüttelte den Kopf.

»Nein. Er ist schwer erreichbar. Aber bist du sicher, dass wir ihm vertrauen können?«

Die Frau zuckte die Achseln.

»Woher soll ich das wissen? Aber beide, Fizzpatrick und Bicheno, haben ihn empfohlen. Und zwar wärmstens.«

»Warum sollte er auf unser Angebot eingehen?«

Ein müdes Lächeln erhellte für einen Augenblick das Gesicht der Frau.

»Bicheno sagt, dass er der Versuchung wahrscheinlich nicht widerstehen kann. Bicheno vermutet, dass er, wenn wir ihm damit gewissermaßen die Möglichkeit bieten zu zeigen, wie man zum Beispiel in Afghanistan und im Irak hätte vorgehen müssen, den Köder schlucken wird.«

»Wenn deine Freunde, die Senatoren, so gut Bescheid wissen, dann wird es bestimmt funktionieren«, bemerkte der Mann trocken. »Wir werden sehen.«

»Die Arbeiten sind wieder fast zum Erliegen gekommen, schon seit bald zwei Wochen«, sagte die Frau müde.

»Ich weiß.«

»Die Löhne werden die ganze Zeit gezahlt, obwohl nichts geschieht. Wenn das so weitergeht, dann trocknet das Projekt alle meine anderen Unternehmungen aus, ich bekomme allmählich an allen Ecken und Enden ernsthafte Cashflow-Probleme. Entweder wir unternehmen etwas dagegen, oder ich muss das Handtuch werfen.«

Lange Zeit sagte der Mann nichts, er schaute nur nach den Lichtern der entgegenkommenden Personen- und Lastkraftwagen, nach den hoch oben auf dem Berg in der Dunkelheit leuchtenden Straßenlaternen und den erleuchteten Fenstern der Häuser.

»Ist es schon so schlimm?«, fragte er schließlich.

»Mittlerweile ja. Wenn es so weitergeht, wird Gottes Kleiner Finger niemals fertig.«

»Dann hoffe ich inständig, dass Fizzpatrick und Bicheno wissen, wovon sie reden.«

2

Wieder begann es zu regnen, und die Frau öffnete ihren großen gelben Regenschirm. Geräuschvoll prasselten die schweren Tropfen darauf nieder. Der Schirm schützte den Oberkörper, aber auf dem Asphalt explodierten die Regentropfen wie winzige Bomben zu feinen Partikeln, und ihre Hosenbeine wurden sofort nass. Ihre Mokassins waren schon völlig durchweicht, denn die Straße war überflutet, die Straßengräben rauschten wie kleine Stromschnellen, und die Gullys konnten das vom Himmel herabstürzende Wasser nicht fassen.

Wie weit ist er gegangen?, dachte die Frau nervös, während sie sich immer weiter in die dunkle Gasse hineinbegab. Hinter ihr waren die flackernden Lichter der Wolkenkratzer von Manhattan zu sehen, und das vertraute Brausen der Stadt dröhnte ihr in den Ohren. Der Mann, den sie suchte, hatte nach Aussagen von Augenzeugen das Restaurant erst vor zehn Minuten verlassen und war in dieselbe Richtung gegangen.

Anscheinend nahm der Regen noch zu. Himmel, das ist ja fast schon tropisch, dachte die Frau, als ein heftiger Windstoß ihr beinahe den Regenschirm aus der Hand riss. Das Wasser kam ihr fast waagerecht entgegen, sodass sie jetzt schon bis zur Taille nass geworden war.

Wo bist du?, dachte sie, während sie durch die von einem verstopften Gully verursachte Überschwemmung watete. Am Rand der dunklen Gasse lag eine Menge Unrat. Müllsäcke aus Plastik, Zigarettenschachteln, Limonadeflaschen und Einwegverpackungen aus Schaumstoff. Igitt, was für ein Dreckhaufen, dachte sie angewidert. Ich sollte hier wegziehen, irgendwohin, wo es nicht so eng und schmutzig ist. Zum Beispiel zurück nach Phoenix. Oder ganz woanders hin.

Sie blieb stehen und horchte. Irgendwo in der Ferne hörte sie das Brausen und Hupen des Verkehrs. Der Wind heulte im Cañon zwischen den hohen Gebäuden. Die Regentropfen trommelten auf den Regenschirm. Das in den Fallrohren herabstürzende Wasser erzeugte einen metallischen Klang.

Es blieb ihr nichts anderes übrig, als weiterzugehen, obwohl die Suche ihr allmählich hoffnungslos erschien. Außerdem wusste sie, dass diese Gegend nicht zu den sichersten von New York gehörte. Andererseits würde sich wohl niemand die Mühe machen, sie bei einem solchen Hundewetter auszurauben oder zu misshandeln.

Da sah sie, was sie gesucht hatte.

Ein einsamer Mann hockte an der Wand. Die Frau erkannte ihn sofort. Die kleine freudige Erregung, die sie dabei spürte, überraschte sie ein wenig. In dieses Gefühl mischte sich eine Prise Gereiztheit, Mitleid und vielleicht auch etwas ... Sie wollte den Gedanken nicht zu Ende denken. Das hätte die Lage erheblich komplizierter und schwieriger gemacht, als ihr im Augenblick lieb war.

Der Mann war völlig durchnässt. Er lehnte den Kopf gegen ein verstopftes Fallrohr, und von irgendwo ganz oben ergoss sich das Wasser direkt auf ihn. Er ließ es sich über das Gesicht laufen, als hoffte er, es möge etwas von ihm abwaschen, das er unbedingt loswerden wollte.

Wieder regte sich Mitgefühl in ihr.

»Hallo«, sagte sie schlicht.

Der Mann drehte sich um. Das Wasser pladderte ihm auf

die Schädeldecke und rann ihm durch die Haare in den Nacken und auf die Brust. Der Mann erkannte die Frau sofort.

»Grüß dich«, sagte er.

Er wirkte müde und traurig.

»Ich weiß nicht, warum ich gerade dich angerufen habe«, fuhr er fort.

Vielleicht hattest du einfach niemand anders, den du hättest anrufen können, dachte die Frau.

»Ärgert es dich, dass ich …«

Die Frau schüttelte ungeduldig den Kopf.

»Nein, es ärgert mich nicht. Aber hat es einen Sinn, dass du dort auf der Erde sitzt? Findest du das gut?«

Der Mann überlegte einen Augenblick. Das Wasser lief immer noch aus der Dachrinne direkt auf ihn herab.

»Ich bin wohl ziemlich betrunken«, sagte er schließlich. »Vielleicht habe ich ein oder zwei Gläser zu viel getrunken. Vielleicht waren es sogar mehr als zwei.«

Die Frau seufzte entnervt.

»Du kriegst eine Lungenentzündung, wenn du noch länger da sitzen bleibst. Es ist nicht besonders warm.«

»Ich weiß nicht. Ich hab es hier doch ganz gemütlich. Das Wasser … tut gut. Vielleicht spült es alles fort. Wenn ich nur Geduld habe …«

»Du kannst für die Nacht zu mir kommen, wenn du willst.«

»Ich möchte dir nicht zur Last fallen«, sagte er zögernd.

Die Frau lächelte.

»Du hast mir doch praktisch zu dieser Wohnung verholfen.«

Lange Zeit sagte der Mann nichts, sondern ließ weiter das Wasser über sich laufen.

»Vielleicht solltest du einfach gehen und mich hier sitzen lassen.«

»Ach, nun komm schon«, sagte die Frau. »Gehen wir, ich werde langsam nass.«

Sie klappte den Regenschirm zusammen, und im Nu waren ihre Haare und Schultern nass vom Regen. Sie verstand, dass es nur einige Minuten brauchte, bis sie selbst völlig durchnässt sein würde. Wirklich toll, dachte sie. Sie reichte dem Mann die Hand. Der zögerte einen Moment, ergriff sie dann aber doch.

Beinahe wäre er gestolpert, und die Frau musste ihn einen Augenblick lang stützen, bevor er das Gleichgewicht wiedererlangt hatte.

»Du musst ja so einiges intus haben«, bemerkte sie. »Ich wette, dass es eher zwölf als zwei Gläser waren.«

»Kann ... sein«, bekannte er. »Ehrlich gesagt, ich weiß es nicht mehr.«

»Kannst du dich auf den Beinen halten?«

»Aber immer. Hör mal, es tut mir wirklich leid, dass ich dich bemüht habe. So hab ich nicht mehr getrunken, nachdem ich ...«

Die Frau löste ihren Griff, und sie gingen auf die Einmündung der Gasse zu, sie voran und er ein paar Meter hinter ihr her. Der Wind blies jetzt direkt von vorn und schleuderte ihnen den Regen ins Gesicht.

»Sieh mal, sie waren doch alle ... unschuldig. Keiner von ihnen hatte mit der Sache etwas zu tun ... Aber woher hätte ich das wissen sollen?«

Die Frau hatte schon früher Bruchstücke dieser Geschichte gehört, aber sie verstand immer noch nicht recht, was geschehen war.

»Alice hatte zu keinem Zeitpunkt irgendeine Chance.«

Aha, dachte die Frau, jetzt geht das wieder los.

»Sie hätte es gar nicht erst versuchen sollen. Ein kleiner Fehler, eine Sekunde, und du kannst nichts mehr tun. Niemals wieder.«

Das verstehe ich sehr gut, dachte die Frau. Nur allzu gut.

Als sie sich dem Ende der Gasse näherten, glitt aus dem Schatten eine Reihe dunkler Gestalten hervor, die ihnen den Weg versperrten. Vier, fünf. Die Frau spürte leichten Ärger in sich aufsteigen. Das hatte gerade noch gefehlt.

»Ihr befindet euch auf Privatgelände«, sagte die erste Gestalt drohend, offenkundig der Anführer der Truppe.

Er war jung, kaum zwanzig Jahre alt. Er sprach absichtlich langsam und nachlässig und bemühte sich sehr, gefährlich zu wirken und älter, als er war. Rasch warf die Frau ihrem Begleiter einen Blick zu: Noch hingen seine Hände normal zu beiden Seiten herab. Die Frau wandte sich an den Anführer der Bande.

»Ich hab nur fünfzig Dollar bei mir«, sagte sie seltsam gleichgültig. »Und die brauche ich für das Taxi. Sorry.«

»Vielleicht hast du etwas anderes, das uns interessieren könnte«, sagte der junge Mann.

Die Reaktion der Frau überraschte ihn. Die Frau lachte, aufrichtig amüsiert.

»Also, jetzt ist aber gut. Ihr wollt mich doch nicht vergewaltigen. Bei diesem Wetter! Nun verzieht euch mal, bevor etwas Unangenehmes passiert.«

Der Bandenführer zuckte zusammen. Wieso hatte die Frau keine Angst? Er zeigte auf den Mann, der hinter der Frau stand.

»Vielleicht hat dein Freund ja mehr Geld.«

Der Mann verstand, dass sie über ihn sprachen. Er klopfte seine Taschen ab, fand seine Brieftasche und öffnete den

Reißverschluss eines kleinen Extrafachs. Er zog eine Kreditkarte heraus und näherte sich mit der Karte in der Hand dem Anführer der Bande.

»Nehmt doch die hier, sozusagen als Vorspeise«, lispelte er. »Ich sag euch den PIN-Code, sobald er mir einfällt. Damit kriegt ihr schon was. Wenn ihr nur ... wenn ihr uns nur in Ruhe lasst und wir gehen dürfen. Seid so lieb. Please.«

Der Mann schwankte heftig, so als fiele es ihm schwer, sich aufrecht zu halten. Es war, als hätte sich seine Trunkenheit plötzlich um ein oder zwei Promille verstärkt. Der Anführer wirkte erleichtert.

Die Frau sah ihren Begleiter, die ausgestreckte Hand und die Kreditkarte an. Plötzlich wirkte sie sehr misstrauisch, und ihre Stirn legte sich in Falten.

»Lauri«, sagte sie. »Nein! Auf keinen Fall. NEIN!«

Die Frau bedeutete dem Bandenführer, er solle stehen bleiben. Die Geste war so eindrucksvoll, dass er wie angewurzelt stehen blieb und selbst davon überrascht schien, dass er gehorcht hatte.

»Wäre das nicht ... das Vernünftigste?«, versuchte es der Betrunkene. »Das ist nur Geld, davon kann man mehr aus der Wand ziehen. So viel, wie in der Bank vorhanden ist.«

Die Frau schüttelte den Kopf, und Ärger flammte in ihren Augen auf.

»Mach keinen Quatsch, du weißt sehr wohl, was ich meine. Du hast gesagt, nie wieder. Nie wieder durch deine Hand. Weißt du noch? Weißt du noch? Oder verstehst du etwa nicht, wovon ich rede?«

Die Frau machte eine kaum wahrnehmbare Bewegung mit dem Kopf nur ein paar Zentimeter in die Richtung der Hand des Mannes. Der Mann hielt die Kreditkarte zwischen drei Fingern, so als wäre sie das Skalpell eines Chirurgen. Der

Blick der Frau war scharf und unnachgiebig. Die Miene des Mannes veränderte sich.

»Du hast es versprochen!«, schnauzte die Frau.

»Das ist, genau genommen, wahrscheinlich wahr«, gab der Mann zu.

Plötzlich klang er gar nicht mehr so betrunken.

»Warte wenigstens, bis ich von hier weg bin«, fuhr sie ihn an. »Ich möchte nicht sehen, was als Nächstes passiert!«

»Nein, das brauchst du nicht«, sagte der Mann langsam. »Du hast bestimmt ganz recht.«

Der Mann schob die Kreditkarte zurück in seine Brieftasche, die er einsteckte. Der Bandenführer wurde ärgerlich.

»Ey, was bildest du dir eigentlich ein?«

Er preschte vor, um sich die Brieftasche zu schnappen.

»Pass auf!«, schrie die Frau.

Der Bandenführer kam nicht dazu zu begreifen, was geschah. Der Arm des halb bewusstlos wirkenden Mannes erwachte plötzlich zu eigenem Leben, ohne dass er auch nur den Blick hob. Unfassbar schnell sprang er vor – niemand konnte sich so bewegen, schon gar nicht ein stark betrunkener Mann. Dann hielt seine Hand auch schon die des Bandenführers umklammert. Man hörte ein Krachen, als etwas nachgab. Der Bursche schrie vor Schmerz, als seine Handknochen brachen und die Knochenkanten sich in die Nerven und Muskeln bohrten. Dann wurde er an dem gebrochenen Handgelenk vorwärtsgezogen. Der Schmerz war unbeschreiblich, und plötzlich spürte der junge Mann einen Schmerz auch im Knie. Er hörte, dass von irgendwo weiter hinten etwas scharf durch die Luft sauste. Glas zerklirrte gegen jemandes Gesichtsknochen, und ein scharfer Schrei durchschnitt die Luft. Dann fiel er selbst mit dem Gesicht voran zu Boden. Er spürte, wie ihm mehrere Zähne ausbrachen, wie seine Lippen gequetscht wurden und wie sein Gesicht über den Asphalt schrammte. Ein schwerer Fuß stellte sich ihm auf den Nacken, während sein Arm mit fürchterlicher Kraft nach hinten gedreht wurde. Erschüttert ahnte er, dass sein Genick brechen und er gleich sterben würde.

»Nein, Lauri, tu das nicht!«, schrie die Frau so laut, wie sie nur konnte.

Aus dem Augenwinkel sah der Bursche, dass die Frau mit aller Kraft, mit der ganzen Kraft ihres Körpers und ihrer Schenkel und ihrem ganzen Gewicht den Mann in eine andere Richtung drehte, sodass er ihm das Genick nicht würde brechen können. In einiger Entfernung kauerte einer seiner Kameraden am Boden, das Gesicht zerfetzt und blutig. Die drei anderen standen vor Schreck wie erstarrt. Er konnte immer noch nicht glauben, dass das alles tatsächlich geschah.

»Lauri, ich bin nicht in Gefahr«, erklärte die Frau eilig, halb schreiend. »Alles ist gut, und sie tun mir nichts Böses sie tun mir nichts Böses SIE TUN MIR NICHTS BÖSES, du brauchst mich nicht zu verteidigen!«

Ja, ich meinerseits … bin völlig bereit … euch in Ruhe zu lassen, dachte der Bursche und schnappte nach Luft. Er spürte, wie das Gewicht in seinem Nacken zunahm. Jetzt sterbe ich, dachte er. Dann ließ der Druck plötzlich nach.

Katharine Henshaw sah durch den von den Regentropfen gewebten Schleier hindurch, wie in den Händen der drei immer noch dastehenden Bandenmitglieder etwas aufblitzte. Messer? Der Bursche, den Lauri mit einer Flasche beworfen hatte, jammerte schwach.

»Nun hört aber mal auf«, sagte Katharine müde. »Ihr solltet jetzt wirklich keine Dummheiten machen.«

Die jungen Leute sahen sie unsicher an, plötzlich ganz hilflos.

»Messer helfen hier gar nichts«, erklärte Katharine. »Er würde sie nur euch selbst in den Leib rammen. Das könnt ihr mir glauben. Ihr seid in einer Minute tot, wenn ihr jetzt nicht beiseitegeht.«

Keine Reaktion. Der am Boden liegende Bursche wirkte leblos.

»Wollt ihr denn sterben?«, schrie Katharine. »Warum? Weshalb? Warum bloß? Habt ihr niemanden, für den ihr leben wollt? Keine Freundin? Kinder? Keine Mutter? Geht nach Hause!«

Die Bandenmitglieder starrten Katharine und Lauri an und konnten sich nicht entscheiden, was sie tun sollten. Aber sie gaben den Weg nicht frei.

»Na, wie ihr wollt«, seufzte Katharine. »Wir gehen jetzt. Ihr müsst euch entscheiden. Ob ihr sterben wollt oder leben. To be honest, I couldn't really care less.«

Die Bandenmitglieder traten ohne ein Wort zur Seite. Katharine Henshaw fasste Lauri Nurmi bei der Hand und zog ihn halb mit Gewalt durch die Gruppe hindurch, ohne noch zur Seite oder hinter sich zu blicken.

3

Als Lauri Nurmi erwachte, wusste er nicht, wo er sich befand. Die Luft war wärmer, als er es in Erinnerung hatte, sie streichelte sein Gesicht wie Seide. Der Regen hatte aufgehört. Gut. Der New Yorker Winter war manchmal allzu grau und rau.

Um ihn herum standen stachelige Bäume mit kleinen Blättern und leuchtend gelber Rinde. Ihre Wipfel waren weit ausladend, als wollten sie all diejenigen schützen, die vor der Sonne oder dem Regen unter ihnen Zuflucht suchten. Regenschirmakazien, dachte er verblüfft.

Vor ihm lag ein See, und in etwa zehn oder fünfzehn Kilometern Entfernung schimmerte blau das gegenüberliegende Ufer. Der See war von schwarzem Schlamm umgeben, und in der Nähe der Wassergrenze gab es einen hellgrauen, stellenweise ganz weißen Streifen. Salz und Schlamm. Vielleicht war er gar nicht mehr in New York.

Im flachen Uferwasser standen mindestens eine halbe Million Flamingos wie ein unermesslicher rosa Wald. Ihre aus dem Wasser aufragenden dünnen Beine waren wie lichtes rosa Schilf. Um die Flamingos herum schwammen Tausende und Abertausende von Wildenten und Gänsen wie flache, dichte schwarze Flöße auf dem Wasser. Dazwischen fielen ihm große Pelikane sowie schwarz-weiße Kormorane auf. Die Kormorane sahen aus, als stammten sie aus einer viel älteren Zeit. Sie waren wie altertümliche Vögel, die man sich gut in der Gesellschaft von Dinosauriern vorstellen konnte.

Auf dem Schlammfeld tummelten sich mit flinken Bewegungen Watvögel, die in kugelförmigen Schwärmen das Ufer entlangflogen. Die Bäume an der Wassergrenze waren voller zierlicher weißer Kuhreiher, viele Hunderte in jedem Baum. Im Uferwasser staksten auch Graureiher, schwarz-weiße Störche und zahlreiche der wesentlich größeren Goliathreiher.

Weiter entfernt ragten aus dem See hohe, grau-verdorrte Bäume heraus, in deren Ästen Kormorannester hingen wie seltsame Früchte. Lauri sah, dass es in dem See noch mindestens drei weitere riesige Ansammlungen von Flamingos gab. Aus der nächstgelegenen erhoben sich plötzlich fünfzehn- bis zwanzigtausend Vögel in die Luft. Sie klöppelten für einen Augenblick den Himmel voll mit rosa Spitzen.

Am Ufer tummelten sich zwei Dutzend graubrauner, struppiger Wasserantilopen. Lauris Miene wurde ganz weich, er hatte die freundlichen und sympathischen Wasserantilopen immer gern gehabt. Auch im Dunkeln erkannte er klar die Hinterteile der von ihm abgewandten Tiere und deren typisches, V-förmiges Gehörn.

Von einem Akazienwald her kam eine hundertköpfige Pavianhorde auf ihn zu. Die Weibchen trugen ihre Jungen auf dem Rücken oder am Bauch, die größten Männchen entblößten das Gebiss und zeigten ihm ihre Eckzähne. Unter den Köteln, die die Wasserantilopen am Ufer hatten fallen lassen, bemerkte Lauri auch einen größeren und drohenderen, noch dampfenden Dunghaufen. Er verriet, dass dort noch einen Augenblick zuvor mindestens ein Büffel gewesen war. Lauri schaute zu den Seiten und hinter sich, konnte das Tier aber nirgends entdecken. Trotzdem wagte er nicht, sich zu entspannen, denn der afrikanische Büffel verstand sich darauf, sich in der Landschaft zu tarnen. Er war von heftigem, unberechenbarem Wesen und sehr gefährlich. Die Afrikaner fürchteten den Büffel mehr als jedes andere wilde Tier. Mehr als das Nilpferd und den Elefanten, ganz zu schweigen von den Löwen.

Lauri richtete den Blick wieder auf die nahe Ansammlung von Flamingos. Die Landschaft war ihm vertraut. Er war hier schon oft gewesen. Links erkannte er in der Ferne die grau-, rot- und weißbunten Häuserreihen der Stadt. Dort schimmerten die Museumsgebäude von Hyrax Hill, und unmittelbar dahinter erhoben sich die sanft ansteigenden, mit Pyrethrum-Pflanzungen bedeckten Hänge einer großen Caldera.

Bin ich wirklich am Nakuru-See?, fragte Lauri sich im Stillen. In Kenia? Dies muss der Nakuru sein, denn dort unten am See befinden sich bestimmt mehr als zwei Millionen Flamingos, und dies hier ist weder der Bogoria- noch der Natronsee.

»Aber was mache ich hier?«, fragte er laut. »Eigentlich bin ich doch in New York?«

Dies muss ein Traum sein, schloss er.

Dann fiel sein Blick auf einen großen Findling. Er hatte das Gefühl, dass er den Stein nicht gesehen hatte, als er das letzte Mal in dieselbe Richtung geschaut hatte. Auf dem Stein saß eine einsame menschliche Gestalt.

Lange, dunkle Haare, die sich in dem sanften Windhauch leise bewegten. Eine ungezügelte Locke fiel ihr ins Gesicht. Mokassins. Ein ärmelloses schwarzes T-Shirt. Abgewetzte Jeans mit ausgefransten Hosenbeinen und einem durchgescheuerten Knie.

Lauris Herz schlug schneller. Er erkannte, wer dort auf dem Stein saß, obwohl das natürlich nicht sein konnte. Er hatte sich geirrt, es falsch gesehen.

Lauri erhob sich und ging näher heran. Die Frau wandte den Kopf und sah ihn direkt an.

Es schnürte Lauri die Kehle zu, und er spürte, wie ihm die Tränen in die Augen traten, denn es konnte kein Irrtum sein. Auf dem großen Stein vor ihm saß Alice Kleiner Falke Donovan. Seine vor zwei Jahren verstorbene Frau.

»Hallo, kleine Rothaut«, sagte Lauri.

Alice antwortete nicht.

»Schön, dich wiederzusehen«, sagte Lauri. »Mit dir zu sprechen. Ich hab dich so vermisst. Natürlich weiß ich, dass dies nur ein Traum ist, aber es ist trotzdem schön, dich zu sehen.«

»Wie kannst du so sicher sein, dass es nur ein Traum ist?«, fragte Alice leise.

Was könnte es sonst sein?, dachte Lauri. Alice deutete auf den See.

»Du erinnerst dich doch? Wir sind hier schon einmal gewesen.«

Alice sprang vom Stein herab und ging auf den lichten Akazienwald zu. Lauri folgte ihr.

»Dieser Ort ist wichtig«, sagte Alice. »Das, was er uns lehren kann, ist wichtig.«

»Was meinst du?«

»Du musst ihnen helfen«, sagte Alice. »Sonst können sie alle sterben. Jeder Einzelne.«

»Jetzt verstehe ich nicht recht«, fragte Lauri verwundert.

»Es ist wichtig, dass du ihnen hilfst«, erklärte Alice. »Obwohl nichts genau so ist, wie es aussieht.«

Alice ging tiefer in den Akazienwald hinein. Die Wasserantilopen flohen vor ihnen in alle Richtungen.

»Wohin gehen wir?«

»Das wirst du gleich sehen.«

»Hier irgendwo ist jedenfalls ein Büffel.«

»Kümmere dich nicht darum. Er tut uns nichts.«

»Wie kannst du das wissen?«

»Vertrau mir.«

Sie stiegen den Hang hinauf. Alles erschien Lauri immer unwirklicher. Er wusste, dass er träumte, zugleich aber wuchs in ihm das unangenehme Gefühl, dass es sich um etwas anderes handelte. Etwas ganz anderes als einen gewöhnlichen Traum.

Als sie den Kamm erreichten, erstarrte Lauri verblüfft. Die ganze Landschaft hatte sich plötzlich verändert. Sie befanden sich nicht mehr in dem lichten Akazienwald, sondern vor ihnen erstreckte sich ein Meer von hohen gelblichen Sanddünen. Die Sonne stand plötzlich viel tiefer, sie war jetzt fast hinter dem rot lodernden Horizont verschwunden. Na, das erklärt alles, dachte Lauri erleichtert.

Alice zog sich die Mokassins aus und trat barfuß auf den Sand. Typisch Alice, dachte Lauri. Im Sand zeichnete sich etwas Rundes ab. Als sie näher kamen, sah Lauri, dass es eine aus glatten Steinen sorgfältig wie ein Mosaik zusammengesetzte runde Fläche war. Sie war offenbar künstlich angelegt worden und wirkte sehr alt.

Was ist das? Wer hat das gebaut?

Das ist ja ein seltsamer Traum, dachte Lauri verschwommen.

Etwas weiter entfernt waren im Sand zwei Reihen von Spuren zu sehen, breite, aber flache Eindrücke.

»Die Spuren von zwei Kamelen?«, vermutete er.

Alice nickte.

»Richtig. Die eine ist von deinem Kamel.«

»Moment mal. Dieser Traum wird allmählich ganz komisch. Wieso mein Kamel? Ich hab doch nur Pferde!«

»Du glaubst also immer noch, dass dies nur ein Traum ist?«

Es schauderte Lauri. Was meinte Alice denn nur? Sie zeigte nach Nordosten, auf eine hohe Sanddüne, die einen Kilometer entfernt aufragte.

»Er ist ungefähr in der Richtung dort«, sagte Alice. »Er ist von der nächsten Düne aus zu sehen.«

»Was ist dort?«

»Merk dir, was ich gesagt habe. Merk dir Nakuru.«

Alice bückte sich und zog ihre Mokassins an.

»Flieh in die Wüste, dann kannst du überleben«, sagte sie.

»Warum soll ich in die Wüste fliehen?«

Alice ließ seine Frage unbeantwortet.

»Denk an die Sprinkleranlagen als Waffe«, sagte sie stattdessen.

Noch mehr nützliche Hinweise, dachte Lauri. Als müsste ich wissen, worum es geht. Alice sah seine Verwirrung und deutete wieder über die Dünen hinweg in die Ferne. Als Lauri die Augen zusammenkniff, sah er im Dunkeln etwas, oder bildete sich zumindest ein, etwas zu sehen. Als ragten hinter den Dünen riesige Ochsenhörner auf.

»Ich bin doch gar nicht hier«, bemerkte Lauri. »In Wirklichkeit bin ich doch in New York.«

Sein Widerspruch beeindruckte Alice nicht.

»Wie du meinst«, sagte Alice. »Ich bin aber nur gekommen, um dir das zu sagen. Und dass du mich loslassen musst. Du musst verstehen, was ich jetzt bin. Dass ich nicht mehr das bin, was ich einmal war. Aber grüß Ayenwatha und Orinoco von mir.«

Lauri betrachtete die beiden Kamelfährten, die hinter der hohen Sanddüne verschwanden. Er sah nicht mehr die hinter den Dünen aufragenden Ochsenhörner, oder was auch immer es gewesen sein mochte.

»Könntest du bitte etwas weniger kryptisch sein«, bat Lauri. »Einfach mir zuliebe.«

»Na gut«, sagte Alice. »Leb wohl, mein Liebster.«

Lauri wandte sich Alice zu.

Aber dort, wo sie noch einen Augenblick zuvor gestanden hatte, befand sich jetzt nur ein verfaulter Leichnam. Den grinsenden Schädel bedeckten nur ein paar Hautfetzen, und schwarze Haare lösten sich in dicken Büscheln davon ab. Die Kleider hingen abnorm an dem Körper herab, der sich in ein Skelett verwandelt hatte.

Lauri schrie vor Entsetzen und erwachte von seinem eigenen Schrei.

4

Lauri richtete sich in eine halb sitzende Stellung auf. Er sah, dass Katharine Henshaw ihn von der Tür ihres Schlafzimmers her seltsam ansah.

»Ein böser Traum, oder?«

Lauri bemühte sich, die albtraumhafte Stimmung abzuschütteln, die der Traum bei ihm hinterlassen hatte. Er war ihm so fürchterlich real erschienen. Als wäre alles, was er gesehen hatte, wirklich passiert.

Lauri schaute auf die Uhr. Halb acht Uhr morgens. Noch tat ihm der Kopf nicht weh, er hatte offenbar so viel getrunken, dass der Kater erst noch kommen würde. Lauri erinnerte sich zwar daran, dass er völlig durchnässt gewesen war, aber nicht, wie er zu Katherine gekommen war. Und er wusste auch nicht mehr, ob er sich seine nassen Kleider selbst ausgezogen oder ob Katherine ihm geholfen hatte.

Seine Brieftasche lag auf einer kleinen Kommode neben der Tür.

»Ach ja, ich wollte eine Sache überprüfen«, sagte Katherine.

Sie nahm die Brieftasche und öffnete das Fach, in dem sich Lauris Kreditkarte befand.

»Sei vorsichtig«, sagte Lauri schnell.

Katherine runzelte die Stirn. Ganz vorsichtig zog sie die Kreditkarte hervor und hielt sie in den Fingern.

»Der eine Rand ist sehr scharf«, warnte Lauri. »Er besteht aus einer Art künstlichem Diamantkristall.«

»Ich hatte mir schon gedacht, dass es sich hier wieder um etwas besonders Gemeines handelt.«

Auf der Kommode stand in einer hohen Vase ein Strauß Rosen. Katherine nahm den Strauß aus dem Wasser und schnitt mit dem Rand der Kreditkarte leicht in die Stiele. Die Stielenden fielen auf den Teppich. Einige Blütenblätter segelten hinterher.

»Gott behüte!« Katharine zog hörbar den Atem ein. »Was hattest du damit vor? Wolltest du die Kinder zerstückeln?«

»Ich weiß ich es wirklich nicht«, sagte Lauri hilflos. »Ich hab wohl nicht besonders gründlich nachgedacht. Und ich war in Sorge um dich.«

»Du bist doch nicht ganz gesund«, schnauzte Katharine. »Du hast die beiden Jungen wahrscheinlich schwer verletzt. Man sollte dich hinter Schloss und Riegel stecken.«

Lauri kratzte sich das Kinn und starrte an die Decke.

»Da könntest du recht haben«, räumte er matt ein. »Das wäre wahrscheinlich eine ganz gute Idee, aus der Sicht des Gemeinwohls.«

Lauri drehte sich um und betrachtete durchs Fenster das morgendliche Lichtermeer.

»Am besten wäre es wohl, mich einzuschläfern«, sagte er. »Wie einen Hund, der für den Menschen gefährlich geworden ist.«

»Hah!«, rief Katharine aus. »Wie witzig! Eigentlich ein ganz guter Gedanke!«

Lauri wandte den Blick wieder Katharine zu.

»Es ist deine Schuld, dass ich immer noch lebe. Wenn du mir nicht den Druckverband angelegt hättest ... Außerdem, wenn du davor nicht nach Sierra Vera gekommen wärst, hätte ich mir schon längst das Hirn herausgeballert und über die Wände des Wohnzimmers verteilt. Als Tapetenschmuck. Ich fand, die hatten ein wenig Auffrischung nötig.«

»Jetzt soll ich an all dem auch noch schuld sein!«

»Laut einem chinesischen Sprichwort bist du für einen Menschen, dem du das Leben gerettet hast, bis an dein Lebensende verantwortlich.«

»Das wurde beim Erste-Hilfe-Kurs des Roten Kreuzes nicht genügend hervorgehoben«, knurrte Katharine verbittert. »Wenn ich das gewusst hätte, dann hätte ich dich verbluten lassen. Andererseits wäre ich dann jetzt um drei Millionen Dollar ärmer. Eigentlich um noch mehr, wenn man die Steuerrückerstattungen und die Erträge des investierten Kapitals berücksichtigt.«

Lauri wickelte sich in die Decke und trat ans Fenster. Er betrachtete die insektengroßen Autos und die Menschen, die achtzig Stockwerke unter ihm wie kleine Ameisen herumwimmelten. Die Sonne schimmerte schon hinter den Wolkenkratzern.

»Vielleicht könntest du eine Therapie machen«, schlug Katharine hilfsbereit vor.

Lauri hörte, wie Katharine sich hinter ihm bewegte, zum Kleiderschrank ging und etwas vom Bügel nahm.

»Ich gehe jetzt jedenfalls zum Seelenklempner«, fuhr sie fort. »Auch ich habe meine Dämonen.«

Lauri wusste im Wesentlichen darüber Bescheid, was es mit Katharines Dämonen auf sich hatte. Mit einigen davon hatte er nichts zu tun, aber an der Existenz einiger anderer trug er selbst die Schuld. Es schmerzte ihn, dass er die Last vergrößert hatte, die Katherine mit sich herumtrug.

Er erinnerte sich an die ersten Worte, die Katharine noch etwas zögernd ausgesprochen hatte, als sie ihn vor ein paar Jahren im Büro der Einheit zur Bekämpfung des Atomterrorismus bei der Regierung der Vereinigten Staaten aufgesucht hatte. Die Einheit hatte sechshundert Mitarbeiter, aber Katharine hatte von jemandem ausgerechnet seine Visitenkarte bekommen.

»Ich weiß, dass ich wahrscheinlich einen großen Fehler begehe, indem ich hierherkomme«, hatte Katherine gesagt. »Aber ich glaube, dass meine Sache wirklich wichtig sein könnte.«

Dann hatte sie Lauri direkt angesehen.

»Du wirst mir doch keine Schwierigkeiten machen, weil ich beschlossen habe, hierherzukommen? Nicht wahr?«

Lauri hatte ihr das Versprechen gegeben, aber es war ihm nicht gelungen, es zu halten, denn Kenneth Andrew hatte seine Einwände vom Tisch gewischt. Sobald er sein Versprechen gegeben hatte, war Katharine mit ihrer Horrornachricht herausgerückt.

»Hat Lithium 6 eine Bedeutung?«, hatte sie gefragt. »Ich meine, kann man damit etwas wirklich Schlimmes anrichten?«

Lauri hörte Katharines Schritte, als sie sich ihm näherte. Sie trug einen Morgenrock aus schwarzer Seide, der mit grünen und roten Drachen bestickt war. Über dem Arm hatte sie einen hellgrünen Bademantel, den sie Lauri reichte.

»Nimm den hier. Ich glaube nicht, dass deine Sachen schon trocken sind.«

Katharine war hochgewachsen und nur wenig kleiner als Lauri. Ihr wohlgeformter Körper hätte sich als Modell für jedes klassische Gemälde geeignet, abgesehen davon, dass jemand vielleicht ihre Schultern, die die einer Schwimmerin waren, für zu breit gehalten hätte. Katharines dunkel mahagonifarbenes, leicht gelocktes Haar fiel ihr den halben Rücken hinab. Die großen, oft ein wenig traurigen Augen hatte sie von ihrer ukrainischen Mutter oder von der armenischen Großmutter geerbt. Der etwas dunklere Teint verlieh Katharine noch zusätzlich eine gewisse Exotik.

»Kann ich einen Kaffee kochen?«, fragte Lauri.

»Würdest du auch gleich ein paar Eier braten?«

»Du brauchst noch nicht aufzustehen«, wehrte Lauri ab.

»Ich kann ja doch nicht mehr schlafen«, sagte Katharine und ging die Zeitung holen. Lauri zog den Bademantel an, den Katharine ihm gebracht hatte, schaltete die Kaffeemaschine ein, schlug vier Eier in die Pfanne und warf die Schalen in den Eimer für den organischen Müll. Er stellte fest, dass er gerade geleert worden war. Auch sonst herrschte in Katharines Wohnung kein solches Durcheinander wie in derjenigen, wo Lauri Katharine seinerzeit verhört hatte, als er noch für die Regierung der Vereinigten Staaten arbeitete. Katharines Küche war gut ausgerüstet und geschmackvoll eingerichtet. Offenbar hatte sie einen kleinen Teil der drei Millionen Dollar, die Lauri ihr verschafft hatte, und der Steuerrückerstattung, die der Staat ihr noch obendrauf gezahlt hatte, in die neue Wohnung investiert. In dem Regal, das die ganze Wand bedeckte, stand neben Sachbüchern viel Belletristik. Lauri ging die Buchrücken durch. Danach zu urteilen interessierte Katherine sich weiterhin für Kernphysik, Umweltprobleme und Menschenrechte sowie für die Geschichte der Ukraine, Südrusslands, der Türkei und Armeniens.

Lauris Handy klingelte. Es lag auf der kleinen Kommode in der Nähe der Badezimmertür. Offenbar war es aus seiner Jackentasche gefallen, als Katharine in der Nacht seine Kleider zum Trocknen aufgehängt hatte. Lauri sah nach der Nummer des Anrufers. Sie sagte ihm nichts.

»Nurmi.«

Auf dem Bildschirm des Handys erschien das Bild einer weißhaarigen Frau.

»Mein Name ist Annelies Schrader«, stellte sich die Anruferin vor. Die Stimme war dunkel und angenehm. Ruhig. Die Anruferin registrierte offenbar, wie Lauri gekleidet war.

»Ich weiß, es ist noch früh am Morgen«, entschuldigte sich Frau Schrader, »aber trotzdem hoffe ich sehr, dass Sie heute oder in den nächsten Tagen Zeit haben, mich zu treffen. Sind Sie sehr beschäftigt?«

»Also, im Moment habe ich nichts Besonderes vor ... Aber könnte ich zuerst erfahren, worum es geht?«

»Näheres würde ich Ihnen am liebsten erst dann erklären, wenn wir uns treffen. Aber es geht um die Klimaerwärmung und ein – sagen wir, futuristisches Sonnenkraftwerk eines neuen Typs.«

»Das klingt ja ganz interessant. Ich verstehe nur nicht, was das mit mir zu tun hat.«

»Das kann ich Ihnen erklären, wenn wir uns sehen. Ich bitte Sie, ich bin extra nach New York gekommen, um Sie zu treffen.«

»Es fällt mir schwer, das zu glauben.«

Die Anruferin lachte, und es war ein leises, warmes, kicherndes Lachen. Lauri bedeckte das Telefon mit der Hand und sah Katherine an.

»Eine Frau aus Europa möchte mich treffen. Es handelt sich um ein neuartiges Sonnenkraftwerk.«

Katharine sah Lauri verwundert an.

»Vielleicht hat das irgendwie mit Alice zu tun«, überlegte Lauri laut. »Mit etwas, womit sie sich beschäftigte. Alice interessierte sich für Sonnenenergie.«

Wieder sprang eine kleine Kreissäge in seinem Bauch an. Zum millionsten Mal.

»Alice hat mir ihr gesamtes Eigentum vermacht«, seufzte Lauri. »Ich habe auch eine beachtliche Menge Aktien von Firmen geerbt, die Fotovoltaiksysteme produzieren, besonders von Nanosolar und SolFocus. Vielleicht hat es damit zu tun. Ich muss mich wohl darüber informieren.«

»Wenn du willst, könnt ihr euch hier treffen«, schlug Katharine vor.

»Danke«, sagte Lauri. »Wie war doch gleich die Adresse?«

5

Annelies Schrader traf pünktlich zur verabredeten Zeit ein. Als sie oben ankam, war es nur fünfzehn Sekunden nach zwei.

Schrader war eine auffallend große Frau. Ihre Haare waren weiß, das hatte Lauri schon während ihres Telefongesprächs bemerkt, aber sonst wirkte sie sehr fit. Sie war sehnig, fast mager, und wirkte Respekt gebietend. Gesicht und Gliedmaßen waren von der tropischen Sonne dauerhaft gebräunt. Es war, als hätte die Sonne alles überschüssige Wasser und Fett in ihr ausgetrocknet.

»Ich freue mich sehr, Sie kennenzulernen«, sagte Schrader, während sie Lauri Nurmi die Hand reichte. Ihr Händedruck war fest und trocken. »Ich bin Ihnen sehr dankbar, dass sie mich so kurzfristig empfangen. Wie viel Zeit können Sie für unser Treffen erübrigen?«

»Im Augenblick haben wir keine anderen Verpflichtungen. Kaffee?«

»Danke, sehr gern.«

Sie setzten sich an den Tisch im Esszimmer. Katharine holte aus der Küche ein Tablett mit drei Tassen Kaffee, Milch und Zucker sowie einen Teller mit Schokoladenkeksen.

Anscheinend ist Katharines Küchenschrank heute viel besser sortiert als früher, dachte Lauri und konnte sich ein Grinsen nicht verkneifen. Katharine ahnte, worüber Lauri sich amüsierte, und machte ihm hinter Schraders Rücken eine lange Nase. Dann zog sie sich ins Wohnzimmer zurück, um in Zeitschriften zu blättern.

»Ich bin zurzeit Vorsitzende eines internationalen Unternehmenskonsortiums namens SunWind«, begann Frau Schrader. »Wir bauen in Ägypten, gut hundert Kilometer von der Oase Siwa entfernt, ein vollkommen neuartiges Sonnenkraftwerk.«

»Etwas genauer bitte: Um was für einen Typ von Kraftwerk handelt es sich?«, fragte Lauri.

Annelies Schrader lächelte rätselhaft.

»Es sollte mich wundern, wenn Sie nichts davon gehört hätten. Die Idee dazu hatte ein Landsmann von mir, ein Ingenieur namens Jörg Schlaich.«

Lauri wurde aufmerksam. Jetzt wusste er, wovon Schrader sprach.

»Sie meinen eine Sonnenwindmühle«, sagte Lauri. »Ein Sonnenwindkraftwerk, nicht wahr?«

Schrader nickte.

»Ganz recht.«

»Aber ist dieses Konzept nicht im Grunde unrealisierbar?«

Schrader schüttelte energisch den Kopf.

»Nein, das ist eine durchaus mögliche und vernünftige Art, Sonnenenergie zu erzeugen.«

»Ich meine, dass sie wirtschaftlich unrentabel ist«, präzisierte Lauri.

»Ich würde mir wünschen, dass Sie selbst kommen und sich ein Bild davon machen können. SunWind kommt für sämtliche Kosten auf. Für Sie beide.«

Sie glaubt, wir seien ein Paar, dachte Lauri, machte sich aber nicht die Mühe, Schraders Irrtum zu korrigieren. Er sah Schrader neugierig an.

»Warum ich?«, fragte er gerade heraus. »Ich bin doch kein Ingenieur.«

Schraders Gesicht verdüsterte sich.

»Wir haben Probleme.«

»Was für Probleme?«

»Auf unserer Baustelle gibt es Sabotage. Die Fahrzeuge von Mitarbeitern und Transportunternehmen sind beschossen worden, etwa ein Dutzend Mal. Einer unserer Mitarbeiter und zwei Männer von den Transportunternehmen sind dabei ums Leben gekommen.«

Lauri nahm sich einen Schokoladenkeks vom Teller und biss ein Stück davon ab.

»Bei den Tätern scheint es sich um Ortsansässige zu handeln«, fuhr Schrader fort. »Aber wir haben den Verdacht, dass hinter all dem ein konkurrierendes Technologieunternehmen steckt.«

»Ist das nicht etwas weit hergeholt?«

Schrader sah Lauri verblüfft an.

»Glauben Sie das wirklich? Energie ist ein Milliardenbusiness. Bei den meisten Kriegen der Geschichte ging es um weitaus weniger.«

Lauri widersprach nicht, denn was Schrader gesagt hatte, war unbestreitbar.

»Sie werden also von der ägyptischen Regierung unterstützt?«, fragte Lauri.

»Offiziell ja. Aber ich habe den Eindruck, dass jemand einige Minister in der Regierung geschmiert hat. Die Regierung hat zu unserem Schutz ein motorisiertes Bataillon abgestellt, aber das ist nicht sonderlich aktiv. Praktisch liegt die Sicherheit der Baustelle weitgehend in den Händen unserer eigenen Sicherheitsleute.«

Lauri aß seinen Keks auf.

»Ich verstehe Ihre Schwierigkeiten«, sagte er dann.

Wieder hatte Lauri die Stimme von Alice im Ohr. *Du musst ihnen helfen.*

»Wir brauchen Hilfe und können dafür bezahlen. Wir wissen, dass Sie aus den Diensten der CIA ausgeschieden sind, und ich bin bevollmächtigt ...«

»Moment, Moment«, protestierte Lauri. »Erstens habe ich niemals für die CIA gearbeitet, und zweitens ...«

Schrader lächelte.

»Wie Sie meinen. Aber ich habe die drei Memoranden gelesen, die Sie über die Gefahren von Terroranschlägen mit strahlenden Waffen für die Bush-Regierung verfasst haben.«

»Ich weiß nicht, wovon Sie sprechen.«

»Ich bin das Schreiben durchgegangen, in dem Sie erklären, warum die Vereinigten Staaten von Amerika Afghanistan oder den Irak nicht angreifen sollten. Ganz zu schweigen vom Iran. Ich habe auch das Memorandum gesehen, in dem Sie behaupten, dass al-Qaida sich im Irak auf einen Guerillakrieg vorbereitet und seine Kämpfer dorthin verlegt, sobald die Vereinigten Staaten die Stellungen der Taliban in Afghanistan bombardieren. So wie sie es dann unter Führung von al-Zarqawi natürlich auch getan haben.«

Lauri Nurmi wirkte peinlich berührt.

»Solche Papiere gibt es nicht, und es hat sie niemals gegeben.«

»Natürlich nicht. Aber ich habe Kopien davon in meinem Aktenkoffer. Wenn Sie wollen, dann kann ich ...«

Lauri Nurmi machte eine abwehrende Geste.

»Schon gut, ich verstehe, was Sie sagen wollen.«

»Einige unserer Investoren sind Amerikaner, und über sie haben wir hochrangige Kontakte auch innerhalb der amerikanischen Regierung. Wir wissen also, warum Sie aus dem Dienst ausgeschieden sind.«

»Das sollte niemand wissen«, sagte Lauri Nurmi trocken.

»Wir haben einige Senatoren und noch ein paar andere

Leute gefragt, wen sie für die Aufgabe empfehlen würden. Drei davon nannten Ihren Namen.«

Lauri Nurmi wirkte aufrichtig überrascht.

»Mein Spezialgebiet sind Atomwaffen«, erklärte er. »Nicht der Bau von Sonnenkraftwerken!«

»Uns interessiert jetzt vor allem Ihre allgemeine Herangehensweise«, sagte Schrader. »Ihre Fähigkeit, in islamischen Kulturen mit Einheimischen zu verhandeln. Ihr Talent, ihnen zu erklären, worum es geht. Ihre Fähigkeit, ihr Vertrauen zu gewinnen. Wir haben nicht nach Spezialisten für Atomwaffen gefragt, sondern wir wollten wissen, wer gut mit den Einwohnern des Gebiets verhandeln könnte. Es gibt dort Araber, die Ackerbauern sind, Arabisch sprechende beduinische Nomaden und Siwi sprechende Berber.«

»Für eine solche Aufgabe würde sich am besten ein Ägypter eignen«, schlug Lauri vor.

»Das stimmt schon«, räumte Schrader ein. »Aber auch die Europäer müssen ein Gesicht haben, denn alle wissen, dass es sich um ein gemeinsames Projekt der ägyptischen Regierung und der westlichen Länder handelt.«

Lauri nahm einen weiteren Schokoladenkeks vom Teller.

»Das sind gute Aspekte, aber ich bin nicht Ihr Mann«, sagte er entschlossen und vielleicht auch ein wenig entschuldigend. »Ich bin in Rente.«

Ich brauche sie nicht dafür um Verzeihung zu bitten, dass ich nicht bereit bin, dachte Lauri. Ich bin ihr nichts schuldig. Und dann hatte er wieder die Stimme von Alice im Ohr. *Du musst ihnen helfen. Sonst können sie alle sterben.*

»Wir bezahlen gut«, versuchte Schrader es noch einmal.

Aber Lauri sah, dass sie schon aufgegeben hatte.

Sonst können sie alle sterben. Jeder Einzelne. Oh, Teufel noch mal, dachte Lauri. Das war doch nur ein Traum!

»Ich hab genug Geld«, sagte Lauri matt. »Ich arbeite nicht mehr. Für niemanden. Ich mische mich in keinen einzigen gewaltsamen Konflikt mehr ein. Also: danke, aber nein danke. Es tut mir leid, aber sie müssen sich jemand anders suchen.«

Man hörte, dass Katharine sich vom Sofa erhob und in das Speisezimmer kam, um sich noch Kaffee zu holen. Während sie nach der Kaffeekanne griff, legte sie wie in Gedanken die neueste Nummer des *Greenpeace Magazine* vor Lauri auf den Tisch. Auf dem Titelbild trieben schmelzende Eisschollen im Meer. THE ARCTIC TIME BOMB, schrie die Schlagzeile in riesigen Lettern. Sollte er Katharines Geste als sanften Druck auffassen?, überlegte Lauri.

»Die Klimaerwärmung ist heute schon ein ganz reales und ernstes Problem«, bemerkte Katharine leichthin.

Oha, jetzt gerate ich schon zwischen zwei Feuer, dachte Lauri. Oder vielleicht sogar zwischen drei, wenn ich auch die Träume und den Druck hinzurechne, den die Toten ausüben.

Lauri spürte, dass er gleich Kopfschmerzen bekommen würde, und zwar heftige. Auch das noch. Ich werde nie wieder Alkohol trinken, dachte er, dies war das letzte Mal. Jetzt ist es genug.

Schraders Blick fiel auf das Schachbrett, das auf der Kommode stand.

»Spielen wir eine Partie Schach?«, schlug sie vor. »Das könnte eine gute Methode sein, gewisse Gesichtspunkte abzuklären, die mit der Situation zu tun haben.«

6

Ein einsamer Hubschrauber jagte über die von Termitenbauten, Akazienwald und niedrigem Gebüsch gesprenkelte Savanne. An dem Hubschrauber gab es keinerlei Kennzeichen. Außer dem Piloten saßen noch zwei weitere Personen darin. Beide waren sonnengebräunte Männer um die fünfzig und von westlichem Aussehen. Beide trugen eine Sonnenbrille. Der eine war fast kahl, der andere hatte dichtes schwarzes Haar, das an den Schläfen bereits ergraut war, und trug einen gepflegten Bart.

»Werden wir auch wirklich dorthin finden?«, fragte der Bärtige.

Die Besorgnis stand ihm ins Gesicht geschrieben.

»Mach dir keinen Stress, Richard. Die Anweisungen waren ziemlich genau«, sagte sein kahlköpfiger Reisegefährte.

Michael Cheney griff nach seiner grünen Schirmmütze, um seinen Schädel vor der prallen Sonne zu schützen, aber der durch das offene Fenster eindringende Wind packte sie und riss sie mit sich fort.

»Mist!«, fluchte Cheney.

»Hoffentlich schießt uns niemand mit einer tragbaren Rakete ab«, sagte Richard Brunel. »Der Sudan ist eine ziemlich unruhige Gegend!«

»Nicht dieses Gebiet hier. Die Kämpfe konzentrieren sich auf Darfur und auf die Sümpfe des Sudd.«

Die Ebene erstreckte sich bis zum Horizont. Aber darin waren jetzt auch zwei einsame, hohe Hügel zu erkennen.

»Das muss die Stelle sein«, sagte der Pilot.

»Mir gefällt das überhaupt nicht«, bemerkte Brunel.

»Du wirst doch jetzt nicht kneifen!«, rief Cheney aus. »Rate mal, was es gekostet hat, dieses Treffen zu arrangieren!«

»Wen treffen wir?«

»Keine Ahnung. Wohl kaum jemanden, der wirklich wichtig ist. Aber hoffentlich ist es jemand, der über die Kette eine Nachricht weitergeben kann. Sodass sie zu den eigentlichen Entscheidungsträgern gelangt.«

»An diesem Deal ist etwas faul«, murmelte Brunel unzufrieden.

Er betrachtete die unter ihnen dahingleitenden unregelmäßigen Reihen von Akazien und rötlichen Termitenbauten. Hier und dort gab es auch Dörfer aus runden, strohgedeckten Lehmhütten. Um jedes Dorf herum lag ein Flickenteppich kleiner Äcker.

Brunel bemerkte, dass einige Dörfer wüst zu liegen schienen. Die Dächer der Hütten waren verkohlt und eingestürzt, sodass nur die runden, schlammigen Wände übrig waren. Lag Cheney wirklich richtig, wenn er behauptete, das Gebiet sei sicher?

»Und wenn Nurmi das Angebot nun gar nicht annimmt?«, fragte Brunel herausfordernd.

»Er wird es annehmen«, sagte Cheney überzeugt. »Glaub mir. Ich kenne ihn. Meinst du, ich hätte meinen Arsch bis hierhergeschleppt, wenn es nicht unbedingt sein müsste?«

Als sie sich den Hügeln näherten, sahen sie, dass an den Hängen einige Dutzend Zelte aus schwarzem Stoff aufgeschlagen waren. Hier und dort standen angepflockte Pferde, Kamele und kleine Herden von weißen, schwarzen und bunten Ziegen.

Der Hubschrauber landete bei den Hügeln. Alle drei stiegen aus. Die Sonne brannte heiß vom wolkenlosen Himmel, und sofort brach ihnen der Schweiß aus.

»Und nun?«, fragte Brunel.

»Jetzt warten wir, bis jemand kommt und uns begrüßt.«

»Oder uns eine Kugel in den Kopf jagt!«

»Mach dir keine Sorgen«, sagte Cheney. »Sie brauchen Geld.« Aber er klang nicht sehr überzeugend.

Einen Augenblick später näherten sich ihnen drei in lange weiße Burnusse gekleidete Gestalten. Jede von ihnen trug ein Sturmgewehr.

»Das sieht nicht gut aus«, fand Brunel.

»Im Gegenteil, das stand zu erwarten«, versicherte Cheney. »Es wäre sehr ungewöhnlich, wenn sie keine Waffen trügen. Warte hier, ich geh und rede mit ihnen.«

Cheney eilte den Ankömmlingen entgegen. Er vermutete, dass der Mann, der vor den anderen herging, der Anführer war, und steuerte auf ihn zu.

»Michael Cheney.«

Cheney streckte die Hand aus, aber der Mann ergriff sie nicht.

»Sprich«, forderte er ihn auf.

Das Gesicht des Mannes war ausdruckslos. Als würde man zu einer Betonwand sprechen, dachte Cheney. Er schluckte ein paarmal, ehe er anfangen konnte.

»Wir haben ein gemeinsames Problem«, sagte er und wischte sich mit dem Hemdsärmel den Schweiß von der Stirn. »Du verstehst sicherlich, was ich meine.«

»Das ist möglich.«

Da soll sich einer mit diesen verdammten Kameltreibern auskennen, dachte Cheney gequält. Scheiße, Dick hatte recht, wir hätten nicht hierherkommen sollen.

»Ich meine das Ungeheuer, das gerade bei der Oase Siwa entsteht«, erklärte Cheney. »Das ist für uns ein großes Problem. Und wie ich glaube, wird es auch für euch ein großes Problem werden.«

»Warum willst du mit mir darüber sprechen? Und warum sagst du, dass der sogenannte Kleine Finger Gottes auch für uns ein Problem ist?«

Der Mann sprach gebrochen Englisch mit arabischem Akzent und wirkte nicht besonders interessiert. Cheney schwitzte immer heftiger in der brennenden Sonne.

»Wenn der Strompreis zusammenbricht, wer will dann noch zweihundert Dollar für ein Barrel Öl bezahlen?«, sagte er.

Der Mann rieb sich das Kinn. Cheney fand, dass er jetzt zum ersten Mal etwas neugierig wirkte.

»Hast du einen Vorschlag?«

»Wir schlagen ein taktisches Bündnis vor. Im Geist von Kautilya und Arthashastra. Der Feind meines Feindes und so weiter.«

Das Gesicht des Arabers verzog sich zu einem angespannten Lächeln.

»Du schlägst uns ... ein taktisches Bündnis mit der amerikanischen Großindustrie vor?«

Der Gedanke schien ihn höchlich zu amüsieren.

»Ist das denn so befremdlich?«, wunderte sich Cheney.

Der Araber lachte laut auf. Auch seine Begleiter grinsten. Dann wurden sie ernst.

»Wenn ihr uns helft, können wir zumindest die Kosten abdecken, die durch die Arbeit möglicherweise entstehen. Vielleicht auch etwas mehr.«

»Erklär das.«

Konzentriert hörte der Mann zu, als Cheney seinen Vorschlag erläuterte.

Dann fragte er:

»Warum macht ihr das nicht selbst?«

»Es ist besser, wenn die Attentäter so aussehen wie Einheimische«, erklärte Cheney. »Wenn Vertreter westlicher Konzerne Eigentum der ägyptischen Regierung zerstören, ist die Wirkung vielleicht nicht die gewünschte.«

Der Araber nickte.

»Ich verstehe, was du meinst. Aber warum sollte euer Atomkraftwerk für uns weniger nachteilig sein als Gottes Kleiner Finger?«

Wieder wischte sich Cheney den Schweiß von der Stirn.

»Wenn die Elektroautos nicht mit Öl konkurrieren können, dann bekommt ihr für den Rest eures Öls die zweihundert Dollar pro Barrel«, sagte er. »Vielleicht auch ein bisschen mehr. Sonst könnte ein großer Teil eures geliebten Öls sogar im Boden bleiben. Das Geld entscheidet.«

Der Araber sah Cheney ungläubig an und schüttelte den Kopf.

»Eine solche Frage kann ich nicht allein entscheiden«, sagte er dann. »Warte hier.«

Cheney blickte zu der am Himmel glühenden Sonne hinauf.

»Hier ist es verdammt heiß. Könnte ich nicht mit ins Zelt kommen?«

»Wenn du willst. Aber wenn du siehst, wer alles dort ist, müssen wir dich töten.«

»Das war doch bestimmt ein Witz?«, fragte Cheney leicht besorgt.

Das Gesicht des Arabers war wie versteinert.

»Dann bleibe ich vielleicht hier«, brummte Cheney.

Der Araber ging zu einem Zelt und hob den Stoff an, der die Türöffnung bedeckte. Im Inneren schwebte stark duftender, süßlicher Rauch. Dort hielt sich nur ein einziger Mann auf. Sein Gesicht war übersät von entstellenden Narben, und einer seiner Arme endete oberhalb des Ellbogens. Sein richtiger Name war Midhat Mursi al-Sayid Umar, aber die ganze Welt kannte ihn unter einem anderen Namen. Abu Khalib al-Masri war der Leiter der Abteilung, die bei al-Qaida für die Entwicklung von Massenvernichtungswaffen zuständig war. Die Welt glaubte, er sei im Januar 2006 bei einem Angriff der amerikanischen Kampfflugzeuge auf das Dorf Damadola in der nordwestlichen Provinz Pakistans ums Leben gekommen. In Wirklichkeit hatte Al-Masri jedoch nur einen Arm verloren. Außerdem war seine Wirbelsäule gebrochen, und er hatte an verschiedenen Stellen in seinem Körper Metallsplitter, von denen man nur einen Teil hatte entfernen können.

»Was will er, Fouad?«, fragte al-Masri.

Al-Masri änderte seine Lage auf den Kissen. Die Bewegung war langsam und vorsichtig, aber trotzdem verzog sich sein Gesicht vor Schmerzen zu einer Grimasse. Fouad Badou sah seinen Chef mitfühlend an

»Sie wollen unsere Hilfe«, antwortete er.

»Was meinst du damit?«, fragte al-Masri, und die Überraschung stand ihm ins Gesicht geschrieben.

Al-Masri keuchte ein wenig, und Fouad wusste, dass das von den ständigen Schmerzen in den Verletzungen herrührte. Nicht einmal das Opium, das al-Masri fast pausenlos rauchte, konnte die Schmerzen im Zaum halten. Fouad wusste, dass al-Masri nur am Leben blieb und weiterlebte, um seine wichtigste Aufgabe zum Abschluss zu bringen. Sobald die Arbeit getan wäre, würde er gerne gehen. Der Tod würde für al-Masri in erster Linie die Befreiung von den endlosen Qualen bedeuten, die von den Verletzungen herrührten, die er in Damadola davongetragen hatte.

»Sie wollen, dass wir ihnen helfen, die Bauarbeiten am Sonnenkraftwerk Wahat Siwah zu stoppen«, erläuterte Fouad. »Sie sind bereit zu zahlen. Viel Geld.«

Al-Masris Miene wurde schwer durchschaubar. Er sagte nichts, sondern griff stumm nach seiner Pfeife. Fouad sah, wie diese Bewegung eine neue Welle von Schmerz in ihm auslöste. Al-Masris ganzer Körper krümmte sich gleichsam im eisernen Griff dieses Schmerzes zusammen. Als die Welle abebbte, stopfte al-Masri sich seine Pfeife mit Opium.

»Sie bitten uns um Hilfe?«, sagte er schwärmerisch. »Das ist schwer zu glauben! Dass sie nicht verstehen, was wir planen. Obwohl al-Zarqawi in seiner Dummheit schon alles einem windigen jordanischen Journalisten ausgeplaudert hat.«

Al-Masri zündete sich seine Pfeife an und sog probehalber eine kleine Menge Rauch ein.

»Glaubst du, das ist eine Intrige?«, fragte Fouad.

Al-Masri machte gierige Lungenzüge. Fouad sah, dass er allmählich Erleichterung spürte. Die Verkrampfung des Körpers ließ nach, und al-Masri entspannte sich. Sein Blick suchte das Schachbrett, das auf einem niedrigeren Diwan lag.

Al-Masri stand auf, ohne sich um die Schmerzen zu kümmern, und schleppte sich zu dem Schachbrett hin. Er betrachtete es einen Augenblick lang und entfernte dann die beiden weißen Türme, die weiße Königin, einen Läufer und einen Springer.

»Dies war es, wovon wir ausgegangen sind«, sagte al-Masri. »Wir waren sehr schwach, geschwächt von der langen Unterdrückung zuerst durch die Türken und dann durch die Briten. Wir sollten überhaupt keine Chance haben.«

Ein müdes Lächeln flog über al-Masris von Narben und

Furchen gezeichnetes Gesicht. Er nahm die schwarze Königin vom Brett, die beiden schwarzen Türme und einen der beiden schwarzen Springer.

»Doch dann wendete sich unser Schicksal, und Gott schenkte uns die Schlüssel zum Sieg«, sagte al-Masri.

Einen Augenblick lang klang er fast froh.

Al-Masri sah, dass Fouad Badou ihn mit abgöttischer Verehrung im Blick ansah. Er wandte sich dem jungen Mann zu, und auf seinem Gesicht lagen plötzlich eine überraschende Wärme und Zärtlichkeit.

»Also: Was genau schlagen sie vor?«, fragte al-Masri.

7

Frau Schrader hatte das Schachbrett aufgeklappt und stellte die Spielfiguren auf ihre Plätze.

»Wir haben schwere Fehler gemacht«, sagte sie. »Zu viele schlechte Züge. Afghanistan. Der Irak. Wir haben dem Iran mit Krieg gedroht. Und Kaschmir, im Oktober 2005. Das ist möglicherweise unser größter Fehler gewesen.«

Lauri sah Schrader interessiert an, denn er war in dieser Sache völlig derselben Meinung. Nachdem am zweiten Weihnachtstag der Tsunami die Küsten von Indonesien, Indien, Sri Lanka und Thailand heimgesucht hatte, streuten die westlichen Länder Milliarden von Euro über dem Gebiet aus, obwohl nur ein Teil des Geldes sinnvoll hatte verwendet werden können. Als aber hunderttausend Muslime in Kaschmir zu Tode kamen und drei Millionen andere im Winter am Himalaja zu erfrieren drohten, erregte das nur wenig Interesse. Die Hilfe der westlichen Länder war gering und kam nur schleppend in Gang. Jamaat-al-Dawa, Jamaat-e-Islami, Khuddam-ul-Islam und viele andere, al-Qaida nahestehende Organisationen kamen von den Bergen herab. Sie unterstützten die Opfer des Erdbebens mit Nahrungsmitteln und Kleidung und halfen ihnen, sich vor dem Winter Unterkünfte zu bauen.

Dasselbe Erdbeben hatte auch die Reihen von Gaszentrifugen der Forschungslabors von Khan in Kahuta zerstört. Lauri wusste, dass die Regierung Musharraf, als sie das nächste Mal eine Bestandsaufnahme des in Kahuta produzierten hoch angereicherten Urans machte, nur achtzig von insgesamt hundertzwanzig Tanks lokalisieren konnte. Einige der verschwundenen Tanks hatten die Größe eines Pkw gehabt. Die meisten waren sicherlich an die Kundenstaaten Pakistans verkauft oder zum Bau von fertigen, bereits in den Export gegangenen Kernwaffen benutzt worden. Aber waren einige der Tanks vielleicht in noch gefährlichere Hände gelangt? Niemand außerhalb Pakistans wusste das.

»Wir müssen sicherlich davon ausgehen, dass einige der HEU-Tanks von Kahuta der al-Qaida in die Hände gefallen sind«, sagte Schrader. »Nicht wahr?«

»Das ist gut möglich«, räumte Lauri ein.

Die weißen Figuren standen jetzt alle an ihrem Platz, in zwei Reihen, vorn die Bauern und dahinter die schönen, nach indischer Art stilisierten Offiziere. Schrader stellte die schwarzen Figuren auf die Spielfelder am anderen Ende des Schachbretts.

»Und dann noch die Krawalle von Gujarat«, erinnerte ihn Schrader.

»Genau«, sagte Lauri trocken.

Die Aktivisten von Vishwa Hindu Parishad hatten Hunderten von muslimischen Frauen die Kleider vom Leib gerissen, sie vergewaltigt, ihnen Kerosin in den Hals gegossen und sie angezündet. Die Botschaft an die hundertfünfzig Millionen Muslime Indiens hätte nicht deutlicher ausfallen können. Unterwerft euch! Unterwerft euch dem Gedanken, dass ihr künftig sogar noch unter den kastenlosen Hindus steht. Gebt das zu, denn ihr habt jetzt gesehen, wie es euren Frauen, Töchtern und Müttern ergeht, wenn ihr das nicht akzeptiert.

»Wir hätten über Gujarat ein internationales Handelsembargo verhängen sollen«, erklärte Schrader. »Und dafür sorgen, dass die Schuldigen vor Gericht gestellt werden. Aber wir haben nichts getan.«

Wir hatten vielleicht gerade damals etwas anderes zu bedenken, überlegte Lauri. Aber vielleicht war das keine Entschuldigung.

»Machen wir ein Spiel?«, fragte Schrader und deutete auf das Schachbrett.

»Warum nicht«, willigte Lauri ein.

»Schwarz oder weiß?«

»Na, vielleicht eher weiß.«

Lauri eröffnete klassisch, indem er den Läufer und die Dame freisetzte.

»Die ursprünglichen Ziele von al-Qaida waren eigentlich noch recht bescheiden, nicht wahr?«, fragte Schrader. »Oder was meinen Sie?«

Sie zog den links von seiner Dame stehenden Bauern.

»Die christlichen Soldaten raus aus dem Heiligen Land und den Ölpreis auf einhundertfünfzig Dollar das Barrel«, sagte Schrader. »Klingt denn das nun immer noch so schrecklich? Jetzt? Vielleicht hätten wir doch einwilligen sollen. Oder uns zumindest auf Verhandlungen einlassen.«

Lauri verschob seinen Läufer, Schrader einen weiteren Bauern.

»Das wäre vielleicht sinnvoll gewesen«, bestätigte Lauri.

Lauri sah, dass Katharine ihr Spiel interessiert verfolgte. Er stellte seine Dame auf ein Feld, von dem aus sie Schraders König bedrohen konnte. Schrader wehrte seinen Angriff ab, indem sie ihren zweiten Springer in den Kampf warf.

»Wir dachten, es sei das Beste, auf Gewalt mit Gewalt zu antworten«, erklärte Schrader. »Ihnen ist sicherlich bekannt, dass al-Qaida ursprünglich plante, zwei Kernkraftwerkkomplexe zu attackieren und nicht das Pentagon und die Doppeltürme? Schach.«

»So ist es«, murmelte Lauri.

Er musste seinen König in Sicherheit bringen.

»Sie wissen wahrscheinlich, warum sie ihre Pläne geändert haben?«, fragte Schrader.

Sie holte auch ihren zweiten Springer auf das Spielfeld. Lauri erkannte, dass sie schon einen neuen Angriff vorbereitete. Verdammt noch mal, Schrader spielte ein wirklich aggressives und hartes Spiel. Na, so etwas hätte man von der Geschäftsführerin eines großen multinationalen Unternehmenskonsortiums vielleicht auch erwarten können.

»Ich habe gelesen, was sie selbst dazu behaupten«, sagte Lauri. »Sie haben ja kein Geheimnis daraus gemacht.«

Lauri wusste, dass nach Ansicht von al-Zawahiri und den anderen Führern der alten Garde von al-Qaida ein Angriff gegen Atomkraftwerke falsch gewesen wäre, weil der genaue Umfang der davon verursachten Vernichtung nicht zuverlässig eingeschätzt werden konnte.

Ihrer Meinung nach hatte al-Qaida nur das Recht, vier oder höchstens sechs Millionen Amerikaner zu töten. Nur einen Amerikaner für jeden Muslim, dessen Tod ihrer Meinung nach die Vereinigten Staaten zu verantworten hatten.

»Wahrscheinlich wissen Sie auch, was die Anführer der neuen Generation zu dem Thema geschrieben haben?«, fragte Schrader. »Al-Suri und al-Zarqawi und diejenigen, die nach ihnen kamen?«

»Ich habe ihre Texte gelesen«, bestätigte Lauri.

Schrader schlug mit ihrer Dame einen von Lauris Bauern.

»Schach«, sagte sie. »Macht einem das nicht ein wenig Angst?«

»Abgesehen davon, dass sie so etwas natürlich nicht tun können.«

Lauri schützte seinen König mit einem Springer. Schrader antwortete darauf, indem sie den Springer mit ihrem Läufer schlug. Oh Shit, dachte Lauri, das wird böse enden.

»Sind Sie sich da ganz sicher?«, fragte Schrader.

Lauri zuckte die Achseln und breitete die Hände aus.

»Wie sollten sie das denn anstellen?«

Mit seiner Dame schlug er Schraders Läufer.

»Und wenn sie nun zwei oder drei der Kanister von Kahuta haben?«

Schrader zog wieder ihren Springer.

»Und wenn schon«, widersprach Lauri. »Sie würden nicht wagen, sie zu benutzen. Sie würden wissen, dass wir uns dann rächen. Als sie in New York dreitausend Menschen getötet hatten, rächten wir uns mit einem Krieg, in dem über eine Million Muslime ums Leben kamen. Was würden wir tun, wenn sie einen Atomschlag gegen uns führen?«

Lauri brachte seine Dame in Sicherheit.

»Aber wenn sie etwas täten, wofür wir keine Vergeltung üben könnten?«, fragte Schrader. »Zumindest nicht mit Kernwaffen?«

8

Die Frau in dem purpurroten Gewand ging in die Hocke und schob ihre Hand in den Sand. Ihre vergoldeten, kunstvoll verzierten Armreifen klingelten an den Handgelenken. Die Frau ballte die Hand zur Faust und hob sie in die Höhe. Der feine gelbe Sand rann ihr durch die Finger, und der noch leichtere Staub zerstob in der Luft. Hinter ihr stand eine westlich gekleidete, jüngere Frau mit schwarzem, lockigem Haar.

Staub in den Gegenwind, dachte die Frau. Nichts als Staub in den Gegenwind. Wieder einmal. Würde es auch diesmal so sein? Einen Augenblick nur, und der Wind würde alle Spuren ihrer Arbeit verweht haben, nichts würde mehr übrig sein.

Wird aus mir ein neuer Frank Shuman?, überlegte sie.

Sie dachte an all das, was sie für Gottes Kleinen Finger geopfert hatte.

In rascher Folge zog eine Reihe von Bildern an ihrem inneren Auge vorüber. Sie erinnerte sich an ihre Kindheit im Iran, an ihren zoroastrischen Vater. Handle gut, denke an gute Dinge, verhalte dich gut. Alljährliche Sonnenfeste, die ihr Vater auch dann feiern wollte, als die Atmosphäre im Land mit der Revolution engherziger und intoleranter geworden war. Es waren immer fröhliche, warmherzige Familienfeiern gewesen, und sie hatten weiterhin einen wichtigen Platz unter den besten und teuersten Erinnerungen aus ihrer Kindheit. Klar und deutlich erinnerte sie sich auch an ihre alljährlichen

Besuche in Ägypten bei den steinreichen Eltern ihrer Mutter.

Sie rief sich ihre Schulkameradinnen und die plötzlichen Veränderungen im Zuge der Revolution in Erinnerung, den Zwang, einen Schleier zu tragen. Wie ihre liebsten Freundinnen sich plötzlich gegen sie gewandt, sie auf der Straße umgeschubst und bespuckt hatten. Wie sie in den Armen ihrer Mutter geweint hatte, mehr wegen der Demütigung und Enttäuschung als wegen ihrer aufgeschlagenen Knie.

Sie waren nach Ägypten gezogen. Dort hatte sie ihrer Großmutter von ihren Träumen erzählt, und die Großmutter hatte die Eltern dazu bewogen, ihre Zustimmung zu geben. So hatte sie in den Vereinigten Staaten mit dem Geld ihrer Großeltern studieren können. Als sie nach Ägypten zurückkehrte, bekam sie dank der Beziehungen ihrer Großeltern sofort einen Arbeitsplatz an der Universität Kairo.

Die Frau hob den Kopf und betrachtete Gottes Kleinen Finger mit gemischten Gefühlen. Das majestätische Bauwerk bewirkte, dass sie sich selbst klein und unbedeutend fühlte. Wie ein Sandkorn im Dünenmeer der Sahara, wie eine in einem flüchtigen Moment vergehende winterliche Schneeflocke in den Bergen von Täbris. Obwohl sie in mehr als einer Hinsicht die Mutter der ganzen Anlage war. Gottes Kleiner Finger war, in seiner heutigen Form, ihre Schöpfung. Sie wusste, dass er ohne sie niemals entstanden wäre.

Sie war oft stolz darauf gewesen, aber jetzt war sie nur traurig und deprimiert.

Wir sind schon so weit gekommen, dachte sie. Wir sind schon so nahe daran. Aber alles entgleitet uns wieder wie Wüstenstaub. Wir sind nicht imstande festzuhalten, was wir erreicht haben. Es ergeht uns so wie Shuman.

Ich habe so viel geopfert, damit dies hier zustande kommt,

dachte sie wieder. So viel. Fast all die Dinge, die Menschen normalerweise haben und die ihnen fast immer wichtiger sind als alles andere. Auch ich hätte all das haben können, aber ich habe beschlossen, mich nicht darum zu bemühen. Um Gottes Kleinen Fingers willen.

Verzeih, Mutter, dachte sie. Verzeih, Vater, ich habe eure Hoffnungen und Erwartungen enttäuscht.

Und das alles … vergebens? Das war schwer zu akzeptieren. Das konnte man unmöglich ertragen. Die Begegnung mit der Wahrheit war schmerzhaft.

Als sie aber die leuchtende Kugel der Sonne am Himmel glühen sah, dachte sie, dass das, was sie hier tat, in gewisser Weise vielleicht doch etwas war, das ihr Vater zu schätzen gewusst hätte. Wenn ihr Vater noch leben würde.

Sie betrachtete die Sonnenscheibe und Gottes Kleinen Finger und nahm ein kleines Notizbuch und einen Stift aus ihrer Tasche. Sie fertigte eine Skizze von dem Anblick, der sich ihr bot. Ihre Striche waren rasch, präzise und stark.

»Ganz gut«, kommentierte die Stimme der jüngeren Frau hinter ihr.

»Danke, Raphaela«, antwortete Razia al-Qasreen.

Zugleich aber spürte sie, wie die Verzweiflung ihr die Kehle zuschnürte, und obgleich sie nicht wusste, ob dort oben jemand war oder nur die geräuschlose Leere des Himmels sie anstarrte, sandte sie in Gedanken ein kleines, rasches Gebet zu den Wolken empor.

Nur für den Fall, dass es etwas Größeres gab als den Menschen. Dass jemand, der größer war als sie, sie hörte und ihr helfen wollte. Denn sie wusste, dass sie jetzt all die Hilfe brauchen würden, die die möglichen höheren Mächte ihnen zu geben bereit waren.

9

Lauri versuchte verzweifelt, seine Gedanken zu ordnen. Er hielt den Atem an, denn was Schrader gerade dargelegt hatte, war niederschmetternd. Da muss ein Fehler sein, irgendwo, dachte er fieberhaft.

»Wie viel Megawatt Strom würde Ihr futuristisches Sonnenkraftwerk produzieren?«, fragte Lauri zerstreut. »Zehn? Hundert?«

»Ach, viel mehr«, sagte Schrader. »Mindestens tausendzweihundert Megawatt.«

»Das ist zweifellos ziemlich viel für ein einziges Sonnenkraftwerk«, räumte Lauri ein. »Aber ich glaube, dass die Zukunft des Sonnenstroms in der konzentrierenden Fotovoltaik und in modernen thermoelektrischen Zellen liegt. Ich glaube nicht recht, dass Sonnenwindkraftwerke genauso billigen Strom produzieren können.«

Lauri hatte erwartet, dass Schrader gekränkt reagieren würde, aber auf ihrem Gesicht erschien ein breites, strahlendes Lächeln.

»Ein Sonnenwindkraftwerk hat einige zusätzliche Vorteile«, sagte sie.

»Zum Beispiel?«, fragte Lauri herausfordernd.

Schrader antwortete nicht, sondern entnahm ihrem Aktenkoffer eine große Landkarte von Ägypten. Sie entfaltete sie auf dem Tisch des Speisezimmers.

»Ich hoffe, es ist Ihnen recht?«, fragte sie Katharine.

»Aber natürlich.«

»Wir sollten vielleicht von hier, von der Qattara-Senke, ausgehen.«

Schrader klopfte mit dem Zeigefinger auf einen tiefgrünen, länglichen Fleck in der nordwestlichen Ecke der Karte. Lauri las: Qattara Depression. Neben dem Namen stand die Zahl 133, davor ein Minuszeichen.

»Die Qattara-Senke«, sagte Lauri. »Liegt sie wirklich mehr als hundert Meter unter dem Meeresspiegel?«

Schrader nickte.

»Ja. Beziehungsweise ihr tiefster Punkt. Insgesamt liegen dort etwa fünfzigtausend Quadratkilometer unterhalb des Meeresspiegels. Hier, am westlichen Ende der Senke, befindet sich Wahat Siwah, die Oase Siwa. Der Ort, wo wir unser Sonnenkraftwerk errichten, liegt hier, also westlich dieser kleinen Hügel, grob geschätzt hundertfünfzig Kilometer südsüdwestlich von der Oase Siwa.«

Die Qattara-Senke?, überlegte Lauri. In welchem Zusammenhang hatte er diesen Namen schon gehört?

Annelies Schrader las seine Gedanken.

»Richtig, die Schlacht von El Alamein«, sagte sie.

Lauri stand auf und ging zum Fenster. Er betrachtete die am Himmel treibenden hellen Wolkenfetzen und versuchte, seine Gedanken zu sammeln.

»Der Sonnenstrom wird auf jeden Fall den großen Durchbruch erleben«, sagte er. »Und mit Sicherheit auch ohne mich.«

»Wenn wir mit der Sonne nicht auch Nachtstrom produzieren können, dann kann das Szenario, das wir vorhin entworfen haben, Wirklichkeit werden«, behauptete Schrader.

»Ihr Dingsda kann auch Nachtstrom produzieren?«, fragte Lauri erstaunt.

»Man kann die Produktion sogar auf die Nacht konzentrieren«, versicherte Schrader. »Außerdem ist das Projekt gleichsam Teil eines viel umfassenderen Komplexes. Uns geht es eigentlich darum, mit einem Schlag das ganze Problem der Klimaerwärmung zu lösen.«

»Wie bitte?«, staunte Lauri.

Hatte er sich verhört?

»Vielleicht sollte ich mich erkundigen, ob Sie jemals am Nakuru-See in Kenia gewesen sind?«, fragte Schrader.

Lauri erbebte. *Denk an Nakuru.* Aber das war doch nur ein Traum gewesen!

»An einem kleinen See gibt es dort mehr große Vögel als in ganz Europa«, bemerkte Annelies Schrader. »Das stimmt einen nachdenklich, nicht wahr?«

Was soll ich darauf antworten?, dachte Lauri. Soll ich das nur deswegen bejahen, weil Alice im Traum vom Nakuru-See zu mir gesprochen hat?

Schrader sah, dass Katharine ihr Gespräch von der Seite verfolgte. Sie blickte in Katharines Richtung und sah ihr direkt in die Augen. Die Botschaft war klar. Hilf mir, sei so lieb.

Sollte ich das tun?, dachte Katharine.

Vielleicht sollte ich es, ja. Vielleicht würde es Lauri guttun. Vielleicht würde es ihm helfen, seine Dämonen loszuwerden. Oder sie zumindest ein wenig zu verdrängen. Durch dieses Projekt würde Lauri etwas für solche Dinge tun können, die Alice besonders wichtig gewesen waren. Katharine stand auf. Sie trat vor den großen Spiegel und betrachtete sich darin. Außerdem könnte es auch dir selbst ganz guttun, sagte sie zu ihrem Spiegelbild. Gerade dort in der schmutzigen Gasse und in dem grauen Regen hast du noch gedacht, dass du irgendwo anders hinmöchtest. Zum Beispiel zurück nach Phoenix. Aber da du das im Grunde gar nicht willst, warum fährst du dann nicht zum Beispiel nach Ägypten, das wäre doch eine schöne Abwechslung? Außerdem ist das nicht besonders gefährlich. Wenn von den Mitarbeitern des großen Bauprojekts in einem Zeitraum von vielen Jahren nur ein einziger ums Leben gekommen ist, dann müsste ich schon ziemlich großes Pech haben, wenn mir dort etwas Schlimmes passieren sollte. Katharine fasste ihren Entschluss.

»Hör dir das jetzt bis zu Ende an«, forderte sie Lauri auf. »Vielleicht kannst du dabei etwas lernen.«

Katharine kam näher und legte Lauri die Hand auf die Schulter.

»Und wenn ich mitkäme? Warum sollten wir nicht hinfahren und uns das ansehen? Im Grunde wollte ich schon immer mal nach Ägypten!«

Lauri sah Katharine überrascht an.

Verdammter Mist, dachte er. Wie kann ich jemandem eine Absage erteilen, der mir zweimal das Leben gerettet hat?

Katharine sah, dass Lauri zu schwanken begann. Das könnte klappen, sogar leichter, als ich es mir vorgestellt hatte, dachte sie. Vielleicht versteht Lauri auch selbst, dass die afrikanische Sonne ihm guttun würde.

Doch plötzlich befiel Katharine für einen verschwindend kurzen Augenblick eine kleine, brennende Angst. Sie wusste nicht, woher die Ahnung kam, aber einen Augenblick lang war das Gefühl einer Gefahr sehr konkret, fast mit den Händen zu greifen. Einen flüchtigen Augenblick lang hatte sie das schneidende Gefühl, von irgendwo aus großer Höhe herabzustürzen. Aus sehr, sehr großer Höhe.

War dies eine Vorahnung? Sollte man solche Dinge ernst

nehmen? Und wenn ich nun sterben muss, wenn ich nach Ägypten fahre?

Quatsch, dachte Katharine, ich bin nicht abergläubisch! Sie verdrängte die bösen Ahnungen.

»Na gut«, sagte Lauri.

Außerdem ist es jetzt wohl zu spät, um zu bereuen, dachte Katharine.

10

Während die Maschine in einem Bogen den Flughafen von Kairo anflog, konnten Katharine und Lauri einen Blick auf einen Landstrich der Westlichen Wüste Ägyptens und langgestreckte, rötliche Streifen erhaschen, die die Wüste etwa in Nord-Süd-Richtung durchzogen. Das mussten große Längsdünen sein. Lauri konnte nicht einschätzen, wie lang sie waren, aber er konnte ihr Ende nicht sehen. Wenn er sich recht erinnerte, waren die größten Längsdünen der Sahara bisweilen Hunderte von Kilometern lang.

Hinter ihnen schimmerte blau das Mittelmeer. Als die Maschine drehte, sahen sie das Nildelta. Lauri wusste, dass es jedes Jahr ein paar Millimeter weiter im Meer versank. Gleichzeitig neigte es sich, weil die eine Seite des Deltas schneller versank. Vor dem Bau des Assuan-Staudamms hatte das Hochwasser des Nils jedes Jahr gewaltige Mengen Sand und anderen Schlamm mitgebracht. Das hatte das Versinken verlangsamt, aber jetzt kamen die Schlammmassen nicht mehr zum Ziel, sondern versanken in den Staubecken. Das Abschmelzen des Inlandeises von Grönland und der westlichen Antarktis verschlimmerte die Lage. Das abbrechende Inlandeis erzeugte so viele Eisberge, dass der Meeresspiegel schon um acht Millimeter jährlich anstieg. Außerdem regnete auf die fruchtbare Schwarzerde der Nilufer ständig Sand herab, den der Wind in die obere Atmosphäre getragen hatte. Das minderte die Fruchtbarkeit des Bodens, und der vom Hochwasser mitgeführte Schlamm konnte den Schaden nicht mehr kompensieren. Dieses Land könnte bald schwer in der Bredouille stecken, dachte Lauri. Er wollte sich gar nicht ausmalen, in welchem Zustand sich Ägypten in hundert Jahren befinden würde, falls nicht irgendein überraschendes Moment den Trend der Entwicklung wenden sollte.

»Hier werden wir nicht frieren«, sagte Katharine, als sie aus dem Flugzeug ausstiegen.

Die Temperatur lag im Schatten sicherlich bei etwa dreißig Grad Celsius. Aber die Luftfeuchtigkeit war so gering, dass die Hitze nicht erstickend wirkte. Die Luft war dunstig und roch nach Rauch.

Die Fahrt mit dem Taxi durch die Vorstädte von Kairo, die sich in alle Richtungen ausbreiteten, erschien ihnen endlos. Sie passierten gewaltige Reihen von Betonkolossen im Nasser-Stil. Kürzlich hatte die Einwohnerzahl von Kairo die Grenze von zwanzig Millionen überschritten.

Schmutzige Dunstwolken schwebten in geringer Höhe über den Häusern, sodass die Sicht zeitweilig nur ein paar Hundert Meter betrug. In der Nähe des Zentrums stauten sich die Massen von Autos und Motorrädern zu einem Gedränge, das kaum von der Stelle kam. Der Taxifahrer drückte auf die Hupe in der Hoffnung, die vor ihm fahrenden Autos damit zu einer schnelleren Gangart zu bewegen. Leider dachten auch viele andere so, und so mischten sich die Huptöne zu einer in den Ohren schmerzenden Kakophonie. Im Taxi wurde es immer heißer, und Katharine spürte, wie ihre Kleider auf dem mit Kunststoff bezogenen Sitz allmählich nass wurden. Die rauchige Luft brannte ihr schon in den Lungen.

Hier und dort stoben von Dächern und Straßen große Schwärme von Tauben und afrikanischen Krähen mit weißer Brust auf. Die Vielfalt der Gerüche und Düfte, die durch die offenen Fenster des Taxis hereingeflutet kamen, war erstaunlich. Der Geruch von Tieren, Kloaken und Abfällen, die neben den Basaren verfaulten. Die feineren Düfte von Räucherwerk und Gewürzen. Die bittere Nuance von Rauch und Dieselöl. Frisches Holz und Kameldung.

»Morgen früh hätten wir Zeit, die Pyramiden von Gizeh zu besuchen«, sagte Katharine hoffnungsvoll. »Wir werden ja erst übermorgen abgeholt.«

»Wieso erst dann?«, fragte Lauri verwundert. »Ich hätte angenommen, dass sie uns möglichst bald auf der Baustelle sehen wollen.«

Katharine errötete leicht.

»Hmm ... Vielleicht war das ja meine Idee. Im Grunde haben sie das sehr gut verstanden.«

Katharine nahm einen ägyptischen Reiseführer aus ihrer Tasche und begann darin zu lesen. Lauri betrachtete zerstreut die vorbeihuschenden Wipfel der Palmen. Die grünen Zweige der jungen Bäume ragten in zarten Fächern auf wie Rasierpinsel. Sie waren von einer dicken Staubschicht bedeckt. In Kairo hatte es offensichtlich lange nicht geregnet. Von den älteren Palmen hingen die kugelförmigen Nester der Webervögel herab, die sie aus Grashalmen und verschiedenen Plastikabfällen kunstvoll gebaut hatten.

»Wusstest du, dass die Verwendung von Aspirin zu medizinischen Zwecken schon vor Tausenden von Jahren in Ägypten erfunden wurde?«, informierte Katharine Lauri. »Ebenso die Antibiotika und das Bauen von Schiffen aus Planken, damit wurde hier vor fünftausend Jahren begonnen. Möglicherweise wurden hier sogar die Lautschrift und die Buchstaben erfunden, obwohl das schon etwas unsicherer ist.«

Der von Palmen gesäumte Boulevard blieb hinter ihnen

zurück. Sie kamen in ein Gebiet mit großen, relativ neuen, modern und sauber wirkenden Eigenheimen.

»Hier heißt es, dass auch der heutige Suezkanal nicht der erste seiner Art ist«, fuhr Katharine fort. »Auch die Perser haben schon einen gebaut, als Ägypten ein Teil ihres großen Imperiums war.«

Lauri fiel auf, dass jedes Haus entweder von einer Steinmauer oder von Metallgittern umgeben war. Goldene Käfige, dachte er. Wenn du eine Festung gebaut hast, um die böse Welt fernzuhalten, hast du dich zugleich darin eingesperrt. Warum lernt der Mensch nichts aus der Geschichte?

»Wusstest du übrigens, dass die berühmte Geschichte von den arabischen Eroberern, die die große Bibliothek von Alexandria verbrannten, gar nicht wahr ist?«, fragte Katharine. »Dass das nur eine viele Jahrhunderte später für die Zwecke der Kreuzfahrer erfundene Propagandageschichte ist?«

»Also die, wo der Scheich – wie hieß er doch gleich – meint, dass, wenn der Inhalt dieser Bücher im Koran erwähnt ist, wir ihn schon kennen, und wenn er nicht im Koran steht, dann könnte er uns nicht weniger interessieren?«, überlegte Lauri.

Auf den Mauerkronen lagen hohe Stacheldrahtrollen und halb in den Mörtel eingelassene große, scharfe Glasstücke.

»Ja, genau die! Hier heißt es, dass die große Bibliothek von Alexandria schon vorher mehrere Male gebrannt hatte.«

»Kunststück, hier mit dem Buch in der Hand die Kluge zu spielen«, schmollte Lauri.

Sie bogen wieder in eine kleine Gasse ein, und das Taxi hielt. Anscheinend war die Straße wieder verstopft, denn Autos, Motorräder und Eselskarren standen vor ihnen in der glühenden Sonne auf der Stelle. Lauri ließ das Fenster herunter und lehnte sich hinaus, um sich einen Überblick über die

Lage zu verschaffen, aber er sah nur den dichten Stau, der sich bis hinter die nächste Straßenecke hinzog.

Katharines Geschichtsvorlesung ging weiter.

»Wusstest du, dass viele Kreuzzüge nach Ägypten unternommen wurden und nicht nach Palästina?«

»Eigentlich weiß ich das«, versicherte Lauri. »Obwohl aus irgendeinem Grund gerade über diese Kreuzzüge kein einziger Hollywood-Film gedreht worden ist.«

Als die europäischen Königreiche ihre Kreuzzüge ins Heilige Land unternahmen, führten sie, wie es in westlichen Filmen und Romanen oft behauptet wird, in Wirklichkeit nicht Krieg gegen die gesamte islamische Welt. Die Reiche der Kreuzfahrer wurden häufig als kleine, tapfere Inseln beschrieben, die sich heldenhaft gegen das Meer der Muslime behaupteten, so wie das kleine gallische Dorf der Asterix-Comics.

In Wirklichkeit richteten sich die ersten Kreuzzüge gegen das Reich der Seldschuken, das damals die östlichen Teile Anatoliens, Syrien und Palästina umfasste. Als ein Teil von Palästina unter die Herrschaft der Mamelucken geraten war, richteten sich die Kreuzzüge gegen Ägypten.

Die Kreuzzüge nach Ägypten waren aus der Sicht der Europäer nicht besonders erfolgreich. Zum Beispiel hatten der fünfte und der siebte Kreuzzug auf genau dieselbe Weise geendet. Beide Male hatte die Armee der Kreuzfahrer, die den Nil entlang Richtung Kairo gezogen war, sich schließlich den Ägyptern ergeben. Beim zweiten Mal geriet auch der französische König Ludwig der Heilige, der Gründer der Inquisition, in Gefangenschaft, und Frankreich musste für ihn hohes Lösegeld an die Mamelucken zahlen.

Der Stau löste sich allmählich auf, und die Fahrzeuge ruckelten qualvoll langsam voran und mussten zwischendurch immer wieder anhalten. Lauri entnahm seinem Flugkoffer eine leporelloartig gefaltete Karte von Kairo. Er breitete sie aus und versuchte herauszufinden, wo ungefähr sie sich befanden.

Das Taxi bog in die Sharia At-Tahrir-Straße ein, und Lauri konnte sich auf der Karte orientieren. Einen Augenblick später fuhren sie auf der Kubri At-Tahrir-Brücke über den Nil auf die Insel Gezira. Das Wasser des Nils war trüb und braungrün. Es erinnerte Lauri an seine Kindheit in der finnischen Stadt Turku und an die etwa gleichfarbige Brühe, die den Aura-Fluss hinuntergeflossen war.

Auf der Brücke und an den Ufern des Flusses standen Leute und angelten. Lauri fragte sich, was für Fische sie zu fangen hofften. Und dann fuhr das Taxi auch schon beim Sheraton vor.

»Schrader hat nur ein einziges Zimmer für uns reservieren lassen«, teilte Lauri Katharine in der Empfangshalle mit. »Wahrscheinlich hat sie angenommen, dass wir ein Paar sind.«

»Hättest du gern ein eigenes Zimmer gehabt?«

»Für mich ist es ganz okay, mit dir in demselben Zimmer zu wohnen. Aber wenn du zwischendurch allein sein möchtest, dann ...«

Katharine schüttelte ungeduldig den Kopf.

»Ach, hör doch auf. Wir werden einander ja wohl noch eine Nacht ertragen, zumal du dich gerade für fast zwei Wochen bei mir eingenistet hattest. Und ich hab wirklich nicht die Absicht loszugehen, um in der Kairoer Nacht fremde Männer anzubaggern. Davon hab ich wahrlich genug. Das kannst du mir glauben.«

Der Hotelpage trug ihnen die Koffer hinterher und schaltete die Klimaanlage ein. Als er gegangen war, zog Katharine sich aus und nahm eine kalte Dusche. Als sie, in ein großes weißes Handtuch gewickelt, aus dem Badezimmer kam, sah sie, wie Lauri ihre langen, gebräunten Beine und Schenkel mit dem Blick streifte.

»Ich sollte dich wahrscheinlich eine Sache ganz geradeheraus fragen«, sagte Katharine nachdenklich.

»Nur zu«, forderte Lauri sie auf.

»Hast du Lust auf mich?«, fragte Katharine.

Nur eine kleine Bewegung, und das Handtuch würde zu Boden fallen und sie vor Lauri nackt dastehen.

»Falls du mir gegenüber solche Empfindungen haben solltest, dann wäre das für mich völlig okay«, fuhr Katharine fort. »Wenn du meine Vergangenheit und alles, was geschehen ist, berücksichtigst, so wäre das wirklich keine große Sache.«

Lauri trat zur Minibar und nahm sich ein Bier heraus.

»Danke«, sagte Lauri. »Aber nein, danke.«

Katharines Stirn legte sich in Falten.

»Na gut. Okay. Aber ... warum? Oder besser: warum nicht? Hast du keine Lust auf mich? Hältst du mich irgendwie für schmutzig wegen der Dinge, die ich früher getan habe?«

Katharines Stimme war kühl und ruhig, enthielt aber eine schroffe, schmerzliche Nuance.

»Dauerhaft verunreinigt?«, fragte Katharine aggressiv. »Auf ewig unrein? Als hätte ich die Lepra?«

Bildete Lauri es sich nur ein, oder schimmerte da etwas in Katharines Augenwinkel? Sie ... weinte doch nicht etwa? Die beinharte Katharine Henshaw ... weinte? Noch dazu in Gegenwart einer anderen Person? Die, wie Lauri fand, bisweilen fast schreckliche, rohe und grobe Kraft ausstrahlende Katharine Henshaw wirkte plötzlich so verletzlich wie ein junges Mädchen.

Lauri trat neben sie. Er fasste Katharine leicht bei den Schultern und sah ihr direkt in die Augen.

»Nein, liebe Freundin«, versicherte er. »Nichts dergleichen.«

»Sondern?«, fragte Katharine erstickt.

»Na, weil es so klar ist, dass du selbst eigentlich keine Lust auf mich hast.«

Katharine sah Lauri forschend an und versuchte zu ergründen, ob er die Wahrheit sprach. Schließlich nickte sie andeutungsweise und setzte sich auf die Sessellehne.

»Kann sein, dass es noch ziemlich lange dauert, bis ich wieder auf irgendjemanden Lust habe«, sagte Katharine leise. »Entschuldige. Ich kann es nicht ändern. Jedenfalls noch nicht. Aber ... das muss kein Hinderungsgrund sein. Du könntest dir vorstellen, es sei einfach ein kleines Geschenk. Von mir für dich.«

Lauri schüttelte den Kopf.

»Ehrlich gesagt, ich finde, das wäre ein verdammt schlechter Deal. Für uns beide.«

»Wie meinst du das?«, wunderte sich Katharine.

»Wie du immer sagst, haben wir beide unsere eigenen Dämonen. Und ich glaube, du könntest an mir sogar ein wenig Freude haben, wenn es darum geht, deine Dämonen zu besiegen. Vielleicht nicht sehr viel. Aber vielleicht ein bisschen. Das ist mir wichtig. Viel wichtiger, als du dir vorstellen kannst. Und ich glaube, dass die Dinge sich ändern würden, wenn ... Na ja, deshalb bin ich jetzt von dem Gedanken nicht sonderlich begeistert. Bevor du selbst dich zu mir hingezogen fühlst.«

Katharine seufzte.

»Du machst alles ziemlich schwierig«, sagte sie. »Unverhältnismäßig kompliziert.«

»Das kann durchaus wahr sein«, gab Lauri zu.

»Wenn du nur nicht auf mich wartest! Das würde ich sogar als bedrückend empfinden. So etwas hast du doch wohl nicht vor?«

Lauri schaute aus dem Fenster.

»Verstehst du, was ich meine?«, fragte Katharine eindringlich.

»Ja, ich verstehe es. Wahrscheinlich sogar ganz gut. Darin liegt ja gerade das Problem.«

11

Am Donnerstagmorgen um neun bekamen Katharine und Lauri einen Anruf von der Hotelrezeption. In der Bar des Foyers wurden sie von drei Personen erwartet, einem Mann und zwei Frauen.

Die ältere der Frauen trug ein auffälliges und, wie Katharine fand, geradezu luxuriöses Gewand, das in interessanter Weise altägyptische und modernere arabische Einflüsse miteinander verband. Sie war hochgewachsen, fast so groß wie Katharine. Viele hätten in ihr vielleicht keine wirkliche Schönheit gesehen, aber ihr Lächeln war so strahlend, dass es alles andere in den Schatten stellte. Jetzt weiß ich wieder, was das Wort Charisma eigentlich bedeutet, dachte Katharine. Sie stellte fest, dass sie die Frau instinktiv gern hatte, noch ehe sie überhaupt etwas gesagt hatte. Zugleich spürte sie jedoch auch einen unangenehmen Stich von Neid, der tief in ihrem Inneren wie eine Schlange den Kopf erhob. Katharine verdrängte das Gefühl, der Neid erschien ihr plötzlich sehr ungerecht und der Situation unangemessen.

»Razia al-Qasreen«, sagte die Frau und reichte Katharine die Hand.

Ihr Begleiter stellte sich als Reino Keskitalo vor. Keskitalo war mittelgroß, hatte einen leichten Bauchansatz und trug einen Bart. Der Bart war schon ziemlich ergraut, aber sein schwarzes Haar war immer noch dicht. Sein linkes Augenlid war vor langer Zeit bei einem Unfall verletzt worden und hing halb über das Auge herab.

Vor Keskitalo auf dem Tisch standen zwei Gläser, von denen das eine, abgesehen von einer Zitronenscheibe am Grund, leer war. Das andere war zur Hälfte mit einer grauen Flüssigkeit gefüllt und enthielt auch eine Zitronenscheibe. Gin Tonic?, überlegte Katharine. Zwei Gin Tonic, so früh am Morgen? In zwanzig Minuten?

Das dritte Mitglied des Empfangskomitees, eine Frau, deutlich kleiner als Razia, hatte blonde Haare, die zu einem buschigen Pferdeschwanz gebunden waren. Sie trug ein schwarzes T-Shirt und die blauen, mit vielen Taschen besetzten Hosen der SunWind-Sicherheitstruppe. Die Frau lächelte freundlich, aber, wie Katharine fand, auch irgendwie unsicher.

»Janet Kendall«, stellte die Frau sich vor und reichte Lauri die Hand.

In ihren Augen lag etwas, woraus Katharine nicht recht schlau wurde. Eine Angst oder Trauer, die sie nur zum Teil bemänteln konnte. Willkommen im Klub, dachte Katharine trocken. Wie viele von uns doch mit der Angst leben.

»Ich arbeite jetzt seit einer Woche als stellvertretende Sicherheitschefin«, erklärte Kendall. »Also, nachdem David rausgeflogen ist, hat Jim sich den Schenkel zerquetscht, und Heinrich musste wegen einer Darmentzündung ins Krankenhaus. Ich bin verdammt froh, euch hier zu sehen. Ehrlich gesagt, fühle ich mich nicht so richtig kompetent für diesen Job!«

»Wir werden sehen«, beruhigte sie Lauri. »Vielleicht machen wir hier ja nur einen Besuch.«

»Auch das kann schon ganz nützlich sein.«

Katharine bemerkte, dass Keskitalo sein Glas in einigen raschen Zügen leerte. Hoffentlich fliegt nicht er den Hubschrauber, dachte sie.

»Wenn Sie Ihr Gepäck beisammen haben, könnten wir gehen«, schlug Razia al-Qasreen vor. »Die Rechnung ist schon bezahlt.«

Draußen wartete ein grauschwarzes Fahrzeug mit einer Aufschrift in großen grünen Buchstaben: SunWind. Katharine registrierte, dass es keinen Auspuff hatte.

»Das ist ein Elektroauto«, erklärte Reino Keskitalo.

Lauri hockte sich hin und warf einen Blick unter das Auto. Er sah, dass auch die untere Fläche des Wagens ein stromlinienförmiges Design hatte.

»Die Karosserie besteht aus Kohlefasern und Magnesium«, warf Keskitalo ein.

»Ganz schön eindrucksvoll«, sagte Lauri aufrichtig. »Ich selbst habe einen Tesla Roadster.«

»Neuerdings produzieren wir auch kleine Stadtwagen«, erzählte Keskitalo. »Sie wiegen nur vierzig Kilo, haben aber auf dem Dach drei Quadratmeter Solarmodule. Allein mit Sonnenlicht fahren sie zwanzig Kilometer pro Stunde, solange die Sonne scheint.«

»Vierzig Kilo? So ein Wagen kann keinen Crashtest bestehen!«

»Wenn ein Elektroauto hundert fahren soll, kommt es mit Solarmodulen allein nicht aus«, erklärte Keskitalo geduldig. »Dann werden Karosserie und Akkus zu schwer. Wir sind aber auch von der Überlegung ausgegangen, wie viel Strom drei Quadratmeter Solarmodule produzieren und was für ein Vehikel man damit noch in Bewegung setzen kann. Wenn die Spitzengeschwindigkeit nur zwanzig Stundenkilometer beträgt, werden die Zusammenstöße nicht so heftig.«

Katharine spürte, dass Keskitalos Atem stark nach Alkohol roch. Offenbar konnte der Mann seine Arbeit trotz des Trinkens erledigen, da Schrader ihn nicht gefeuert hatte. Oder

Schrader hatte ihm aus irgendeinem Grund in ihrer Firma einen geschützten Arbeitsplatz verschafft. Doch dem Namen nach zu urteilen, stammte Keskitalo aus Finnland, aus Lauris Heimat, wo die Menschen sich wohl weiterhin in einer Art archaischen Jäger- und Sammlersprache verständigten. Ein wenig so wie Inuit, Indianer und Tschuktschen. Katharine betrachtete die Männer, die um das Auto herumgingen. Vielleicht verfallen sie deshalb leichter dem Alkohol, dachte sie. Obwohl es Trinker natürlich auch anderswo gab.

»Sie haben also die Planungsparameter gleichsam auf den Kopf gestellt?«, fragte Lauri.

»Es gibt ein Verkehrsmittel, das schwere Lasten ziehen kann, obwohl seine Leistung nur eine Pferdestärke beträgt«, schmunzelte Keskitalo. »Und es hat nicht einmal Räder. Außerdem sind Pferde nicht aus ultraleichten Kohlekompositen hergestellt! Sie bestehen zum größten Teil aus Wasser, also aus unnützem Ballast.«

»Sie müssen nur Bescheid sagen, wenn Sie das Thema satthaben, dann hole ich Betäubungspfeile oder starkes Klebeband«, sagte Razia herzig. »Reino ist vielleicht eine Spur zu begeistert davon.«

»Also, weißt du!«

Keskitalo holte tief Luft. Er wirkte schwer verärgert.

»Ich hab nicht gemeint, dass deine Ideen nicht gut wären«, milderte Razia ihre Kritik ab.

»Und was ist nach Sonnenuntergang?«, mischte Lauri sich in das Gespräch ein. »Oder wenn es regnet?«

Keskitalo zuckte mit den Schultern.

»Der Akku unseres kleinen Vehikels wiegt nur zwanzig Kilo, sodass man ihn in der Nacht einmal pro Stunde wechseln muss. Aber der Wechsel dauert nur ein paar Minuten.«

Zwei Stunden später saßen sie im Hubschrauber von Sun-

Wind, in etwa fünfhundert Metern Höhe. Unter ihnen glitten abwechselnd Sanddünen und Stein- und Kieswüsten vorüber. Zwischendurch sahen sie ab und zu auch Sandsteingebilde, die der Wind zu sonderbaren Formen geschliffen hatte.

»Wir machen einen kleinen Abstecher zur Qattara-Senke«, erklärte Janet. »Sie liegt hinter den Landrücken dort rechts.«

Lauri breitete die Landkarte aus und suchte darauf das Gebiet, über das sie gerade flogen. Laut Karte erhoben sich die südlichen, am Rande liegenden Landrücken der Senke etwa zweihundert Meter über den Meeresspiegel.

Sie erreichten die Senke. Aus der Luft wirkte die Landschaft nicht besonders dramatisch, obwohl der Höhenunterschied zwischen der Talsohle der Senke und den sie umgebenden Hügeln bis zu vierhundert Meter betrug. Dafür fielen die Hänge zu sanft ab. Ein Teil der Senke war mit Sand und Kies, ein anderer mit weißem Salz und schwarzem Schlamm bedeckt. Eine neu wirkende Stromleitung zerschnitt die Landschaft. Die Leitung war überraschend schmal und ihre mit Metallgittern versehenen Masten ungewöhnlich klein und niedrig.

»Eine HVDC-Leitung?«, erkundigte sich Lauri. »Eine Hochspannungsleitung für Gleichstrom?«

»Natürlich«, sagte Keskitalo. »Sonst wären die Übertragungsverluste nach Europa zu groß. Außerdem sind die Gleichstromleitungen leichter zu bauen, sodass die Transformatoren nicht verbrennen, falls es einen Carrington-Event oder etwas ähnlich Unangenehmes gibt.«

»Einen Carrington-Event?«, fragte Lauri nach.

»Das ist ein ungewöhnlich starker Plasmaausbruch in der Sonne«, klärte Katharine ihn auf. »Von so einem wurde die Erde zuletzt im Jahr 1859 getroffen.«

Lauri sah auf die Uhr und zur Sonne und stellte fest, dass sie weiterhin nach Nordosten flogen.

»Fliegen wir nicht in die völlig falsche Richtung?«, fragte er Janet.

»Wir wollten euch ein paar Sachen zeigen«, erklärte Razia.

»Kommt diese Stromleitung von eurem Kraftwerk?«, fragte Lauri.

»Ja«, bestätigte Razia. »Wir haben zu Testzwecken mit nahezu halber Leistung Strom produziert.«

Kurz darauf lagen die nördlichen Abhänge der Senke vor ihnen. Am oberen Ende eines Abhangs gähnte die Öffnung einer schwarzen Höhle. Davor lagen große Haufen Erde und Steine. Bagger beluden große Lkws mit Erde und Steinblöcken.

»Was hat es mit dieser Baustelle auf sich?«, fragte Katharine.

»Das ist das Ende eines zehn Kilometer langen Tunnels«, erklärte Razia. »Der Tunnel bringt Meerwasser in die Senke.«

Meerwasser?, dachte Katharine. Wozu das denn?

»Die ganze Senke liegt tiefer als der Meeresspiegel, das Meerwasser kommt allein durch die Schwerkraft durch den Tunnel bis hierher«, sagte Razia.

»Drehen wir um?«, fragte Janet.

»Das können wir machen«, stimmte Razia zu.

Der Hubschrauber schwenkte sanft in die Richtung um, aus der sie gekommen waren.

»Jetzt fliegen wir direkt zur Oase Siwa«, sagte Janet.

Am Grund der Senke befand sich etwas, das Katharine nicht erkennen konnte: vier oder fünf runde Betonsockel. In deren Mitte gab es etwas Rundes und Glänzendes, von dem nach beiden Seiten je eine lange und gebogene, metallisch glänzende Röhre abging. Janet bemerkte, wohin Katharine schaute.

»Elsbett-Sprinkleranlagen«, sagte Janet.

Aha, Elsbett-Sprinkleranlagen, dachte Katharine. Was mag das sein? Sie sah, dass die sanft zur Seite und nach oben gebogenen Röhren zu ihrer scharfen Spitze hin schmaler wurden. Katharine fand, die Anlagen sahen aus wie riesengroße Stierhörner. Sie stieß Lauri an, der in die angegebene Richtung schaute und beim Anblick der am Grund der Senke montierten Riesensprinkler zusammenzuckte.

Gott behüte, dachte er. Wieder dieser Traum! Darin hatte etwas in dieser Art hinter den Dünen hervorgeschaut. Und Alice sagte, ich solle an die Sprinkler als Waffe denken.

Lauri atmete tief durch. Sollte ich glauben, dass Vorahnungen wahr werden können? Quatsch! Irgendwann muss ich etwas über diesen Ort gelesen oder mir eine Fernsehsendung dazu angesehen haben. Darin ist bestimmt auch etwas über die Elsbett-Sprinkleranlagen gesagt worden.

»Bei ruhigem Wetter bildet sich auf der Meeresoberfläche eine dünne Schicht von feuchtigkeitsgesättigter Luft«, erläuterte Razia. »Sie stoppt die Verdunstung der Feuchtigkeit aus dem Meer, und wenn es noch so heiß ist. Wenn man aber Meerwasser als Tropfen, die klein genug sind, in die Luft sprüht, wächst die Gesamtfläche der zu verdampfenden Wasserflächen um das Zweihunderttausendfache.«

Plötzlich begriff Lauri, wovon Razia sprach.

»Ihr wollt die Regenmenge in der Sahara vergrößern!«, sagte er überrascht.

12

»Ihr wollt also zusätzlichen Regen für die Sahara produzieren«, stellte Lauri fest.

»Dafür werden wir von den Regierungen Ägyptens, Sudans und Libyens bezahlt«, bestätigte Keskitalo ruhig.

»Und das Salz?«, fragte Lauri. »Im Meerwasser gibt es mehr als drei Prozent Salz.«

Janet sah Razia an. Die nickte. Janet ging mit dem Hubschrauber etwas hinunter, sodass sie einen der riesigen Meerwasser-Sprinkler aus geringerer Entfernung sehen konnten. Lauri schätzte, dass die gebogenen, zur Spitze hin schmaler werdenden Rohre mindestens zehn Meter lang waren.

»Wenn das Wasser auf der Talsohle der Qattara-Senke in die Luft gesprüht wird, verbleiben zehn Prozent des Wassers und das gesamte Salz an den Hängen der Senke«, erklärte Razia. »Das Salz kann man als Rohstoff für Kaliumchlorid, Magnesium oder Magnesiumchlorid einsammeln. Das verdunstete Wasser kommt als Regen oder Tau irgendwo weiter weg herunter, großenteils erst Tausende von Kilometern entfernt.«

»Aber wie ergeht es der Sahara?«, fragte Katharine ungläubig. »Wollen Sie … Wird die Sahara aufhören zu existieren?«

»Der Tschadsee wird wieder zum Mega-Tschad, und die Elefantenherden kehren in die Nähe von Timbuktu zurück«, erklärte Keskitalo. »Die Sahelzone und die Randgebiete der Sahara werden sich bewalden. Hier und dort werden auch in der Sahara Bäume wachsen, Akazien, Affenbrotbäume und dergleichen. Aber der größte Teil der Sahara wird sich wieder in eine große Grasebene verwandeln.«

Lauri und Katharine versuchten, das Gehörte zu verdauen. Janet Kendall zog den Hubschrauber wieder zurück auf seine alte Höhe und nahm Kurs auf die Oase Siwa.

»In den Mollisolen der Grasebenen gibt es typischerweise fünfhundert Tonnen Kohle pro Hektar«, erläuterte Keskitalo. »Der Kohlegehalt wird noch größer, wenn man in den Boden auch fein verteilte Holzkohle und langlebige, nur langsam zerfallende thermophile Bakterien mischt. Holzkohle und thermophile Bakterien minimieren auch die Menge der Stickstoffmonoxide, die in die Luft abgegeben werden.«

»Wow«, sagte Katharine aufrichtig begeistert. »Das ist ja eine starke Vision!«

»Die afrikanischen Regierungen möchten auf dem Gebiet der Sahara und des Sahel Pflanzungen für Biobrennstoff anlegen. Unter anderem Kaktuskulturen.«

Sie passierten eine Riesensprinkleranlage nach der anderen. Die standen in der Talsohle im Abstand von einigen Kilometern.

»Warum gerade Kakteen?«, fragte Lauri.

»Das sind sogenannte CAM-Pflanzen«, antwortete Keskitalo. »Crassulean Acid Metabolism. Sie halten ihre Luftspalten tagsüber geschlossen und nehmen nur nachts Kohlendioxid auf. Sie können mit einer kleinen Menge Wasser viel Biomasse produzieren. Fünf- bis siebenmal mehr als die gewöhnlicheren C3-Pflanzen.«

»Aha«, murmelte Katharine. »So so. Das ist ja beachtlich.«

Ich sollte wohl meine Biologiekenntnisse ein bisschen auffrischen, jammerte sie in Gedanken. Was hatte es noch mit diesen C3-Pflanzen auf sich?

»Anderthalb Milliarden Tonnen Biobrennstoffe würden schon das vom Öl gerissene Loch stopfen«, erklärte Keskitalo. »Zumal dann, wenn auch die Elektroautos üblicher werden ...«

»Soll ich jetzt die Betäubungspfeile bereitlegen?«, fragte Razia entspannt.

»Nein, warte noch!«, wehrte Lauri ab. »Da ist eine Sache, die ich noch nicht verstanden habe. Schrader hat uns vom Nakuru-See erzählt. Sie hat gesagt, dass dieses Projekt etwas mit dem Nakuru-See zu tun hat. Was hat sie damit gemeint?«

Lauri verkniff es sich zu erwähnen, dass kürzlich auch jemand anders den Namen des Sees ihm gegenüber erwähnt hatte.

»Die ägyptische Regierung wird bald auch die Abwässer von Kairo in die Qattara-Senke leiten, durch ein anderes Rohr. Wir wollen die Abwässer als Dünger für die einzelligen Algen verwenden«, erklärte Razia.

Ein künstlicher Nakuru-See, dachte Lauri. Sie wollen die Qattara-Senke in einen großen, künstlichen Nakuru-See verwandeln!

»Sie züchten also einzellige Algen im Meerwasser«, stellte Lauri fest.

»Wir haben die Algen in der Salzlösung eingelagert, die übrig bleibt, wenn wir neunzig Prozent des Wassers in der Luft versprüht haben«, erklärte Keskitalo. »Kein Mikroorganismus vermag eine so stark gesalzene Biomasse zu bearbeiten.«

Ja, klar, dachte Lauri. Er wusste, dass die dünne Wasserschicht, die den Grund des Nakuru-Sees bedeckte, voll kleiner Algen war, die Millionen von Flamingos mit ihrem Schnabel aus dem Wasser herausfilterten. Aber die Flamingos fraßen nur einen kleinen Teil der Algen, die übrigen sanken zu Boden und wurden im Salz gespeichert. Wie war es möglich, dass sein Unterbewusstsein dieses Thema nur wenige Stunden vor Schraders Anruf im Traum hatte anklingen lassen?

»Unser Ziel ist es, durch alle unsere Teilprojekte insgesamt drei Milliarden Tonnen Kohle im Jahr aus der Atmosphäre zu entfernen«, bemerkte Razia. »Eine Milliarde Tonnen Kohle lagert sich in Form von toten Algen im Salz ab, und zwei Milliarden Tonnen würden nach unseren Berechnungen im Boden der Sahara versinken.«

»Drei Milliarden Tonnen!«, rief Lauri anerkennend. »Das ist verdammt viel.«

»Es geht uns im Wesentlichen darum, das Anwachsen des Kohlendioxidgehalts der Atmosphäre zu stoppen«, sagte Razia schlicht. »Und zwar auf wirtschaftlich rentable Art und Weise. Mit negativen Kosten.«

Eine halbe Stunde später kamen sie in der Oase Siwa an. Unter sich sahen sie weitläufige Dattelpalmen- und Ölbaumhaine, Hunderte von runden Betonbrunnen, aus Quellen bewässerte Felder, kleine Häuser und Vorratsschuppen, und weiter entfernt gab es große Salzwasserseen und einige Tafelberge mit flachem Gipfel.

»In der Antike war das Orakel von Siwa das zweitberühmteste, gleich nach dem von Delphi«, erzählte Janet.

»Wie viele Menschen wohnen hier?«, erkundigte sich Katharine.

»Etwa dreißigtausend, also in der Oase und ihrer unmittelbaren Umgebung«, antwortete Janet.

»Wie stehen sie zu dem Projekt?«

»Sie freuen sich. Sie brauchen mehr Süßwasser!«

»Hey, seht euch das mal an«, unterbrach sie Lauri.

Hinter den von der Erosion zerfurchten ockerfarbenen Kalksteinhügeln tauchte, wie in Zeitlupe etwas auf, das höher war als die Hügel. Zuerst war gegen die Sonne nur ein kurzer schwarzer Stumpf zu erkennen, dessen Flanken senkrecht abfielen. An seiner Spitze ragte ein Gitter aus vielen dünneren, kaum zu erkennenden dunklen Linien, Armierungseisen, auf. Das Gebilde wuchs schnell in die Höhe. Kurz darauf sah es schon aus wie ein dicker, massiver Schornstein.

»Aus dieser Entfernung kann man sich überhaupt noch keine Vorstellung davon machen«, warnte Janet. »Wartet noch einen Augenblick.«

Auf den Hügeln parkten Panzerwagen und andere Militärfahrzeuge, die mit Luftabwehrmaschinengewehren bestückt waren. Sie mussten zu dem motorisierten Bataillon gehören, das zum Schutz des Sonnenturms abkommandiert war. Die Reisenden im Hubschrauber bemerkten auch eine kleine Ansammlung von dunkelgrünen Zelten.

Reihen von zerklüfteten Sandsteinfelsen mit scharfen Kämmen glitten unter ihnen hinweg, und der Schornstein reckte sich immer höher hinauf. Augen und Hirn, die an niedrigere Bauwerke gewöhnt waren, wunderten sich schon, warum der Schornstein nicht aufhörte, sich zu strecken, warum er in immer unmöglichere Höhen hinaufwuchs wie eine optische Täuschung oder eine Fata Morgana. Jetzt schien es so, als befände sich sein oberes Ende auf gleicher Höhe wie der Hubschrauber.

»Wie hoch fliegen wir?«, fragte Lauri.

»Achthundert Meter hoch«, antwortete Janet.

Die von der Spitze des Schornsteins aufragenden Gitter aus dünneren Linien waren jetzt deutlicher zu erkennen. Es handelte sich um ein doppeltes, rundes Gittergebilde, das sich um den ganzen Schornstein herumzog.

Jetzt überragte die Spitze des Schornsteins sie schon, obwohl sie noch weit davon entfernt waren. Katharine hielt den Atem an. Mit bewusster Anstrengung ließ sie die Luft aus den Lungen entweichen.

Mich schwindelt, dachte sie. Vielleicht hätte ich doch nicht hierherkommen sollen, vielleicht ist dies für mich doch nicht der richtige Ort.

Immer noch entzogen die Sandsteinhügel den unteren Teil des kolossalen Schornsteins ihren Blicken. Aus dieser Perspektive war es immer noch schwierig, die Entfernung und Größe des Schornsteins abzuschätzen. Ihr Hirn sagte ihnen zwar, dass der Schornstein sehr hoch sein musste, da dessen Spitze sich in größerer Höhe befand als der Hubschrauber. Aber zugleich versuchte es verzweifelt, den Turm auf ein begreiflicheres Maß zu reduzieren und ihnen zu suggerieren, dass das Bauwerk kleiner sei, als es tatsächlich war. An der Außenwand des Turms waren immer noch keine Risse, Beschädigungen oder andere Einzelheiten zu erkennen.

»Das ist die letzte Hügelkette«, sagte Janet. »Dahinter werdet ihr das gesamte Kraftwerk sehen.«

Hinter den Sandsteinhügeln erschienen gelbe, wellenförmige Sanddünen, die sich endlos bis zum Horizont erstreckten. Mitten darin befand sich ein kreisförmiges, lichtstrahlendes Gewächshaus, so groß wie ein gläsernes Meer. Aus seiner Mitte wuchs der unfassbar hohe Turm zum Himmel hinauf. Sein Gipfelpunkt befand sich in schwindelerregender Entfernung hoch über ihnen, und sein Schaft in grauenerregender Tiefe. Neben dem Glasmeer standen einzelne Gebäude, die aber nicht wie Gebäude wirkten, denn sie waren winzig klein, und die neben ihnen geparkten Busse und Lkws erschienen kleiner als Blattläuse. Die Personenwagen waren wie Sandkörner, und der Zaun, der die Baustelle umgab, wie eine kaum erkennbare graue Linie. Sie mussten die Augen zusammenkneifen, um sie überhaupt zu erkennen.

Lauri wurde gewahr, dass Katharine sich so heftig an den Armlehnen festklammerte, dass ihre Knöchel ganz weiß wurden. Schweißtropfen perlten ihr an den Schläfen.

»Darf ich vorstellen: das erste richtige Sonnenwindkraftwerk der Welt«, sagte Razia al-Qasreen stolz. *»Ein Aufwindkraftwerk. A solar chimney.«*

13

Als sie näher kamen, reckte sich die Turmspitze in immer schwindelerregendere Höhen hinauf. Das Bauwerk wurde breiter und das von Glas bedeckte Feld größer. Einen Augenblick später war die Turmspitze so hoch oben, dass man sie kaum sehen konnte, ohne sich dabei den Hals zu verrenken. Der Sonnenturm wirkte nicht mehr rund, sondern wie eine gewaltig große, senkrechte und ebene Wand. Das Glasmeer unter ihnen teilte sich in unzählige kleine Vierecke auf.

»Die Einwohner der Umgebung bezeichnen den Turm als Gottes Kleinen Finger«, erzählte Razia. »Sie sagen, wenn er die ganze Sahara von einer Sandwüste in eine Grasebene verwandeln kann, dann muss es Gottes Kleiner Finger sein, weil niemand sonst das zu tun vermag. Diese einzelnen Projekte und ihre Auswirkungen gehen im Kopf der Menschen leicht ein wenig durcheinander.«

Katharine hatte das Gefühl, neben dem Sonnenwindkraftwerk auf die Größe einer Ameise oder eigentlich einer Bakterie zu schrumpfen. Endlich konnte man an der Oberfläche des Turms Einzelheiten erkennen. Sie sahen, dass die Oberfläche aus rauem Beton bestand. Der Turm wurde nach oben hin nicht schmaler, sondern eigentlich ein wenig breiter. Sicherlich förderte diese Form das Aufsteigen der Luft mit möglichst hoher Geschwindigkeit.

»Das Prinzip ist sehr einfach«, erläuterte Razia. »Die Sonne erwärmt die Luft im Gewächshaus. Der Druckunterschied zwischen dem oberen Teil des Schornsteins und dem

Gewächshaus wächst erheblich an. In dem Schornstein entsteht eine starke, aufsteigende Luftströmung, die Windturbinen antreibt.«

»Unvorstellbar, dass die Luft mit ausreichend hoher Geschwindigkeit nach oben strömen soll«, bemerkte Lauri.

»Das ist gar nicht so sonderbar, wie man glauben könnte«, sagte Razia. »In der Natur treten überraschend starke vertikale Luftströmungen auf, deren Geschwindigkeit einhundertsechzig Kilometer in der Stunde betragen kann. Warum sollten wir das nicht auch erreichen?«

»Wie hoch ist er?«, fragte Katharine mit etwas heiserer Stimme.

»Er soll drei Kilometer hoch werden«, sagte Janet.

Drei Kilometer?, dachte Lauri. Ist das überhaupt möglich?

Janet spürte seine Skepsis.

»Wir verwenden keine Baugerüste«, erklärte Janet. »Wir verfügen über einen neuartigen Hebekran, der wie geschaffen ist für große Höhen.«

Hinter dem Turm tauchte etwas Rundes auf, das rasch an Länge gewann.

»Ein Zeppelin?«, fragte Katharine verwundert. »Ein Luftschiff?«

Anscheinend bestand das Luftschiff aus zahlreichen einzelnen Abteilungen. Darunter gab es ein niedriges, mit mehreren Fenstern ausgestattetes Cockpit, eine Art Kommandobrücke.

»Das ist unser Hebekran«, bemerkte Keskitalo stolz. »Unsere fliegende Betonmühle. Zuerst heben wir die Metallrahmen mit dem Luftschiff an ihren Platz. Dann verbringen wir in die Mitte eine leichte Gussform und füllen sie vom Luftschiff aus mit Beton.«

»Desert Queen«, las Lauri auf der Flanke des Luftschiffs.

Janet zog den Hubschrauber nach oben. Gleichzeitig drückte sie das den Schwanzrotor regelnde Pedal so, dass der Hubschrauber sich nicht zu weit nach rechts bewegte, sondern gleichmäßig neben dem Schornstein in die Höhe stieg.

»Übrigens haben wir vor, dieselbe Methode bei der Errichtung von Windparks zu erproben«, sagte Keskitalo. »Im Meer eine Windkraftanlage zu errichten ist teuer. Die größten Anlagen kann man jedoch nicht anders als mit Schiffen transportieren, sodass die wirklich großen Windkraftanlagen nur in Seewindparks verwendet werden. Mithilfe von Luftschiffen wäre es wahrscheinlich möglich, auch an Land ordentliche Windkraftanlagen von etwa zwanzig Megawatt zu bauen. Das wäre eine großartige Ergänzung des Produktionspotenzials der Windkraft!«

Offenbar ist das Tätigkeitsfeld von SunWind weit vielseitiger, als ich gedacht hatte, ging es Lauri durch den Kopf.

»Allein auf der Halbinsel Kola könnte man Windkraftanlagen mit einer Leistung von Tausenden von Gigawatt errichten«, schwärmte Keskitalo. »Oder denkt mal an das Tehuantepec-Projekt! Wenn die Mexikaner und die Amerikaner auf dieser Landenge hunderttausend Windräder mit einer Leistung von je drei Megawatt aufstellen, geht es um eine Nominalkapazität von dreihundert Gigawatt. Wenn es aber Anlagen von zwanzig Megawatt wären, würde diese Zahl auf zweitausend Gigawatt steigen. Der Isthmus von Tehuantepec ist einer der windreichsten Orte der Welt, sodass wir von sieben oder acht Prozent der gesamten Welt ...«

»Wir haben auch ein kleineres Luftschiff für leichtere Arbeiten«, unterbrach Razia ihn wieder. »The Little Princess, die Kleine Prinzessin. Da drüben.«

Lauri sah ein kleineres, in der Luft schwebendes Fahrzeug, das weiter unten am Fuß des Sonnenturms verankert war.

»Wie steuert ihr das größere Luftschiff?«, fragte Lauri.

»Es hat einen Motor und Propeller«, erläuterte Janet. »Aber wenn es auf dem Turm arbeitet, ist es praktischer, Kabel und Winden zu benutzen.«

»Der Durchmesser des Turms beträgt fast dreihundert Meter«, sagte Razia stolz. »Wenn er fertig ist, werden darin fünf Millionen Tonnen Beton verbaut sein. Wir verwenden mitteleuropäischen Geopolymerzement. Er ist härter und billiger als Portlandzement. Außerdem sinken die Kohlendioxidimmissionen auf ein Zehntel!«

Der Hubschrauber erreichte den Gipfel des Sonnenturms. Das vierzig Quadratkilometer umfassende Gewächshaus, das noch einen Augenblick zuvor riesengroß gewirkt hatte, war zu einem verblüffend kleinen, gläsernen Kreis zusammengeschrumpft. Katharine betrachtete nicht mehr die Aussicht, sondern hatte die Augen geschlossen. Lauri drückte ihr beruhigend die Hand.

Die Desert Queen befand sich jetzt direkt vor ihnen. Ihre Länge betrug nur etwas über die Hälfte der Sonnenturmbreite. Sie schwebte direkt über der schwarzen Leere, die in der Mitte des Turms gähnte. Lauri stellte fest, dass sich in der Mitte des vom oberen Rand des Bauwerks aufragenden Metallgitters ein doppelter Ring aus offenbar durchsichtigem Kunststoff befand. Diese Gussform musste mindestens hundert Meter hoch sein. Lauri sah zu, wie sich aus dem Luftschiff ein dünnes graues Rohr herabsenkte und zwischen die Wände der Gussform schob. Als das Rohr den Boden der Gussform erreicht hatte, ergoss sich daraus eine graue, dicke Masse. Beton.

»Die Wand des Schornsteins wirkt wirklich dünn«, sagte Lauri.

»Am oberen Ende ist sie nur sechzig Zentimeter dick«, bestätigte Razia. »In zwei Kilometern Höhe ist sie neunzig Zentimeter stark, an der Erdoberfläche zweieinhalb Meter. Noch eine Woche, und der Guss ist abgeschlossen. Mit dem letzten Guss kommt auf den oberen Rand des Turms auch ein doppeltes Geländer. Für den Fall, dass ihr mal dorthinauf und die Landschaft betrachten möchtet.«

Janet Kendall lenkte den Hubschrauber über das Turmende. Der Anblick war unwirklich und widersprach jeder Vernunft. Es war, als flögen sie auf den Krater eines Vulkans zu, nur dass dieses Bauwerk nicht von der Natur, sondern von Menschen geschaffen worden war. Außerdem war die Schlucht, die vor ihnen gähnte, drei Kilometer tief, viel tiefer also als der sichtbare Teil irgendeines Kraters. Der Grund der Schlucht war nicht zu sehen, er war schon nach einigen Hundert Metern in schwarze Dunkelheit gehüllt.

»Schau mal, Katharine, das musst du sehen«, frotzelte Lauri.

»Ärgere mich nicht«, sagte Katharine mit sehr schwacher Stimme. Sie öffnete die Augen nicht, auch wenn Lauri sie noch so sehr drängte.

Lauri wandte den Blick nach unten. Er sah, dass sich an der Flanke des Turms, deutlich oberhalb der höchsten Stelle des Gewächshauses, eine Konstruktion befand, die an einen Schuhkarton erinnerte. Das musste eine Art Kontrollraum sein. Seine Wände schimmerten von Metall und verdunkeltem Glas. Von dort musste man einen guten Blick über das ganze Gelände haben, zumindest auf einen Sektor von hundertachtzig Grad.

Von dem Schuhkarton ging eine auf gleicher Höhe gebaute, mit dunklem Glas verkleidete Röhre ab, die anscheinend um den ganzen Turm herum lief. Unterhalb des Kontrollraums führte eine dünnere Röhre direkt nach unten. Sicherlich ein Fahrstuhlschacht. Er verschwand im Inneren des Gewächshauses. Der Kontrollraum wirkte neben dem Turm lächerlich klein.

Lauri setzte das Fernglas an die Augen. Er sah, dass im Abstand von fünfzehn oder zwanzig Grad Fußgängerbrücken über das Glasdach führten. In dem Glasdach gab es eine hohe, an ein Gewölbe erinnernde Ausbuchtung, die sich vom Fuß des Schornsteins bis zum Rand des Gewächshauses erstreckte.

Am Rande des Glasmeeres befanden sich Lagerhäuser, Unterkünfte und etwas, das ein Speisesaal oder ein Konferenzraum sein konnte. Lauri bemerkte auch eine weiß gestrichene, mit Beton gedeckte Parkhalle und einen Hubschrauberlandeplatz.

Janet Kendall sah, wohin Lauri sein Fernglas richtete.

»Vom Kontrollraum gehen Fahrstühle und Treppen abwärts sowohl innerhalb des Turms als auch außen«, klärte sie Lauri auf. »Aus dem Aufzug kann man entweder auf dem Dach des Gewächshauses aussteigen oder erst am Boden.«

Neben dem größten Lagergebäude lag ein Stapel gewaltig großer, Dutzende von Metern langer und mehrere Meter dicker Rollen. Anscheinend bestanden sie aus einem klaren Material.

»Durchsichtiger Isolierkunststoff«, erklärte Janet. »Damit erzielen wir im Kraftwerk eine höhere Leistung. Mithilfe der Kleinen Prinzessin rollen wir den Kunststoff direkt auf dem Glasdach aus.«

Janet setzte auf dem Hubschrauberlandeplatz auf. Dann führten sie und Keskitalo Katharine und Lauri in ihre Unterkunft.

»Wir haben für euch zwei Einzelzimmer reserviert, da wir nicht wussten, ob ihr ein Paar seid«, sagte Janet. »Benutzt eines davon oder beide, wie ihr wollt. Wäre es euch recht, einen kleinen Rundgang über das Gelände zu machen, sagen wir, in einer Stunde?«

»Das passt wunderbar«, sagte Lauri.

Janet und Keskitalo verabschiedeten sich von ihnen, und Lauri wandte sich Katharine zu.

»Möchtest du ein eigenes Zimmer?«

»Ich glaube, ja«, antwortete Katharine. »Ich hab gesehen, wie du sie vorhin angeschaut hast. Ich meine, Kendall.«

Lauri wirkte verlegen.

»Ich brauche in dieser Sache nichts zu unternehmen.«

»Das kannst du ruhig tun. Vielleicht hat sie ja auch Interesse. Glaub mir, das macht mir überhaupt nichts aus. Zumal ich von dir ja ohnehin schon einen Korb bekommen habe.«

14

Während Lauri darauf wartete, dass Katharine aus der Dusche kam, blätterte er die Broschüren durch, die Keskitalo ihm gegeben hatte. Danach konnte das Gewächshaus des Sonnenwindkraftwerks auch das von den Wolken zerstreute Sonnenlicht nutzen, unabhängig von der Richtung oder der Wellenlänge der Strahlung.

Die Prospekte von SunWind behaupteten auch, dass die Leistung des Sonnenwindkraftwerks nicht ebenso stark je nach Tageszeit wechselte wie die Stromproduktion der anderen Sonnenkraftwerke. Das Gewächshaus war so groß und der Wärmevorrat, der darunter in der Erde verblieb, so gewaltig, dass das Kraftwerk vierundzwanzig Stunden lang Strom erzeugen konnte. Die Produktion ließ sich sogar auf die Nacht konzentrieren, indem man am Tage die Luken des Gewächshauses geschlossen hielt und sie am Abend öffnete. Auf diese Weise würde das Gewächshaus am Tage die Wärme nur speichern und mit der Stromerzeugung erst nach Sonnenuntergang beginnen.

Die Windturbinen des Kraftwerks waren in senkrechten Metallgehäusen untergebracht, die die Kraft des Windes verstärkten. Laut Prospekt produzierten sie achtmal mehr Strom als eine Windturbine der gleichen Größe unter normalen Umständen. Die Windturbinen des Sonnenwindkraftwerks wurden nicht durch natürliche Winde belastet, deren Stärke ständig wechselte. Der vom Gewächshaus erzeugte Wind war wie ein starker, mit gleichbleibender Kraft dahinfließender Strom.

Annelies Schrader sagte in einem der Prospekte, die Lauri durchgeblättert hatte, das Sonnenwindkraftwerk erinnere in gewisser Weise mehr an ein Wasserkraftwerk als an einen gewöhnlichen Windpark. Es war wie ein mitten in der trockenen Wüste erbautes Wasserkraftwerk, in dem das herabfallende Wasser durch aufwärtsstürzende Luft ersetzt ist und in dem der aufwärtsbrausende Luftstrom durch die Sonneneinstrahlung bewirkt wird.

Eine halbe Stunde später kehrte Janet Kendall zurück. Sie brachte drei effizient wirkende Schutzbrillen mit.

»Brauchen wir die unbedingt?«, fragte Lauri verwundert.

»Ja, wenn wir über die unüberdachte Fußgängerbrücke auf das Glasdach gehen.«

Als Erstes sahen sie sich die Lagergebäude an. Eines davon war voller Zementsäcke, die dort von Wand zu Wand etwa zwei Meter hoch gestapelt lagen. Lauri bückte sich zu einem Sack hinab, dessen Papier seitlich aufgerissen war.

»An deiner Stelle würde ich das nicht einatmen«, warnte Janet eilig, als sie sah, was Lauri tat. »Das ist kein gewöhnlicher Zement.«

»Er sieht allerdings ganz gewöhnlich aus.«

»Es ist ein außergewöhnlich feinpulvriger Spezialzement. Der untere Teil des Schornsteins ist daraus gemacht. Er reizt Augen und Lungen in ziemlich unangenehmer Weise.«

Trotz Janets Warnung beugte Lauri sich hinunter und nahm eine Prise von dem Pulver in die Hand.

»Du hättest ihn nicht dazu anstiften sollen«, bemerkte Katharine. »Manche Jungs werden niemals erwachsen.«

Lauri befühlte den Feinzement. Tatsächlich reizte er die Haut ganz anders als gewöhnlicher Zement. Außerdem konnte schon der allerleichteste, kaum spürbare Windhauch den

Staub über lange Entfernungen transportieren. Interessant, dachte Lauri.

»Der Beton des Burj Dubai ist neunmal härter als gewöhnlicher Beton«, erklärte Janet. »Aber wenn man einem solchen Feinzement Polykarboxylsäure beimischt, erreicht man noch bedeutend höhere Festigkeiten.«

Sie setzten ihren Rundgang fort. Auf der Baustelle herrschte großer Betrieb, Gabelstapler mit Glasplatten, Balken und anderen Baumaterialien polterten an ihnen vorbei. An den Rändern des Gewächshauses schafften Hunderte von Arbeitern. Gegen den Sonnenturm wirkten sie so klein wie Ameisen.

»Gehen wir doch etwas näher an den Turm heran«, schlug Janet vor. Sie sprangen in ein kleines Elektroauto. Lauri nahm an, Janet würde auf eine der über das Gewächshaus führenden schmalen Brücken fahren, aber sie steuerte auf den Anfang des Gewölbes zu, das sie vom Hubschrauber aus gesehen hatten. Der Scheitelpunkt des Gewölbes befand sich in etwa fünfzig Metern Höhe, deutlich höher als der höchste Teil des Gewächshauses. Die eigentliche Haupttür des Gewölbes war offenbar eine Art Zugbrücke, sie reichte bis zur Deckenkante hinauf. Am Boden befand sich eine kleinere Tür, durch die ein Lastauto passieren konnte. Einer der Gabelstaplerfahrer beeilte sich, sie zu öffnen und die Besucher einzulassen. Lauri registrierte, dass er die Tür hinter ihnen sofort wieder schloss. Jetzt befanden sie sich in einem langen, hohen Tunnel. Darin war es deutlich kühler als draußen. Der Tunnel war wie eine quer durch das Gewächshaus hindurchgebaute Blechhalle. Er reichte bis zum Sonnenturm. Sie konnten ihn jedoch nicht sehen, da sich auch am anderen Ende des Gewölbes eine hydraulische Zugbrücke befand.

»Dies ist eine Art Versorgungskorridor«, erläuterte Janet.

»Warum ist er so hoch?«, fragte Katharine.

»Die Kraftwerksturbinen sind ziemlich groß. Sie können als Ganzes durch diese Tunnel in ihre Gehäuse gebracht werden.«

Janet blieb vor der massiven Zugbrücke stehen und öffnete eine kleinere Tür.

»Mindestens eine der beiden Zugbrücken muss immer geschlossen sein«, sagte sie. »Sonst strömt Luft auch durch diesen Gang in den Turm. Das würde das Nutzverhältnis mindern, weil die Luft im Tunnel sich nicht genügend erwärmt.«

Sie fuhren durch die Türen, und sofort schlug ihnen glühende Hitze entgegen. Hilfe, das ist ja wie in der Sauna, dachte Lauri. Die Temperatur muss bei siebzig bis achtzig Grad liegen. Mindestens. Der massive Schaft des Sonnenturms lag jetzt direkt vor ihnen. Er war von einer etwa hundert Meter breiten betonierten Fläche umgeben, die wohl für den Transport der Turbinen auf massiven Chassis gedacht war. Durch das Glasdach sahen sie den Kontrollraum, der sich in noch viel größerer Höhe befand, und den gedeckten Vorsprung, der den Turm auf gleicher Höhe umgab. Im Schaft des Turms befand sich direkt vor ihnen eine riesige, runde Metallluke.

»Die Luke der Windturbine?«, fragte Lauri.

»Genau«, antwortete Janet. »Davon gibt es insgesamt acht Stück. In vier davon stehen bereits die Turbinen.«

»Kann man die Luken der Turbinengehäuse automatisch öffnen und schließen? Ferngesteuert?«

»Natürlich!«

»Warum sind die Luken geschlossen?«

»Weil wir gerade zwei Turbinen montieren«, erklärte Janet.

»Die Arbeit ist leichter, wenn alle Luken gleichzeitig geschlossen sind. Wenn nur die Hälfte von ihnen offen wäre, würde die gesamte Luft dorthinströmen, und der Wind wäre dann schon etwas zu stark.«

»Und wenn nur eine Luke offen wäre?«, fragte Lauri schüchtern.

Katharine sah Lauri ungläubig an.

»Mich darfst du das nicht fragen!«, lachte Janet. »Eine solche Situation will ich mir nicht einmal vorstellen.«

»Die ganze heiße Luft würde dann durch dieses einzige Gehäuse strömen?«, vergewisserte Lauri sich noch einmal.

»So müsste es sein«, bestätigte Janet.

Interessant, sinnierte Lauri. Er scherte sich nicht um Katharines etwas finstere Miene.

Das Dach des Gewächshauses fiel zu den Rändern hin sanft ab. Der helle, offene Streifen zwischen Dach und Erdboden war erstaunlich weit entfernt und schmal. Die das Dach stützenden Pfeiler bildeten einen geordneten, regelmäßigen Wald, dessen Bäume zu den Rändern hin kürzer und dünner wurden.

Wieder fuhren sie an der schweren Luke einer Windturbine vorbei.

»Ähm ... ich hätte da noch eine etwas spezielle Frage«, sagte Lauri.

»Lass hören«, forderte ihn Janet auf.

»Was passiert, wenn die beiden großen Türen des Versorgungstunnels geöffnet werden und die Luken aller Windturbinen gleichzeitig geschlossen sind?«

Janet sah Lauri verblüfft an.

»Warum sollten wir das tun?«

Mit Unschuldsmiene breitete Lauri die Hände aus.

»Ich möchte es nur wissen.«

Katharine sah ihn missbilligend an.

»Wenn die Luft sich erwärmen würde, begänne der Wind sicherlich in die andere Richtung zu blasen«, sagte Janet. »Die heiße Luft würde zu den Rändern des Gewächshauses hinströmen. Durch den Tunnel käme stattdessen neue, kühlere und schwerere Luft herein.«

»Wie stark wäre der nach außen blasende Wind?«, fragte Lauri.

Er plant etwas, dachte Katharine. So gut kenne ich ihn schon. Er heckt wieder irgendetwas aus. Ich verstehe nur noch nicht, worauf er diesmal hinauswill!

»Na ja, natürlich längst nicht so stark wie der Luftstrom, der in den Turm steigt«, vermutete Janet. »Aber ich glaube, dass es trotzdem ein ziemlich steifer Wind wäre.«

Als sie mit dem Aufzug in den Kontrollraum fuhren und die über das Gewächshaus führende Brücke überquerten, verstanden Lauri und Katharine schnell, dass die Sonnenbrillen nötig waren. Obwohl der größte Teil des Sonnenlichts im Inneren des Glases verschwand, waren sie von seiner Leuchtkraft doch stark geblendet.

»Jörg Schlaich hatte in Spanien eine Versuchsanlage von fünfundvierzig Kilowatt«, erzählte Janet. »In Manzanares, ungefähr auf halbem Weg zwischen Malaga und Madrid. Übrigens haben wir uns überlegt, das Glasdach zum Sammeln von Wasser zu verwenden. Wir werden das gesamte, aufs Dach tropfende Wasser in Regenrinnen auffangen. Ein Kernkraftwerk derselben Größe würde übrigens im Jahr mindestens vierzig Millionen Tonnen Süßwasser verbrauchen.«

»Dies hier ist übrigens viel höher als deine kleinen Pyramiden«, bemerkte Lauri, zu Katharine gewandt.

»Sie sind allerdings auch viel älter«, verteidigte sich Katharine. »Und schöner.«

»Die Schönheit liegt im Auge des Betrachters«, widersprach Lauri. »Du würdest dich wundern, wenn du wüsstest, was die Menschen so alles im Lauf der Zeit für das Schönste gehalten haben, was man sich vorstellen kann.«

»Die Cheopspyramide hatte fast viertausend Jahre lang den Rang des höchsten Gebäudes der Welt inne. Ich glaube nicht, dass dieser Turm sich ebenso lange auf den führenden Plätzen halten wird.«

Janet deutete mit der Hand auf den Fahrkorb mit Glasfenstern, der sich gerade am Turm entlang nach oben bewegte und an einem sehr dünn wirkenden schwarzen Kabel hing. Es war, als bewegte sich der Aufzug im Schneckentempo, aber Lauri war klar, dass diese Vorstellung von der unfassbaren Größe des Bauwerks herrührte.

»Möchtet ihr mit dem Fahrkorb zur Spitze fahren?«, erkundigte sich Janet.

Katharine schaute ängstlich nach oben, wandte aber den Blick sofort wieder ab. Sie wirkte ehrlich entsetzt, und Lauri hatte den Eindruck, dass sie ganz blass geworden war.

»Bedeutet diese Miene ... nein?«, fragte Janet unschuldig.

Katharine nickte rasch.

»Mir war schon auf der ersten Ebene des Eiffelturms ganz schwindlig«, klagte Katharine. »Ich würde auch nicht im Traum daran denken, mit einem Aussichtslift zur Spitze dieses Gebäudes zu fahren. Das wäre ein absoluter Albtraum.«

Lauri grinste.

»Aber Katharine, du hast mir gesagt, der Mensch müsse sich bemühen, seine Ängste zu besiegen und ihnen mutig entgegenzutreten.«

»Ein andermal«, sagte Katharine.

Im Kontrollraum saß am äußersten Platz in einer Reihe

von PCs ein ziemlich kleiner Mann. Er hatte einen langen Schnauzbart. Seine Kleidung und seine Gesichtszüge deuteten auf Südasien, aber seine Haut war ebenso hell wie die der Skandinavier. Der Mann trug eine weiße muslimische Kopfbedeckung. Er unterhielt sich über Skype mit einer etwa gleichaltrigen Frau und zwei halbwüchsigen Jungen.

»Nersi Khan hat die Desert Queen und die Kleine Prinzessin entwickelt«, stellte Razia ihn vor. »Sein Vater besitzt eine der größten Luftschiffproduktionsgesellschaften der Welt.«

Nersi Khan wandte sich ihnen zu.

»Nersi Khan klingt pakistanisch«, bemerkte Lauri.

Khan lächelte, freudig überrascht.

»Das ist ein sehr häufiger Name in Pakistan. Mein Vater stammt allerdings aus dem Iran. So wie auch Razias Vater.«

Sie überließen Khan der Gesellschaft seiner Familie und gingen weiter in das Sitzungszimmer des Kontrollstands. Um einen großen Tisch herum hatte sich eine Gruppe von Menschen versammelt. Lauri und Katharine erkannten darunter nur Reino Keskitalo und Razia al-Qasreen.

Eine kleine und zierliche Frau von ostasiatischem Aussehen kam und stellte sich ihnen vor.

»Mein Name ist Thanh Binh Hoa. Ich freue mich sehr, Sie kennenzulernen.«

»Stammen Sie aus Vietnam?«, fragte Lauri.

»Aus der Nähe von Hanoi.«

Hinter Thanh Binh schob sich ein breitschultriger, blonder Hüne in der blauen Uniform der Sicherheitskräfte von SunWind hervor.

»Ulrich Ludlow«, stellte er sich vor.

Ludlow war ein junger, kaum zwanzigjähriger langer Lulatsch.

»Ulrich ist Schraders rechte Hand«, sagte Janet.

»Jetzt übertreibst du aber gewaltig«, lachte Ulrich. »Tatsächlich bin ich nur der Chauffeur der Chefin. Wenn ich nicht gerade hier bin.«

Ein hochgewachsener, teilweise ergrauter Mann rauchte eine Zigarette und spielte mit einer viel jüngeren Frau Karten.

»Dies ist Jacques Desvernois«, stellte Janet ihn vor. »Er ist für das Kommunikationssystem des Kraftwerks zuständig.«

»Hallo«, sagte Desvernois. »Schön, dass wir Verstärkung bekommen. Wir hatten hier in letzter Zeit ein paar Kalamitäten.«

Desvernois' Spielpartnerin stand auf und reichte Katharine die Hand.

»Birkin, Sarah Birkin.«

Sarah sprach mit stark amerikanischem Akzent. Sie hatte einen superkurzen Wasserstoffperoxid-Stoppelschnitt und breite, durchtrainierte Schultern. Birkin trug eine grüne Tarnhose, die an Armeeklamotten erinnerte, schwere Springerstiefel und ein ärmelloses weißes T-Shirt. Ihre Arme waren stark und muskulös, sie wirkten sorgfältig trainiert. Auf dem einen Arm prangte das dunkle, stark stilisierte Tattoo eines Totenkopfs. Eine ehemalige Soldatin, dachte Lauri.

Birkin witterte Lauris Frage, noch ehe er dazu kam, sie auszusprechen.

»US-Army, Irak«, sagte Birkin kurz.

»Was denkst du darüber?«, fragte Lauri.

»Das war Scheiße. Was glaubst du, warum ich hier bin?«

Sie setzten ihre Besichtigung fort. Als Nächstes führte Janet sie zu einem dunkeläugigen, weich sprechenden jungen Ingenieur. Er hieß Sayed Barcid und stammte aus Kairo. Die neben ihm stehende, auffallende Latinofrau kam aus Mexiko, von der Halbinsel California.

»Wenn du sagst, aus Baja, dann bring ich dich um«, seufzte Rafaela Guerrero.

Lauri musste über diesen Ausbruch lachen.

»Nersi hat mich ausgebildet, und jetzt bin ich für die Königin zuständig«, erklärte Rafaela. »Ich habe aber auch schon die Prinzessin gesteuert.«

Hinter Rafaela standen zwei Ägypter.

»Abu Hassan Ben Bekr«, sagte der jüngere.

Er muss noch jünger als Ulrich sein, dachte Lauri, ob er überhaupt schon zwanzig ist? Abu Hassan hatte ein warmes, gewinnendes Lächeln.

»Abdullah al-Kawthar«, stellte der andere Ägypter sich vor.

Er war deutlich älter als Abu Hassan, bestimmt zwischen fünfzig und sechzig. Ein vertrauenerweckender und kompetent wirkender Sicherheitsmann, dachte Lauri.

»Wo kommst du ursprünglich her?«, fragte Lauri. »Aus Kairo?«

»Aus Alexandria«, sagte Abdullah.

»Und ich stamme aus dem Süden, aus der Nähe von Assuan«, erzählte Abu Hassan.

Zum Kernteam des Projekts gehörten noch vier weitere Männer: der Türke Mustafa Esdri, der Spanier Jaime Oroza, der Russe Alexander Gorschkow und der Inder Nasim Rao. Schrader hat eine wahrhaft internationale Mannschaft zusammengestellt, dachte Lauri.

Rao war ein ursprünglich aus Gwalior, Madhya Pradesh, stammender junger Ingenieur. Bald hat er eine eigene Firma in Kalifornien und in Deutschland, und dann zieht er mit seinem Kapital zurück nach Indien, dachte Lauri. Viel schwieriger fiel es ihm, Gorschkow in eine klare Kategorie einzuordnen. Das Gesicht des Mannes war ausdruckslos und verriet nichts.

Jaime Oroza trug Kleidung, die teuer wirkte, und sein Haar war sorgfältig gekämmt. Am Handgelenk trug er eine Rolex und um den Hals eine goldene Kette. Lauri sah, dass Katharine ganz steif wurde, als sie Oroza die Hand gab. Offenkundig klassifizierte sie ihn aufgrund seines Äußeren als südamerikanischen Macho, und ihr gefiel wohl nicht, was sie sah. Na, Katharine hat sicherlich ihre Gründe für diese unmittelbare Antipathie, dachte Lauri. Rao und Gorschkow begrüßte Katharine freundlich und herzlich mit einem strahlenden Lächeln. Bei Oroza war der Ton ihrer Stimme zumindest kühl, wenn nicht sogar frostig gewesen.

Lauri bemerkte, dass Katharine anscheinend auch mit Mustafa Edri ein Problem hatte. Als Edri kam, um Katharine zu begrüßen, legte sich ihre Stirn in tiefe, abweisende Falten. Lauri fiel ein, dass Katharines Großmutter eine Armenierin aus der Türkei gewesen war. Ich muss Katharine irgendwann bitten, mir ihre Geschichte zu erzählen, dachte Lauri, und machte in seinem Hinterkopf einen kleinen Vermerk.

15

Nach der Vorstellungsrunde kehrte Katharine in die Unterkunft zurück, aber Lauri startete noch mit Ulrich Ludlow und Janet Kendall zu einer Rundfahrt mit dem Jeep. Immer den Zaun entlang umrundeten sie das gesamte Gebiet. Lauri saß neben Janet auf dem Vordersitz und las die Karte, während sie von einer Stelle zur nächsten fuhren. Sorgfältig prägte er sich jeden Hügel, jede Senke und jeden größeren Stein ein. Janet beobachtete Lauri mit Interesse.

»Mir scheint, du kennst dich in diesem Job etwas besser aus als ich.«

»Unterschätze nicht deine Fähigkeiten. Zumindest nicht im Voraus. Bevor du sie ausprobiert hast. Aber ich habe wahrscheinlich mit so etwas mehr Erfahrung.«

Plötzlich kam Lauri ein Gedanke.

»Wenn das Windkraftwerk sehr hoch hinaufreichende Luftströme erzeugt, steigt damit nicht auch Wasserdampf bis in die Stratosphäre auf? Bilden sich dadurch nicht Zirruswolken, die das Klima erwärmen?«

Janet wies mit der Hand auf die Elsbett-Sprinkleranlagen, die auf den die Baustelle umgebenden Hügeln errichtet worden waren.

»Deshalb haben wir auch hier Sprinkleranlagen. Wenn wir der Luft eine geeignete Menge von Salzwassertröpfchen von der Größe einiger Dutzend Mikronen hinzufügen, kommt die Feuchtigkeit als Regen herunter, noch lange bevor sie zu Zirruswolken gefriert. Die kleinen Salzpartikeln sind die bestmöglichen Kristallisationskerne für Wassertropfen!«

Lauri lenkte das Gespräch auf die Anschläge gegen die Baustelle.

»Wie haben sie euch angegriffen?«, fragte er.

Janet Kendall und Ulrich Ludlow wechselten Blicke.

»Erzähl du«, sagte Ulrich.

»Zuerst konzentrierten sie sich auf die Materialtransporte«, erzählte Janet. »Die Lkws wurden beschossen, und unter einem von ihnen explodierte eine Mine. Einer wurde mit einer tragbaren Panzerabwehrrakete zerstört.«

»Dann ist dies ja ein richtiges Schlachtfeld.«

Janet nickte so, dass ihr blonder Pferdeschwanz in Schwingung geriet.

»Genau. Dann hat Schrader mit dem Präsidenten gesprochen.«

»Mit dem ägyptischen Präsidenten?«

»Ja. Danach haben ägyptische Soldaten, zwei Jeeps, einige Lkws und meistens auch mindestens ein gepanzertes Fahrzeug die Transporte geschützt. Und zur Sicherheit stand noch ein Kampfhubschrauber in Bereitschaft. Und als die Terroristen den nächsten Anschlag versuchten, bekamen sie eins auf die Schnauze. Die Ägypter haben sie mit Hubschraubern und Geländewagen bis in die Wüste verfolgt. Dabei fanden achtzehn Terroristen den Tod, und vier wurden gefasst. Nur einige wenige entkamen. Seitdem haben sie keine Transporte mehr angegriffen. Zumal jetzt in der Nähe ein ganzes motorisiertes Bataillon postiert worden ist.«

»Wurden die Überlebenden verhört?«, fragte Lauri.

Janet wandte sich an Ulrich.

»Ja, aber sie haben nichts erzählt, was uns weitergeholfen hätte«, erzählte Ulrich. »Ich glaube nicht, dass sie etwas wussten, solche Anschläge können leicht über mehrere Mittelsmänner organisiert werden. Aber seit die Transporte bewacht werden, konzentrieren sie sich darauf, unsere Luftschiffe anzugreifen. In die Desert Queen sind dreimal mit einem leistungsstarken Gewehr Löcher geschossen worden.«

»Es ist sicherlich mit Helium gefüllt«, bemerkte Lauri.

Ulrich lächelte.

»Helium ist teuer, aber wenn wir Wasserstoff verwenden würden, könnten die Terroristen das ganze Luftschiff mit Leuchtspurmunition vernichten. Heute parken wir das Luftschiff für die Nacht so hoch oben, dass es mit keiner Waffe, die leichter ist als eine Rakete, zu erreichen ist. Wir haben auch die Bewachung der Baustelle verbessert. Wir haben zehn Kilometer vom Turm entfernt einen mit elektronischen Warnanlagen versehenen Zaun errichtet. Er umschließt das gesamte Gelände.«

»Haben die Angriffe aufgehört?«

»Letzte Woche ist ein Werkzeugschuppen abgebrannt, aber danach ist nichts mehr passiert«, sagte Ulrich.

»Vielleicht warten sie nur darauf, dass wir alles fertigbekommen, und schlagen dann alles kurz und klein«, seufzte Janet. »Dann ist der Schaden am allergrößten.«

Es ist schwer, gegen Schatten Krieg zu führen, dachte Lauri. Wenn man nicht weiß, wer einem gegenübersteht. Nachdenklich kratzte er sich das Kinn.

»Ich möchte hier vier sechsläufige Hotchkiss-Luftabwehrmaschinengewehre haben«, sagte er dann. »Eines würde ich auf dem Hügel dort postieren, ganz in die Nähe des Zauns, und ein anderes auf der anderen Seite des Geländes, zum Beispiel etwa dort drüben. Das dritte auf der obersten Ebene des Turms und das vierte im Luftschiff.«

Janet Kendall und Ulrich Ludlow sahen sich die Stellen an, die Lauri bezeichnet hatte.

»Gute Positionen«, bemerkte Ulrich zustimmend. »Aber du sprichst jetzt von Militärwaffen. Die sind nicht ganz leicht zu beschaffen.«

Lauri wirkte plötzlich leicht verlegen.

»Im Grunde ist die Sache schon erledigt, die Waffen sollten nächste Woche kommen«, bekannte Lauri.

Janet und Ulrich sahen ihn erstaunt an.

»Ich habe das mit Schrader abgemacht«, erklärte Lauri. »Ich habe gedacht, ich könnte immerhin ein wenig behilflich sein, obwohl ich noch nicht weiß, ob ich für längere Zeit hierbleibe.«

Ulrich pfiff durch die Zähne.

»Du scheinst gute Beziehungen zu haben, vielleicht sollte ich sagen: zu interessanten Kreisen?«

»Vielleicht«, erwiderte Lauri rätselhaft. »Aber es gibt noch etwas anderes.«

Lauri reichte Janet einen kleinen Zettel. Darauf standen zehn Zeilen Text, die mit Lauris holperiger, spitzer und etwas undeutlicher Handschrift geschrieben waren. Janet las die Liste durch und gab den Zettel weiter an Ulrich.

»Du weißt besser, was wir schon alles haben.«

»Acht Kilogramm Trotyl?«, buchstabierte Ulrich. »Na, das haben wir. Achtzig Kilometer gut isoliertes Stromkabel. Achtzig Kilometer? Na, das wird sich auch finden. Kupferkabel ist kein Problem ... und solche Aluminiumröhren, wie du sie haben willst, sind auch vorhanden. Das Einzige, was fehlt, sind diese seltsam geformten Metallplatten. Wozu brauchst du die denn?«

»Sind sie ein Problem?«, fragte Lauri.

Ulrich schüttelte den Kopf

»Nein. Wir können sie anfertigen. Ich verstehe nur nicht, wozu wir sie brauchen.«

»Ich hatte gedacht, wir verbessern noch ein wenig unsere Luftabwehr«, sagte Lauri.

»EMP-Waffen?«, fragte Janet. »Waffen, die einen elektromagnetischen Puls erzeugen?«

»Ja«, bestätigte Lauri.

»Also so etwas Ähnliches wie die E-Bomben, die die Amerikaner im Irak eingesetzt haben?«, fragte Ulrich.

Lauri nickte.

»Das Prinzip ist dasselbe, aber dies ist eine Art Arme-Leute-Version. Ein sogenannter Fluxkompressor. Die Explosionswelle packt gleichsam die in einer langen Leitung befindliche Elektrizität zu einem festen Haufen zusammen.«

Janet betrachtete skeptisch Lauris Liste.

»Ich hab davon gehört. Aber würde ein solcher Fluxkompressor nicht auch unsere eigenen Elektrogeräte verschmoren?«

Lauri schüttelte den Kopf.

»Nicht, wenn wir den Puls in die von uns gewünschte Richtung lenken. Dann wird er natürlich auch stärker. Also in der Richtung, in die wir ihn schießen.«

Janet fuhr sich durch ihren Pferdeschwanz und nickte zustimmend.

»Jep. Die können eine ganz gute Idee sein. Was sonst noch?«

»Wäre es möglich, im Gewächshaus aus Glasscheiben vier luftdichte Behälter zu bauen und den ganzen restlichen Feinzement darin zu lagern? Die Behälter sollten ziemlich nahe am Rand des Gewächshauses stehen, jeder auf einer Seite.«

Janet und Ulrich sahen Lauri verwundert an.

»Ich möchte diese Säcke loswerden, sie sehen ziemlich hässlich aus«, sagte Lauri.

»Okay«, sagte Ulrich.

Seine Miene drückte starke Zweifel aus. Lauri musste laut lachen.

»Es geht auch noch um ein bisschen was anderes.«

»Du möchtest also, dass wir den Feinzement aus den hunderttausend kleinen Säcken nehmen und in vier großen Glaskästen aufbewahren?«, fasste Janet zusammen.

»Kurz gesagt: Ja.«

»Seltsam, aber wir können das machen, wenn das deiner Meinung nach der Mühe wert ist«, sagte Janet. »Du wirst uns ja wohl irgendwann darüber aufklären, was es mit deiner Bitte auf sich hat?«

»Abgemacht«, versicherte Lauri. »Ich kann irgendwann mit euch alle Ideen durchgehen, die mir bisher gekommen sind.«

Janet notierte sich Lauris Wünsche in einem Notizbuch.

»War das alles?«, fragte sie dann.

»Noch nicht ganz«, sagte Lauri. »Dazu noch Kameras. Viel mehr Kameras. Die ersten schon außerhalb des Zauns, an den strategischen Punkten. Kameras, die am Tage gut sehen. Außerdem solche, die in der Nacht gut sehen. Auch Infrarot. Im Kontrollraum müssen wir mehr Monitore haben. Wenn es hier einen Angriff gibt, muss der Kontrollraum als Zentrum der Kriegführung fungieren. Von dort hat man in alle Richtungen eine gute Sicht.«

»Verdammt, bald werde ich mir noch wünschen, dass sie etwas versuchen«, knurrte Ulrich.

»Wünsch dir so etwas nicht«, forderte Lauri ihn auf. »Wir werden diesen Krieg verlieren, wenn wir die ortsansässige Bevölkerung töten. Unabhängig davon, wie schuldig oder unschuldig sie sind.«

16

In Afghanistan hatten Lauri und Alice zu der ersten, hundert Mann starken Einheit gehört, die in der Nacht mit Hubschraubern im Land abgesetzt worden war. Der Stoßtrupp sollte Osama bin Laden und Mullah Omar festnehmen oder töten. Aber sie waren fast sofort in einen Hinterhalt geraten.

Eine dunkle, wolkige, mondlose Nacht, die gelandeten Kampfhubschrauber, der Eilmarsch über die nächtlichen Berge zu dem Dorf, in dem sich Osama bin Laden und Mullah Omar laut Geheimdienstangaben aufhalten sollten. Und dann, plötzlich, überall vor ihnen, aus drei Richtungen, aufflammende Mündungsfeuer, hinter Bäumen und Steinen, Dutzende und Aberdutzende Feuer speiende Waffen, die Luft voller Eisen.

Sechzehn von ihnen wurden verwundet, sodass sie die Aktion abbrechen mussten. Die meisten hatten angefangen, Verwundete zurück zu den Hubschraubern zu schleppen. Das war in dem schwierigen, unebenen Gelände eine harte Arbeit gewesen. Ihre eigene Feuerkraft hatte sich praktisch schon in der ersten Minute des Kampfes um achtzig Prozent verringert.

In der Luft die Schmerzenschreie, das Krachen der Waffen, das Einschlagen der Kugeln in die Bäume, die durch die Luft schwirrenden Holzsplitter, von denen einer ihm in die Wange drang und dort stecken blieb, neben ihm Alice, von ebenso unerschütterlicher Ruhe wie immer.

Die Taliban behaupteten später, sie hätten zweiundzwanzig von ihnen getötet. Das stimmte natürlich nicht, denn alle Verwundeten hatten letztlich überlebt. Aber wenn sie nicht die Kevlar-Harnische gehabt hätten, wären mindestens zwanzig von ihnen umgekommen.

Und dann waren sie in einen neuen Hinterhalt geraten und hatten festgestellt, dass ihr Rückzugsweg von einer mindestens zwei Kompanien starken Abteilung von Talibankämpfern abgeschnitten war.

Kaum erkennbare Schatten in noch tieferer Dunkelheit. Immer wieder auf ihre Einheit abgegebene kurze Feuerstöße. In der Finsternis das flatternde und krachende Mündungsfeuer des M16-Sturmgewehrs, die durch die Luft pfeifenden Kugeln und die fliegenden Patronenhülsen, das Aufflammen des Abwehrfeuers. Ein neues Magazin und neue MG-Garben.

Die Hölle. Flammen und Rauch. Schweiß, Angst und Blut. Etwas weiter entfernt, bei den Verwundeten, der Gestank von Erbrochenem und Kot.

Wie lange hatte das gedauert? Lauri konnte sich nicht mehr an alle Einzelheiten erinnern.

Beschuss und schattenhafte Gestalten zwischen den Bäumen, wieder aus einer neuen Richtung. Wir kommen hier niemals mehr weg, sie sind überall, dachte Lauri damals. Jeden Moment konnte ihre kleine Einheit sich in Panik auflösen.

Alice hatte seinen Arm rasch, aber fest gedrückt. Sie hatte die Lichtverstärker und die Styx genommen, weil in deren Magazin mehr Geschosse passten und weil sie kein Mündungsfeuer entwickelte, und sie hatte in ihren Rucksack mindestens dreißig Reservemagazine gepackt. Dann war sie im Dunkel verschwunden. Lauri hörte ihre Schritte nicht, als sie im Wald verschwand, ihre Onondaga-Haudenosaunee-Verwandten hatten sie gelehrt, sich im Wald wie ein Gespenst zu bewegen, in einer Weise, zu der Lauri niemals imstande gewesen war. Während Alice einen Bogen ins Hinterland der Taliban schlug, war Lauri zurückgeblieben, um die Moral der anderen, mehr als leicht erschütterten Mitglieder der Gruppe aufrechtzuerhalten.

Als Lauri und die anderen achtzig unverletzten Mitglieder des Stoßtrupps eine halbe Stunde später die Verwundeten zum Hubschrauber schleppten, hatten sie bei jedem Schritt das Gefühl gehabt, auf Leichen zu treten. Alice hatte später niemals über das Geschehene sprechen wollen.

Aber nach dieser Nacht hatte Präsident Bush beschlossen, dass die Vereinigten Staaten im afghanischen Krieg keine amerikanischen Bodentruppen mehr einsetzen würden, solange die Taliban nicht aufgerieben waren. Deshalb hatten sie sich mit den Schlächtern von der Nordallianz verbündet und den gesamten Landkrieg den Tadschiken anvertraut. Sie hatten lediglich vor den Panzerkolonnen der nördlichen Allianz alles in Schutt und Asche gelegt.

Ein paar Wochen später, als der Widerstand der Taliban zusammengebrochen war, hatten sie dann wieder ihre eigenen Bodentruppen nach Afghanistan gebracht und waren in den Kämpfen von Tora Bora und Spin Boldak zum ersten Mal direkt mit Truppen von Osama bin Laden zusammengestoßen. Der Angriff der Nordallianz und die Bombardierungen aus der Luft hatten die Truppen der Taliban aufgerieben, aber der größte Teil von Osama bin Ladens Saudis, der sonstigen arabischen Afghanen und der Usbeken hatte sich rechtzeitig über die Grenze nach Pakistan zurückgezogen. In Tora Bora und im Spin Boldak hatten ihnen nur noch kleine Nachhuttrupps gegenübergestanden, deren einzige

Aufgabe es gewesen war, sie noch für kurze Zeit aufzuhalten.

Endlose, dunkle, zu komplizierten Labyrinthen verschachtelte Höhlen. Alte, waagerechte Brunnen, von deren Lateritwänden die Feuchtigkeit troff und an deren Grund kleine Wasserrinnsale flossen. Gänge, die von den Russen gesprengt und hier und dort mit Beton verstärkt worden waren. Die Lichtkegel der Taschenlampen an den Gangwänden, grauer, feuchter Moosbewuchs, Schimmel, größere Hausschwämme, da und dort Betonräume. In manchen der Fußboden mit Wasserpfützen bedeckt. Feuchtigkeit und Kälte. Hier und da Leichen, das Gesicht zu einer schrecklichen Grimasse verzerrt. Terroristen, die den Tod fanden, weil die sauerstofffressenden oder thermobarischen Bomben ihnen die Lungen zerrissen und sie an ihrem eigenen Blut hatten ersticken lassen.

Ein Teil der Höhlen bestand aus etwa dreitausend Jahre alten, immer noch gutes Trinkwasser produzierenden Karez, also waagerechten Brunnen, die im Wesentlichen das einzige in Afghanistan noch übriggebliebene wertvolle, unbeschädigte Eigentum war, das die sowjetischen Truppen seinerzeit nicht hatten zerstören können. Jetzt hatten die Amerikaner auch das mit ihren Bombardements vernichtet.

Die letzten etwa fünfzig al-Qaida-Kämpfer waren im dicken Schnee über einen hohen Pass nach Pakistan geflüchtet, aber viele von ihnen waren schon verwundet, und alle hatten schlimme Erfrierungen. Lauter jämmerliche, verzweifelte arme Teufel, die keinerlei Chancen hatten zu entkommen, denn die Truppen der Vereinigten Staaten und der anderen NATO-Länder waren von der einen Seite und die pakistanische Armee von der anderen nähergerückt. Zwanzigtausend Mann hatten sie belagert. In Dandar Kili hatten die Dorfbewohner die Flüchtlinge freundlich aufgenommen. Sie hatten ihnen Tee, Essen und ein Nachtlager angeboten. Als aber die Partisanen eingeschlafen waren, fesselten die Dorfbewohner sie und lieferten sie an die US-Armee aus. Weil sie selbst zu viel Angst hatten.

Lauri erinnerte sich, wie die von den Dörflern festgesetzten Terroristen aussahen, als sie nach Dandar Kili kamen. Alice war blass geworden, als sie deren grauenhafte Erfrierungen und die Hände und Füße sah, die aus blauschwarzem, abgestorbenem Gewebe bestanden.

Die Einwohner von Dandar Kili aber hatten gegen eine der allerwichtigsten Regeln des Pashtunwali, des Rechts- und Ehrenkodexes der Paschtunen, den Nanawateh, verstoßen, der das Leben des Stammes regelt. Nach dem Nanawateh muss man das Leben eines Fremden immer verteidigen, und sei es um den Preis des eigenen Lebens. Nanawateh ist für die Bergbewohner eine wichtige, die allerheiligste Regel, denn wenn der Reisende in den Bergen vom Winter überrascht wird und plötzlich überall zwei Meter Schnee liegen, stirbt der Fremde, wenn die anderen ihm nicht helfen. Also stiegen bei Ankunft des Frühlings von den Bergen viertausend bis an die Zähne bewaffnete Männer aus den Dörfern herab. Sie brannten die Häuser von Dandar Kili nieder und töteten die Haustiere.

Lauri wusste noch, wie die Ruinen des Dorfes im darauffolgenden Sommer ausgesehen hatten. Kein einziges Haus war mehr übrig, kein Stein lag mehr auf dem anderen, auch kein einziges Wirtschaftsgebäude war erhalten. In diesem Moment hatten die Taliban das Feuer eröffnet, und der ganze Berg hatte Stahl gegen sie gespien. Alice war an der Stirn verwundet worden, was eine bleibende Narbe in ihrem Gesicht hinterlassen hatte.

Das Schlimme an Kriegen ist, dass es immer viel leichter

ist, einen Krieg zu beginnen als ihn zu beenden, dachte Lauri. Kriege haben die unangenehme, aber regelmäßige Gewohnheit, einem zu entgleiten und ein Eigenleben zu entwickeln.

Wir sind es gewohnt zu denken, wir könnten alle möglichen Situationen, mit denen wir konfrontiert sind, meistern, indem wir rohe Gewalt anwenden, dachte Lauri. Aber war das letzten Endes eine gute Art zu handeln, selbst wenn man es mit rücksichtslosen Terroristen zu tun hatte?

Auch dann, wenn die von ihnen getöteten Menschen unbestreitbar Mitglieder einer Terrororganisation gewesen waren, hatten sie den schlimmsten Fanatikern damit praktisch jedes Mal in die Hände gespielt. Die islamischen Gesellschaften waren in der Regel nicht so zersplittert und atomisiert wie die westlichen Länder. Jeder Mensch dort kannte viel mehr Menschen als ein Mitteleuropäer oder Nordamerikaner. Nicht nur Hunderte, sondern Tausende. Alle waren durch die erweiterte Familie, religiöse Organisationen und zahlreiche andere Institutionen mit unzähligen Banden fest in ihre Gemeinschaft eingebunden.

Immer wenn die Truppen jemanden getötet hatten, trauerten Tausende von Verwandten, Freunden und Verwandten der Freunde um ihn. Und Trauernde schätzen es niemals, dass ein von ihnen geliebter Mensch getötet worden ist. Sie werden verbittert und wenden sich gegen die Mörder. Ein Teil von ihnen beginnt Terrororganisationen zu unterstützen, und immer wieder einmal wird jemand selbst Terrorist. Eine Mutter hört niemals auf, um ihren Sohn, eine Frau um ihren Mann, ein Sohn um seinen Vater zu trauern, auch wenn man ihm sagen würde, hey, jetzt heulst ganz unnötigerweise, er war doch ein Terrorist. Don't worry, be happy. Have a Coke and a smile. Zero Trouble, zero calories.

Lauri schrak aus seinen Gedanken auf.

»Verzeihung«, sagte Lauri.

»Du warst wohl gerade ganz woanders«, bemerkte Janet.

»So könnte man sagen. Mir ist gerade eine Geschichte aus Afghanistan eingefallen.«

Janet runzelte die Brauen.

»Du bist dort gewesen?«

»Ja.«

»Was meinst du, war es vernünftig, dorthin zu gehen?«

Lauri lachte hohl und schüttelte den Kopf.

»Alles andere als das.«

Janet zögerte. Lauri sah, dass sie darüber anderer Ansicht war.

»Was hätte Bush anderes tun können?«, fragte Janet.

Lauri lächelte bitter.

Ja, in solchen Situationen gab es niemals eine Alternative. Ein Staatsoberhaupt, das keine Kriege führen konnte, war wie ein Mann ohne Eier. Alternativen gab es nicht, zumindest dann nicht, wenn alle Vorschläge und Informationen, die eine Alternative betrafen, schon beim Händeschütteln sorgfältig aus der Situationsanalyse herausgefiltert wurden.

Kurz nach Beginn der Bombardierungen in Afghanistan hatten sich tausend pakistanische und afghanische Stammesführer der Paschtunen zur Großen Jirga in Peschawar in der Nordwestprovinz Pakistans getroffen. Die Paschtunenführer hatten versprochen, Osama bin Laden und seine tausendzweihundert arabischen Afghanen und Usbeken gefangen zu nehmen, tot oder lebendig, falls die Bombardierungen eingestellt würden. Die Paschtunen hätten also Osama bin Ladens Kopf den Vereinigten Staaten auf silbernem Tablett und umsonst überreicht. Um übermäßiges Blutvergießen zu vermeiden, ohne Rücksicht auf Pashtunwali und Nanawateh.

Lauri hatte intensiv an die militärische Führung der Vereinigten Staaten appelliert, den Vorschlag der paschtunischen Stämme ernst zu nehmen. Viele Generäle hatten ihn unterstützt, aber der Präsident hatte sich darüber hinweggesetzt. Der Präsident der Vereinigten Staaten von Amerika konnte doch nicht mit ein paar exotischen Stammesführern verhandeln. Wie hätte das denn in den Augen der Welt ausgesehen?

Und so waren die größten Heroinhändler der Welt plötzlich strategische Verbündete der Vereinigten Staaten von Amerika, und Osama bin Laden der Goldesel der afghanischen Warlords geworden.

»Kann sein, dass er keine Alternative hatte«, sagte Lauri laut zu Janet Kendall und Ulrich Ludlow.

17

Katharine Henshaw saß an einer Ecke des Wohngebäudes und betrachtete die Sonne, die hinter den Sandsteinbergen unterging. Dabei trank sie in kleinen Schlucken Bier direkt aus der Dose. Janet Kendall trat zu ihr.

»Rauchst du?«, erkundigte sich Janet.

Katharine grinste und nahm eine Zigarette.

»Du hast meine Gedanken gelesen«, sagte sie.

Sie standen im Schatten und betrachteten die sinkende Sonne, während sie rauchten.

»Eine Sache, die ich hier wirklich schön finde, ist gerade das Aufgehen und Untergehen der Sonne«, sagte Janet. »Das dauert manchmal endlos lange, und die Farben verändern sich die ganze Zeit. Rot, Gelb und Orange gleichzeitig. Unzählige verschiedene Farbtöne. Das ist oft ausgesprochen prachtvoll. Das soll daran liegen, dass es in der Luft so viel Feinstaub gibt, der das Sonnenlicht reflektiert.«

Es wäre schön, wenn das Phänomen auf etwas Romantischeres zurückzuführen wäre als auf Luftverschmutzungen und Staub, dachte Katharine. Aber andererseits, so soll es mir auch recht sein.

»Wie bist du übrigens hierher in die ägyptische Wüste gekommen?«, fragte Katharine.

Janet wurde ernst, und auf ihrem Gesicht zeichneten sich Trauer und Bedrängnis ab.

»Google mal meinen Namen, dann weißt du es. Der Fall ist ausführlich in der englischen Presse behandelt worden.«

Katharine wunderte sich über die Bitterkeit in Janets Stimme.

»Was ist passiert?«

Janet biss sich auf die Lippe und sagte lange Zeit nichts.

»Na, du würdest es auch selbst herausbekommen«, sagte sie dann. »In ungefähr einer Minute. Ich war Polizistin. In London. Kriminalpolizistin. Dann gerieten wir eines Tages in einen Schusswechsel mit einer ziemlich gewalttätigen Bande. Mein Kollege wurde schwer verletzt. Ich erwiderte das Feuer und schoss vorbei. Die Kugel traf einen unschuldigen Passanten in den Hinterkopf, in über zwei Kilometern Entfernung. Er starb, ohne das Bewusstsein wiedererlangt zu haben.«

»Das tut mir leid«, sagte Katharine schlicht.

»Danach konnte ich nicht mehr im Dienst der Polizei bleiben. Ich wurde zwar von allen Beschuldigungen freigesprochen, aber ich selbst hatte keine Kraft mehr. Ich dachte, jeder, der mir auf der Straße entgegenkam, sähe mich vorwurfsvoll an. Ich musste weg aus London. Jemand hat mich Schrader empfohlen. Deshalb bin ich jetzt hier.«

Janet schüttelte den Kopf, und auf ihrem Gesicht lag ein schüchterner und unsicherer Ausdruck.

»Aber ich wollte nicht Sicherheitschefin werden. Ich bin Polizistin und nicht Soldatin. Ich tauge nicht zu so etwas.«

Sie ließ die Zigarettenkippe in den Sand fallen und trat sie aus.

»Und was machst du?«

»Eigentlich bin ich so etwas wie in Rente«, antwortete Katharine ausweichend.

»Beneidenswert! Aber wie ist das möglich?«

»Das ist eine lange Geschichte.«

»Erzähl, ich habe Zeit«, ermunterte Janet sie.

Katharines Miene verschloss sich.

»Wenn es dir recht ist, möchte ich sie lieber nicht erzählen«, sagte sie freundlich, aber fest.

»Okay, kein Problem«, fügte sich Janet. »Aber ich muss zugeben, dass du meine Neugier geweckt hast.«

»Du musst einfach versuchen, damit zu leben«, lachte Katharine.

Aber in Janets Gesicht erkannte sie die Kränkung, als hätte Katharine sie betrogen. Oh verdammt, jetzt habe ich wohl die Regel der Gegenseitigkeit verletzt, dachte Katharine. Sie war mir gegenüber offen, sodass ich es ihr gegenüber auch hätte sein müssen. Wir hätten unsere wunden Punkte, unsere Verletzlichkeiten austauschen sollen.

Aber das kann ich jetzt nicht ändern. Denn die Dinge verkomplizieren sich nur unnötig, wenn ich jetzt erzähle, woher ich selbst komme.

18

Im Traum erwachte Lauri. Diesmal verstand er sofort, dass der ihn umgebende Anblick nichts mit der Wirklichkeit zu tun hatte. Das heißt, natürlich war ein Teil von dem, was er sah, existent und in diesem Sinne real. Er war an dieser Stelle mit seiner alten Freundin und Arbeitskollegin Julia Noruz gewesen. Aber einige der Landschaftselemente waren deutlich fantastisch, ein Produkt seines Unterbewusstseins.

Er stand auf einem hohen Hügel, oberhalb einer großen Baustelle. Auf der Baustelle waren Tausende von Menschen, klein wie Ameisen. Dazwischen krochen Lkws, Bagger und Planierraupen hin und her. Inmitten eines Kiesfeldes befand sich ein betoniertes Gebiet, auf dem zwei große Gebäude entstanden. Die Enden der Armierungseisen starrten gen Himmel wie ein Wald von Schilf, das mit der Sense abgeschnitten worden war.

Etwas weiter entfernt sah Lauri die Kühltürme der alten Reaktoren des Kernkraftwerks von Indian Point. Dahinter waren die Hunderte von Drachen des in der Flugverbotszone errichteten Windkraftwerks zu sehen, die abwechselnd auf- und abstiegen. Lauri wusste, dass die Drachen beim Aufsteigen die Strom produzierenden Turbinen antrieben. Danach würden sie sich zur Seite wenden und für den nächsten Aufstieg abwärtsgleiten. Der Wald aus den in unterschiedlichem Rhythmus aufsteigenden und sich senkenden Drachen und deren Befestigungskabeln hinderte gleichzeitig Flugzeuge daran, sich auf die Kühlbecken des Kraftwerks oder die Reaktorhallen herabzustürzen.

Als Lauri den Kopf wandte, sah er die anderen Hügel, die Indian Point umgaben, und die dort aufgestellten Radargeräte und Artillerieeinheiten mit Raketenwerfern und Luftabwehrkanonen. Weit hinten im Osten glitzerte das Meer. Die das Kraftwerk bewachenden Kriegsschiffe – ein Raketenkreuzer, ein kleiner Flugzeugträger und drei Zerstörer – zeichneten sich als kleine schwarze Punkte gegen die blaue Wasserfläche ab.

»Alles scheint im Wesentlichen in Ordnung zu sein«, hörte er neben sich die Stimme von General Kenneth Andrews. »Wir können sicherlich gehen.«

Diese Baustelle gibt es nicht wirklich, dachte Lauri.

»Wir können gar nicht wissen, ob alles in Ordnung ist«, widersprach er.

Ich bilde mir das alles nur ein, sagte er sich, ich träume nur.

»Wieso?«, fragte sein ehemaliger Chef, der Leiter der Spezialeinheit zur Bekämpfung von Atomterrorismus der Vereinigten Staaten. »Hier ist es doch ganz ruhig!«

Es hat keinen Sinn zu streiten, wenn dies nur ein Traum ist, sagte sich Lauri. Es bringt nichts, wenn das alles nur in meinem Kopf passiert.

»Red keinen Scheiß, Kenneth«, hörte er sich sagen. »Dies ist die Phase, in der es am leichtesten ist, das Kernkraftwerk zu sabotieren. Du brauchst nur abzuwarten, dass eine Kontrolle abgeschlossen ist, und dann tust du etwas. In zehn, fünfzehn Jahren versagt plötzlich ein Rohr, ein Ventil oder eine Schweißnaht, und niemand wird je erfahren, wie es zu dem Unfall kam.«

»Du bist noch genau so paranoisch wie früher, Larry«, klagte Andrews.

»Wir müssen paranoisch sein, Ken. Haben wir wenigstens die Hintergründe all dieser Arbeitnehmer durchleuchtet?«

Andrews seufzte.

»Wie sollten wir das tun können? Weißt du, wie viele Menschen hier arbeiten? Und sie kommen aus mindestens sechzig Ländern! Große Baustellen sind einfach so.«

»Heutzutage prüfen wir doch, verdammt noch mal, sogar die Hintergründe jedes Reisenden von jedem einzelnen Flug, obwohl es lediglich um das Leben von hundert oder einigen Hundert Menschen geht«, protestierte Lauri.

Kenneth Andrews hob die Hände zum Zeichen, dass er sich ergab. Dann begann er mit den Fingern zu schnippen und zu tanzen.

»Cha-Cha-Cha, mein lieber Larry«, lachte Andrews. »Es ist nun mal so. Du hast dir doch wohl nicht eingebildet, dass die Welt irgendwie rational wäre? Ganz zu schweigen von den Regierungen!«

»Hey, sieh dir mal den Lieferwagen dort an!«, rief Lauri. »Sind die Reifen nicht etwas zu platt? So als wäre er zu schwer beladen?«

»Zementsäcke, mein lieber Larry, Zementsäcke.«

Andrews entfernte sich tänzelnd.

»Oder vielleicht sind die Ventile undicht. Nimm die Dinge nicht so ernst, das tut auch sonst niemand.«

»Aber ...«

»Weißt du, wie viele Tonnen Material auf diese Baustelle gebracht werden?«, kicherte Andrews. »An einem einzigen Tag? Wie willst du hundert Millionen Sack Zement kontrollieren? Ohne sie kaputt zu machen?«

Andrews tänzelte mit erhobenen Händen und schnippenden Fingern den Hang hinunter.

»Cha-Cha-Cha, olé!«, trällerte er. »Guadalajara! Acapulco!

Das Leben ist kurz, und, genau genommen, ist es egal, wann es endet. »Cha-Cha-Cha! Puerto Rico! Copacabana! Genießen wir das Leben, solange wir noch da sind!«

»Und die Kinder?«, beharrte Lauri gereizt. »Oder die, die noch nicht einmal geboren sind?«

Andrews' Miene wurde ärgerlich, und er verhedderte sich für einen Augenblick in seinen Tanzschritten.

»Wenn jemand so verrückt war, sich in diesem Chaos Kinder anzuschaffen, dann ist er jetzt selber schuld«, urteilte Andrews. »Dafür kann ich keine Verantwortung übernehmen. Und dafür kann auch die republikanische Partei der Vereinigten Staaten keine Verantwortung übernehmen.«

Sie kamen zu dem Parkplatz unterhalb des Hügels und setzten ihren Weg zum Haupteingang des inneren Elektrozauns fort. Auch die Soldaten, die das Tor bewachten, begannen sofort zusammen mit Kenneth Andrews Cha-Cha-Cha zu tanzen. Lauri wusste nicht, woher die Musik kam. Plötzlich entdeckte er den Unabomber, dessen Gesicht er von den Fotos, die er in den Zeitungen gesehen hatte, kannte. Der Unabomber winkte Lauri grüßend zu, während er zum Tor hereinspazierte, ohne von irgendjemandem daran gehindert zu werden. Verblüfft drehte Lauri sich um und sah ihm nach. Der Unabomber trug ein Metallrohr von mehreren Zoll Durchmesser unter dem Arm. Es war mit Kupferdraht und Elektrokabeln umwickelt. In der anderen Hand hielt der Unabomber eine Winkelschleifmaschine mit Akkuantrieb. Seltsam, dachte Lauri. Ist denn niemand außer mir am Kommen und Gehen des Unabombers interessiert? Ach ja, er ist ja schon tot. Vielleicht hält man ihn deshalb nicht mehr für gefährlich.

Während Kenneth Andrews Cha-Cha-Cha tanzte, trat ein bärtiger, mit einem langen weißen Burnus bekleideter Mann durch das Tor. Das längliche, abgezehrte Gesicht des Mannes kam ihm vage bekannt vor. In der Hand trug der Mann einen großen Aktenkoffer aus Metall. Er schien schwer zu sein, denn der Mann neigte beim Gehen den Körper zur Seite. Er lächelte breit und winkte Kenneth und Lauri im Vorübergehen einen Gruß zu. Lauri starrte ihm nach.

»Er geht Richtung Baustelle«, bemerkte Lauri.

»Come on, Larry«, trompetete Andrews. »Don't be a stupid, be a smartie, come on and join the nazi party. Ich mache natürlich nur Spaß, das verstehst du ja wohl.«

»Aber dieser Aktenkoffer schien ziemlich schwer zu sein!«

»Du machst dir viel zu viele Sorgen. Tanz und genieß das Leben! Bananas! Ananas! Cabanas! Genieß das Leben, solange du es noch hast!«

Lauri blickte immer noch misstrauisch dem Mann hinterher, der auf die Baustelle zusteuerte. Da fiel ihm endlich ein, wo er dieses Gesicht gesehen hatte. Der Mann war doch Osama bin Laden, er war nur stark gealtert. Die Berge von Belutschistan und die Salzwüsten waren vielleicht nicht die angenehmste Umgebung für einen schwer nierenkranken Menschen. Ob es wohl ungefährlich ist, Osama bin Laden mit einer Kofferbombe in ein amerikanisches Kernkraftwerk zu lassen?, dachte Lauri verschwommen, folgte jedoch Andrews zum nächsten Zaun. Er war überrascht, als sie plötzlich vor dem vierten und äußersten Zaun standen. Wo sind die beiden mittleren Elektrozäune hingekommen?, wunderte sich Lauri.

Am Tor des äußersten Zauns wurde heftig gefeiert. Die Soldaten tranken Bier aus der Flasche, rauchten Heroin und Marihuana und tanzten mit nackten Frauen. Auf der Erde lag eine dicke Schicht aus Tausenddollarscheinen, die mindestens bis zur halben Wade reichte, aber niemand schenkte dem irgendwelche Beachtung. Unter den Soldaten erkannte Lauri auch einige ehemalige Präsidenten der Vereinigten Staaten, zumindest Ronald Reagan, George Bush Junior und Bill Clinton. Beim Tor lagen die Leichen von zwei altmodisch gekleideten Männern. Beiden war zweimal in die Stirn geschossen worden. Lauri erschrak, als er die Opfer erkannte. Es waren Thomas Jefferson und George Washington. Wie war das möglich? Ach ja, dies ist ja nur ein Traum, musste Lauri sich wieder ins Gedächtnis rufen.

Er folgte Kenneth Andrews durch das letzte Tor. Im Vorübergehen zog Andrews seinen Revolver und erschoss vier junge Soldaten. Dann blies er den Rauch aus der Mündung wie der Sheriff in einem Italowestern, schob den Revolver zurück ins Holster und lockerte sich die Finger. Wann hatte Andrews seine Glock verworfen und sich ein Peacemaker Colt zugelegt?

»Diesen Jungs ist jetzt viel Böses erspart geblieben«, sagte Andrews.

Er schien sehr zufrieden mit sich zu sein.

»Und das Minus im Verteidigungsbudget verkleinert sich ein wenig. Cha-Cha-Cha! Ich hab mir übrigens noch eine wirksamere Sparmaßnahme ausgedacht, die darin besteht, an Veteranen und Kriegsinvaliden vergiftete Bonbons zu verteilen. Schon jetzt geht über die Hälfte des Budgets der einzelnen Waffengattungen für ihren Lebensunterhalt drauf. Über die Hälfte, stell dir das mal vor. Wenn das so weitergeht, können wir es uns bald nicht mehr leisten, jemanden umzubringen.«

Neben dem Weg befand sich ein großer Findling, der Lauri bekannt vorkam. Er erinnerte ihn stark an einen Stein in der Nähe von Sierra Vera, der einer der Lieblingsplätze von Alice Kleiner Falke Donovan, seiner verstorbenen Frau, gewesen war.

Und plötzlich saß auf dem Stein eine kleine, schlanke Frau. Sie hatte schwarzes Haar, trug eine an den Hosenbeinen ausgefranste Jeans und war barfuß.

Lauri zitterte vor Angst, denn die Situation kam ihm wieder seltsam real vor.

»Hallo, kleine Rothaut«, sagte Lauri. »Schön, dich zu sehen. Ich hab nur noch nicht ganz verstanden, was du mir sagen wolltest damals, als …«

Alice antwortete nicht. Sie zeigte mit der Hand hinter Lauri, wo das Kraftwerk Indian Point lag. Lauri schaute in die angegebene Richtung, und in demselben Moment erfüllte sich die ganze Welt mit einem gleißenden weißen Licht, sodass er eine Weile nichts mehr sah.

Als er wieder sehen konnte, bemerkte er eine dünne schwarze Rauchsäule, die an der Stelle zum Himmel aufstieg, wo das Kernkraftwerk Indian Point noch einen Augenblick zuvor gestanden hatte. Oberhalb der Rauchsäule stand eine schwarz-orangebunte, grell leuchtende Wolke, die immer größer wurde.

»Oh nein!«, hörte Lauri sich selbst rufen. »Das kann nicht wahr sein! Es darf nicht wahr sein!«

Und dann erwachte er.

19

Lauri Nurmi hielt den Kopf unter die kalte Dusche, bis er wieder klar denken konnte. Dann trat er mit dem Handtuch ans Fenster. Er betrachtete die Silhouette des zum Himmel aufragenden Sonnenturms und trocknete sich ab.

Du musst ihnen helfen. Sonst können sie alle sterben. Jeder Einzelne.

Während des Kalten Krieges hatten die Regierungen gefürchtet, die Menschheit könnte durch einen Atomkrieg untergehen, wenn Zehntausende von Atombomben explodieren würden. Sie hatten nicht begriffen, dass eine einzige Atomwaffe, an der richtigen Stelle gezündet, dasselbe Ergebnis zeitigen konnte.

Die Zündung einer Bombe, die mit der von Hiroshima vergleichbar wäre, oder einer viel kleineren Kofferbombe in Indian Points, Sizewell, Sellafield, La Hague, Olkiluoto oder einem anderen geeigneten Kernkraftwerkskomplex würde einen radioaktiven Niederschlag erzeugen, der mindestens der zehntausendfachen Menge des von dem Reaktorunglück in Tschernobyl verursachten Fallouts entsprechen würde. Der Niederschlag würde sich in wenigen Tagen über die gesamte nördliche Halbkugel ausbreiten wie ein unsichtbarer, aber tödlicher Vorhang. Ein Teil der Menschen würde sofort sterben, und die übrigen müssten woanders hinziehen. Irgendwohin nach Süden.

Schrader hatte ganz recht gehabt, als sie anmerkte, dass man einen solchen Angriff nicht mit Kernwaffen vergelten konnte, denn es wäre ja sinnlos, auch noch die Gebiete zu verstrahlen, in die man sich anschließend retten wollte! Wenn eine Milliarde zorniger Europäer und Amerikaner nach Süden zögen, bekäme der im Grab ruhende Abu Musab al-Zarqawi seinen großen apokalyptischen Krieg. Danach aber wären die anderthalb Milliarden Muslime nicht mehr am Leben, so wie al-Zarqawi es geschrieben hatte.

»Am Ende fürchte ich die mögliche Wiederkehr der Kernkraft mehr als das, was die Klimaerwärmung uns anhaben kann«, meinte Lauri Alices Stimme zu hören.

Er kehrte ins Badezimmer zurück und hängte das Handtuch zum Trocknen auf.

»Das Schlimmste, was die Klimaerwärmung uns anhaben kann, ist eine vergiftete Atmosphäre, in der wir alle ersticken würden«, hatte Alice gesagt. »Na und? Das wäre ein sauberer Tod. Schnell und leicht.«

Lauri betrachtete im Spiegel seinen mit Narben übersäten Körper.

»Wir würden den Planeten einfach den Kopffüßern und den Vögeln zurückgeben. Vielleicht erfinden sie etwas Besseres als das, wozu wir imstande waren.«

Lauri ging zum Schrank und zog seine Hose an.

»Wenn aber jemand auch nur ein einziges unserer Kernkraftwerke sprengt, verteilen sich diejenigen, die der Strahlung ausgesetzt waren, über den ganzen Planeten, und jeder von ihnen bringt seine Mutationen mit.«

So viel war er Alice vielleicht schuldig. Zumindest so viel.

»Jeder stark kontaminierte Mensch kann neue Erbkrankheiten und Krebsgene produzieren und sie in den Genstrom der Menschheit einfließen lassen. Sodass sie endlos von einer Generation auf die nächste übergehen. Zehntausend Mal. Hunderttausend Mal. Solange es Menschen gibt.«

Sie hatten in der Küche des Haupthauses von Sierra Vera gesessen und Rotwein getrunken. Alices Gesicht hatte vom Wein und vor Erregung geglüht. Sie war gerade vom Reiten gekommen und hatte stark nach Pferd und Frau geduftet.

Lauri streifte sich hastig das T-Shirt über. Eilig stieg er in seine Sandalen, öffnete die Tür und machte sich zielstrebig auf den Weg zum Kontrollraum.

»Das wäre ein Abstieg in die Hölle.« So hatte Alice sich ausgedrückt. »Und im schlimmsten Falle würde das einen Abstieg in die Hölle für Millionen von Jahren bedeuten. Und aus dieser Hölle gäbe es nach dem Fegefeuer keine Begnadigung oder Erlösung. Niemals!«

Janet Kendall saß auf dem Haupttisch des Kontrollraums und hatte die Beine auf einen Stuhl gestellt. Sie trank Bier aus der Flasche. Lauri hatte bisher gar nicht bemerkt, wie müde und abgespannt Janet aussah. Auf ihrem Gesicht waren Furchen erschienen, die dort nicht hingehörten, und ihre Augen lagen in tiefen schwarzen Höhlen.

»Gut, ich bin einverstanden«, sagte Lauri.

Janet Kendall sah ihn überrascht an. Dann wurde ihr Gesicht ruhiger. Lauri sah, wie sie sich allmählich entspannte. Janet sprang vom Tisch herab, kam zu Lauri und küsste ihn auf die Wange. Dann umarmte sie Lauri.

»Danke! Allein hätte ich das nicht geschafft!«

Am nächsten Tag rief Lauri Nurmi Annelies Schrader an und teilte ihr mit, dass er den Auftrag übernehme. Schrader wirkte nicht direkt überrascht, aber sie verhehlte auch nicht, wie zufrieden sie war.

»Ausgezeichnet«, schmunzelte Schrader. »Ich freue mich sehr. Was willst du als Erstes in Angriff nehmen?«

»Ich will den wichtigsten Beduinenführer im Südteil der

Wüste, Scheich Azhrawi, aufsuchen. Abu Hassan war der Meinung, dass wir bei ihm anfangen sollten.«

»Ich würde mich da ganz auf Abu Hassan verlassen. Wann wollt ihr zu ihm?«

»Übermorgen. Abu Hassan sagt, al-Azhrawi und seine Leute müssten sich zurzeit etwas südwestlich von der Oase Wahat ad Dakhilah aufhalten. Irgendwo zwischen den Bergen Abu Ballas und ... warte mal, wie hieß der andere doch gleich, Hadabat al Jilf al Kabir. Das ist ziemlich weit weg von hier, in der Nähe der Grenze zum Sudan.«

»Wie kommt ihr dorthin?«

»Wahrscheinlich mit dem Lkw. Wenn wir bei Sonnenaufgang losfahren und in der Oase Dakhilah übernachten, sind wir am nächsten Morgen bei ihm. In der Nacht zelten wir dann im Gelände, Abu Hassan will mir eine besonders interessante Stelle in der Wüste zeigen.«

»Das klingt gut«, sagte Schrader. »Ich werde fast neidisch.«

»Die Hotchkiss sind übrigens angekommen«, sagte Lauri. »Ulrich hat versprochen, sie aufzustellen. Inzwischen ist der Betonguss am oberen Rand des Turms fertig, sodass wir dort beginnen.«

Wir werden sie niemals benutzen können, dachte Lauri, aber das können SIE nicht wissen. Unabhängig davon, wer SIE eigentlich sind. Sodass, wenn wir Glück haben, die bloße abschreckende Wirkung der Hotchkiss genügen mag.

Lauri wollte nicht daran denken, was passieren würde, falls die abschreckende Wirkung nicht genügte.

20

Zwei Tage später luden Lauri und Abu Hassan die letzten Sachen auf das Lastauto. Um vier Uhr morgens war es noch kühl und fast dunkel, hinter den Bergen bahnte sich der Sonnenaufgang an. Janet und Katharine standen etwas abseits, Katharine rauchte eine Zigarette. Die Glut leuchtete im Dunkeln als ein kleiner roter Fleck.

»Wenn das Kraftwerk während unserer Abwesenheit angegriffen wird, ist nur eine einzige Sache wirklich wichtig«, mahnte Lauri.

»Ich glaube, ich weiß schon, was du sagen willst«, klagte Janet angeödet.

»Okay, ich wiederhole mich«, gab Lauri zu. »Aber ich sage es noch einmal. Ihr dürft keine Angreifer töten, zumindest dann nicht, wenn sie wie Ägypter aussehen. Ihr sollt sie nur verscheuchen. Dies ist ein Befehl. Ein absoluter Befehl.«

Janet wirkte leidend.

»Ich verstehe schon, worauf du hinauswillst, aber was, wenn die Lage wirklich brenzlig wird? Sollen wir uns dann von ihnen die Gurgel durchschneiden lassen, ohne Widerstand zu leisten?«

Lauri zuckte die Achseln.

»Euch wird schon was einfallen. Außerdem habe ich euch ja ein paar Tipps gegeben. Wenn ihr nur die Angreifer nicht mit den Hotchkiss in Fetzen schießt.«

»Euch wird schon was einfallen!«, fuhr Janet auf. »Das ist leichter gesagt als getan!«

»Es würde sich sehr schnell herumsprechen, wenn wir auch nur einen einzigen Einheimischen töten würden«, erklärte Lauri. »Und solche Dinge werden gern aufgebauscht. Was für Chancen hat ein Kraftwerk mit Glasdach, unversehrt zu bleiben, wenn man uns für Mörder hält?«

»Da hast du natürlich recht«, räumte Janet widerwillig ein.

Lauri wandte sich an Katharine.

»Also, mach's gut.«

Katharine schien etwas auf dem Herzen zu haben. Lauri sah, dass sie sich auf die Lippe biss.

»Na, was gibt's noch?«

»Ich gehe doch wohl keine unnötigen Risiken ein?«, fragte Katharine plötzlich.

»Warum fragst du das?«

Katharine sah Janet Kendall an. Die nickte und zog sich feinfühlig zurück. Zwischen uns ist gar nichts, dachte Janet. Sie lächelte in sich hinein. So ist es!

»Ich meine, dass ... Wenn etwas passiert, dann wirst du ja wohl dein Bestes tun, um zurückzukommen?«, präzisierte Katharine.

Katharine stand so nahe bei ihm, dass Lauri wieder einmal registrierte, wie groß sie war. Verflixt, Katharine ist doch eine Prachtfrau, dachte Lauri. Er runzelte die Stirn und bemühte sich, verwundert auszusehen, als hätte er nicht verstanden, wovon Katharine sprach.

»Spiel doch nicht den Unwissenden«, sagte Katharine leise. »Sei so lieb und mach mir nichts vor. Gerade jetzt. In solchen Dingen. Du weißt recht gut, wovon ich spreche.«

»Könntest du dich bitte etwas genauer ausdrücken?«

»Also im Klartext: Wenn es ernst wird, ist es oft entscheidend, ob man selbst überleben will oder nicht. Wenn dir nicht genug daran liegt ... na ja. Ganz zu schweigen davon, dass es für dich eine ganz gute Alternative sein könnte, in der Wüste zu bleiben. Ich möchte, dass du mir ganz ehrlich sagst, wie es jetzt um dich steht.«

Lauri sah Katharine nicht direkt an, sondern starrte zerstreut auf den immer stärker werdenden Schein der Sonne. Katharine ist oft allzu scharfsichtig, dachte er.

»Ehrlich gesagt, weiß ich es selbst nicht genau«, antwortete Lauri schließlich.

»Feine Sache! Aber merk dir: Wenn du in der ägyptischen Wüste stirbst, dann geht das auf mein Konto. Das wird mein Gewissen belasten. Denn schließlich war ich es, die darauf beharrt hat, dass wir hierherfahren. Sei so gut und tu mir das nicht an. Ich schleppe ohnehin schon zu viel Ballast mit mir herum.«

»Okay, okay«, gab Lauri nach. »Verbleiben wir so.«

»Versprichst du es mir?«, forderte Katharine. »Versprichst du mir, dass du keine unnötigen Risiken eingehst und dass du dich mit aller Kraft bemühst, am Leben zu bleiben? Also wirklich mit aller Kraft? So, dass du alles versuchst? Wenn etwas passiert?«

»Es wird schon nichts passieren«, antwortete Lauri ausweichend.

»Versprich es mir!«

»Gut, gut, ich verspreche es.«

Katharine nickte und wirkte schon etwas zufriedener.

»Wir sollten losfahren, bevor die Sonne aufgeht«, bemerkte Abu Hassan.

Einen Tag später näherten sie sich dem Lager von Scheich Azhrawi. Abu Hassan saß am Lenkrad. Im Verlauf der Fahrt hatte Lauri bemerkt, dass er trotz seiner Jugend ein geschickter und sicherer Fahrer war. Sie hatten abwechselnd am Lenkrad gesessen, jeweils drei Stunden lang.

»Hör mal, Lauri, darf ich dich etwas fragen?«, sagte Abu Hassan plötzlich.

»Nur zu.«

»Glaubst du an Gott?«

Lauri lachte auf.

»Also ... ich weiß nicht. So etwas hat mich schon lange niemand mehr gefragt.«

»Ist das wahr? Wie kann es sein, dass du nicht weißt, ob du an Gott glaubst oder nicht?«

»So ist es nun mal. Die meisten Europäer wissen nicht, ob sie an etwas glauben oder nicht. Oder woran sie glauben sollten.«

Abu Hassan schüttelte verzweifelt den Kopf.

»Du solltest vielleicht wissen, dass Azhrawi ein tief religiöser Mann ist. Du solltest dir also vorher überlegen, was du ihm alles sagen willst.«

»Das ist gut zu wissen«, sagte Lauri.

Das Lager von Scheich Azhrawi bestand aus einigen Dutzend schwarzen Zelten, in deren Umgebung es viele Kamele und einige Ziegen gab.

Als sie sich Azhrawis Zelt näherten, sahen viele der Beduinen sie mit offenem Misstrauen an, vielleicht sogar feindselig. Lauri musste sich eingestehen, dass er nicht imstande war, ihre Mienen zuverlässig zu deuten. Er bemerkte jedoch, dass Abu Hassan nicht besorgt wirkte. Das war sicherlich ein gutes Zeichen.

»Die Beduinen sind immer misstrauisch«, flüsterte Abu

Hassan Lauri zu. »Sie sind in ihrem Wesen hart, härter als Stein, härter als Stahl. So müssen sie sein. Aber auf jeden Fall sind sie nun einmal so, wie sie sind, sodass du dem nicht unnötig viel Aufmerksamkeit schenken solltest, es bedeutet einfach nichts weiter.«

Lauri nickte.

»Nicht notwendigerweise«, fügte Abu Hassan Unheil verkündend hinzu.

Als sie bei Azhrawis Zelt ankamen, stellte Lauri fest, dass es aus dickem pechschwarzem Wollstoff war. Kopfschüttelnd betrachtete er es.

»Warum ist es schwarz? Drinnen muss es heiß sein wie in einem Ofen.«

Abu Hassan grinste.

»Gehen wir hinein, dann siehst du, wie drückend es darin ist.«

Sie hoben die Klappe an, die den Zelteingang verschloss, und schoben sich hinein. Lauri wunderte sich, dass es im Zelt angenehm kühl war, viel kühler als draußen. Überrascht sah er Abu Hassan an, aber ihm war klar, dass es unhöflich wäre, jetzt nach einer Erklärung zu fragen. Er musste zuallererst ihren Gastgeber begrüßen, das Oberhaupt der Beduinen der Westlichen Wüste, Scheich Hamid al-Azhrawi.

Azhrawi war ein wohl etwas über sechzig Jahre alter, großer Mann mit grauem Haar und grauem Bart. Er trug den weißen, bei den ägyptischen Beduinen beliebten Burnus. Azhrawis Gesicht wirkte offen und ehrlich, aber es ließ deutlich erkennen, dass er nicht wusste, wie er sich seinen Gästen gegenüber verhalten sollte.

Der Boden des Zeltes war mit dicken, schön gemusterten Teppichen bedeckt. An den Seiten lagen große Sitzkissen.

Lauri bemerkte, dass in einer Ecke des Zeltes eine einzelne Frau saß. Ihr Gesicht war unverschleiert, und Lauri sah, dass sie relativ jung war, vielleicht etwas über dreißig. Ihre Hautfarbe war deutlich dunkler als die von Azhrawi, irgendwo zwischen schwarzem Ebenholz und Azhrawis viel hellerem Braun. Die Frau sah nicht zu ihnen herüber. Ihre Miene war schwer zu deuten.

Sie trug ein schwarzes, überraschend eng anliegendes und die Körperformen betonendes, bis zu den Knöcheln reichendes Kleid, dessen dicker schwarzer Gürtel ihre Taille stramm umschloss. Auf dem Kopf lag ein schwarzer Hijab, ein Tuch, unter dem eine Strähne kohlschwarzen, dichten Haares hervorschaute. Lauri sah, dass auf ihren Lippen eine dicke Schicht schwarze Lippenfarbe lag und dass auch ihre Fingernägel schwarz lackiert waren. Er ließ seinen Blick abwärts wandern und stellte fest, dass die Frau an den Füßen schwarze Sandalen trug und auch ihre Zehennägel schwarz lackiert waren.

Ihren rechten Arm zierten vier oder fünf schwarz bemalte Armreifen aus Metall, und um ihren Hals lag eine Schnur aus schwarzen Perlen.

Anscheinend liebte die Frau die Farbe Schwarz.

Lauri fand, dass die Anwesenheit der Frau mehr als ungewöhnlich war, und Abu Hassans Miene verriet, dass er ähnliche Gedanken hegte. Die Frau begrüßte die Gäste nicht.

»Salam aleikum«, sagte Lauri auf Arabisch.

»Aleikum salam, Amerikaner«, antwortete Azhrawi.

Abu Hassan protestierte sofort.

»Er ist kein Amerikaner.«

»Verzeihung, Europäer«, korrigierte sich Azhrawi auf Englisch.

Lauri bemerkte leicht überrascht, dass Azhrawi ein nahezu perfektes Oxford-Englisch sprach. Abu Hassan hatte ihm schon vorher gesagt, dass sie das ganze Gespräch ohne Dolmetscher würden führen können, aber das Niveau von Azhrawis Sprachkenntnissen war für ihn dennoch eine angenehme Überraschung.

Lauri und Abu Hassan ließen sich auf den Kissen nieder. Die Frau in der schwarzen, das Gesicht verhüllenden Kleidung, sicherlich Azhrawis Frau oder Tochter, servierte den Gästen Pfefferminztee von einem schön verzierten Silbertablett.

Lauri schlürfte das bitter-starke, mit Zucker reichlich gesüßte Getränk aus einer kleinen Porzellantasse.

»Aus welchem Teil Europas kommst du?«, fragte Azhrawi. »Aus England?«

»Aus Finnland. Es hängt ganz von der Definition Europas ab, ob man Finnland als einen Teil Europas betrachtet. Das eigentliche Europa ist eine große Halbinsel. In dessen nördlichem Teil gibt es eine weitere, kleinere Halbinsel. Mein Land liegt auf dieser kleineren Halbinsel, ebenso Norwegen und Schweden. Und ein kleiner Teil von Russland.«

»Aber ... dein Land ist doch ein Teil der Union der Kreuzfahrer?«, fragte Azhrawi beharrlich. »Der Europäischen Union?«

»So ist es leider. Aber das wird auch bald für die Türkei gelten.«

Azhrawi schüttelte den Kopf und lachte.

»Warten wir ab, was daraus wird.«

»Fair enough!«, räumte Lauri ein. »Tatsächlich aber hat mein ursprüngliches Heimatland in zahlreichen Kriegen auf derselben Seite gekämpft wie die Armeen des Islams.«

»Welche Kriege meinst du, wenn du das sagst?«, fragte Azhrawi.

In seiner Stimme lag ein leicht misstrauischer Ton.

»Du kennst bestimmt den ersten Kreuzzug, den der Papst für das Jahr 1095 verkündete«, sagte Lauri.

»Natürlich.«

»Zur selben Zeit, als die päpstlichen Länder Europas einen Kreuzzug ins Heilige Land unternahmen, waren mein Land und einige südliche Nachbarn, Ostpreußen und die baltischen Länder, ein anderes Hauptziel von Kreuzzügen. Sie bildeten damals das letzte Gebiet Europas, das noch nicht zum Einflussbereich der päpstlichen oder der griechisch-katholischen Kirche gehörte.«

»Das war mir neu«, gab Azhrawi zu.

Die dunkel gekleidete Frau kauerte in einem Winkel des Zeltes, aber ihre Augen beobachteten aufmerksam, was geschah, und Lauri hatte den Eindruck, dass sie auch jedes seiner Worte hörte und verstand.

»Norweger, Dänen und Schweden konzentrierten sich darauf, einen Kreuzzug gegen unser Gebiet zu organisieren«, fuhr Lauri fort. »Zu derselben Zeit, als viele christliche Könige den Islam angriffen, gab der Papst auch den Befehl, die heiligen Haine meines Landes, unsere heiligen Urwälder und den heiligen Baum eines jeden einzelnen Hauses zu zerstören. Ohne das hätten sich die Skandinavier sicherlich in viel größerer Zahl den Armeen angeschlossen, die ins Heilige Land zogen. Du hast doch sicherlich von der Schlacht bei Hattin im Jahr 1187 gehört, in der der Große Saladdin die Armee der Kreuzfahrer vernichtete?«

»Wer hätte nicht davon gehört«, brummte Azhrawi.

»In demselben Jahr errangen die Finnen einen großen Sieg über die Schweden und zerstörten die damalige Hauptstadt des schwedischen Reichs, Sigtuna, sodass die Schweden ihre Hauptstadt an eine neue Stelle verlegen mussten, nach Stockholm.«

Azhrawi strich sich den Bart und betrachtete Lauri schon mit deutlich größerem Interesse als noch einen Augenblick zuvor.

»Damals, als viele europäische Könige sich zur Vernichtung des Islams mit den Mongolen verbündeten, führten wir Krieg gegen die russischen Fürstentümer, die damals ein Teil des großen Imperiums der Mongolen waren«, fuhr Lauri fort.

Lauri erzählte Azhrawi jedoch nicht, dass Schweden-Finnland später auch eine Art Söldner des ottomanischen Reichs gewesen war und dass es zweimal, in den Jahren 1741 und 1788, einen Krieg gegen Russland begonnen hatte, um in den Genuss der beträchtlichen wirtschaftlichen Entschädigung zu gelangen, die die Ottomanen zahlten. Lauri ließ das unerwähnt, weil er wusste, dass der Aufstieg der Ottomanen für die Araber eine noch größere Katastrophe gewesen war als für Europa.

»Du weißt viel mehr als die meisten Europäer, die, entschuldige, wenn ich das so sage, über derartige Dinge meistens nicht viel wissen«, bemerkte Azhrawi. »Aber warte mal, ich bitte Amina, uns noch Pfefferminztee zu bringen.«

Azhrawi entfernte sich für einen Moment. Lauris Blick wanderte zu der schwarz gekleideten Frau, die schweigend neben der Zeltwand saß. Die Frau wich seinem Blick nicht aus, wandte ihm aber auch nicht das Gesicht zu. Lauri hätte gern gewusst, wer sie war.

Die Kreuzzüge, dachte Lauri. Azhrawi hatte die Unterhaltung damit eröffnet, dass er die europäische Union als eine Union von Kreuzfahrern bezeichnete! Seit dem letzten

Kreuzzug waren schon über siebenhundert Jahre vergangen, aber die Sache war weiterhin aktuell. Große Fehler hinterlassen manchmal wirklich große Spuren in der Geschichte. Eine besondere Ironie lag darin, dass die Kreuzzüge ursprünglich eine Art Krieg von Papst Urban gegen den Terrorismus gewesen waren. Offiziell waren sie im Wesentlichen mit einem erfundenen Bericht begründet worden, in dem Angriffe von islamischen Straßenräubern gegen christliche Pilger aufgelistet waren.

Aber was hatten die Kreuzzüge nicht alles für Folgen gehabt! Schon der erste Kreuzzug hatte die Tradition gebrochen, die auf den Lehren des großen afrikanischen Kirchenvaters Augustinus gründete, achthundert Jahre lang in Kraft war und den Juden Respekt und Toleranz entgegenbrachte. Augustinus' Lehren waren durch die viel schwärzere Tradition der Pogrome ersetzt worden, die gut achthundert Jahre später in Auschwitz, Treblinka und Dachau kulminierte. Warum sollten wir bis ins Heilige Land marschieren, um Heiden zu töten, wenn die auch viel näher zu finden sind?

Als die Europäer begonnen hatten, ihre eigene Identität zu stärken, indem sie die Andersartigkeit und Fremdheit der Muslime betonten, dauerte es nicht lange, bis dieselbe Welle der Intoleranz wie ein sich nach allen Richtungen ungehemmt ausbreitender Steppenbrand auch die europäischen Juden erfasste. Hundert Jahre später durften auch die zur griechisch-katholischen Kirche gehörenden Christen und die Ketzer im französischen Languedoc die Segnungen derselben Intoleranz in Reinkultur genießen. Dann hatte sich die Kirche in Protestanten und Katholiken gespalten, und die großen Glaubenskriege hatten Europa mit Leid und Flammen überzogen.

Der vierte Kreuzzug richtete sich schon gegen das griechisch-katholische Konstantinopel. In seiner Folge war das große oströmische Imperium gefährlich geschwächt, sodass der briefmarkengroße Kleinstaat des Emirs Osman – eines der Dutzende von winzigen Emiraten in Anatolien – es allmählich Stück für Stück schlucken konnte. Kurz darauf war Byzanz, das Europa achthundert Jahre lang vor den Eroberungsfeldzügen der Muslime geschützt hatte, nicht mehr vorhanden. Plötzlich befand sich ganz Südosteuropa in der Hand der Ottomanen, und während der darauffolgenden fünfhundert Jahre wurden aus Europa mehr Sklaven ins ottomanische Reich gebracht als aus Afrika nach Nord- und Südamerika.

Der erste große Krieg des Westens gegen den Terrorismus hatte die Christen vor den Muslimen schützen sollen, tatsächlich aber hatte er die Türken in die Mitte Europas gebracht. Hätten nicht die Polen und die Deutschen im Jahre 1683 den Ottomanen die vernichtendste Niederlage ihrer langen Kriegsgeschichte beigebracht, wären die Fahnen der Ottomanen noch viel tiefer in das von den Glaubenskriegen geschwächte Europa eingedrungen.

Lauri wusste, dass die Muslime sich den Kreuzfahrern gegenüber lange erstaunlich maßvoll verhalten hatten. Sie hatten die großen Blutbäder, die die Christen unter ihrer Zivilbevölkerung angerichtet hatten, nicht mit gleicher Münze vergolten.

Erst als die Europäer sich mit den Mongolen gegen die Muslime verbündet hatten, fast unmittelbar nachdem die Mongolen die Einwohner von Bagdad getötet und aus ihren Schädeln eine große Pyramide errichtet hatten, war das Maß voll. Die erstarkten ägyptischen Mamelucken vernichteten zunächst die Angriffsarmee der Mongolen und dann jede

Armee, die die Europäer gegen sie entsandt hatten. Die unbesiegbaren Mongolen waren danach nicht mehr unbesiegbar und zogen die Eroberung von Europa oder Ägypten nicht einmal mehr in Erwägung. Aber auch die Köpfe der verteidigungsunfähigen christlichen Kriegsgefangenen kullerten von da an immer häufiger über den Wüstensand.

Die christlichen Könige Europas hatten gedacht, die Mongolen würden Europa vor dem Islam retten. Stattdessen retteten die islamischen Krieger in der Schlacht von Ain Jalut, an der Quelle des Goliath, Westeuropa vor der Invasion der Mongolen. Was die Geschichte doch manchmal für ironische Wendungen nimmt, dachte Lauri.

Aber der Nachhall der Al-Salibija, der Kreuzzüge, dröhnte weiterhin durch die Geschichte. Für die Juden hatte die islamische Welt neunhundert Jahre lang einen Zufluchtsort vor den von den Kreuzfahrern begonnenen und von Adolf Hitler auf die Spitze getriebenen Pogromen gebildet. Als aber die westlichen Länder an genau derselben Stelle, wo seinerzeit die Festungen der Kreuzritter gelegen hatten, einen jüdischen Staat gründeten, empfand die islamische Welt die Entstehung Israels als neuen Kreuzzug. Und die Folgen sind allen bekannt.

Azhrawi kehrte zurück und setzte sich wieder auf die Kissen.

»Ach, Europäer«, murmelte er und strich sich den Bart. »Es ist sehr interessant, sich mit dir zu unterhalten, wenn ich nur mit Sicherheit wüsste, ob deine Reden von Gott oder vom Satan sind. Aber … möchtet ihr noch mehr Pfefferminztee, bevor wir etwas Kräftigeres essen, Couscous und Kamelfleisch?«

21

»Sie waren nur zu zweit! Wir sind mit einer viel zu großen Truppe hierhergekommen!«

Fouad Badou sah den Sprecher ruhig an. Er war ein junger Saudiaktivist namens Faikh Nizmet. Badou kannte ihn schon seit Jahren, seitdem sie in den Bergen von Tora Bora, in der Nähe der pakistanischen Grenze, zusammen gegen die Truppen der Vereinigten Staaten und Großbritannien gekämpft hatten. Fouad wusste, dass Faikh jähzornig war und leicht aufbrauste.

Sie standen auf einem schmalen Kiesweg. Links von ihnen lag ein tiefes Tal, das von einem vor langer Zeit ausgetrockneten Fluss in die Landschaft geschnitten worden war. Hinter dem Tal befanden sich hohe Bergrücken aus Sandstein und dahinter ein Meer aus gelben Sanddünen.

»Besser, als wenn wir zu wenige wären«, bemerkte Fouad vernünftig. »Außerdem ist es möglich, dass Azhrawi ihm einen Begleittrupp gibt. Dann kann es von Vorteil sein, dass wir achtzig Mann sind. Und dass die meisten davon Veteranen von Tora Bora und Spin Boldak sind.«

Faikh hörte ihm zu und beruhigte sich zusehends.

»Vielleicht ist es so, wie du sagst.«

Fouad deutete mit der Hand auf eine Stelle, wo der Weg eine steile Kurve machte und rechts hinter einem senkrechten Felseinschnitt verschwand. Kurz davor gab es in dem Weg eine Ausbuchtung, die das Überholen ermöglichen sollte. Dort parkte ein Lastauto, und davor standen drei Männer und rauchten. Einer von ihnen war auf ägyptische Art gekleidet. Die beiden anderen wirkten wie Europäer.

»Wir platzieren zwei Lkws und die Hälfte unserer Männer hinter dem Einschnitt dort«, sagte Fouad. »Die beiden anderen Autos bleiben weiter unten. Wenn der Sicherheitschef der Baustelle, sein Mann und die Eskorte, die Azhrawi ihnen möglicherweise mitgegeben hat, an die Stelle kommen, lassen wir sie vorbei, stoppen sie aber hier. Sie haben keinen Schutz und keinen Fluchtweg. In keine Richtung. Es sei denn, sie haben Flügel!«

Faikh betrachtete die Europäer mit offener Feindseligkeit.

»Es gefällt mir nicht, dass sie dabei sind. Und es gefällt mir nicht, dass wir für sie arbeiten. Das erscheint mir nicht richtig.«

»Es ist nicht unsere Sache, über dergleichen Dinge zu entscheiden«, bemerkte Fouad.

»Trotzdem!«

»Wir brauchen Geld. Wir brauchen Waffen, die nicht leicht zu beschaffen sind und die viel kosten.«

Faikh fuhr sich mit den Händen durch sein dickes Haar. Er wirkte leidend.

»Ich weiß! Aber es gefällt mir trotzdem nicht.«

»Wir haben nur zwei Kernwaffen«, erklärte Fouad Badou sehr geduldig.

Fouad hatte schon viele Male mit Faikh ein solches Gespräch geführt, nachdem sie mit zwanzig anderen al-Qaida-Kämpfern zwei Kanister mit hoch angereichertem Uran aus Kahuta geholt hatten. Ihr Verbindungsmann war damals noch für die Sicherheitsmaßnahmen von Kahuta zuständig gewesen. Das war einen Monat vor dem Tag gewesen, an dem der Sicherheitschef zusammen mit seinem Auto von einer Explosion in Stücke gerissen wurde. Sie hatten niemals herausbekommen, wer das Attentat organisiert hatte.

»Wir werden unsere Bombe gut einsetzen«, versicherte Fouad. »Der Anschlag muss so sein, dass die Amerikaner und Europäer keine Vergeltung üben können. Wir müssen ihre eigenen Länder so stark kontaminieren, dass sie von dort wegziehen müssen, wenn sie nicht sterben wollen. So stark, dass sie von den Ländern, über die wir verfügen, von den Lebensmitteln, die in unseren Ländern produziert werden, und von dem Regenwasser, das auf unsere Länder fällt, abhängig werden.«

»Ich weiß, ich weiß«, sagte Faikh ungeduldig. »Wir haben das alles schon besprochen. Aber warum können wir nicht schon jetzt einen Anschlag verüben? Die Amerikaner und die Europäer haben schon jetzt viele Kernkraftwerke! Warum müssen wir warten, bis sie noch weitere bauen?«

Fouad wurde nervös. Er hatte sein ganzes Leben lang gegen den Hass und die Bitterkeit angekämpft, die an ihm nagten, seitdem er zum ersten Mal gesehen hatte, wie der reiche Grundbesitzer, bei dem seine Eltern angestellt waren, seinen Vater vor der ganzen Familie gedemütigt hatte. Auf seine von Armut geprägte Kindheit war eine Jugend ohne Verheißungen oder Perspektiven gefolgt, und das hatte seinen schwelenden Hass nicht gemildert. Er hatte jedoch gelernt, ihn zu beherrschen und zu bemänteln.

Fouad verstand es, seine Wut einzukapseln und sie nur für Momente an die Oberfläche durchbrechen zu lassen. Nur dann, wenn es richtig war, all das loszulassen, was sich im Laufe einer langen Zeit in ihm aufgestaut hatte, und den Enttäuschungen und Demütigungen in heftiger Gewalt, die eine Mischung aus rotem Feuer und pechschwarzer Finsternis war, freien Lauf zu lassen. Dass er diese Fähigkeit besaß, war wenig verwunderlich, denn in seinen ersten dreißig Lebensjahren hatte er kaum etwas anderes getan, als seinen Hass im Zaum zu halten.

Manchmal jedoch drängte Fouads nagende Verbitterung ohne seine Erlaubnis an die Oberfläche. Das geschah sehr selten, und meistens nur dann, wenn ein Mensch, den er gut kannte, beharrlich eine Behauptung wiederholte, von der er wusste, dass sie dumm war.

Faikh sah die Veränderung in Fouads Miene und schwieg. Er hatte gesehen, wie Fouad tötete, und wusste nur allzu gut, dass mit ihm nicht zu spaßen war. Zumal dann nicht, wenn seine Augen erloschen und schmal wurden so wie jetzt.

Fouad spürte Faikhs Angst und wurde sofort versöhnlich. Denn Faikh war einer von ihnen. Er war kein Feind.

»Faikh, mein lieber Bruder«, sagte Fouad geduldig. »Denk an das, was al-Masri uns erzählt hat. Diese neuen westlichen Reaktoren sind viel verwundbarer als die alten. Ihr Inhalt lässt sich viel leichter in die Luft jagen. Außerdem ist der Niederschlag daraus weit tödlicher als früher. Ein einziger Reaktor dieser Bauart entspricht als schmutzige Bombe mindestens fünf alten Atomkraftwerken. Die dummen Finnen bauen schon so eins für uns. Aber wir müssen noch warten. Wir müssen abwarten, bis es auch in den USA etwas Ähnliches gibt. Denn wir müssen Europa, Russland und die USA gleichzeitig vernichten. Mit einem einzigen Schlag. Sonst hat das viele unangenehme Folgen, und viele Muslime sterben für nichts und wieder nichts.«

Fouad deutete mit dem Kopf auf Michael Cheney, der bei dem Lkw stand und rauchte.

»Und deshalb müssen wir unseren ungläubigen Freunden helfen, den Sonnenturm von Wahat Siwah zu vernichten«, sagte Fouad Badou.

22

»Sollten wir auch über Gottes Kleinen Finger sprechen?«, fragte Abu Hassan, als sie gegessen und danach die fünfte Tasse Pfefferminztee des Tages getrunken hatten.

Lauri hatte das Gefühl, dass die süße Flüssigkeit ihm bald aus den Ohren herauskommen würde, wenn er noch mehr davon trinken müsste.

»Das ist ein guter Gedanke«, stimmte Azhrawi zu.

Azhrawi klatschte in die Hände, und Amina beeilte sich, Lauri und Abu Hassan noch Tee einzuschenken. Okay, was soll's, dachte Lauri.

»Es ist natürlich eine Lästerung zu behaupten, dass ein Turm, und sei er noch so groß, Gottes Kleiner Finger sein könnte«, begann Azhrawi. »Aber im Heiligen Buch ist viel davon die Rede, was für eine gute Sache es doch ist, die Felder zu bewässern. Es ist ganz klar, dass das Bewässern eines Ackers eine Aufgabe ist, die Allah für den Menschen vorgesehen hat und mit Wohlwollen betrachtet. Andererseits besagt ein altes Wüstensprichwort, dass Allah die Sahara geschaffen hat, damit der Mensch einen Ort habe, wo er allein sein kann. Und der Mensch hat nicht das Recht, sich in das einzumischen, was Allah bestimmt hat.«

Lauri überlegte einen Augenblick, bevor er antwortete.

»Die Sahara, so wie sie heute aussieht, ist das Ergebnis menschlichen Eingreifens«, sagte Lauri.

Aus dem Augenwinkel sah er, dass die schwarz gekleidete Frau, die im hinteren Teil des Zeltes gekauert hatte, sich erhob. Sie nahm von der Zeltwand ein langläufiges Gewehr, und plötzlich war sie auch schon draußen. Nur ein kleiner heller Sonnenschimmer huschte über den Sand vor der Türöffnung des Zeltes.

»Vor dreitausend Jahren war die Sahara viel grüner, der größte Teil davon war mit Gras bewachsen, und es gab dort sogar Wälder«, fuhr Lauri fort. »Hier gab es große Herden von Antilopen, Auerochsen, Elefanten und viele andere Tiere. Hier gab es Seen mit Nilpferden und Krokodilen, Flüsse, in denen das ganze Jahr über Wasser strömte und nicht nur dann, wenn es regnete. Dann geschah etwas, und die Wüste wurde plötzlich viel trockener.«

Lauri wusste, dass nach Ansicht der Forscher der Wandel nicht mehr als dreihundert Jahre gedauert hatte.

»Die Seen verschwanden. Dennoch gab es in der Sahara weiterhin viel Wald und Gras, und an vielen Stellen befand sich das Wasser sogar ganz an der Oberfläche. In der Nähe von Timbuktu und in Darfur gab es Herden von bis zu dreitausend Elefanten. Da aber die Menschen lange Zeit zu viel Wasser, Holz und Gras verbrauchten, gibt es heute nur noch sehr wenig Gras, die Bäume sind verschwunden, und das Wasser ist sehr tief im Boden, nicht mehr an der Oberfläche so wie vor zweihundert Jahren, sondern bis zu tausend Meter tief im Boden. Das alles ist das Werk des Menschen, und wir sollten nicht sagen, es sei bestimmt, dass alles so sein soll, wie es jetzt ist.«

Azhrawi nickte billigend.

»Das alles ist wahr«, gab er zu.

Lauri lächelte.

»Die Windmühlen sind übrigens eine islamische Erfindung«, sagte er. »Sie wurden in Afghanistan oder im Iran gegen Ende des siebten oder zu Beginn des achten Jahrhunderts erfunden. Aber weißt du, wie diese in Afghanistan oder im Iran in unserem siebten Jahrhundert – beziehungsweise in eurem ersten Jahrhundert – gebauten Windmühlen aussahen?«

»Das wirst du mir jetzt bestimmt erzählen.«

»Sie hatten senkrechte Achsen, die dazu benutzt wurden, Getreide zu mahlen und Wasser für die Felder zu schöpfen.«

Lauri wusste, dass diese Technik auch weiterhin genutzt wurde, denn er hatte in Segistan im Iran mehrere nach dem uralten Modell gebaute Windmühlen gesehen. Es waren runde und oft erstaunlich hohe Türme aus gebrannten oder in der Sonne getrockneten Ziegeln. Bei manchen war die obere Schicht mit schützendem Schlamm oder Mörtel bedeckt. In den Öffnungen und Ritzen der Wände nisteten Tauben, und ihr Gurren erschallte aus allen Richtungen. Den Boden bedeckte eine dicke Schicht Taubenkot. Seitlich an den Türmen befanden sich große, trichterförmige Öffnungen, die die Windgeschwindigkeit verstärkten. Drinnen trieben spiralförmige Flügel aus Baumwollstoff ein Wasserrad oder Mühlsteine an.

»Als die Idee der Windmühle nach Europa gelangte, verlagerten die Europäer ihre Achse in die Waagerechte«, erklärte Lauri. »Danach waren die Windmühlen mit senkrechter Achse jahrhundertelang als islamische und die mit waagerechter Achse als europäische Windmühlen bekannt.«

»Du willst mir also sagen, dass jenes Monstrum, das ihr in der Nähe der heiligen Oase Siwa gebaut habt, eine Art islamische Windmühle sei?«

»Ihr Prinzip ist genau dasselbe«, erklärte Lauri. »Sie ist nur viel größer. Und auch sie soll zur Bewässerung des Landes dienen.«

»Das ist zweifellos ein interessanter Gesichtspunkt«, murmelte Azhrawi. »Bemerkenswert. Sehr, sehr bemerkenswert. Aber ... möchtet ihr vielleicht noch Tee?«

»Nein, danke!«, sagte Lauri. »Es passt nichts mehr in mich hinein, der ganze Raum ist schon ausgefüllt!«

Auch Abu Hassan wirkte leicht entsetzt.

»Schade«, lachte Azhrawi.

Dann wurde er plötzlich ernst.

»Aber weißt du, was ich in Wirklichkeit denke?«

»Das möchte ich sehr gern hören«, antwortete Lauri.

»Vielleicht soll es so sein, dass wir Menschen, alle sechs Milliarden zusammengenommen, eine Art Gottes Kleiner Finger sind«, sagte Azhrawi. »Sein Werkzeug in dieser Welt.«

Wieder hob sich der Stoff, der die Zeltöffnung bedeckte, und Lauri sah ein wenig von dem hellen Sonnenlicht, als die Frau in Schwarz zurückkehrte.

Sie lehnte das Gewehr gegen den Zeltstoff und setzte sich wieder an ihren Platz.

»Leider gibt es Menschen, sowohl hier in unserem Land als auch dort in euren Ländern, die wollen, dass die Menschen nicht Gottes, sondern Satans kleiner Finger sind«, sagte Azhrawi. »Oder irgendein anderer von Satans Fingern, woher sollen wir wissen, wie viele Finger Satan hat. Vielleicht sind es Tausende.«

Lauri wartete ruhig ab, dass Azhrawi seinen Gedanken zu Ende führte.

»Ich habe viele Male darüber nachgedacht, warum Gott die Wahrheit nur einigen von uns, durch Vermittlung Mohammeds, offenbart und alle anderen den Täuschungen des Satans überlassen haben sollte«, sinnierte Azhrawi laut. »Warum hätte er den größten Teil der Menschen absichtlich dem Verderben anheimgeben sollen? So einer ist unser Gott nicht, er ist gnädig und gut. Und wenn nun die Offenbarungen der verschiedenen Völker, die sie zu verschiedenen Zeiten bekommen haben, alle gleichzeitig wahr sind? Wenn Gott nun absichtlich allen nur Bruchstückchen der großen Wahrheit offenbart hat? Damit wir voneinander lernen, um das Puzzle wieder zusammensetzen zu können?«

Lauri stellte fest, dass Scheich Azhrawi ihm immer besser gefiel. Ihm wurde klar, warum Abu Hassan es für so wichtig gehalten hatte, dass sie ihre Runde gerade im Zelt von Azhrawi begannen.

»Der Islam ist sicherlich die letzte, höchste und edelste Form der göttlichen Offenbarung«, sagte Azhrawi. »Kaum jemand, der sich auskennt, kann darüber anderer Meinung sein. Aber vielleicht habt auch ihr Christen uns etwas zu sagen. Vielleicht ist eure Auffassung von Gnade und Vergebung richtig. Und vielleicht ist es so, dass die Menschen keine Gewalt gegeneinander anwenden sollten, so wie Jesus es gepredigt hat.«

»Das könnte durchaus richtig sein«, bemerkte Lauri.

»Unsere pakistanischen Freunde ... wenn sie über die Inder sprechen, nennen sie sie heute immer die Hindubastarde. The Hindu Bastards. Die Inder sind heute immer Hindubastarde. Niemals etwas anderes. Ich kann auch das verstehen. Das, was die extremistischen Hindus in Gujarat getan haben ... Aber die meisten Hindus haben nicht gebilligt, was damals geschah, neunundneunzig Prozent hielten es für ein schreckliches Verbrechen. Und wenn wir nun auch von den Hindus und von den Buddhisten etwas lernen sollten? Alle großen Gelehrten des Reichs der Mogule haben das geglaubt!«

Azhrawi lachte.

»Wenn Allah manche Seelen viele Male auf die Erde schicken will, warum sollte er das nicht tun können? Wer sind wir denn, dass wir sagen könnten, wozu Allah fähig ist und wozu nicht? Wir sind nur Staub und Asche.«

Azhrawi erhob sich, trat zur Zelttür und wandte sich Lauri und Abu Hassan zu.

»Kommt«, forderte er sie auf.

Lauri und Abu Hassan folgten ihm. Die Frau in Schwarz blieb sitzen. Azhrawi betrachtete die Wüste, die sich vor ihnen erstreckte.

»Heute sind wir arm. Viele von uns leben im Elend. Auch in den Ländern, die Geld für Öl bekommen, sind nur wenige reich. Seinerzeit blickte die ganze Welt voller Bewunderung auf den Reichtum und den Glanz des Islams. Wir waren allen anderen voraus, unsere Medizin, die Astronomie und unsere Mathematik waren einst dem Westen um tausend Jahre voraus. Unsere Weisen verstanden tausend Jahre früher als der Westen, dass der Erdball uralt und nicht nur sechstausend Jahre alt ist. Die unterdrückten und verfolgten Menschen flohen aus Europa zu uns, in die Sicherheit.«

Azhrawi seufzte.

»Jetzt blickt die Welt nicht mehr zu uns auf. Unsere Armut erregt Mitleid. Warum? Was ist geschehen? Irgendwann ist etwas schiefgegangen! Aber was?«

»Das ist eine sehr gute Frage«, murmelte Abu Hassan leise und ehrerbietig.

»Manche wie al-Zarqawi, al-Suri, al-Masri und Konsorten sagen, der Westen sei selbst der große Satan oder zumindest dessen kleiner Finger. Sie sagen, wir sollten im Jahr 2016 einen großen apokalyptischen Krieg beginnen, in dem Kernwaffen eingesetzt und Anschläge gegen Kernkraftwerke verübt werden und in dem sechs Milliarden Menschen sterben. Sie behaupten, der Islam werde automatisch wieder in seinem früheren Glanz auferstehen, wenn wir nur alle Amerikaner und Europäer töten, auch alle anderen Christen und natürlich auch alle Hindubastarde und Chinesen. Und wenn wir danach alle modernen Erfindungen vergessen und ins Mittelalter zurückkehren.«

Azhrawi sah Lauri und Abu Hassan an.

»Aber wie soll der Islam zu neuer Blüte erstehen, indem er zum Mittelalter zurückkehrt? Sollten wir nicht eher den anderen um tausend Jahre voraus sein, anstatt der übrigen Welt freiwillig tausend Jahre hinterherzuhinken?«

Verzweiflung und Ärger zeichneten sich auf Azhrawis Gesicht ab.

»Vielleicht sind wir deshalb zurückgeblieben, weil der Boden unter uns ausgetrocknet ist. Weil das Oberflächenwasser versiegte und das Brunnenwasser sich in die Tiefe zurückzog. Fast alle islamischen Länder liegen in Gebieten, wo das so war. Abgesehen von Bangladesch, Indonesien und Malaysien.«

Azhrawi betrachtete die von der Sonne versengte, staubtrockene Landschaft ringsum.

»Vielleicht ist der Wassermangel unser wirkliches Problem, und nicht so sehr die Verkommenheit und der Materialismus des Westens. Vielleicht ist die Wasserknappheit das Problem, für das wir eine Lösung finden müssen. Vielleicht sind al-Zarqawi und seine Gesinnungsgenossen einfach im Unrecht. Vielleicht dienen sie dem Satan und wollen aus den Muslimen Satans kleinen Finger machen.«

Azhrawi drehte sich um und sah Lauri an.

»Vielleicht soll es nicht sein, dass wir euch und die Hindubastarde töten. Vielleicht sollen wir euch im Gegenteil retten. Sodass aus dem Islam wieder das Licht der Welt und die Hoffnung der Menschen wird. Das Licht der Lichter.«

Ein warmherziges Lächeln erhellte das gefurchte Gesicht des alten Mannes.

»Geht und baut euren Sonnenturm.«

23

»Ich glaube, du hast auf Azhrawi einigen Eindruck gemacht«, murmelte Abu Hassan, als sie an diesem Abend in der Wüste auf ihrem Campingkocher Tee bereiteten. »Dir ist ja wohl klar, was für eine seltene Höflichkeit es war, dass er uns mit Kamelfleisch bewirtet hat?«

»Ich hab es geahnt«, versetzte Lauri. »Aber ich erwäge ernsthaft, Vegetarier zu werden. Zum Glück hatte ich noch nicht damit angefangen.«

Abu Hassan schien entsetzt.

»Lauri, der Mensch lebt nicht von Gras allein, und wenn er sich noch so sehr bemüht.«

»Es gibt ja auch noch anderes Gemüse.«

»Na ja, wenn du nun ausschließlich von Bohnen leben willst.«

»Abu Hassan, alle Leichtathleten, die bei den modernen Olympiaden neun Goldmedaillen gewonnen haben, waren Vegetarier, zumindest während des Trainings.«

»Hm, ich habe eigentlich nicht vor, an einer Olympiade teilzunehmen«, brummelte Abu Hassan. »Aber iss du nur Gras, wenn du willst, ich möchte auch ordentliches Essen. Ich bin kein Kamel.«

Es war schon ganz dunkel und überraschend kühl. Ein großartiger Sternenhimmel leuchtete über ihnen. Nur ein einsamer, über den Himmel ziehender Satellit störte dessen feierliche Ruhe.

Für den Fall eines Angriffs legte Lauri seine Styx-Maschinenpistole griffbereit neben sich. Aber das erschien ihm nicht sehr wahrscheinlich, trotz der Anschläge auf die Baustelle. Außerdem hatten sie ihr Zelt hoch oben auf einem Hügel aufgeschlagen, an einer Stelle, von wo sie im Licht des aufgehenden Mondes die Schatten von Menschen, die sich ihnen in böser Absicht näherten, leicht bemerken würden.

»Dass du Azhrawi beeindruckt hast, kann von einiger Bedeutung sein«, sagte Abu Hassan nach einer langen Schmollpause.

»Glaubst du?«

»Du hast vieles gesagt, was ihn zum Nachdenken angeregt hat. Dinge, die auch mir ganz neu waren. Hoffentlich entsprachen sie der Wahrheit?«

Lauri lachte.

»Mach dir keine Sorgen, ich hab nur die Wahrheit gesagt.«

»Ich glaube, die Chefin hat die richtige Wahl getroffen, als sie dich für diese Aufgabe einstellte.«

»Das hoffe ich«, sagte Lauri. »Aber weißt du, wer die schwarz gekleidete Frau in Azhrawis Zelt war?«

Abu Hassan schüttelte den Kopf.

»Nein. Ihre Anwesenheit war eigentlich sehr merkwürdig. Sie war ganz eindeutig keine Beduinin, also keine Verwandte von Azhrawi, und sie war nicht verheiratet. Eine alleinstehende, unverheiratete Frau, die mit dem Scheich nicht verwandt, aber dennoch ein geschätzter Gast ist und die bei einer wichtigen Begegnung dabei sein darf ... Das ist höchst ungewöhnlich. Ich weiß nicht, wer sie ist, möchte es aber wirklich gerne wissen.«

»War sie deiner Meinung nach Araberin?«

Abu Hassan überlegte einen Moment.

»Ich glaube, sie ist teils Araberin und teils Tuareg. So würde ich jedenfalls wetten. Aber ... sie gehört einem Tuaregstamm an, den ich nicht kenne.«

»Nicht dem Siwa-Stamm?«

»Die Angehörigen des Siwa-Stamms sind keine Tuareg, sondern andere Berber.«

Lauri wusste, dass die Berberstämme das Berberische sprechen und die Beduinen Arabisch, abgesehen davon, dass die Chaamba aus dem M'zabi-Gebirge ein aus Syrien stammendes, mit dem Arabischen verwandtes Idiom sprechen.

»Alle Berber stammen ursprünglich aus Marokko«, begann Abu Hassan zu dozieren. »Berber, die sich in Mauretanien niedergelassen haben, werden heute jedoch Mauren genannt. Die Berber aus dem Ahaggar-Gebirge, aus der Tassili'n Ajjer und dem Air sind Tuareg. Die Nomaden aus dem Tibesti, die die Brüder und nächsten Verwandten der Tuareg sind, heißen Tubu oder Tedo. Die Tuareg der mittleren Sahara halten die Mauren und auch die Tubu nicht mehr für richtige Tuareg, weil ihrer Ansicht nach beide ihr Blut allzu sehr mit dem der Stämme der südlichen Sahara vermischt und jetzt eine zu schwarze Hautfarbe haben.«

»Du klassifizierst die Nomaden nach den Gebirgen«, stellte Lauri fest.

»Die Gebirge der Wüste sind ihre Festungen«, erklärte Abu Hassan. »Ohne die würden sie schon längst nicht mehr existieren.«

24

Am nächsten Morgen erwachten Abu Hassan und Lauri schon früh, noch vor Sonnenaufgang. Sie kochten Tee, frühstückten und brachen ihr Zelt ab. Dann fuhren sie los, um noch vor der heißesten Tageszeit möglichst weit zu kommen.

Diesmal fuhr Lauri, und Abu Hassan saß neben ihm. Lauri fiel etwas ein, was er vergessen hatte, Abu Hassan zu fragen.

»Eine Sache hat mich übrigens gewundert«, sagte er. »Wie konnte es in Azhrawis Zelt so kühl sein? Im Vergleich zur Außentemperatur geradezu frisch. Normalerweise ist es im Zelt doch heißer als draußen. Und sein Zelt war auch noch aus dickem schwarzem Wollstoff!«

Abu Hassan grinste.

»Viele Europäer glauben, die Menschen, die unter den primitiven Bedingungen anderer Erdteile leben, seien Dummköpfe, die selbst niemals etwas Vernünftiges erfunden haben.«

»Ich weiß, dass es nicht so ist, könntest du mir also bitte erklären, was ich hier nicht verstehe.«

»So wie in allen Zelten der Saharanomaden gibt es in Azhrawis Zelt eine Art Hyperklimatisierung. Aber sie funktioniert ohne Strom, nur durch die Kraft der Sonnenenergie. Deshalb ist das Zelt schwarz, es nimmt das Sonnenlicht so wirksam auf, dass die Luft darüber sich erwärmt und aufsteigt, sodass von den Seiten neue Luft nachströmt. Und dieser Luftstrom hält das Zelt kühl.«

»Aber müsste sich das Zelt nicht trotzdem erwärmen?«

»So würde es sicherlich sein, wenn der Stoff dichter wäre, so wie in euren Zelten üblich. Aber die Zelte der Saharanomaden sind aus sehr lose gewebtem Stoff, sodass der Wind ungehindert auch von unten nach oben, direkt durch den Stoff hindurch, blasen kann.«

»Tragen also deshalb viele Nomaden schwarze Kleidung?«

Abu Hassan nickte.

»Genau, dass erscheint widersinnig, aber es gibt dafür eine gute Erklärung. Die Kleider helfen den Nomaden, kühl zu bleiben und ihren Schweiß auf der Haut zu behalten. Je schneller der Schweiß verdunstet, desto mehr muss man schwitzen, damit die Sonne den Menschen nicht wie ein Suppenhuhn im Topf kocht. Kleider aus undicht gewebtem Stoff funktionieren am besten.«

Lauri erinnerte sich plötzlich an die Badgirs in der pakistanischen Provinz Sindh. Zum Beispiel standen in Hyderabad vor einiger Zeit noch auf fast allen Dächern Aufbauten, die den immer aus derselben Richtung wehenden Wind ins Haus lenkten. Dank dieser Windtürme lag die Innentemperatur der Häuser in der heißesten Sommerzeit statt bei sechzig nur bei etwa fünfunddreißig Grad, ohne dass man für die Kühlung auch nur ein einziges Watt Strom hätte aufwenden müssen. So beruhte zum Beispiel das Klimatisierungssystem von Hyderabad ausschließlich auf der kostenlosen Windenergie.

Sie passierten zwei am Straßenrand geparkte Lkws. Bei beiden stand eine Schar von Männern, die scheinbar nichts taten. Lauri überlegte, warum die Autos angehalten hatten. War einer der Lkws kaputtgegangen, oder machten die Fahrer eine Pause?

Niemand schien etwas zu reparieren. Vielleicht handelte

es sich nur um eine Rast. Warum aber hatten sie an einer Stelle gehalten, wo es keinerlei Schutz vor der sengenden Sonne gab? Das hatte keinen Sinn. Aber das ging sie wirklich nichts an, sodass Lauri den Gedanken verdrängte.

»Wie viele Beduinen gehören zu Azhrawis Volk?«, fragte er stattdessen Abu Hassan.

Der Weg stieg an, zuerst sanft, dann etwas steiler.

»Das weiß ich nicht genau«, sagte Abu Hassan. »Aber ziemlich viele, ich glaube, es ist das größte Beduinenvolk in Ägypten.«

»Mehrere Tausend?«

»Das glaube ich schon.«

Während das Auto die ansteigende Straße hinauffuhr, sah Lauri im Rückspiegel, dass die neben der Straße geparkten Lastwagen auf den Weg zurücksetzten. Dann wandten sie sich nach Norden. In dieselbe Richtung wie Lauri und Abu Hassan.

»Azhrawi spielt also in der westlichen Wüste eine bedeutende Rolle?«

»Eine sehr bedeutende. In Bezug auf die Sicherheit von Gottes Kleinem Finger kann er sogar die wichtigste Person der ganzen Gegend sein. Er ist auch bei den Nachbarvölkern geschätzt, zum Beispiel in Wahat Siwah. Er genießt vielerorts große Autorität.«

Im Rückspiegel sah Lauri, dass die Lastwagen jetzt hinter ihnen die Steigung hinauffuhren. Der Weg stieg immer höher an, bis er sich oberhalb des Ergs, des Sandmeers, befand. Das Gelände war staubtrocken, nirgends gab es auch nur eine Spur von Vegetation, keinen einzigen Baum oder Grashalm, nicht einmal Kakteen.

»Hier regnet es wohl kaum jemals?«, erkundigte sich Lauri.

»Fast nie.«

Der Weg stieg höher und höher, und die Aussicht wurde immer schöner. Auf der linken Seite befand sich jetzt ein steil nach unten abfallender Kieshang, und an dessen Fuß Sandsteinfelsen, die unter dem Einfluss von Wasser und Wind fantastische Formen angenommen hatten. Dahinter lagen nur große, gelbliche, mehrere Dutzend Meter hohe Sanddünen in unendlichen, bis zum Horizont reichenden Reihen. Auf der rechten Seite des Weges ragte fast senkrecht eine Sandsteinwand empor.

»Ziemlich beeindruckend«, bemerkte Lauri. »Da möchte ich wirklich keine Fußwanderung machen müssen.«

»Ich auch nicht«, sagte Abu Hassan und schüttelte, vor Entsetzen erschauernd, den Kopf. »Ein Mensch würde dort nicht lange überleben.«

»Wie lange kommt man unter diesen Bedingungen ohne Wasser aus?«, fragte Lauri, um Abu Hassan einen Gefallen zu tun.

»Hier braucht man etwa acht Liter Wasser am Tag. Wenn du kein Wasser hast, fällst du in eine Art Erstarrung und trocknest so aus, dass du innerhalb von vierundzwanzig Stunden stirbst.«

»So schnell?«, wunderte sich Lauri, als hätte er nicht auch selbst die Antwort auf diese Frage gewusst.

Der Weg wand sich immer höher in das Sandsteingebirge hinauf, und die Landschaft dort war von atemberaubender Schönheit. Von dem Weg aus hatte man einen Blick auf die Sandwüste, der sicherlich schon hundert oder zweihundert Kilometer weit reichte.

Lauri bemerkte im Rückspiegel, dass der Staub, den die ihnen folgenden Lastwagen aufwirbelten, inzwischen näher gekommen war. Er selbst war ziemlich schnell gefahren, sodass die beiden Lkws in geradezu gefährlichem Tempo fahren mussten. Was hatte das zu bedeuten? Bedeutete es überhaupt etwas?

Lauri trat auf das Gaspedal, und der Lkw wurde so heftig in die nächste Kurve gesaugt, dass Kies und kleine Steine unter seinen Reifen wegrutschten und der hintere Teil des Autos nach oben geschleudert wurde. Erschrocken klammerte sich Abu Hassan an seinen Sitz.

»He, was machst du! Du fährst viel zu schnell. Wir haben es doch gar nicht eilig!«

Sie befanden sich schon mindestens dreihundert Meter oberhalb des Sandmeeres. Abu Hassan wurde bleich, als er einen Blick aus dem Seitenfenster des Autos warf.

»Hör mal, dieser Weg ist ziemlich schmal«, stellte er fest.

»Ich weiß, aber mir gefallen diese Lkws nicht.«

Im Rückspiegel sah Lauri, dass auch der vordere Lkw Gas gegeben hatte, und zwar mehr als er selbst. Der Wagen torkelte hinter ihnen mit lebensgefährlicher Geschwindigkeit in die Kurve. Der zweite Wagen holte ihn sehr schnell ein.

»Was denkst du?«, fragte Abu Hassan, plötzlich sehr besorgt.

»Ich weiß nicht, aber ich ahne, dass ...«

Der Felseinschnitt blieb hinter ihnen zurück. Vor ihnen lag eine kurze, gerade Strecke und daneben eine neue Ausweichstelle. Aber der Weg war durch zwei quergestellte Lastkraftwagen versperrt. Davor standen mindestens zwanzig Männer. Jeder von ihnen hatte entweder ein Gewehr oder eine kurzläufige Maschinenpistole, und die Waffen waren direkt auf sie gerichtet.

Im Bruchteil einer Sekunde begriff Lauri mehr instinktiv als mit dem Verstand, dass die Männer nicht vorhatten, sie anzuhalten. Sie hatten nicht vor, Warnschüsse abzugeben, vielmehr wollten sie schießen, um sie zu töten. Sofort. Ohne zu zögern und ohne Vorwarnung. Und er und Abu Hassan würden keinerlei Schutz vor den Kugeln haben, die von zwanzig automatischen Waffen ausgespuckt wurden.

Lauri bremste nicht, sondern trat das Gaspedal durch. Er lenkte das Auto vom Weg ab, auf den Berghang, der in steilem Winkel zu der vierhundert Meter tiefer wartenden Talsohle abfiel.

Zwei

DER STEIN

1

Katharine Henshaw betrachtete den Turm des Sonnenwindkraftwerks, der in schwindelnde Höhen aufragte, mit gemischten Gefühlen. Sie und Razia standen auf der Kuppe eines niedrigen Hügels, etwa fünfzehn Kilometer nördlich des Kraftwerks. Ihren Jeep hatten sie am Fuß des Hügels geparkt.

»Dein Kraftwerk dürfte den Charakter der Wüste etwas verändern«, bemerkte Katharine.

»Ja, das ist irgendwie auch ein bisschen traurig, nicht wahr?«, gab Razia zu. »Ehrlich gesagt weiß ich gar nicht immer so richtig, was ich von der ganzen Sache halten soll. Ich frage mich manchmal, ob wir das Recht haben, so etwas zu tun.«

Razia wandte sich Katharine zu.

»Fahren wir weiter zur Qattara-Senke? Wolltest du die nicht sehen? Also auch von der ebenen Erde her?«

Der Weg wurde schlechter, er war jetzt voller tiefer Schlaglöcher und scharfer Kurven. Der Jeep schaukelte und schwankte manchmal so stark, dass Katharine fürchtete, er könnte umstürzen oder sich überschlagen. Aber Razia lenkte ihn sicher und geschickt, sie machte den Eindruck einer routinierten Fahrerin. Die Reifen wirbelten feinen Staub auf, der im Hals kratzte, sodass sie immer wieder husten mussten.

»Bist du sicher, dass wir auf dem Weg sind?«, fragte Katharine. »Dies hier erinnert eher an einen gepflügten Acker.«

»Doch, dies ist der Weg, ein gepflügtes Feld wäre viel ebener«, versicherte Razia.

Dem kann man wohl nicht widersprechen, dachte Katharine.

Razias Handy klingelte. Sie hielt den Jeep an und meldete sich. Die Anruferin war Sarah Birkin.

»Hallo, Sarah«, sagte Razia. »Gibt es was Neues?«

»Ich hab gerade gehört, dass in der Nähe der Oase Dakhla eine Art Terroranschlag verübt worden ist. Bewaffnete Männer haben zwei Lkws beschossen. Mehrere Menschen sind ums Leben gekommen. Ein Teil der Terroristen ist im Kampf mit Sicherheitsleuten getötet worden, aber die übrigen sind in die Wüste geflüchtet. Sie werden jetzt gesucht. Offensichtlich handelt es sich um eine außergewöhnlich umfangreiche Treibjagd, Tausende von Sicherheitsleuten und Polizisten sind unterwegs.«

»Ein seltsamer Ort für einen Terroranschlag«, bemerkte Razia.

»Ich hab versucht, Kontakt zu Lauri Nurmi und Abu Hassan aufzunehmen, aber sie melden sich nicht.«

»Das hat nichts zu bedeuten«, sagte Razia. »Dort ist kein ordentlicher Empfang. Versuch es später noch mal.«

»Okay«, sagte Sarah.

Razia sah, dass Katharine sich Sorgen machte.

»Du hast Angst um ihn?«

Katharine biss sich auf die Lippen und deutete ein Nicken an.

»Seid ihr ... Also, ich hab gedacht, ihr seid kein Paar.«

»Das sind wir auch nicht«, versicherte Katharine. »Aber ich bin trotzdem etwas beunruhigt.«

»Ich glaube, du brauchst dir keine Sorgen zu machen«, versicherte Razia.

Razia startete den Wagen, und sie setzten ihre holprige Fahrt fort. Dieser Weg stellt die Federung eines jeden Fahrzeugs wahrhaftig auf die Probe, dachte Katharine.

Nach zwei Stunden hielt Razia den Jeep an einer Stelle an, die eine prachtvolle Aussicht über ein großes Tal bot. Katharine hatte erwartet, dass Qattara ein von steilen Felsen gerahmter Cañon wäre, aber die Hänge fielen sehr sanft ab.

»Irgendwie sieht es ganz gewöhnlich aus«, sagte Katharine.

»Ja«, gab Razia zu. »Aber trotzdem ist dies die zweitgrößte Senke der Welt, gleich nach dem Kaspischen Meer und seinen Uferebenen.«

»Wollen wir unseren Proviant essen?«

Sie setzten sich auf den Boden und packten ihre Butterbrote aus. Razia goss aus einer Feldflasche stark mit Wasser verdünnten Rotwein in ihre Gläser.

»Ich hab gewisse Vorurteile gegenüber Wein, der mit Wasser verdünnt ist«, sagte Katharine. »Aber dieser ist nicht übel.«

»Es ist ein gutes Getränk gegen den Durst«, bemerkte Razia. »Unverdünnter Wein ist zu stark, wenn die Sonne so heiß scheint.«

»Ist es den Muslimen nicht verboten, Wein zu trinken?«, fragte Katharine.

Razia lächelte.

»Genau genommen ist es das eigentlich nicht. Mohammed hat nur gesagt, es sei klug, beim Wein zurückhaltend zu sein, weil man dann bessere Chancen hat, im Leben erfolgreich zu sein. Einige haben natürlich diese an sich sehr vernünftige Bemerkung immer wieder einmal überinterpretiert.«

»So habe ich es verstanden!«

»Tatsächlich kommt das Wort Alkohol von dem arabischen Wort Al-Kohl«, erzählte Razia.

»So?«

Katharines Glas war leer, und Razia füllte es noch einmal.

»Die Araber von Bagdad begannen vor etwa zweitausend Jahren, verschiedene Duftwässer und andere Stoffe durch Destillieren herzustellen. Sie haben niemals Alkohol destilliert, aber die Sizilianer lernten von ihnen die Methode, und die Europäer begannen auf diese Weise Spirituosen herzustellen. Al-Kohl bedeutete ursprünglich eine schwarze Farbe zum Umranden der Augen, das Kajal.«

Katharine trank von ihrem verdünnten Wein.

»Wie bist du nur zu so einer Arbeit gekommen?«, fragte sie Razia. »Ich meine, das Bauen von Sonnenkraftwerken ist in Ägypten nicht gerade der häufigste Frauenberuf.«

Razia lachte.

»Nein, wahrhaftig nicht! Aber Ägypten ist immer ein ziemlich kompliziertes Land gewesen. Die Stellung der Frau war zeitweilig sogar außergewöhnlich stark. Also ganz global gedacht, meine ich. Natürlich nicht zu allen Zeiten. Aber trotzdem haben wir bestimmte Traditionen. Sie geben uns einen gewissen Spielraum auch dann, wenn wir konservative Zeiten erleben.«

»Trotzdem!«

»Meine Großmutter wäre gern Ingenieurin geworden. Sie war sehr an Technik interessiert, besonders an Sonnenenergie. Sie hat mir Bilder von Maadi gezeigt, dem Ort, wo ein amerikanischer Geschäftsmann namens Frank Shuman das erste richtige Sonnenkraftwerk der Welt gebaut hatte. Ich war einmal mit meiner Mutter dort. Es gab eigentlich nichts mehr zu sehen, aber trotzdem hat es auf mich einen großen Eindruck gemacht. Ich war damals ein ganz kleines Mädchen und konnte mir dort alles Mögliche vorstellen. Ich dachte mir, eines Tages werde ich das zum Abschluss bringen, was die Fremden nicht geschafft haben.«

Razia lachte. Es war ein herzliches, warmes Lachen, das auch in Katharine die Freude aufwallen ließ.

»Na, es ist wahrscheinlich nicht genau so geworden wie Shumans Kraftwerk.«

»Dieses ist zweifellos ein wenig größer«, bestätigte Katharine.

Razia betrachtete die sie umgebende Wüste, und plötzlich lag in ihrer Miene eine traurige, ja schwermütige Nuance.

»Meine Großmutter hatte niemals eine Chance, obwohl sie ihr Bestes tat. Alles war gegen sie, all die Probleme von heute gab es auch damals schon, und obendrein war Ägypten damals eine Kolonie, und unser Kolonialherr England war damals noch viel konservativer als Ägypten heute. Eine Frau konnte nicht einfach Ingenieurin werden, ihr Platz war zu Hause, zwischen Faust und Herd, wie eine Redewendung lautet. Großmutter versuchte es wieder und wieder, aber sie zappelte nur in dem unsichtbaren, überall gegenwärtigen Netz, das sie am Fortkommen hinderte und gegen das sie nicht ankam. Schließlich gab sie auf und wurde verbittert.«

Ein trauriges Lächeln erschien auf Razias Gesicht.

»Großmutter hoffte, Mutter würde das tun, was sie selbst nicht hatte tun können«, erzählte Razia. »Aber Mutter wurde ein sehr konservativer Mensch, eine richtige Traditionalistin. Sie sagte sogar, sie wolle eine arrangierte Ehe. Nun, dazu kam es nicht, weil sie sich in meinen Vater verliebte. Als aber meine Großmutter sah, dass sogar das Funktionsprinzip eines Schraubenschlüssels meiner Mutter ein Rätsel blieb, begann sie stattdessen mich anzuspornen. Weil ich kapierte, wie ein Schraubenschlüssel funktioniert.«

Razia musste lachen.

»Und ich war, zum Entsetzen meiner Mutter, viel aufgeschlossener als sie.«

»Und dein Vater?«, fragte Katharine. »Hat er dich angespornt?«

Razia dachte einen Augenblick über die Frage nach, bevor sie antwortete.

»Auf eine Art ja, auf eine Art nein. Er war ein Freidenker und meinte, dass jeder Mensch seine eigene Berufung finden müsse. Der Stimme seines Herzens folgen, sozusagen. Das tun, was die innere Stimme ihm befiehlt.«

»Er war bestimmt ein guter Vater.«

Razia nickte.

»Eigentlich können die Eltern niemals etwas anderes machen, als das zu akzeptieren, was ihre Kinder zu tun beschließen. Unabhängig davon, ob das ihren eigenen Vorstellungen entspricht. Wenn sie das tun, sind sie gute Eltern. Tun sie es nicht, verfluchen sie gleichsam ihre Kinder und zugleich sich selbst. Das ist wohl der sicherste Weg in ein verbittertes Greisenalter.«

Stimmt, dachte Katharine.

»Na, um der Wahrheit die Ehre zu geben, war auch mein Vater nicht so schrecklich begeistert von dem, was ich machen wollte. Er war ein Dichter, er machte sich nichts aus Technik. Aber er stammte aus dem Iran und war ein Anhänger Zarathustras, sodass die Sonne ihm viel bedeutete. Er schrieb Dutzende von Gedichten an die Sonne, sodass wenigstens eine Sache uns verband. Das Interesse an der Sonne. Aber in einer Hinsicht habe ich natürlich ihnen beiden eine bittere Enttäuschung bereitet.«

Katharine ahnte, dass sie jetzt zu einem für Razia heiklen Thema kamen.

»Du brauchst es mir nicht zu erzählen, wenn du nicht willst«, sagte Katharine.

Razia zögerte.

»Ach, du errätst es sowieso. Ich war das einzige Kind meiner Eltern. Sie hätten gewollt, dass ich heirate und Kinder bekomme, sodass ihr Geschlecht nicht erlosch. Aber das hat einfach nicht geklappt. Ich war nicht imstande, meine Arbeit und das Leben einer Ehefrau und Mutter so miteinander in Einklang zu bringen, dass ein Mann, der sich für mich interessierte und der auch mich interessierte, meine Bedingungen hätte akzeptieren können. Ich habe es ernsthaft versucht, aber es ist mir nicht gelungen. Sodass ich sie gleichsam betrogen habe.«

Katharine schüttelte den Kopf.

»Du lebst nicht ihr Leben. Du lebst dein eigenes Leben.«

»So einfach ist das nicht«, sagte Razia.

Vielleicht ist es das wirklich nicht, dachte Katharine.

»Als junger Mensch war ich vielleicht zu ehrgeizig«, sagte Razia nachdenklich. »Als ich von meiner Absicht sprach, Gottes Kleinen Finger zu bauen, begannen die Leute, mich den weiblichen Eiffel zu nennen. Ich war DIE FRAU, die das höchste Gebäude der Welt bauen wollte. Ich kam auf die Titelseiten der Zeitschriften, ins Fernsehen und so weiter.«

Razia lächelte ein wenig wehmütig.

»Damals war mir das wichtig. Ich hatte ein gutes Gefühl dabei. Ich hatte den großen Wunsch, kompetent zu sein. Ich wollte es meinen männlichen Kollegen zeigen. All jenen, die mich gering geschätzt und über meine Schwärmerei gelacht hatten.«

»Und jetzt?«

»Jetzt … jetzt weiß ich nicht recht. Solche Dinge hören in dem Moment auf wichtig zu sein, wo man versteht, also, wenn man wirklich begreift, dass der Mensch nicht ewig hier ist. Das weiß man zwar immer, irgendwie. Aber es ist ein sehr fernliegendes Wissen. Ein unwirkliches. Erst wenn es Realität wird, ändern sich die Prioritäten.«

Razia betrachtete den Sonnenturm, und auf ihrem Gesicht lag plötzlich ein seltsam schwermütiger Ausdruck.

»Die Menschen haben in Bezug auf hohe Gebäude immer eine Art kollektive Zwangsvorstellung gehabt«, sagte sie. »Seit dem Turmbau zu Babel. In vielen Zivilisationen gibt es Erzählungen von Herrschern, die einen Turm bauen wollten, der bis in den Himmel reicht. Diese Erzählungen gehen meistens nicht gut aus, denn die Götter sind gewöhnlich nicht sonderlich begeistert, wenn die Menschen in ihr Revier eindringen.«

Heute wissen wir zum Glück, dass es von drei Kilometern bis in den Himmel noch weit ist, dachte Katharine.

»Denk nur mal an unsere Pyramiden oder an die Zikkurat von Mesopotamien. Oder an die Pyramiden in Mexiko. An Kathedralen und Moscheen. An den Eiffelturm und an den Burj Dubai.«

»Die hast du ja nun alle überflügelt«, bemerkte Katharine. »Bist eindeutig in Führung gegangen.«

»Wollen mal sehen, wie lange diese Führungsposition Bestand hat. Die Japaner planen ihren eigenen Ultima Tower. Der Ultima Tower soll dreitausendzweihundert Meter hoch werden.«

Wieder wurde Razias Miene freudlos.

»Dich bedrückt doch etwas?«, fragte Katharine direkt.

»Wenn man etwas erreicht, von dem man lange geträumt und für das man viel gearbeitet hat ... Nun ja, dann fragt man sich halt, ob das all die Opfer wert war. Immer ist die Bedeutung der Dinge so relativ.«

Razia sah Katharine an und lächelte unsicher, fast schüchtern.

»Langweilen dich meine Ergüsse?«

»Aber wieso?«, fragte Katharine. »Natürlich nicht!«

»Ich habe selten mit jemandem über diese Dinge so offen gesprochen.«

»Du hast in einem ziemlichen Dilemma gesteckt.«

»Das ist wohl wahr. Aber die Errungenschaften. Die sogenannten großen Errungenschaften. Sind sie wichtig? Ich meine die persönlichen Errungenschaften. Wenn ein Mensch über die anderen erhoben wird, als wäre er gleichsam größer als die anderen, was hat das dann für einen Sinn, wenn alle anderen sich dadurch kleiner fühlen? Ist der Nutzen im Sinne der Gesamtheit dann nicht stark im Minus?«

Katharine lachte.

»Ganz so kann es nun doch nicht sein, oder? So einfach kann es nicht sein.«

»Warum nicht?«, fragte Razia herausfordernd.

Katharine wusste darauf keine Antwort. Da wandelte sich Razias Miene, und sie sah Katharine eigentümlich an.

»Du solltest vielleicht wissen, dass bei diesem Projekt nicht alles so ist, wie es scheint«, sagte Razia. »Leider kann ich darüber nicht mehr sagen, zumindest jetzt noch nicht.«

Verflixt, jetzt hast du meine Neugier aber geweckt, dachte Katharine. Was meinst du damit, dass nicht alles so ist, wie es den Anschein hat?

Aber da bemerkte Katharine, dass Razias Gedanken schon weitergewandert waren. Razia sah sie nachdenklich an. Oh nein, jetzt kommt es, dachte Katharine. Was soll ich jetzt tun? Was soll ich ihr erzählen? Gerade jetzt, wo wir uns so gut verstehen.

»Was hast du selbst für einen Hintergrund?«, fragte Razia.

Das musste ja kommen, dachte Katharine finster.

»Einen sehr bedenklichen. Du möchtest ihn nicht wirklich wissen.«

»Wie du meinst. Du brauchst mir nichts zu erzählen.«

Man würde mich sicherlich zu Tode steinigen, wenn ich es erzählen würde, seufzte Katharine im Stillen.

»Aber wenn du mir etwas erzählen willst, dann kannst du sicher sein, dass ich es nicht weiterverbreite«, versicherte Razia. »Denk nur einmal daran, woher ich komme und unter welchen Bedingungen ich aufgewachsen bin. Glaub mir, ich kann Geheimnisse bewahren.«

2

Lauri und Abu Hassan sahen, wie die Mienen der Männer, die auf dem Weg standen, sich veränderten und wie sie für einen Moment erstarrten. Dann eröffneten sie das Feuer, ohne für das Zielen Zeit zu verschwenden.

Wenn ein Lkw neunzig Stundenkilometer fährt, stürmt er fast dreißig Meter pro Sekunde vorwärts. Der Weg war schmal, und daneben, vor dem Rand des Steilhangs, gab es nur einen zwei Meter breiten Streifen. Als Lauri nach links steuerte, dauerte es also nur einen Lidschlag lang, bis der Lkw vom Weg abgekommen war und den Hang hinunterrutschte.

Einige Kugeln schlugen in der Flanke und im Heck des Wagens ein, aber dann war er schon aus der Schusslinie, und die meisten Schüsse trafen den ihnen folgenden Lkw, als er hinter dem Felseinschnitt hervorkam. Der Fahrer bekam einen Treffer, sein Fuß wurde auf das Gaspedal gepresst, und der Lkw rutschte hinter Lauri und Abu Hassan den Hang hinunter.

Einen Augenblick lang sah Lauri nur blauen Himmel. Reflexhaft versuchte er, das Auto auf Kurs zu bringen, sah dann aber ein, dass er nicht am Steuer eines Flugzeugs, sondern in einem Lkw saß und die Bewegungsbahnen des Wagens nicht beeinflussen konnte, bevor seine Räder wieder Bodenberührung hatten.

Das Lenkrad drehte sich qualvoll langsam in seinen Händen. Dann schlugen die Vorderräder des Wagens so auf dem

Hang auf, dass Lauri das Gefühl hatte, seine Nieren hätten sich von ihrer Verankerung gelöst und sein Hirn wäre gegen die Schädeldecke geprallt. Der Nacken schmerzte ihn, und aus dem Augenwinkel sah er, wie Abu Hassan von seinem Sitz hoch in die Luft geschleudert wurde. War er nicht angeschnallt gewesen?

Einen Augenblick lang fürchtete Lauri, der Wagen würde sich überschlagen, als er, wild von einer Seite zur anderen schlingernd, den Hang hinunterrutschte. Aber der Wagen blieb auf den Rädern.

Im Rückspiegel sah Lauri, wie das Lastauto, das ihnen gefolgt war, sich überschlug und unter dem Verdeck hervor nach allen Seiten lebendige, zappelnde Menschen verstreute. Dann landete das Auto auf dem Dach, und er sah es nicht mehr.

Zugleich endete anscheinend der Hang, und vor ihnen waren nur ferne Sanddünen sichtbar. Lauri versuchte, den Wagen zur Seite zu lenken, um einem steilen Absturz auszuweichen. Aber es war schon zu spät. Sie rutschten über den Felsen ins Leere. Wieder sah Lauri für einen Augenblick den Lkw, der auf dem Dach den Hang hinunterrutschte. Für eine Sekunde sah er auch noch einen Mann, der unter die erdrückende Masse des Autos geriet.

Dann befanden sie sich einen Augenblick lang im freien Fall. Lauri spürte im Bauch einen schneidenden Schmerz, aber nur zwei oder drei Meter weiter unten landete das Auto wieder auf seinen vier Rädern, sodass die Federung heftig erschüttert wurde. Der Wagen schwankte wild, aber blieb weiterhin wie durch ein Wunder in der Senkrechten.

Neben sich hörte Lauri ein Geräusch, einen lauten, durchdringenden Schrei, und begriff, dass er aus Abu Hassans Kehle kam. Irgendwo am Rande seines Bewusstseins erschrak er leicht, als ihm klar wurde, dass er den Schrei schon länger gehört hatte, dass er die ganze Zeit da gewesen war, dass er aber jetzt erst dazu gekommen war, ihn zu registrieren.

Ein zerklüfteter, zur Form eines Regenschirms erodierter Sandsteinpfeiler stürzte ihnen entgegen. Darauf lag ein noch größerer, rundgeschliffener Steinblock. Lauri konnte nicht ausweichen, und so prallte das Auto direkt gegen den Pfeiler.

Der brach krachend mitten entzwei, und der massive Felsblock stürzte auf die Flanke des Lkw. Der Krach war ohrenbetäubend, aber einen Augenblick später hatten sie den Felsbrocken schon hinter sich gelassen. Schlingernd und schwankend holperte das Auto über den Abhang vorwärts. Vor ihm erschien ein neuer Steinblock, Lauri drehte am Lenkrad, aber die Räder wollten nicht gehorchen. Sie prallten gegen den großen Stein, und das Auto flog zur Seite. Das ist das Ende, dachte Lauri.

Der rechte Vorderreifen krachte zu Boden und platzte, aber der Wagen stürzte immer noch nicht um. Nur ein metallisches Knirschen war zu hören, als die Stahlfelge einen Stein entlangschrammte. Lauri sah im Rückspiegel, wie unter den Reifen ein Strom gelber Funken hervorstob, und dann hörte er, wie hinter ihnen etwas explodierte.

Das Auto machte einen Satz in die Luft, und wieder sah Lauri einen Moment lang nur blauen Himmel und ferne gelbe Sanddünen. Wie wird es uns ergehen, wenn uns der Grund der Schlucht entgegenkommt?, dachte er noch. Etwas Brennendes glitt hinter ihnen den Hang herab, hohe gelbe und rote Flammen loderten daraus empor.

Lauri wurde so heftig in seinen Sicherheitsgurt geschleudert, dass der ihn schmerzhaft in die Haut des Arms und der

Brust schnitt. Dann stürzte das Auto um und fiel krachend auf die Seite.

Abu Hassans Hand schimmerte vor seinen Augen auf, und etwas sauste an seinem Ohr vorbei. Sie rollten den Hang hinab, und er sah nur Sand, dann blauen Himmel, Sand, Himmel, Sand, Himmel. Etwas schlug ihm mit ungeheurer Kraft gegen die Stirn, und für einen Augenblick wurde ihm schwarz vor Augen. Der Sicherheitsgurt presste ihm alle Luft aus den Lungen, und er sah, wie Abu Hassan mit dem Kopf voran gegen die Windschutzscheibe schlug, und dann krachte es zum letzten Mal laut, und die Erde hörte auf, sich zu drehen.

3

Lauri Nurmi hing benommen in seinem Sicherheitsgurt und versuchte, seine Gedanken zu ordnen. Das Lastauto lag auf der rechten Seite. Die Schwerkraft zog Lauri nach unten, aber der Sicherheitsgurt, der ihm Rippen und Arm schmerzhaft zusammenpresste, hinderte ihn am Fallen. In der Stirn verspürte er einen schneidenden Schmerz, und etwas Warmes lief ihm über die Kopfhaut. Als er seine Stirn berührte und dann die Hand betrachtete, sah er, dass seine Finger rot von Blut waren.

Abu Hassan lag auf der Tür, die dem Erdboden zugewandt war. Sein Kopf befand sich in einer unmöglichen Stellung, und Blut rann ihm aus Mund und Nase. Arme und Beine hatten etwas Unnatürliches und Verzerrtes.

Von irgendwo sehr weit her, Lichtjahre entfernt, ertönte ein knatterndes Geräusch, und Lauri hörte, wie etwas über ihn hinwegpfiff. Als er sich anstrengte, um aus dem Fenster zu blicken, sah er, wie einige Dutzend Meter entfernt kleine Sandwirbel vom Boden aufstiegen. Er begriff, dass auf ihn geschossen wurde, dass aber der Hang zu steil war. Er war außerhalb des Schusswinkels, zumindest so lange, wie seine Verfolger nicht zu ihm herunterkamen. Aber er müsste schnell aus dem Auto heraus.

Lauri versuchte, seine Beine herabzulassen, sodass sie zu der nach unten liegenden Seitenwand des Lkw gelangten. Der Sicherheitsgurt schnitt ihm immer noch schmerzhafter ins Fleisch und schob sein Hemd hoch, sodass er seine nackte

Haut und die von dem Gurt verursachten roten Scheuerspuren sah. Er öffnete die Gurtschnalle, und sein rechtes Bein schlug gegen die Tür. Das andere Bein traf auf etwas Weiches.

In den Ohren dröhnte ihm ein Ton, im Kopf ein schneidender Schmerz, und er fühlte sich matt und verwirrt. Konzentrier dich, du Idiot, ermahnte er sich. Konzentrier dich!

Okay, er musste aus dem Auto herauskommen, so viel war klar. Aber was sollte er mitnehmen? Zumindest die Waffe, oder mehrere Waffen. Sie hatten Waffen dabei. Aber wo waren sie? Er konnte sich nicht genau erinnern, und das Denken fiel ihm schwer.

Lauri langte mit der Hand hinter sich. Er bekam ein Gewehr mit Zielfernrohr in die Hand und zerrte es hervor. Er wühlte in den Sachen, die sich hinten im Wagen zu einem wirren Haufen aufgetürmt hatten, und fand auch die Styx-Maschinenpistole sowie den Rucksack, in dem sich einige Reservemagazine befanden. Falls er sich recht erinnerte.

Wir müssen hier verschwinden, dachte Lauri konfus. Er beugte sich zu Abu Hassan hinab. Der atmete nicht mehr, er war tot wie ein Stein. Das tut mir leid, dachte Lauri, aber dies war der einzige Weg, der uns wenigstens noch eine kleine Überlebenschance bot.

Lauri nahm seinen Rucksack und überlegte, wie er hinauskommen könnte. Durch die zuoberst befindliche Tür vielleicht, aber dann würden die Männer ihn sehen und auf ihn schießen. Vielleicht war die Windschutzscheibe die bessere Alternative. Er trat gegen die Scheibe, und die Hälfte davon fiel heraus.

Lauri ließ den Rucksack und die beiden Waffen hinausfallen und kroch dann hinterher. Er plumpste auf die Füße und fiel zu Boden. Auf Knie und Hände gestützt versuchte er aufzustehen. Aber es schwindelte ihn, vor seinen Augen drehte sich alles, der alte Schenkelbruch brachte sich in Erinnerung, und er hatte keine Kraft in den Beinen. Das wird nichts, dachte er müde, ich schaffe das nicht.

Kleine Steine kamen klimpernd den Hang heruntergekullert. Als Lauri hinaufblickte, sah er einen hellhäutigen Mann, der den Hang so schnell herunterkam, wie er es nur wagte, mit einer Schirmmütze auf dem Kopf und einer Pistole in der rechten Hand, halb mit dem Sand zusammen herunterrollend.

Der Mann war etwas über hundert Meter entfernt. Er hatte Lauri gesehen, zu dem er eine freie Schusslinie hatte. Lauri sah die Styx, die nur einen Meter von seiner Hand entfernt auf dem Sand lag. Er wusste, dass er die Hand ausstrecken und die Styx hätte ergreifen müssen, aber seine Glieder gehorchten ihm nicht. Er konnte nicht einmal die Hand heben.

Der Mann richtete seine Waffe auf ihn. Na ja, das war es dann, dachte Lauri, jetzt bin ich Geschichte. Dieses Mal sterbe ich wirklich!

4

Katharine Henshaw und Razia wanderten die Talsohle der Qattara-Senke entlang. Der Boden war teils von gelbem Sand, teils von weißem Salz und schwarzem Schlamm bedeckt.

Katharine überlegte, was sie Razia erzählen sollte und was nicht. Am einfachsten war es natürlich, alles Wesentliche nicht zu erzählen. Das wäre wahrscheinlich auch das Vernünftigste. Aber im Verlauf ihres Ausflugs hatte sie andererseits auch erkannt, dass es für sie eine große Versuchung war, sich Razia anzuvertrauen. Es war sehr lange her, dass sie jemandem etwas Wesentliches von dem erzählt hatte, was in der letzten Zeit mit ihr passiert war. Lauri hätte sie vielleicht etwas erzählen können, aber sie hatte beschlossen, es nicht zu tun, zumindest vorläufig nicht.

Katharine Henshaw hatte sich in den vergangenen zwei Jahren wiederholt gefragt, wer sie eigentlich war. Ich muss das klären, denn ich kenne mich selbst nicht, hatte sie gedacht. Ich kenne mich seit Langem nicht mehr. Sie erinnerte sich dunkel an die alte Katharine, die viel jüngere Katharine, die es vor einer Ewigkeit gegeben hatte. Damals, als sie noch ein Kind war.

Diese, die ursprüngliche Katharine, hatte es sicherlich auch damals noch gegeben, als sie eine junge Mutter und mit Ritchie Bergman zusammen war. Damals, als sie noch glücklich waren oder sich das zumindest einbildeten.

Unter großer Anstrengung hatte Katharine es geschafft, sich in Erinnerung zu rufen, dass ihre Schulkameraden sie einst, in einem anderen Leben, für eine faire Person gehalten hatten.

Sie erinnerte sich dunkel an eine Zeit, in der sie sich bemüht hatte, den anderen, weniger Begüterten gegenüber freundlich und mitfühlend zu sein. Konnte das tatsächlich so gewesen sein, oder handelte es sich um eine Fantasie, die sie später entwickelt hatte?

Aber hatte sie in ihrer Schulzeit nicht tatsächlich einmal den schüchternsten Jungen aus ihrer Klasse gebeten, mit ihr auszugehen, um ihm zu helfen, seine Schüchternheit zu überwinden? War das wirklich passiert, oder hatte sie es sich nur vorgestellt, irgendwann später? Wie entrückt und fremd diese alte Katharine ihr doch vorkam.

Aber die Erinnerung hatte ihr doch Kraft gegeben. Damals bin ich doch ganz in Ordnung gewesen, dachte Katharine.

Sie hatte aber auch andere, schmerzhaftere Erinnerungen. Sie dachte daran, wie sie mit Ritchie im Yosemite Nationalpark eine Wanderung gemacht hatte und wie sie in der Nacht nackt baden gegangen waren. Damals hatte Ritchie ihr gesagt, wie schön sie doch ohne Kleider sei.

Und dann noch schmerzlichere Erinnerungen, die sie nicht einmal flüchtig zulassen konnte, ohne Schmerz und Schuldgefühle zu empfinden.

Die Lichter eines entgegenkommenden Autos, die unerwartet auf ihren Fahrstreifen wechselten. Ein Krachen, Schmerz, Dunkelheit. Der Schmerz in Knien und Händen, als sie wieder zu Bewusstsein kam und begriff, dass innerhalb von Sekunden alles anders geworden war. Für immer, in unabänderlicher Weise. Dass ihr Leben ein Albtraum geworden war, aus dem sie nie wieder erwachen würde.

Zwei ihr fremde Menschen waren tot, und ihr Bruder war

gelähmt wegen eines Fehlers, den sie begangen hatte. Sie hatte sich selbst gequält, indem sie die Angehörigen der Menschen traf, die bei dem Unfall ums Leben gekommen waren, und das hatte keinerlei gute Folgen gehabt. Ihren Schmerz und ihre furchtbaren Schuldgefühle hatte sie abreagiert, indem sie gegen Ritchie wütete. Sie hatte beobachtet, wie seine Miene allmählich versteinerte. Wie zuerst die Liebe und dann, etwas später, auch Mitgefühl und Mitleid aus seinem Gesicht verschwunden waren.

Das Gerichtsverfahren hatte endlos lange gedauert, und sie hatte nicht mehr die Kraft gehabt, sich für das zu interessieren, was mit ihr geschehen würde. Sie hatte sicherlich eine Strafe haben wollen in der Hoffnung, ihre Schuldgefühle würden dadurch wenigstens etwas gemildert.

Vor Gericht hatte sie sich schlecht benommen und dem Richter und den Geschworenen boshafte Dinge gesagt, und deswegen hatte sie eine längere Freiheitsstrafe bekommen als ursprünglich vorgesehen.

Im Gefängnis war es genau so schrecklich gewesen, wie sie es befürchtet hatte. Anfangs hatte sie den Kopf hochgehalten, aber als Ritchie ihr mitteilte, er werde sie verlassen, in eine andere Gegend ziehen und Rheya mitnehmen, war etwas in ihr zerbrochen. Sie fing an, zunächst dem Anführer der das Gefängnis beherrschenden Clique und später auch den Gefängniswärtern sexuelle Dienste zu leisten, einerseits, um sich selbst zu bestrafen, und andererseits, um sich so einige Erleichterungen zu verschaffen. Als sie dann entlassen wurde, war es für sie leicht und natürlich, auf diesem Weg weiterzugehen und eine Professionelle zu werden.

Die alte Katharine hatte endgültig aufgehört zu existieren. Ihre Welt war zu einer engen, klaustrophobischen Falle zusammengeschnurrt. Übrig waren nur Selbstverachtung und die Spirale von Schuld und selbstzerstörerischem Verhalten. Ein Teufelskreis, aus dem sie nicht hatte ausbrechen können. Sie hatte für sich keine andere Perspektive mehr gesehen. Es gab nichts anderes mehr.

Sie hatte die Demütigungen geradezu gesucht, als hätte sie auf diese Weise wenigstens ein Tausendstel der Schuld von sich abwaschen können, die weiterhin an ihr fraß, unaufhörlich und gnadenlos.

Dann war plötzlich alles anders geworden. Durch Lauri Nurmis unerwartete Geste war ihr früheres Leben wie abrupt zu Ende gegangen, und sie hatte ganz überraschend wieder Raum gehabt, um durchzuatmen. Sie hatte nur nicht gewusst, ob sie imstande sein würde, ihre neue Freiheit für etwas Sinnvolles zu nutzen. Konnte sie das schaffen? Was sollte sie tun? Wohin sollte sie sich wenden?

Jetzt bin ich nichts, überhaupt nichts, jetzt bin ich nicht einmal eine käufliche Dirne, hatte sie in angsterfüllten Augenblicken in einer Mischung aus Panik und Verzweiflung gedacht.

Wer bin ich denn? Was bin ich für eine Person? Was habe ich gern? Was mag ich nicht? Was erwarte ich vom Leben? Ich kann keine einzige dieser für mich wesentlichen Fragen beantworten, hatte sie gedacht, es ist, als gäbe es mich nicht. Als Individuum, als richtigen und heilen Menschen.

Dann war ihr klar geworden, dass es genau so sein musste. Es musste so sein, weil es nicht anders sein konnte.

Sie konnte sich nicht in die junge Frau zurückverwandeln, die sie einst gewesen war. Und der harte und kaputte Mensch, der sie noch vor einiger Zeit gewesen war, wollte sie nicht mehr sein. Sie musste sich also neu aus den Splittern ihres alten Ich und aus neuen Bestandteilen erschaffen. Sie würde eine ganz neue Katharine aus sich machen müssen. Katharine Henshaw Nummer drei.

Sie hatte angefangen zu prüfen, ob von der ursprünglichen Katharine noch etwas übrig war unter all den harten und komplizierten Schutzhüllen, jenseits aller schlimmen Erfahrungen und all ihrer Schuld.

Würde es möglich sein, einen Teil der alten Katharine wiederzufinden und zum Leben zu erwecken? Waren von ihr wenigstens ein paar winzig kleine Stückchen und Brösel übrig, die sie finden und bewahren wollte, die sie nähren und stärken und auf denen sie etwas ganz Neues aufbauen könnte? Sodass die entstehende Gesamtheit etwas wäre, womit sie leben könnte.

Anfangs war das alles sehr schwierig gewesen, aber dann war ihr eines Morgens klar geworden, dass sie allmählich vorankam. Das Ergebnis war noch nicht vollkommen und in keiner Weise tauglich. Sie war in zu viele Splitter zerfallen, und das Ganze konnte nicht mehr wiederhergestellt werden. Die Teilchen fügten sich einfach nicht mehr zusammen. Wenn man sie mit Gewalt zusammenpresste, war die Kombination unklar, unbeholfen und sperrig. Dennoch war es immerhin etwas, und vor allem war es das, was sie jetzt war, und etwas Besseres brachte sie nicht zustande. Zumindest noch nicht.

Manchmal kam es ihr so vor, als wäre da zu viel Ballast. Es gab zu viele ungute Erinnerungen, Bilder, die sie nicht aus ihrem Gedächtnis tilgen konnte. Dinge, die mit ihr geschehen waren und die sie am liebsten vergessen würde. Aber vielleicht würde sie es schaffen, einige davon einzukapseln und sie irgendwo so tief zu vergraben, dass sie mit der Zeit zu bedeutungslosen Schemen verblassen würden. Zu Geistern, die ihr Leben nicht mehr übermäßig stören würden.

Vielleicht würden sie irgendwann aufhören, ihr Dasein zu beherrschen. Irgendwann, wenn sie sie oft genug durchdacht hatte und sie genügend Patina angesetzt hatten. Alle möglichen Dinge. Angenehmere Erinnerungen, Dinge, mit denen es leichter war zu leben. Vielleicht würde sie eines Tages sogar imstande sein, all dem, was ihr auf ihrem Weg widerfahren war, ruhig ins Auge zu sehen.

Katharine fasste einen Beschluss. Also gut, dachte sie.

»Du warst wohl gerade ganz weit weg«, bemerkte Razia.

»So könnte man es sagen«, bestätigte Katharine. »Aber du wolltest hören, was ich gearbeitet habe. Wie viel Zeit hast du dafür, dass ich es dir erzähle?«

Razia drehte sich um und sah nach der Sonne. Sie näherte sich dem Zenit.

»Bis zum Abend«, sagte Razia. »Sechs Stunden und fünfundvierzig Minuten, bis es dunkel wird. Und im Bedarfsfall finden wir den Weg auch im Dunkeln.«

Das war aber eine genaue Schätzung, dachte Katharine. Aber andererseits war Razia Sonneningenieurin, und ihr Vater war Zarathustra-Anhänger und Künstler gewesen, für den die Sonne eine mindestens ebenso ernste Zwangsvorstellung gewesen war wie für Razia.

»Hast du das alles jetzt hinter dir lassen können?«, fragte Razia eine Stunde später, als Katharine ihre Erzählung beendet hatte.

Katharine schüttelte den Kopf.

»Nein. Überhaupt nicht. Von derartigen Dingen kommt man nicht wirklich los. Ich werde sie mit mir herumschleppen, solange ich lebe.«

Razia sah Katharine voller Mitgefühl an und nickte still.

»Was ist zwischen Lauri und dir?«, fragte sie dann.

Katharine lachte.

»Ich würde mich freuen, wenn du es mir sagen könntest.«

»Ach, ist das so kompliziert?«

Katharine schwieg einen Moment und sah dann Razia direkt in die Augen.

»Also, ich will mal so sagen: Als wir uns kennenlernten, war uns beiden wohl auf einer gewissen Ebene ziemlich klar, dass wir uns irgendwie ähnlich sind. Aber als Alice, Lauris Frau, starb, gab Lauri sich selbst die Schuld daran.«

»Ich glaube, ich verstehe, was du sagen willst«, sagte Razia.

»Von da an hatten wir beide eine ähnliche große Wunde. Wir litten beide ständig an einem großen Schmerz. Und zwar schwer. Unabhängig davon, wie wir uns drehten und wendeten. Es gab für uns beide einfach keine Lage, in der wir keinen Schmerz empfunden hätten. Sodass wir jetzt vielleicht für unsere jeweiligen Macken ein gewisses Verständnis aufbringen.«

»Das ist schon ziemlich viel!«

Ja, vielleicht ist es das wirklich, dachte Katharine, selbst verblüfft von dieser Erkenntnis.

»Und dann haben wir natürlich auch einige gemeinsame Interessen wie Atomphysik und Geschichte«, ergänzte Katharine noch. »Und er hat mir gegenüber eine etwas machohafte, beschützende Haltung. Aber sollten wir zwischendurch nicht auch über etwas anderes sprechen?«

5

Lauri betrachtete den auf ihn zukommenden Terroristen. Der Abhang war steil, und der Mann hatte deutlich Schwierigkeiten, sich senkrecht zu halten. Er feuerte einen Schuss ab, aber die Kugel pfiff in großer Entfernung an Lauri vorbei. Sie wirbelte mindestens zwanzig Meter entfernt Sand vom Boden auf. Eine Pistole schießt aus so großer Entfernung nicht präzise, dachte Lauri, zumal dann nicht, wenn man sich nicht die Zeit nimmt, um stehen zu bleiben und zu zielen.

Wieder schoss der Mann. Diesmal schlug die Kugel etwas näher ein, vielleicht knapp zehn Meter entfernt. Seltsam gleichmütig sah Lauri zu, wie der Mann beinahe gestolpert wäre und einen Augenblick um sein Gleichgewicht ringen musste.

Dann fiel ihm plötzlich etwas ein. Verdammt, er hatte Katharine versprochen, lebendig zurückzukehren. Das dürfte jetzt wohl nicht klappen. Aber sollte er sich nicht trotzdem etwas ernsthafter bemühen? Versprochen war versprochen. Andererseits ... was konnte er schon tun, wenn seine Beine den Befehlen seines Gehirns nicht gehorchten?

Die dritte Kugel schlug Splitter aus einem kopfgroßen Steinblock, der nur ein paar Meter entfernt war. Lauri betrachtete seine Maschinenpistole, die auf dem Sand lag. Wenn ich Widerstand leisten will, muss ich wohl diese Styx in die Hand bekommen, und zwar ziemlich bald, dachte er. Aber mein Kopf wird gleich platzen, und mir ist so schwindlig, dass ich mich nicht aufrecht halten kann.

Der nächste Schuss ging hoch über ihn hinweg. Lauri zwang seine Hand, sich näher an die Styx heranzuschieben. Seine Finger legten sich fest um das Metall der Waffe. Das Blut floss ihm von der Stirn in die Augen und über das Gesicht auf die Lippen, es schmeckte salzig und herb. Ich bin fast am Ziel, dachte Lauri trüb, jetzt müsste ich nur noch diesen Blödmann mit ein paar Schüssen durchlöchern.

Der fünfte und sechste Schuss verfehlten ihn so weit, dass Lauri nicht einmal sah, wo die Kugeln einschlugen. Weiter so, verballer du nur dein ganzes Magazin, bevor du näher herankommst, dachte er und bemühte sich, die Maschinenpistole hochzuheben. Sie erschien ihm tonnenschwer. Nicht gut. Du verdammter Schlappschwanz, kämpf jetzt!, schrie Lauri in Gedanken. Wenn du jetzt nicht die Hand hochkriegst, jagt dieser Spaßvogel dir gleich eine Kugel in dein Bäuchlein, und das ist nicht wirklich angenehm.

Mit ungeheurer Anstrengung riss Lauri die Hand mit der Styx vom Boden hoch und richtete den Lauf der Maschinenpistole nach oben. Die Änderung seiner Stellung bewirkte, dass ihm das Blut direkt in die Augen floss und er den Angreifer nur durch dessen Bewegung wahrnahm. Lauri richtete die Styx auf die Bewegung. Seine Hand zitterte stark unter dem Gewicht der Waffe, und er konnte sie nicht gerade halten, drückte aber trotzdem ab. Mit etwas Glück würden die Kugeln in die richtige Richtung fliegen. Nichts geschah. Lauri erkannte, dass die Waffe noch gesichert war. Verdammter Mist, dachte er.

Lauri strengte sich an, um die Sicherung zu lösen, fiel aber auf die Seite. Der Angreifer schoss sofort zweimal hintereinander, aber die Kugeln flogen über ihn hinweg, weil Lauri gerade zu Boden gesunken war.

Er wischte sich das Blut von den Augen und sah, dass der

Mann nur noch etwa siebzig Meter von ihm entfernt war. Wenn sein Gegenüber noch einen Moment stehen bleiben und zielen würde, könnte er eine Chance haben, ihn zu treffen. Wegen seiner schlaffen und kraftlosen Finger empfand Lauri die Sicherung als extrem schwergängig. Er sah, dass der Mann stehen blieb und mit seiner Pistole jetzt viel sorgfältiger auf ihn zielte. Na ja, jetzt wird er wohl treffen, dachte Lauri. Wieder betätigte der Mann den Abzug, aber nichts geschah. Das Magazin war leer.

Unter Anspannung aller Kräfte gelang es Lauri, die Sicherung der Styx in die richtige Position umzulegen. Er sah, wie der Gegner in seiner Hosentasche nach einem Reservemagazin suchte.

Lauri stützte die Hand, die die Styx hielt, und schaffte es, den Lauf anzuheben. Aber sie schwankte dabei haltlos hin und her. Scheiße, jetzt werd ich hier wohl Schiffbruch erleiden, dachte er. Er sah, wie der Terrorist das alte Magazin aus der Waffe klickte und das neue einschob.

Es gelang Lauri nicht, den Lauf der Styx ruhig zu halten. Wieder schoss der Mann, und jetzt traf er. Lauri spürte, wie sein linker Arm heftig zuckte, als die Kugel ihn streifte. Der Schmerz brannte in seinen Schultermuskeln, aber zugleich klärte er seinen Kopf.

Lauri hob die Styx mit der rechten Hand, riss den Lauf hoch und drückte ab. Er sah, wie eine Serie von Staubwirbeln den Hang hinaufkroch, aber sie gingen in die falsche Richtung, zu weit nach links. Der Terrorist schoss wieder zweimal, die Kugeln pfiffen an seinem Kopf vorbei. Lauri schwenkte die Styx straff nach rechts, und diesmal wanderte die Reihe der Staubwirbel quer über die Beine des Mannes. Er bekam zwei oder drei Treffer an Beinen und Schenkeln, stolperte und stürzte zu Boden.

Na, das war ja ein schwieriger Fall, seufzte Lauri in Gedanken. Und die Gefahr war noch nicht vorbei, denn oben gab es mindestens drei Lkw-Ladungen von Leuten desselben Typs.

Lauri berührte seinen linken Unterarm, er blutete anscheinend nicht sehr stark, offenbar handelte es sich um eine oberflächliche Wunde. Die würde er später verbinden können.

Der verletzte Mann rollte in dem staubigen Sand den Hang hinunter und blieb nur zehn Meter von Lauri entfernt liegen. Er hielt sich den Schenkel und stöhnte vor Schmerzen. Lauri sah sein Gesicht, und plötzlich hatte er das Gefühl von etwas Unwirklichem. Das Gesicht des Mannes kam ihm irgendwie bekannt vor, er hatte es schon einmal gesehen.

Plötzlich wusste Lauri, dass er den Mann kannte. Vor ihm am Boden lag Michael Cheney, sein früherer Arbeitskollege aus der Einheit gegen Atomterrorismus bei der Regierung der Vereinigten Staaten.

»Michael!«, murmelte Lauri heiser. »Das ist aber eine Überraschung!«

»Der Mensch muss irgendwie ... sein Brot verdienen«, brachte Cheney zwischen den zusammengepressten Zähnen heraus. Er hatte offensichtlich schlimme Schmerzen, und Lauri sah, dass er bei dem Sturz seine Pistole verloren hatte.

»Arbeitest du jetzt ... im Energiesektor?«

Cheney ächzte vor Schmerz und antwortete nicht.

»Hast du vor, mich umzulegen?«, fragte er dennoch.

»Ich hätte nicht übel Lust dazu«, knurrte Lauri.

Niemand mehr durch meine Hand, erinnerte sich Lauri an das Versprechen, dass er sich selbst gegeben hatte.

»Aber ich werde es wohl nicht tun«, sagte Lauri. »Verfaule doch da, wo du bist.«

Cheney nickte matt.

»Schönen Dank. Ich weiß das zu schätzen.«

Lauri machte sich nicht die Mühe, ihm zu antworten. Sein Kopf schmerzte gnadenlos, aber der schlimmste Schwindel ließ allmählich nach. Würde er schon gehen können? Würde er sich aufrecht halten?

Cheneys Blick wandte sich dem Abhang zu.

»Du hast wohl leider keine Chance, dies zu überleben.«

»Das werden wir sehr bald sehen«, versetzte Lauri.

Er schaute nach oben. Über den Abhang kam immer noch kein größerer Sturmangriff. Der Schwindel hatte jetzt schon stark nachgelassen. Lauri sah Cheney an, der vor Schmerzen das Gesicht verzog.

»Heutzutage ist es schwer, ordentliche Mitarbeiter zu finden«, klagte Cheney. »Offenbar sind sie oben geblieben, um in aller Ruhe ihre verwundeten Kameraden zu versorgen. Aber mach dir keine Sorgen, sie werden kommen. Sobald sie Zeit haben.«

»Vielleicht kann ich mich noch einen Moment gedulden.«

Lauri stand auf. Sofort begann sich vor seinen Augen alles zu drehen, aber trotzdem, wenn auch mit großer Mühe, gelang es ihm, sich aufrecht zu halten. Als er sich aber bückte, um seinen Rucksack und das Gewehr mit dem Zielfernrohr aufzuheben, glitt ein schwarzer Schatten über sein Gesichtsfeld, und er fiel wieder auf die Knie.

Ich habe schon Schlimmeres erlebt, dachte Lauri.

Der von seinem Knie ausstrahlende Schmerz klärte sein Bewusstsein ein wenig, und er sah, dass von seinem verletzten Arm Blutstropfen zu Boden fielen. Während er darauf wartete, dass der Schwindel vorüberging, sah er, dass das Blut nicht im Boden versickerte, sondern als ein schnell gerinnender, klebriger, nur an der Oberfläche ein wenig feuchter Fleck auf dem Sand liegen blieb. Er wurde größer, Tropfen für Tropfen.

»Vielleicht solltest du freiwillig aufgeben, Larry«, presste Cheney zwischen den zusammengebissenen Zähnen hervor.

»Möchtest du, dass ich es mir anders überlege?«, schnauzte Lauri.

»Oben sind achtzig Leute«, versetzte Cheney.

So viel werden es wohl nicht mehr sein, dachte Lauri. Er setzte den rechten Fuß auf und zog sich dann in die Hocke. Wieder wäre er beinahe umgefallen, schaffte es aber doch, in der Senkrechten zu bleiben. Ich brauche jetzt einen klaren Kopf, dachte er, sonst komme ich in Schwulitäten.

Lauri zerrte sich den Rucksack auf den Rücken. Er bemühte sich, seinen verletzten Arm zu schonen. Ohne aufzustehen warf er sich das Gewehr über die linke Schulter. Er empfand es als sehr schwer. Das Gewicht verschlimmerte den pochenden Schmerz in seinem Arm, obwohl es sich um eine Spezialanfertigung von nur anderthalb Kilo Gewicht handelte. Lauri nahm die Styx in die rechte Hand und stand auf. Das Gesamtgewicht dessen, was er trug, erschien ihm niederdrückend.

»Wir sehen uns, Mike«, sagte Lauri.

»Das bezweifle ich stark«, antwortete Cheney.

Lauri ließ den Blick schweifen und versuchte, sich ein Bild von seiner Lage zu machen. Er befand sich am Grund eines ausgetrockneten Flusses. Das steile Flussufer schützte ihn vor Schüssen von oben. Er würde jedoch keinerlei Möglichkeiten haben, sich zu verteidigen, wenn die Angreifer in großer Anzahl den Hang herunterkämen. Ein Problem.

Etwas weiter oben gabelte sich das Flussbett. Zwischen den beiden Flussarmen mit Kiesgrund befand sich ein vielleicht hundert Meter hoher Höhenrücken mit steilen Hängen. Hinter dem einen Flussarm befand sich ein höherer Hang. Er ragte mehrere Hundert Meter hoch auf, ebenso hoch wie die auf der anderen Seite des Tals befindliche Anhöhe, über die er mit dem Lastauto heruntergerumpelt war. Wenn er auf den Höhenrücken gelangte, der zwischen den beiden Flussarmen lag, würde er die bei den Lkws herabsteigenden Terroristen direkt von der Seite her und aus guter Deckung unter Beschuss nehmen können.

Lauri sprang zu dem Höhenrücken mit den steilen Rändern, der das Flussbett teilte. In seinem Kopf klopfte und hämmerte es, als er vorwärtswankte. Mehrmals war er nahe daran, über Steine und seine eigenen Füße zu stolpern.

Hoffentlich habe ich keine Gehirnerschütterung, dachte er. Aber falls ihr vorhattet, mich ohne weitere Verluste umzunieten, dann solltet ihr es jetzt tun, denn wenn ich erst hinter dem nächsten Höhenrücken bin, wird euch diese Operation schon wesentlich teurer zu stehen kommen. Ich würde euch nicht empfehlen, jetzt in aller Ruhe abzuwarten.

Immer noch eröffnete niemand das Feuer, und dann war er schon hinter dem Sandsteinhang außerhalb der Schusslinie. Es tut mir leid, aber es wird jetzt etwas länger dauern, wenn ihr so dämlich vorgehen wollt, dachte Lauri.

Immer noch kein Angriff. Lauri schloss daraus, dass er jetzt einen Augenblick verschnaufen konnte. Er nahm aus dem Rucksack eine Mullbinde und wickelte sich einige Lagen um den Arm. Die Binde war sofort durchweicht, aber Lauri wusste, dass sie trotzdem das Versiegen des Blutstroms beschleunigen würde. Er hätte sich gewünscht, etwas moderneres Verbandsmaterial bei sich zu haben.

Er zerriss die Mullbinde mit den Zähnen und steckte die dünner gewordene Rolle zurück in den Rucksack. Dann begann er zu klettern. Nach fünf Minuten hatte er den Scheitel des Höhenrückens erreicht und spähte vorsichtig zwischen zwei großen Steinblöcken hervor. Weiter oben auf dem Hang standen drei Lkws. Dort hielten sich einige Gestalten in weißen Burnussen auf, weiter unten am Hang schleppten ebenso gekleidete Männer ihre leblos wirkenden Kameraden den Hang hinauf. Er war so steil, dass jeder Tote oder Verwundete von jeweils vier Männern hinaufgetragen werden musste. Der Lkw, der ihn gejagt hatte und vom Weg abgekommen war, brannte immer noch. Flammen waren kaum zu sehen, aber dicker schwarzer Rauch stieg zum Himmel auf.

Eins zu null für mich, dachte Lauri und grinste freudlos. Oder eigentlich schon zwei zu null, denn ich glaube, dass unter diesen Umständen auch die nächste Runde an mich gehen wird.

Dann prüfte er den Inhalt seines Rucksacks. Er enthielt einen Kompass, eine Landkarte von Ägypten, ein Nachtfernglas, eine leider nur kleine Feldflasche mit Wasser und fünf Reservemagazine für die Styx. Er stapelte vier Magazine neben sich auf dem Boden und steckte eines in die Styx anstelle des halb geleerten Magazins. Bestimmt war es sinnvoll, den größten Teil seiner Munition jetzt einzusetzen, da er für einen Augenblick das Überraschungsmoment auf seiner Seite hatte. Dies war der beste Moment, die Reihen seiner Gegner auszudünnen.

Als die letzten Toten und Verwundeten in eines der noch übrigen Lastautos verladen waren, fuhr es davon, und etwa dreißig mit weißen Burnussen bekleidete Gestalten begannen den Hang hinunterzuklettern. Auf dem Weg verblieben nur etwa zehn Männer. Sie hielten ihre Waffen auf die Sohle des Flusstals gerichtet. Offenbar nahmen sie an, dass Lauri sich immer noch bei dem Lkw befand. Vielleicht dachten sie, ein Mensch könne einen solchen Absturz nicht überleben, zumindest nicht ohne schwere Verletzungen.

Es herrschte sengende Hitze. Die Oberfläche des Felsens war glühend heiß, die Luft trocken und voll von feinem Staub. Der Hang war offen, nur hier und da lagen Felsblöcke. Bäume oder andere schützende Vegetation gab es nicht. Fels und Steine boten Lauri gute Deckung. Die Terroristen hatten offenbar keine Ahnung davon, dass er sie von der Seite beobachtete.

Lauri wartete, bis die Angreifer etwa die halbe Höhe des Hanges erreicht hatten. Dann zielte er auf die Beine der Männer und leerte mit drei schnellen Garben die Styx. Er ballerte einmal in den vordersten Teil des Trupps und zweimal in die Mitte, und jedes Mal gingen einige Männer zu Boden. Viele der Nachkommenden stolperten über die Getroffenen und stürzten.

Die Terroristen oben auf dem Weg reagierten schnell. Sie wandten ihre Waffe gegen Lauri und eröffneten das Feuer. Lauri wechselte das Magazin der Styx und feuerte auf die Beine der immer noch vorrückenden Angreifer. Hoffentlich habe ich niemanden sehr schwer verletzt, dachte er.

Kugeln pfiffen hoch über ihn hinweg. Sie prasselten auch auf den Lauri schützenden Hang und auf dessen Scheitel wie Hagelkörner nieder. Einige drangen in den weichen Sand ein und erzeugten lediglich kleine Staubwirbel, andere schlugen aus den Steinblöcken Splitter und Stückchen heraus, die auf Lauris Kopf, seinen Nacken und die Schultern herabregneten. Einen Augenblick später war er jedoch schon den Hang weiter seitlich hinuntergestiegen. Er suchte eine neue Position, von wo aus er das Feuer eröffnen konnte, ohne sich selbst in Gefahr zu bringen. Der Kopf und die Wunde am Arm taten ihm immer noch weh, aber der Schwindel hatte nachgelassen.

Als Lauri vorsichtig hinter einem großen Steinblock hervorlugte, sah er, dass die Angreifer sich weiterhin an derselben Stelle des ungeschützten Berghangs befanden. Einige von ihnen feuerten auf die Stelle, wo er sich noch einen Augenblick zuvor aufgehalten hatte. Von Lauris neuem und höher gelegenem Hinterhalt aus gesehen befanden sie sich wie auf einem Tablett. Es wäre mir ein Leichtes, mindestens zwei Drittel von euch zu töten, bevor ihr eine Deckung erreicht, dachte Lauri. Aber zu eurem Glück habe ich mir selbst versprochen, so etwas nicht mehr zu tun.

Lauri legte die Styx zu Boden. Er ergriff das Gewehr mit dem Zielfernrohr und suchte ein passendes Ziel. Er wählte zuerst einen Terroristen, dessen Beine passend hinter einem großen Stein hervorschauten, und schoss hinein. Trotz der Entfernung hörte er, wie der Mann aufschrie.

Zwei Terroristen verloren die Nerven und strebten dem Weg zu. Aber es war noch schwieriger, in die Höhe zu klettern als herunterzukommen. Lauri schoss erst den einen Mann ins Knie und dann den anderen in den Knöchel. Beide kullerten den Hang hinunter.

Lauri suchte neue Ziele, aber alle, die am Hang lagen, hatten schon hinter Steinen oder in Bodenvertiefungen Deckung gefunden. Sie hatten jedoch kein Wasser und keinen Schutz vor der Sonne, und viele waren verwundet, sodass sie es nicht besonders gemütlich haben konnten. Außerdem würden sie sich bald zu ihren Lastwagen zurückziehen müssen, obwohl Lauri auf sie schoss. Sie würden nicht abwarten können, bis die Polizei oder Truppen der ägyptischen Armee zur Stelle waren.

Lauri schätzte, dass mindestens elf oder zwölf Angreifer durch seine Kugeln verletzt waren. Mit etwas Glück konnten es noch mehr Verwundete werden, aber darauf konnte er sich nicht verlassen. Außerdem waren auch die Terroristen, die mit ihrem Lkw vom Weg abgerutscht waren, vermutlich nicht mehr auf der Rechnung. Als der Wagen den Abhang hinunterrollte, mussten die Männer zerquetscht worden sein.

Der Arm tat ihm weh, aber das war nichts Ernstes. Mehr Sorge machte ihm, dass sein Mund schon jetzt ausgetrocknet war und seine Zunge sich schwer und steif anfühlte, obwohl er höchstens zwanzig Minuten unter freiem Himmel gewesen war. Fliegen summten um ihn herum als ein ständig anwachsender, laut surrender Schwarm. Sie setzten sich auf seinen blutigen Verband, auf die nackte Haut der Hände, auf den Kopf, auf Nase, Lippen und Stirn, und wenn er sie verscheuchte, hatte das nur für einen Augenblick Erfolg.

Ich hätte mehr Wasser mitnehmen müssen, dann könnte ich das Flussbett entlang flüchten. Es wäre jedoch Selbstmord, mit einer einzigen, halb leeren Feldflasche in die Wüste zu gehen.

Aber das Bedauern half nichts. Lieber sollte er darauf setzen, dass er Wasser aus dem Auto holen würde, sobald die Terroristen abgezogen waren. Sie müssen sich zurückziehen!, dachte Lauri. Er würde nicht zum Auto zurückkehren können, bevor sie fort waren. Andererseits würden auch die Angreifer über den ungeschützten und stellenweise gefährlich steilen Hang nicht zu Lauri gelangen können. Wenn also die Terroristen auch beschließen sollten, noch eine Weile zu bleiben, würde die Pattsituation bis zum Sonnenuntergang andauern. Es sei denn, seine Gegner machten eine lange und langsame Umgehungsbewegung und fielen ihm in den Rücken. Wahrscheinlicher war jedoch, dass sie sich noch vor Einbruch der Dunkelheit entfernten, jetzt, wo der Angriff fehlgeschlagen war.

Lauri holte die Feldflasche aus dem Rucksack und nahm ein paar Schluck Wasser. Im Rucksack befand sich auch ein weißer Sonnenhut, den er aufsetzte. Das half nur wenig. Die Sonne stand sehr hoch, und es gab nirgendwo Schatten. Die Fliegen wurden immer zahlreicher. Der Tag drohte sehr lang zu werden, bis Sonnenuntergang waren noch sechs und eine halbe Stunde.

Lauri nahm sein Mobiltelefon und probierte aus, ob es hier Empfang gab. In der Wüste standen im Umkreis von zwei- oder dreihundert Kilometern keine Antennen, aber der Sonnenturm war sehr hoch. Es gab eine winzige Chance, dass dessen Antennen das Gebiet, in dem er sich jetzt befand, noch abdeckte. Vielleicht konnte er Hilfe herbeirufen.

Im Display zeigte sich kein einziger Balken. Er befand sich in einem zu tiefen Tal, dessen Berge verhinderten, dass die Signale zum Sonnenturm und zurück gelangen konnten.

Vorsichtig spähte Lauri zwischen den Steinen hindurch. Lastwagen und Männer hatten sich noch nicht von der Stelle gerührt. Offenbar hatte jemand ihn entdeckt und gab mit der Maschinenpistole eine lange Garbe in seine Richtung ab. Felsen und Steinblöcke schützten ihn vor den Kugeln, aber Staub und Sand regneten auf ihn herab.

Lauri versuchte abzuschätzen, wie groß der Bogen war, den die Männer schlagen müssten, ohne zu lebenden Zielscheiben zu werden, während sie den Talgrund durchschritten, um zu dem hinter ihm aufragenden Abhang zu gelangen. Er hatte ein freies, etwa zwei Kilometer langes Schussfeld nach beiden Seiten, aber dann verschwand das Flussbett hinter einer Kurve. Wenn also die Terroristen drei Kilometer weiter vom Weg herabstiegen, könnten sie den hinter ihm liegenden Hang hinaufklettern und aus einigen Hundert Metern Höhe auf ihn schießen, ohne dass er noch irgendeine Chance hätte, sich zu verteidigen.

Konnte er wirklich darauf vertrauen, dass die Angreifer bald gezwungen sein würden, sich davonzumachen? Sie hingen mit verblüffender Ausdauer herum, als hätten sie es überhaupt nicht eilig. Merkwürdig, sehr merkwürdig. Ob er selbst sich durch das Flussbett absetzen sollte, bevor die Terroristen ihm in den Rücken fallen konnten? Obwohl er kein Wasser hatte?

Nein, das hatte keinen Sinn. Ohne das Wasser, das im Lkw geblieben war, würde er spätestens am nächsten Tag verdursten, falls keine Hilfe kam.

Lauri wechselte die Stellung, und seine Hand traf auf ein Nest von kleinen, aber unangenehmen Ameisen. Er hatte mehrere schmerzhafte Bisse in die Finger bekommen, bevor er die Hand hatte zurückziehen können. Er hatte Durst, und die Fliegen wurden immer lästiger. Wieder nahm Lauri einen kleinen Schluck aus der Feldflasche, aber die war nur noch halb voll, und sein Durst ließ nicht nach.

Eine Stunde später sah er aus dem linken Augenwinkel eine flüchtige Bewegung. Er wandte den Blick dorthin. Etwas Helles, gerade noch Erkennbares stieg dort in die Luft auf. Staub?

Stiegen seine Gegner gerade so weit entfernt zum Talgrund ab, dass er sie nicht sehen konnte? Lauri wandte sich um und betrachtete die Landschaft zu seiner Rechten. Er meinte, auch dort kleine Staubwölkchen aufsteigen zu sehen. Er hatte den Eindruck, dass der Staub von der Talsohle kam.

Die Stoßtrupps der Terroristen hatten also schon den Talgrund erreicht, wahrscheinlich gleichzeitig beiderseits von ihm. Höher hinaufzuklettern würde einige Zeit in Anspruch nehmen, aber das hatte keine große Bedeutung mehr. Der Fluchtweg war ihm auf jeden Fall abgeschnitten. Der Kampf war vorbei.

Die ihn bedrängenden Männer hatten offenkundig weder die Absicht, aufzugeben noch die Flucht anzutreten. Lauri verstand nicht, wie das möglich sein konnte, aber die Schlussfolgerung war klar und einfach. Er würde nicht lebend davonkommen. Er saß in der Falle. Es blieb ihm kein einziger Schachzug mehr, der das Endergebnis des Kampfes beeinflussen konnte.

»Na, wenigstens hat dieser verdammte Durst dann ein Ende«, murmelte Lauri vor sich hin.

Es tut mir leid, Katharine, dachte er dann. Ich habe mein Bestes getan, glaub mir, aber diesmal hat das einfach nicht gereicht.

Die Zeit verging im Schneckentempo. Lauri sah auf die Uhr. Fünfzig Minuten waren vergangen, seit er die Staubwölkchen entdeckt hatte. Gleich geht es los, dachte er und nahm wieder einige Schluck Wasser, denn eigentlich gab es keinen Grund mehr, sparsam damit umzugehen. Dann sah er aus dem linken Augenwinkel ein helles Aufblitzen, als Sonnenstrahlen von Metall oder Glas reflektiert wurden. Das Ende war nicht mehr fern, die Terroristen befanden sich schon auf dem Abhang. Gleich würden sie direkt über ihm sein.

Es vergingen zehn, fünfzehn Minuten. Worauf warteten sie denn noch? Er trank den Rest des Wassers aus. Es war zu wenig, als dass es seinen Durst auch nur ansatzweise hätte stillen können.

Als Lauri seine Stellung veränderte, stieg von dem trockenen Boden feiner Staub auf. Himmel hilf, schoss es ihm durch den Kopf. Die Erkenntnis traf sein Bewusstsein wie ein elektrischer Schlag. Hier würde immer wieder und wieder radioaktiver Staub aufsteigen!

In den nördlichen und gemäßigten Gebieten würde der erste Regen die heißen Teilchen aus der Luft waschen, und dann würden sie nur noch in Ausnahmefällen erneut in die Luft aufsteigen. Die tödlichen Teilchen würden im Meer versinken, in die Flüsse gespült werden oder rasch unter Humus, Streu und Vegetation begraben werden.

Aber in den Trockengebieten der Erde regnete es nur selten, und der Boden war schutzlos, ohne Pflanzendecke. Die radioaktiven Teilchen würden immer mal wieder zu Boden sinken, aber mit dem nächsten Windstoß würden sie einfach wieder in die Luft aufsteigen. Die Menschen könnten sie auch noch in Tausenden von Jahren einatmen, und gerade die in die Lungen gelangten winzigen Partikeln waren die allergefährlichsten. Denn sie setzten sich in den Organen der Menschen oft für Jahrzehnte fest.

Al-Qaida hat sicherlich berechnet, dass wegen der Strömungen in der Atmosphäre mindestens neunzig Prozent des radioaktiven Niederschlags eines brennenden Kernkraftwerks in den nördlichen und gemäßigten Gebieten verbleibt, dachte Lauri fieberhaft. Wahrscheinlich denken sie, dass weniger als zehn Prozent in den Süden gelangen, nach Mekka und Medina und in andere von Muslimen bewohnte Länder. Was aber, wenn die tödliche Wirkung dieser zehn Prozent hundert-, ja tausendmal größer ist als die der nach Norden treibenden Radioaktivität, weil in den trockenen Gebieten der Fallout als in der Luft schwebender Staub für – aus menschlicher Sicht – nahezu ewige Zeiten erhalten bleibt?

Verdammt, wir hätten der al-Qaida diesen Aspekt über al-Jazeera und andere Kanäle übermitteln sollen, dachte Lauri. Bevor sie etwas wirklich Dummes tun, ohne zu verstehen, welche Folgen ihre Taten für die islamische Welt haben. Warum haben wir nicht daran gedacht? Warum bin ich erst jetzt darauf gekommen?, fragte er sich wütend. Er war plötzlich tief von sich selbst enttäuscht.

Denn jetzt war es zu spät. Die Erkenntnis, die für sie alle die Rettung hätte sein können, würde mit seinem Tod hier in der Westlichen Wüste verloren gehen.

Lauri erwartete die tödlichen Schüsse, die bald von der hinter ihm aufsteigenden Anhöhe kommen würden. Er hätte sich gewünscht, noch einmal mit Katharine sprechen zu können, aber das war jetzt nicht möglich. Schrader und Janet Kendall mussten nun allein zurechtkommen. Hoffentlich würden sie den Sonnenturm verteidigen können. Lauri glaubte nicht recht, dass sie es schaffen würden. Janet war für diese Aufgabe zu unerfahren. Eigentlich gab es keinen Grund anzunehmen, dass sie es schaffen würden.

Ich hoffe wirklich, dass der Traum mit Alice nur ein Produkt meines Unterbewusstseins war und nichts sonst, dachte Lauri. Andererseits, was hätte es sonst sein können?

Etwas blitzte oben am Hang auf. Lauri richtete sein Zielfernrohrgewehr dorthin. Seine Chancen, auch nur einen einzigen Terroristen zu treffen, waren gleich null, denn sie befanden sich in einer viel besseren Position. Aber vielleicht sollte er es trotzdem versuchen.

Da geschah etwas vollkommen Unerwartetes.

Zwei Schüsse krachten, aber die Kugeln trafen ihn nicht und schlugen nicht einmal in seiner Nähe ein. Stattdessen rollten zwei weiß gekleidete Gestalten den Abhang hinunter. Staub wirbelte unter ihnen auf. Dann wieder zwei Schüsse, und Lauri sah einen dritten Mann, der zwischen die Steinblöcke fiel.

Noch zwei, drei, vier Schüsse. Dann nichts mehr. Was war das gewesen? War ihm jemand zu Hilfe gekommen? Wer? Anscheinend handelte es sich nur um eine einzige Person, denn die Schüsse waren alle aus derselben Waffe gekommen. Wieder hatte sich die Lage verändert, plötzlich und unerwartet.

6

Die Sonne versank allmählich hinter dem Horizont. Endlich, dachte Lauri. Er spürte etwas Feuchtes am Arm und bemerkte, dass die Wunde wieder angefangen hatte zu bluten. Er wickelte die restliche Mullbinde um den alten Verband herum. Vielleicht würde das genügen. Es war kein vollkommener, steriler Wundverband, aber damit musste er nun auskommen.

Lauri bereute, dass er auch die letzten Tropfen aus seiner Feldflasche getrunken hatte, denn der Durst war schier unerträglich geworden. Es war schon dämmrig, aber Lauri wusste, dass er noch etwas warten musste, bevor er losgehen und Wasser aus dem Auto holen konnte.

Die Dämmerung verdichtete sich langsam zur Dunkelheit. Jetzt müsste ich mich auf den Weg machen, dachte Lauri, er wagte es nicht, noch länger zu warten. Auch die Männer beiderseits von ihm würden sich wahrscheinlich im Schutz der Dunkelheit in Bewegung setzen. Bald würden sie ihm gefährlich nahe kommen.

Lauri erhob sich aus seinem Versteck und bewegte sich in geduckter Haltung auf den Lkw zu. Er war kaum zwanzig Schritt weit gekommen, als er ein zischelndes Flüstern hörte.

»Hierher«, sagte eine Männerstimme ganz dicht hinter ihm.

»Im Lkw ist Wasser«, flüsterte Lauri zur Antwort.

»Lass es dort!«

Lauri drehte sich um und sah einen Mann in schwarzem Umhang, der ihm ohne ein weiteres Wort bedeutete zu folgen. In der Dunkelheit konnte Lauri seine Bewegung gerade eben noch erkennen. Der Mann strebte halb im Laufschritt einer kleinen Schlucht zu, die sich zwischen den Sandsteinfelsen öffnete. Der Grund der Schlucht führte bald steil aufwärts. Bald darauf befanden sie sich etliche Dutzend Meter oberhalb der Talsohle und dann auf der anderen Seite der Felsen. Dort hoben sich die Silhouetten von zwei Personen und fünf Kamelen schwarz gegen den etwas helleren Himmel ab.

»Kommt schnell«, sagte die eine Gestalt.

Es war die Stimme einer Frau. Ihre Sprache war stark dialektal gefärbtes Englisch mit französischem Akzent.

»Kannst du auf einem Kamel reiten?«, fragte der Mann, der Lauri geführt hatte.

In seiner Stimme lag mehr als eine leichte Besorgnis, und für Lauri war es nicht schwierig zu verstehen, woher sie rührte. Kamele waren keine Pferde. Den Europäern war es seinerzeit sehr schwergefallen, mit ihnen umzugehen oder sie mit den Augen der Araber zu betrachten. Die Europäer hatten in den Kamelen nur eine groteske, unförmige Abart der Pferde gesehen. Aber die Araber und die anderen Saharabewohner liebten und respektierten die Kamele. Alle Bezeichnungen der Europäer für das Kamel gingen auf das arabische Wort Jamaal zurück, das schön bedeutet. In den Augen der Wüstenbewohner waren die Kamele großartige Tiere, obwohl sie ihre Launen und Macken hatten.

Wenn ein Kamel aus dem einen oder anderen Grund unzufrieden war, konnte es seine sämtlichen aufeinanderfolgenden Mägen gleichzeitig auf sein unglückliches Ziel entleeren. Alternativ konnte es seinen Schwanz heben und aus dem anderen Ende frische, weiche Kotkugeln wie aus dem Maschinengewehr abfeuern. Ein Kamel konnte gleichzeitig nach hinten und nach vorne sehen, und sein Tritt war mehr als stark genug, um das Herz eines erwachsenen Mannes zum Stillstand zu bringen oder sein Knie zu zerschmettern. Ein Kamel konnte brüllen wie ein Löwe, und ein ausgewachsenes männliches Tier hatte mindestens ebenso große und starke Zähne wie ein Tigerhai. Ein großes männliches Kamel war imstande, einem Menschen den Arm abzubeißen. Was immer wieder einmal vorkam.

Aber das Kamel war auch das mit Abstand schnellste, stärkste und zuverlässigste Tier, wenn es darum ging, schwere Lasten über weite Strecken und durch die Wüste zu transportieren. Lauri hatte glücklicherweise viel Erfahrung mit Kamelen.

»Ich komme schon klar«, versetzte er.

Der Mann nickte billigend, als Lauri routiniert auf den Kamelrücken stieg.

Die Sandsteinhöhen blieben hinter ihnen zurück. Die Klauen knirschten auf dem Kies. Dann war da vor ihnen etwas Helleres, Durchscheinenderes, und die Beine der Kamele versanken mit leisem Zischen im weichen Sand. Noch eine Minute, und sie befanden sich hinter der nächsten Sanddüne und ritten in einem Bogen um den Kamm der folgenden, viele Dutzend Meter hohen Düne herum. Dann blieb auch die hinter ihnen zurück.

Eine halbe Stunde später saßen sie für einen Augenblick von ihren Tieren ab, um etwas zu trinken.

Da stellte Lauri überrascht fest, dass einer seiner Helfer dieselbe schwarz gekleidete junge Frau war, die in einem Winkel von Scheich Azhrawis Zelt dem Gespräch aufmerksam zugehört hatte.

»Vielen Dank«, sagte Lauri. »Ihr habt mir das Leben gerettet.«

»Wir haben die Schüsse bis zu den Zelten gehört«, sagte die Frau. »Aber hier können wir nicht bleiben. Sie haben Verstärkung bekommen. Sie wollen uns verfolgen.«

Lauri wirkte ungläubig.

»Truppenverstärkung? Bist du sicher?«

Die Frau nickte.

»Wir haben sie gesehen. Dutzende von Lastwagen.«

»Aber ... Wie ist das möglich? Wer sind sie? Warum tun Polizei und Armee nichts?«

»Darüber können wir uns später wundern. Jetzt haben wir keine Zeit.«

Das Verhalten der Frau wirkte immer noch äußerst ungewöhnlich. Offensichtlich nahmen die Männer von ihr Befehle entgegen und gehorchten ihren Kommandos, ohne auch nur einen Augenblick zu zögern. Auch sonst verhielt die Frau sich selbstsicher, sogar aggressiv, als wäre sie die Königin von Ägypten oder zumindest die Prinzessin.

»Ihr müsst fliehen«, sagte Lauri. »Ich werde sie in die Irre führen.«

Die Frau lächelte.

»Allein würdest du hier nicht einmal bis morgen Abend überleben. Wir trennen uns, aber ich begleite dich. Die anderen gehen in eine andere Richtung.«

»Wohin gehen wir?«

Die Frau deutete mit der Hand auf das Sandmeer.

»Wir müssen durch das Erg fliehen. Das Kamel ist im Sand schneller als ein Auto. Wir fliehen ins Sandmeer bis zur Oase Wahat el-Dakhla.«

Oha, dachte Lauri. Jetzt haben wir den Kladderadatsch.

7

»Wie zum Teufel konntet ihr nur solchen Mist bauen?«, schnauzte Richard Brunel.

Fouad Badou wandte sich ihm zu. Brunel schwieg, denn Badous Augen waren wie graues Eis.

»Ich an deiner Stelle würde das Maul nicht so aufreißen«, zischte Badou. »Sonst kündige ich unseren Vertrag und schneide dir die Kehle durch. Wir haben schon jetzt größere Verluste erlitten als im Kampf bei Tora Bora. Darüber bin ich nicht besonders erfreut.«

Die Sonne war schon vor einigen Stunden untergegangen. Zu beiden Seiten der Landstraße standen viele Lastwagen, insgesamt vielleicht etwa sechzig. Hier und da waren Männer mit Maschinenpistolen und Kalaschnikow-Sturmgewehren zu sehen. Einige schienen Europäer oder Nordamerikaner zu sein, andere waren eindeutig Ägypter. Manche wirkten dunkler als die durchschnittlichen Ägypter, obwohl sie Arabisch sprachen. Brunel wusste, dass die meisten Männer privaten Sicherheitsorganisationen von supranationalen Unternehmen angehörten, die ihren Sitz in Ägypten hatten.

Brunel warf seine Zigarette zu Boden und trat sie aus. Wieder betrachtete er den nächtlichen Horizont. Bis zum Morgengrauen würden noch mindestens zwei Stunden vergehen.

»Wir hatten Pech«, erklärte Fouad Badou. »Von unseren Kameraden, die auf dem ersten Lkw saßen, haben nur sieben überlebt.«

Er schwieg einen Moment und starrte finster in das dunkle Tal.

»Und dann haben wir natürlich einen Fehler gemacht, als wir uns um die Verletzten kümmerten und den Job nicht sofort zu Ende führten. Wir haben nicht geglaubt, dass Nurmi überleben könnte. Nach einem solchen Absturz! Diese Möglichkeit haben wir nicht ernsthaft in Betracht gezogen, bevor wir aus dem Tal die Schüsse hörten.«

»Und Nurmi hat euch natürlich – sagen wir mal, ziemlich professionell empfangen.«

Fouad nickte und zog eine schaurige Grimasse.

»Das hat er unleugbar getan. Aber wir hätten ihn trotzdem geschnappt, wenn er nicht Hilfe bekommen hätte.«

»Wer hat ihm geholfen?«

Fouad zuckte die Achseln.

»Das wissen wir nicht genau. Sie wirkten wie Beduinen. Unter ihnen ist ein echter Scharfschütze. Er hat fünf Leute erschossen. Wir vermuten, dass es sich um Scheich Azhrawis Adoptivtochter handeln könnte.«

»Adoptivtochter?«, fragte Brunel verwundert. »Du meinst sicherlich Adoptivsohn?«

Fouad machte sich nicht die Mühe zu antworten. Brunel rieb sich mit den Händen das Gesicht und wirkte müde.

»Das Schlimmste ist, dass Nurmi Cheney erkannt hat«, sagte Brunel. »Es wird uns schlecht ergehen, wenn er uns entkommt. Ich hätte nicht übel Lust, Cheney eigenhändig umzubringen.«

»Wir können ihn ja umbringen«, sagte Fouad mit grauenerregender Schlichtheit und Selbstverständlichkeit. »Das ist doch kein Problem. Würde das den Schaden wiedergutmachen?«

Brunel schüttelte den Kopf.

»Nein. Wir müssen Nurmi schnappen. Lassen wir Cheney am Leben. Wir haben mehr von ihm, wenn er lebendig ist und wir Spuren auslegen müssen, die in die falsche Richtung weisen.«

Fouad schaute zur Wüste hinüber und machte einen leidenden Eindruck.

»Die Westliche Wüste Ägyptens ist ziemlich groß«, sagte er. »Zumal wenn die Beduinen ihm helfen und wenn Azhrawis Schützling bei ihm ist. Die Frau ist angeblich zur Hälfte eine Teda. Wenn das wahr ist, werden wir ihn niemals finden. Das kannst du mir glauben. Dann haben wir keine Chance! Tedas zu verfolgen ist, als würde man Gespenster jagen.«

Von solchem abergläubischen Unsinn hab ich die Schnauze voll, dachte Brunel. Aber am meisten stinkt mir der blöde Cheney. Dieser verdammte Idiot hat zu viele Spuren hinterlassen, die direkt zu uns führen!

»Ich kann einige Tausend private Sicherheitsleute mobilisieren«, sagte Brunel schließlich. »Ich habe bereits allen in Ägypten agierenden privaten Sicherheitstruppen mitgeteilt, dass al-Qaida unsere Kolonne angegriffen hat und vier Terroristen in die Westliche Wüste geflohen sind.«

Fouad zuckte leicht zusammen.

»Aha«, sagte er.

»Aber genügt das?«, überlegte Brunel laut. »Wie viel Mann habt ihr im Sudan?«

Fouad sah Brunel verblüfft an.

»Glaubst du wirklich, ich würde dir das erzählen?«

Brunel seufzte.

»Laut CIA habt ihr im Nordsudan dreitausend Kämpfer. Also die eigentliche al-Qaida. Nicht wahr? Grob geschätzt? Aber die Dschandschawid sind zahlenmäßig viel stärker.«

»Das geht dich überhaupt nichts an«, knurrte Fouad.

»Vielleicht nicht, aber könntest du jetzt auf alle Fälle Kontakt mit deinem geheimnisvollen Boss aufnehmen, wer er auch sein mag, und fragen, ob er weitere Dschandschawid hierherschicken könnte.«

Fouad sah Brunel zweifelnd an.

»Wenn er Nurmi und diesen idiotischen Beduinen, seinen Helfern, im Süden den Fluchtweg abschneiden könnte, dann könnten wir die in Ägypten und Libyen agierenden privaten Sicherheitsarmeen der Konzerne für die Terroristenjagd alarmieren und ihnen von Norden und Westen her entgegengehen.«

»Das klingt ziemlich bombastisch«, sagte Fouad.

»Kümmere dich nicht darum. Sag nur, ob ihr es macht und was es uns kostet.«

Wir müssen auch die libysche Regierung informieren, dachte Brunel fieberhaft. Wir müssen jetzt all unsere Beziehungen spielen lassen, sonst klappt das nicht. Wir suchen jetzt eine Nadel im Heuhaufen, und der ist nicht ganz klein.

»Bei der Gelegenheit kannst du gleich mal fragen, ob sie bereit sind, auch die Baustelle Wahat Siwah zu zerstören«, fügte Brunel noch hinzu. »Und zwar möglichst bald. Also wenn wir das Bataillon der ägyptischen Armee erledigen.«

»Falls wir bereit wären, und ich sage nur: falls, was sollen wir dann mit den Angestellten von SunWind machen?«, fragte Fouad.

Brunel dachte einen Moment nach.

»Vielleicht ist es am besten, wenn ihr alle umbringt.«

»Auch die Frauen?«, vergewisserte sich Fouad.

»Auch die Frauen«, antwortete Brunel. »Je mehr Blut, desto mehr Renten für die Ehegatten und so weiter. Wir müssen aus diesem Kraftwerk ein warnendes Beispiel für andere potentielle Unternehmer machen.«

»Wir machen es so, wie du willst«, sagte Fouad. »Das heißt, falls wir den Job übernehmen. Bisher haben wir noch keine Auftragsarbeiten ausgeführt.«

»Ihr solltet in Erwägung ziehen, solche Aufträge in größerem Umfang zu übernehmen«, spornte ihn Brunel an. »Auf diesem Gebiet gibt es sozusagen eine große Marktlücke.«

Jetzt, wo Nurmi aus Siwa fort ist, liegt die gesamte Verteidigung der Baustelle wieder in den Händen der kleinen Kendall, dachte Brunel. Und die ist, wie man hört, nichts als ein zitterndes, nur allzu schnell losballerndes Nervenbündel. Jetzt ist der richtige Augenblick zum Handeln. Aber hol's der Teufel, wenn jetzt noch etwas aus dem Ruder läuft, dann wird die ganze Geschichte zu einem absoluten Albtraum.

8

Das im hellen Licht der Mondsichel badende Erg ist wirklich wie ein Meer, dachte Lauri. Wie ein uferloses Meer mit erstarrten Wellen. Er wusste, dass dieser Gedanke weder originell noch neu war, aber er konnte sich dieser Vorstellung nicht erwehren.

Obwohl sich in Wirklichkeit die Dünen natürlich bewegten. Sie wanderten unaufhörlich vorwärts, indem sie einander unruhig jagten und sich übereinanderwälzten. Sie wanderten über das ganze große Sandmeer, in endloser, ruhiger Bewegung so wie die Wellen eines richtigen Ozeans. Nur war ihre Bewegung viel langsamer als die der Meereswellen, sodass das Auge und der Geist des Menschen sie nicht beobachten konnten.

Wenn der Wind eine gewisse Stärke erreicht hatte, führte er kleine Quarzstückchen mit sich, die man Sandkörner nannte. Lauri wusste aus Erfahrung, dass man den Tanz der Sandkörner oft hören konnte. Das war ein seltsames, nahezu gespenstisches Zischen. Manchmal, bei starkem Wind, hörte es sich an wie tiefes Trommeln oder Dröhnen. Die Tuareg sagten, Raoul, der große Trommler des Todes, wandere inmitten der Sandstreifen. Wenn der Wind stark genug war, trieben die Quarzteilchen hüpfend und springend über die Wüstenoberfläche, bis der ganze gewaltige Sandhügel ein paar Tage oder Wochen später an eine andere Stelle gewandert war. Nur das Sandmeer blieb an seinem Platz, die einzelnen Dünen nicht.

Der über ihnen strahlende Sternenhimmel war ein frappierender Anblick, und die schaukelnde Bewegung der Kamele hypnotisch und beruhigend. Die Landschaft wirkte ewig, und es war kaum zu glauben, dass das Sandmeer in seiner gegenwärtigen Form erst ein paar Tausend Jahre alt war. Früher waren die Dünen von Vegetation bedeckt gewesen, und die Graswurzeln hatten den Sand festgehalten. Im Verlauf von Jahrmillionen hatte das Sandmeer natürlich immer wieder einmal im Wesentlichen so ausgesehen wie jetzt. Und irgendwann in der Zukunft würde es bei feuchterem Klima wieder die umgekehrte Metamorphose erleben und zu einer hügeligen Grassteppe werden. Die Dünen würden, gehalten von zartem Gras und dessen in den Sand vordringenden Wurzelmassen, stehen bleiben.

Als die Sonne hinter den Sandsteinbergen versunken war, fiel die Temperatur erstaunlich schnell. Über Mittag hatte sie mindestens vierzig Grad betragen, aber jetzt schwitzte Lauri nicht mehr, sondern zitterte vor Kälte. Seine geheimnisvolle, schwarz gekleidete Begleiterin bemerkte, wie unwohl Lauri sich fühlte, und brachte ihr Kamel zum Stehen. Sie entnahm ihrer Satteltasche einen dunkel türkisfarbenen Wollumhang und einen dazugehörigen Gürtel.

»Er steht dir gut«, sagte die Frau, nachdem Lauri das Gewand übergestreift hatte. »Als stammtest du von hier.«

Davon abgesehen hatte die Frau drei oder vier Stunden lang kaum ein Wort gesprochen.

Die Gefährten der Frau waren nach Süden gezogen, während sie selbst die nördliche Richtung zu dem weit nach Libyen hinüberreichenden Westlichen Sandmeer eingeschlagen hatten. Lauri begriff, dass, wenn sie nur lange genug dieselbe Richtung beibehielten, sie schließlich direkt zu Gottes Kleinem Finger kämen.

Ihre stolzen Meharikamele waren langbeinig und schnell, und sie hatten in wenigen Stunden einen erstaunlich langen Weg zurückgelegt. Zunächst war es Lauri kaum glaublich erschienen, dass ein Kamel in der Sandwüste schneller sein sollte als ein moderner Geländewagen, aber bald schon zweifelte er nicht mehr an den Worten der Frau. Der Dünensand war stellenweise von einer harten Kruste bedeckt. Besonders dann, wenn sie dem Grat der Dünen folgten, kamen sie oft weite Strecken voran, ohne dass die Füße der Kamele spürbar im Sand versanken. Auch an den Hängen der Dünen fanden sich stellenweise Flächen harten Sandes. Die Kamele besaßen anscheinend einen phänomenalen Instinkt, mit dem sie die Stellen suchten und fanden, über die sie am leichtesten vorankamen. Zwischen den Dünen und an deren Hängen gab es auch viele Bereiche, wo der Sand weich, fein und nachgiebig war und wo selbst die breiten Füße des Kamels tief eingesunken wären. Die Beine der Menschen wären bis zu den Knien versunken und ein Geländewagen bis zu den Achsen.

Es wurde Lauri klar, dass ihre Verfolger schon weit zurückgefallen sein mussten, wenn sie versucht hatten, ihnen mit Lkws oder Geländewagen zu folgen. Auf dem Kamelrücken brauchten sie überraschend wenig Zeit für die Überwindung auch einer großen Sanddüne, selbst dann, wenn sie quer zu ihrem Kurs lag. Wenn der Scheitel einer Düne von einer harten Kruste bedeckt war und in die richtige Richtung führte, legten sie eine mehrere Kilometer lange Strecke oft in erstaunlich kurzer Zeit zurück.

»Du bist nicht wie die anderen Europäer, die ich kennengelernt habe«, bemerkte die Frau viel später, und in ihrer Stimme lag eine freudig überraschte und billigende Nuance.

Lauri antwortete nicht, sondern wartete darauf, dass die Frau ihren Gedanken zu Ende führte.

»Du erträgst das Schweigen, und du erträgst es nicht nur, sondern du magst es auch«, fuhr sie fort. »Du hast nicht das Bedürfnis, die Stille sofort mit deiner eigenen Rede zu füllen. Du kannst der Stille der Wüste lauschen anstatt deiner eigenen Stimme.«

»Danke«, sagte Lauri. »Das war das schönste Kompliment, das ich in letzter Zeit zu hören bekommen habe.«

Einen Augenblick dachte Lauri über die Worte der Frau nach.

»Wir Finnen stammen ursprünglich aus der Tundra, von den Sümpfen und aus großen, stillen Wäldern«, fügte er dann hinzu. »Aus dem hohen Norden, wo es sehr wenig Menschen gibt. Vielleicht ein paar mehr als hier, aber nicht viel mehr.«

»Gibt es auch dort kein Wasser?«, fragte die Frau.

»Doch, sogar ungeheuer viel«, lachte Lauri. »Nur gefriert es für einen Teil des Jahres.«

»Oh!«

Allerdings haben Trockenheit und Kälte die Landschaft oftmals in ganz ähnlicher Weise geprägt, dachte Lauri. Schneewehen haben häufig ganz ähnliche Formen wie Sanddünen. An den Rändern der Sahara sind die Hügelkuppen meist kahl, aber in den Senkungen der Abhänge gibt es Vegetation in zarten, dunklen Streifen ebenso wie in den warmen Bachtälern zwischen den Fjälls in Lappland.

»Die Finnen gehen oft in den Wald, in die Sümpfe, ans Meeresufer oder auf den Fjäll, nur um allein zu sein und auf die Stille zu horchen«, sagte Lauri. »Oder um zu lauschen, wie der Wald im Sturm braust. Um zuzuschauen, wie die Bäume mit dem Wind tanzen.«

»So ähnlich machen wir es auch«, sagte die Frau. »Auch wir gehen manchmal allein in die Wüste, um zu horchen, wie die Dünen singen und der Sand tanzt.«

Die Frau sah Lauri an, und ihr Gesichtsausdruck ließ sich schwer deuten. Dann wandte sie sich vorwärts. Wieder nur Stille, und die ruhige, einschläfernde, schaukelnde Bewegung des Kamels.

»Dort im Tal ... Du hast dich sehr bemüht, niemanden zu töten«, sagte die Frau nach einer halben Stunde des Schweigens. »Warum? War das christliche Ethik?«

»Vielleicht ein wenig auch das«, bestätigte Lauri. »Aber wo hast du selbst so gut schießen gelernt?«

Die weißen Zähne der Frau blitzten im Mondlicht.

»In der Wüste gibt es heute sehr wenig Wild, und meistens ist es sehr klein. Gazellen sind selten. Wenn man versucht, allein durch die Jagd auf Wüstenspringmäuse zu überleben, muss der Mensch entweder sterben, oder er wird ein guter Schütze.«

»Ich nehme an, das war nur ein Witz«, sagte Lauri.

»Das ist es eigentlich nicht immer.«

Meinte die Frau das ernst? Oder hatte sie einfach nur einen speziellen Sinn für Humor? Lauri wusste es wirklich nicht, ließ die Sache aber auf sich beruhen.

»Weißt du, wer die Typen eigentlich waren, die uns angegriffen haben?«, fragte er stattdessen.

»Einige von ihnen machten den Eindruck von Sicherheitsleuten, die für ausländische, in Ägypten ansässige Unternehmen arbeiten. Darunter waren aber auch Sudan-Araber. Ich glaube, das waren Dschandschawid. Rizeigat-Abbala aus Darfur und Kurdufan.«

»Rizeigat-Abbala?«, wiederholte Lauri verwundert.

Es fiel ihm schwer, das zu glauben. Er wusste, dass die

wichtigsten Araber-Gruppierungen von Darfur die Abbala-Rizeigat und die Baggara-Rizeigat waren. Die Abbala hatten seinerzeit Kamele gezüchtet, die Baggara Rinder. Die Abbala hatten jedoch bei der Bodenaufteilung während der Kolonialzeit niemals ein eigenes Heimatgebiet erhalten. Sie waren immer mehr in die Enge geraten, als Darfur austrocknete und Tiere, Wasser, Wälder und Gras dahinschwanden, sodass sie schließlich angefangen hatten, Dschandschawid, halbmilitärische Milizen, zu gründen, die den anderen Bewohnern von Darfur Land wegnahmen und Hunderttausende von Menschen töteten. Was aber machten die Dschandschawid aus Darfur in der Westlichen Wüste von Ägypten?

Lauri kam nicht dazu, danach zu fragen, als er plötzlich etwas Überraschendes entdeckte. Inmitten der Kiesfelder und der darin verstreuten gewaltigen Steinblöcke zeichnete sich etwas Rundes, regelmäßig Kreisförmiges ab.

Wo sind wir?, fragte er sich verwundert. Der Anblick kam ihm irgendwie bekannt vor.

Als Lauri näher kam, sah er, dass sich auf dem Erdboden ein gleichsam aus flachen Steinen sorgfältig gebauter Ring befand. Er war etwa drei Meter breit und hatte einen Durchmesser von vielleicht dreißig Metern. Der Ring war rund und symmetrisch. Darin befand sich nichts als Kies. Die für den Bau des Rings verwendeten flachen Steine waren alle etwa gleich groß, zirka zwanzig Zentimeter lang und ebenso breit. Jemand musste viel Mühe aufgewandt haben, um sie zusammenzusuchen. Obwohl es in der Wüste viele Steine gab, glichen diese einander in erstaunlicher Weise. Zwischen den Steinplatten gab es schmale Ritzen, die Steine lagen nicht ganz dicht beieinander. Außerhalb des Rings befanden sich Steinblöcke, die in Form von Pfeilspitzen gelegt waren. Jede Pfeilspitze war neunzig Grad von der nächsten entfernt.

Wo hab ich so was schon mal gesehen?, überlegte Lauri.

Dann fiel es ihm ein, und kalter Schweiß trat ihm auf die Stirn.

Flieh in die Wüste, dann kannst du überleben.

»Geht es dir gut?«, fragte die Frau. »Du bist irgendwie blass. Jedenfalls blasser als sonst.«

Wieso hat es so lange gedauert, bis es mir einfiel?, wunderte sich Lauri. Obwohl alles genau so war wie in seinem Traum. Die Sanddünen, die Spuren von zwei Kamelen und jener merkwürdige, aus platten Steinen gebaute Ring. Vielleicht wollte ich mich nicht daran erinnern, dachte Lauri, vielleicht habe ich versucht, das Ganze zu verdrängen. Vielleicht will ich immer noch nicht glauben, dass er real ist. Denn er kann ja nicht wahr sein. Die Toten können nicht mit den Lebenden sprechen. So etwas kann einfach nicht sein.

»Was ist das?«, fragte Lauri und wunderte sich über seine seltsam heisere Stimme. »Ein großer, steinerner Kompass?«

»So etwas kann es sein«, bestätigte die Frau. »Diese Pfeilspitzen zeigen in die Haupthimmelsrichtungen.«

»Könnte das ein astronomisches Observatorium sein?«

»Warum nicht? Tatsächlich kennt niemand die Bedeutung dieser Steinkreise.«

»Gibt es viele davon?«

»Allein bei Wahat el-Dakhla gibt es davon mehr als hundert. Ähnliche befinden sich in Nabta Playa, in einigen davon stehen jedoch viele Tonnen schwere, schlanke Steinstelen. Mehrere davon gibt es auch in Libyen.«

»Wie alt sind sie?«, fragte Lauri. »Stammen sie aus dem vorigen Jahrhundert?«

Die Frau lachte.

»Die hiesigen Steinkreise sind den Forschungen zufolge mindestens zwölftausend Jahre alt.«

Lauri konnte das kaum glauben. Zwölftausend Jahre? Die ältesten Megalithe Europas waren vor siebentausend Jahren aufgestellt worden. Die ältesten, nach den Tagundnachtgleichen und den Mondphasen ausgerichteten Riesenhaufen in Finnland sind nur fünfeinhalbtausend Jahre alt.

»Die Wüste ist voller Rätsel«, sagte die Frau.

Sie schien sich in vielen Dingen sehr gut auszukennen. Wer war sie eigentlich? Woher stammten ihre Kenntnisse?

Lauri drehte sich noch einmal nach dem im Mondlicht badenden, geheimnisvollen Steinring um. Dann setzten sie ihren Weg fort. Schon ein paar Stunden später verlor Lauri sein Zeitgefühl. Da hielt die Frau ihr Kamel auf einer hohen Barchandüne an und zeigte mit der Hand nach Osten.

»Von hier aus müssten wir die Straße zwischen Wahat Dahkilah und Wahat Fararirah sehen«, sagte sie. »Leihst du mir für einen Augenblick dein Nachtfernglas?«

Lauri nahm das Fernglas aus dem Rucksack. Die Frau stieg von ihrem Kamel ab, setzte sich und stützte die Ellbogen auf die Knie. Sie betrachtete den östlichen Horizont prüfend durch das Fernglas, sorgfältig und so lange, dass Lauri sich schon wunderte, was das zu bedeuten habe.

»Schlechte Nachrichten«, sagte sie schließlich und reichte Lauri das Fernglas zurück.

Im grünen Licht des Nachtfernglases waren sofort mehrere hohe, hellgrüne Wirbel zu erkennen. Sie stiegen von schwarzen Klumpen auf, die die wie eine scharfe Wunde in das Sandmeer geschnittene Straße entlangkrochen. Lastwagen und Jeeps. Alle mit ausgeschaltetem Licht. Warum benutzten sie nicht die Scheinwerfer? Lauri suchte mit dem Fernglas den Horizont ab und sah weitere Lkws und Geländewagen.

»Na, so was«, ächzte er. »Die ganze Wüste wimmelt von Menschen.«

Lauri richtete das Fernglas in ostsüdöstliche Richtung und betrachtete die Landstraße. Noch mehr Autos. Einige standen still, andere waren in Bewegung und wirbelten Staub auf. Aber kein einziges Fahrzeug hatte die Scheinwerfer eingeschaltet.

Lauri dachte daran, wie das Gebiet auf der Landkarte aussah.

»Glaubst du, dass sie uns verfolgen?«, fragte er verwundert.

Die Frau zuckte mit den Schultern.

»Irgendetwas machen sie hier.«

»Aber ... Das hätte doch gar keinen Sinn!«, rief Lauri aus.

»Willst du das Risiko eingehen und herausfinden, was sie im Sinn haben?«, fragte die Frau brüsk.

Das wäre wohl keine gute Idee, dachte Lauri. Er musste zugeben, dass die Autos sich merkwürdig verhielten.

»Und wenn wir nördlich von der Oase Farafirah die Landstraße überqueren?«, schlug Lauri vor.

Die Frau schüttelte den Kopf.

»Sie würden unsere Spuren im Sand sehen. Jetzt ist es windstill, da werden die Spuren nicht verweht. Außerdem ist Wahat Farafirah ziemlich weit entfernt, und von dort ist es nach Wahat Siwah noch weiter. Wir haben nicht genug Wasser.«

»Das heißt, wir sitzen in der Klemme?«

Die Frau deutete nach Westen.

»Wir könnten umkehren und über das Erg zur Oase Kufra auf die libysche Seite gehen. Auch dahin ist es ein sehr weiter Weg, aber nicht so weit wie nach Wahat Siwah.«

»Wie weit?«

»Vielleicht vierhundert Kilometer in westlicher Richtung.«

Lauri stieß einen Pfiff aus.

»Das ist verdammt weit.«

»Na, eigentlich nicht. Ein Ritt von zwei Nächten. Wir haben gute Kamele.«

Ach ja, dachte Lauri, daran hätte ich denken sollen. Als die europäischen Kolonisatoren in die Sahara kamen, fiel es ihnen schwer zu verstehen, wie Informationen über verschiedene Dinge sich so schnell in der Wüste verbreiten konnten. Die Europäer waren mit ihren Durst leidenden Pferden langsam vorwärtsgekrochen und später mit ihren Lastautos und Jeeps ebenso qualvoll hierhin und dorthin geholpert. Aber wohin sie auch gekommen waren, alle hatten immer schon von ihrer Ankunft gewusst, oft schon Wochen vorher. Die Sahara hatte sich den Europäern als ein entsetzlich großes, uferloses und von tödlicher Hitze glühendes Sand- und Steinmeer gezeigt. Aber dank der Kamele war sie für die Ortsansässigen wie ein einziges großes Dorf gewesen.

»Und wenn uns das Wasser noch vor Kufra ausgeht?«, fragte Lauri.

»Dann sterben wir«, sagte die Frau lächelnd, und ihre weißen Zähne blitzten im Dunkeln. »Falls nicht jemand kommt und uns rettet. Zum Glück kommt in der Sahara immer jemand!«

Lauri betrachtete das durch die Dunkelheit schimmernde Gesicht der Frau und grinste insgeheim.

Die Annäherung an eine Frau bringt immer Probleme mit sich, im schlimmsten Fall eine Geschlechtskrankheit, eine Ehe oder Kinder, dachte er sarkastisch. Er hatte jedoch noch niemals eine Frau getroffen, bei der das mit größerer Wahrscheinlichkeit zu so komplizierten und vollkommen unvorhersehbaren Schwierigkeiten geführt hätte, wie sie jetzt zu erwarten waren.

9

Katharine sah zu, wie Reino Keskitalo den Vergaser eines alten Benzinmotorrads auseinandernahm. Am Fußboden des Lagerraums lag eine bunte Sammlung verschiedener Teile des Motorrads, von denen Katharine die meisten nicht kannte. Sie hätte die kleinen Teile niemals zurück an ihre Stelle setzen und aus ihnen ein funktionierendes Ganzes schaffen können. Auf Keskitalos Gesicht lag ein beschützender Ausdruck. Er berührte die Teile der Maschine sanft und liebevoll. Diese Seite der Männer habe ich niemals verstanden und werde sie wohl auch niemals verstehen, dachte Katharine.

»Solltest du nicht ein Experte für Elektroautos sein?«, fragte sie Keskitalo.

Der nickte und lächelte Katharine zu. In seinem Lächeln lag ein überraschendes Maß an Herzlichkeit.

»Ich glaube, denen gehört die Zukunft. Aber es wird noch dauern, bevor jemand zu den Elektroautos ein ähnlich gefühlsbetontes Verhältnis hat wie zu den Benzinern. Oder zu den Dieselmaschinen.«

Katharine zwinkerte ein paarmal mit den Augen und versuchte, sich nicht anmerken zu lassen, dass sie überhaupt nicht verstand, wovon Keskitalo sprach. Ja, ja, dachte sie, da habe ich doch wieder einmal eine Bestätigung für meine Vorurteile bekommen.

»Könntest du mir das erklären?«, bat sie.

Keskitalo sah sie schüchtern an und wirkte plötzlich sensibel und verletzlich.

»Ich glaube, das hat etwas mit der Kindheit zu tun. Und damit, was einem von der Kindheit erinnerlich ist. Gerüche, Geschmäcker, Empfindungen. Geräusche. Das Knattern des Außenbordmotors erinnert dich daran, wie du noch ganz klein warst und mit Vater und Mutter und Schwester im Boot saßest. Wie die Sonne schien und die Wellen gegen den Steg plätscherten. Der Benzingeruch erinnert dich daran, wie es dunkel war und Vater fuhr und leise mit der Mutter sprach und wie du selbst mit der Schwester auf der Rückbank des Autos zugedeckt warst und es warm hattest. Alles war sicher und gut, und es gab noch nichts Böses auf der Welt, weil die bösen Dinge der Welt noch nicht erwacht waren.«

Keskitalo seufzte.

»Wir sind keine sonderlich rationalen Wesen. Meistens verstehen wir nicht einmal, warum manche Dinge so wichtig sein sollen. Aber die Elektroautos können für unsere Generation emotional niemals so viel bedeuten wie die Benzin- und Dieselmaschinen. Denn sie gehören nicht zur Landschaft unserer Kindheit!«

Handeln wir so mechanisch?, fragte sich Katharine. So viel zur einzigartigen Intelligenz des Menschen!

Da öffnete sich die Tür des Lagerhauses, und es erschien Razia al-Qasreen. Sie kam direkt auf Katharine zu. Offenbar hatte sie sie gesucht.

»Was sollen wir hiervon halten?«, fragte Razia verwundert und zeigte Katharine einen Zettel mit einigen Zeilen arabischen Textes.

»Das kommt von Azhrawi«, erklärte Razia. »Wir sollen wissen, dass Lauri wahrscheinlich zusammen mit seiner Adoptivtochter in die Wüste geflohen ist.«

»Wie bitte?«, fragte Katharine verblüfft.

Razia steckte den Zettel in die Tasche und fuhr sich mit den Fingern durchs Haar.

»Mehr teilt Azhrawi nicht mit.«

»Merkwürdig«, überlegte Keskitalo laut. »Wirklich merkwürdig. Hast du gesagt, dass Azhrawi eine Adoptivtochter hat?«

»Sie heißt Khadidja Ahmed«, erzählte Razia. »Ich hab mal gehört, dass ihr Vater aus einer reichen Kairoer Familie stammte. Ihre Mutter war wohl eine Tuareg.«

»Wieso ist sie Azhrawis Adoptivtochter?«, fragte Katharine.

»Wenn ich mich recht erinnere, starben ihre Eltern in der Wüste, als sie Azhrawis Gäste waren. Sodass Azhrawi wohl keine Alternative hatte. Das war wohl eine Frage der Ehre. Außerdem wollte Khadidja wohl auch selbst in der Wüste bleiben. Sie hat sich in Kairo wohl nie sonderlich wohlgefühlt.«

Razia fiel etwas ein, und ein amüsiertes Grinsen huschte über ihr Gesicht.

»Hoffentlich hast du wirklich das gemeint, was du sagtest, als du mir von euerm Verhältnis erzähltest!«

»Was meinst du damit?«

»Ich meine nur, dass ... du kannst Abdullah fragen! Frag ihn, was er von den Tuaregfrauen hält.«

»Wovon sprichst du denn jetzt?«

Razia wurde ernst.

»Im Hedschas zum Beispiel war eine Frau trotz der Lehren des Propheten niemals viel mehr wert als ein Hund«, sagte sie. »Aber die Tuareg sind das andere Extrem. Sprich mit Abdullah, wenn du mehr wissen möchtest, er hat viel Erfahrung mit den Tuareg.«

Razia gibt sich aber geheimnisvoll, dachte Katharine.

Aber sie tat, was Razia ihr vorgeschlagen hatte, und suchte Abdullah auf. Als sie ihn fragte, was er von der Kultur der Tuareg und besonders der Tuaregfrauen wisse, sah Abdullah sie eigentümlich an und sagte eine ganze Weile lang gar nichts.

»Sicherlich weißt du, dass sie einige recht bedenkliche Sitten haben«, murmelte Abdullah schließlich. »Besonders ihre Frauen.«

In Abdullahs Stimme lag ein besonderer Unterton, eine Mischung von Missbilligung und Respekt, als er Katharine die seltsamen Sitten der Tuareg erklärte. Vor allem benutzten die Tuaregfrauen keinen Schleier so wie die frommen Musliminnen. Bei den Tuareg waren es die Männer, die ein das Gesicht bedeckendes Tuch namens Tagelmous trugen.

Die Tuaregfrauen konnten sich von ihrem Mann leicht scheiden lassen, wenn sie dazu Lust hatten, aber wenn ein Mann dasselbe tun wollte, war alles plötzlich viel schwieriger. Es gab so viele verschiedene Hindernisse und Beschränkungen, dass, wenn die Frau die Scheidung nicht wünschte, der Mann eigentlich keinerlei Chance hatte, von ihr loszukommen.

Die Tuaregfrauen waren oft sehr reizvoll, auf eine seltsam wilde Art schön, und viele von ihnen hatten dunkeltürkisblaue Augen. Aber ihr Blick war nicht unterwürfig, wie er eigentlich hätte sein sollen, sondern oft allzu kühn und schelmisch. Die Tuaregfrauen gehorchten ihren Männern nicht unbedingt, wie es sich für eine gute Ehefrau geziemte, sondern sie verschwanden unter einem Vorwand und kehrten zu den Zelten ihrer Väter zurück, wenn ihnen etwas nicht gefiel, oder zumindest drohten sie damit. Das gesamte Vermögen der Tuareg wurde von Generation zu Generation über die Frauen vererbt, was die Dinge oftmals unnötig verkomplizierte, zumindest aus der Sicht des Mannes, denn so sollte man die Dinge betrachten, weil es der vorherrschenden, guten und gerechten Ordnung der Welt entsprach.

Da die Tuaregfrauen so unmöglich waren, zögerten die Tuaregmänner ihre Verheiratung möglichst lange hinaus und begnügten sich mit zweifelhaften Beziehungen zu übel beleumdeten Frauen.

Das Haarsträubendste nach Abdullahs Ansicht war jedoch, dass die Tuaregfrauen auch nach ihrer Heirat oft mehrere männliche Freunde hatten und dass diese Freunde sie in ihrem Zelt auch dann besuchen konnten, wenn ihr Mann abwesend war.

»Außerdem glauben die Tuaregmänner, dass das Kind eines Menschen manchmal viele Jahre lang im Mutterleib schlafen kann, bevor es herauskommt«, sagte Abdullah, und aus seiner Stimme klang tiefe Empörung. »Das geht meines Erachtens schon etwas zu weit. Wie können die Tuaregmänner so dumm und leichtgläubig sein, dass sie eine so unglaubliche Geschichte schlucken?«

»Es kann doch sein, dass sie das nicht wirklich glauben«, bemerkte Katharine. »Vielleicht gibt es nur nichts, was sie dagegen tun können. Ich meine, wenn all das, was du erzählt hast, auch wirklich so ist.«

10

Im Morgengrauen schlugen Lauri und seine Begleiterin ihr Lager in einem tiefen, von Wasser und Wind in die Sandsteinfelsen geschnittenen Cañon auf, dessen oberer Teil sich über ihnen zu einem Schirm wölbte, der sie vor der Sonne schützte und dem Blickfeld möglicher Aufklärungsflugzeuge entzog. Sie schliefen eine Weile. Nach dem Aufwachen tranken sie Wasser und aßen einen Teil ihres noch übrigen Proviants.

Leicht verlegen stellte Lauri plötzlich fest, dass sie sich noch gar nicht vorgestellt hatten. Das war ja nun wieder ziemlich finnisch, dachte er etwas betreten. Ein Wort am Vormittag und zwei gegen Abend, vor dem Schlafengehen.

»Ich heiße übrigens Lauri«, sagte er. »Lauri Nurmi.«

Die Frau sah ihn lächelnd an.

»Ich bin Khadidja. Also Khadidja, so wie die erste Frau des Propheten. Khadidja Ahmed.«

»Bist du mit Scheich Azhrawi verwandt?«

»Er ist gewissermaßen mein Vater«, bestätigte Khadidja. »Beziehungsweise mein Stiefvater.«

Khadidja erklärte die Sache nicht genauer, sondern zeigte auf Lauris blutigen Verband an seinem Arm.

»Wir sollten uns vielleicht einmal deine Wunde ansehen.«

»Da kann man ja doch nichts machen«, zierte sich Lauri. »Unter diesen Umständen.«

»Schauen wir trotzdem mal nach.«

Lauri streckte seinen Arm aus und ließ Khadidja die Knoten lösen, die den Verband zusammenhielten. Khadidja öffnete den Verband und betrachtete prüfend die Wunde. Darauf hatte sich eine dicke schwarze Schicht aus geronnenem Blut und Wundwasser gebildet, durch die weder Blut noch Gewebeflüssigkeit austrat. Khadidja tastete die Wundränder vorsichtig mit dem Finger ab. Die Haut war weder sehr stramm noch nenneswert angeschwollen, und sie fühlte sich auch nicht heiß an. Khadidja nickte zufrieden.

»Sie ist nicht entzündet, jedenfalls noch nicht«, sagte sie. »Wir sollten den Verband wohl nicht noch einmal öffnen. Wir müssen nur abwarten und sehen, was daraus wird.«

Khadidja wickelte die Binde zurück an ihren Platz. Lauri holte aus seinem Rucksack eine Tüte mit Datteln und bot Khadidja davon an. Dann nahm er selbst ein paar. Khadidja betrachtete Lauri nachdenklich und abschätzend.

»Na?«, fragte Lauri fordernd. »Was jetzt?«

»Hör mal, du Europäer, ich habe mich wohl ein bisschen in dich verguckt«, sagte Khadidja. »Ich würde sogar sagen, dass ich, wenn ich nicht so viel Respekt vor meinem Vater hätte, vielleicht bereit wäre, mit dir die von Allah gegebenen Gesetze über Mann und Frau zu brechen. Vielleicht.«

Lauri bekam ein Stück Dattel in den falschen Hals und fing an zu husten.

»Hoffentlich ist das nicht ansteckend«, kommentierte Khadidja. »Die Imohagh waren seinerzeit nicht bereit, während der Malariazeit weißen Europäern Zutritt zu ihrem Gebiet zu gewähren. Ihr wart ja so schwach, dass ihr euch sofort alle möglichen Malariaansteckungen zugezogen habt und dazu noch viele andere Erkrankungen.«

»Das sollte bestimmt ein Kompliment sein!«

»Der Teil, der die Malaria betrifft, war es nicht, aber das Übrige kannst du als Kompliment betrachten.«

»Abu Hassan hat mich vor den Tuaregfrauen gewarnt«, bemerkte Lauri.

Khadidja lachte.

»Er hat sicherlich ein wenig übertrieben, das solltest du bedenken. Die Beziehungen zwischen den Imohagh und den Arabern sind nicht immer sonderlich herzlich. Aber obwohl du so krankhaft blass bist, tut es mir doch fast leid, dass du dir einbildest, Jesus sei der Sohn Gottes gewesen, anstatt einzugestehen, dass Gott nun einmal existiert und dass alle Menschen, zu denen er spricht, wie zum Beispiel Jesus und Mohammed, nur seine Propheten sind. Was nun vom Standpunkt eines auch nur ein wenig nachdenkenden Menschen völlig plausibel und unumstritten sein sollte. Wenn du nicht an solchen kindischen und abergläubischen Unsinn glauben würdest, dann könnten wir wenigstens für eine Weile heiraten und zusammen sein wie Mann und Frau.«

Lauri schnappte nach Luft, denn Khadidjas Art zu sprechen war für Frauen in arabischen Ländern nicht gerade typisch. Khadidja packte den restlichen Proviant in ihre Satteltasche und bestieg ihr Kamel.

»Aber ich kenne dich doch gar nicht«, protestierte Lauri.

»Auf diese Art und Weise lernt man sich doch kennen! Und ich habe sehr wohl gesehen, wie du mich dort im Zelt meines Vaters angesehen hast.«

Khadidja lenkte ihr Kamel auf den Sand. Lauri bestieg sein eigenes Reittier und folgte ihr.

»Aber ich war doch nur neugierig«, verteidigte sich Lauri. »Verzeihung, das war wohl jetzt unhöflich. Aber du bist doch wohl daran gewöhnt, dass die Männer sich nach dir umdrehen?«

Khadidja sah Lauri von ihrem Kamel her an.

»Allerdings ist der Blick mancher Männer sengender als

der von anderen. Obwohl du, ehrlich gesagt, für meinen Geschmack etwas zu blass bist. Hab ich das schon gesagt?«

»Das weiß ich nicht mehr«, sagt Lauri ziemlich säuerlich.

»Habt ihr Bewohner des Nordens alle die Tuberkulose, oder wohnt ihr in finsteren Höhlen, sodass ihr nicht genug Sonne bekommt? So wie die Würmer und die Grottenolme?«

Lauri konnte immer noch nicht durchschauen, wann Khadidja es ernst meinte und wann sie sich auf seine Kosten lustig machte. Im Grunde wusste er nicht, ob Abu Hassan wirklich übertrieben hatte, als er von den Tuaregfrauen erzählt hatte. Friede seiner Asche!

Lauri richtete seine Aufmerksamkeit wieder auf den überraschenden Formenreichtum der Landschaft. Bei ihrem Eintreffen in der Sandwüste waren sie nur auf halbmondförmige Dünen gestoßen. Lauri wusste, dass sie Barchane oder Bogendünen hießen. Ihre Hörner zeigten in die Windrichtung, und sie wanderten meistens in eine bestimmte Richtung. Ihre Windseite war sanft abfallend, die dem Wind abgewandte Seite dagegen oft steil, was sie für unvorsichtige Wanderer lebensgefährlich machte. Besonders ein Auto, das bei Sandsturm oder im Dunkeln unterwegs war, konnte plötzlich mit den Vorderrädern in der Luft hängen, wenn es aus Versehen mit zu hoher Geschwindigkeit auf den Grat einer Bogendüne geraten war.

Lauri wusste, dass die Bogendünen niemals sehr groß waren. Dort, wo er und Khadidja das Sandmeer erreicht hatten, waren sie zwanzig oder dreißig Meter hoch und höchstens einige hundert Meter lang gewesen. Aber stellenweise waren sie zu komplizierten Netzwerken zusammengewachsen, und Lauri und Khadidja hatten immer wieder lange Strecken zurücklegen können, indem sie vom Grat einer

Bogendüne zur nächsten balancierten, ohne auch nur ein einziges Mal in die Täler zwischen den Dünen hinabsteigen zu müssen.

Als sie aber weiter in die Wüste hineingekommen waren, wo die Winde mit noch viel größeren Sandmassen spielen konnten, waren die einheitlichen Reihen von Barchanen erstaunlich verschiedenartigen Dünengebilden gewichen. Immer wieder waren sie auf gewaltige Längsdünen gestoßen, die sich nach Norden wie nach Süden anscheinend bis zum Horizont erstreckten.

Außerdem hatten sie solche Barchane gesehen, die sich gewissermaßen an einer Stelle festgesetzt hatten und aus denen in einem Winkel von neunzig Grad lang gestreckte sogenannte Seif-Dünen gewachsen waren. Sie hatten stern- und pyramidenförmige Dünen sowie Parabeldünen und sogar fast fünfhundert Meter hohe Echodünen gesehen, die dann entstanden, wenn sich vorwärtswälzende Sandmassen auf ein noch höheres, unnachgiebiges Hindernis trafen. Manchmal war es sehr schwer, sich vorzustellen, auf welche Weise und infolge welcher Dynamik einzelne Dünen entstanden waren.

Lauri lenkte sein Kamel neben das von Khadidja.

»Du bist sicherlich selbst eine Tuareg?«, fragte Lauri.

»Eigentlich bin ich mehr eine Teda«, antwortete Khadidja. »Allerdings bin ich auch ein wenig das, was du Tuareg nennst, und zum Teil auch Araberin, vor allem jedoch eine Teda.«

»Moment mal, ich konnte dir nicht folgen«, klagte Lauri.

»Genau genommen war die Mutter meiner Mutter eine Teda, und der Vater meiner Mutter war zur Hälfte ein Teda und zur Hälfte ein Imohagh von l'Air. Mein Vater gehörte zu den ältesten arabischen Familien von Ägypten. Ich bin also eine Teda-Imohagh-Araberin. Ich habe aber als Kind und als Jugendliche so viel Zeit im Stein verbracht, dass das der Ort ist, wo ich am meisten zu Hause bin.«

»Nicht so schnell, bitte«, bat Lauri. »Was ist der Stein? Und was ist ein Imohagh?«

»Der Stein ist das, was du das Tibesti-Massiv nennen würdest, das höchste Gebirge der Sahara, das hauptsächlich im Tschad, aber zum Teil auch im Niger und in Libyen liegt.«

»Und Imohagh?«

»Imohagh, Imajughen, dass ist ein und dasselbe. Die Menschen, die du Tuareg nennst.«

»Aha. Aber mir hat man gesagt, dass die Bewohner des Tibesti Tubu heißen.«

»Tubu, Toubou oder Tibou, das sind alles Namen, die andere uns gegeben haben. Wir selbst nennen uns Teda oder Tu Reshadi, Menschen aus dem Stein, Volk aus dem Stein.«

»Und wie heißt eure Sprache?«

»Tedaga.«

»Ist sie nahe verwandt mit dem Tuareg?«

Khadidja schüttelte ärgerlich den Kopf.

»Eine solche Sprache gibt es gar nicht. Tuareg ist ein arabischer Schimpfname, der ›die von Gott Verlassenen‹ bedeutet, und die Imohagh mögen den Namen nicht. Imohagh bedeutet die Edlen, die von edler Herkunft. Die Sprache der Imohagh heißt Tamascheq. Oder, geschrieben, Tifinagh. Aber sie ist mit dem Teda verwandt.«

»Ziemlich kompliziert«, kommentierte Lauri.

»Na ja, doch nicht so schrecklich kompliziert. Wenn du etwas wirklich Kompliziertes hören möchtest, dann kann ich dir die Prinzipien des staatlichen Systems der Teda erklären. Aber du solltest vielleicht wissen, dass viele Wörter, die sich auf die Sahara beziehen, im Grunde aus dem Tamascheq stammen. Zum Beispiel geht das arabische Wort für Wüste, *sahra*, von dem *Sahara* abgeleitet ist, auf das Tamascheq-Wort *sahar* zurück.«

»Bedeutet das auch Wüste?«

»Na ja, gewissermaßen. Wörtlich bedeutet es: bloßer Sand, ohne Steine, Felsen oder Wasser, ohne feste Wege oder Pfade, und ebener Horizont.«

»Das alles passt in fünf Buchstaben hinein?«, fragte Lauri verblüfft, denn das war schwer zu glauben.

Khadidja lachte über Lauris Ungläubigkeit.

»Im Tamascheq gibt es viele verschiedene Wörter für unterschiedliche Teile der Sahara. *Serir*, Kiesebene. *Warr*, eine etwas gröbere Kiesebene, wo es jedoch schon einige Steinbrocken gibt, sodass es schwierig ist, sie zu durchqueren. *Reg* oder *areg*, ein Gebiet, das nur aus Steinen und Felsbrocken besteht, also dasselbe wie *hamada*. *Wishek*, ein Gebiet, das früher fruchtbar war, jetzt aber infolge von menschlicher Tätigkeit oder aus anderen Gründen Wüste ist, *subhkar* oder Salzebene, *Wadi* oder ...«

»Schon gut, schon gut, ich gebe es auf!«

Die Sprachwissenschaftler hatten wahrscheinlich recht, als sie sagten, dass Sprachen sich nicht überschneiden, dachte Lauri.

Sie setzten ihren Weg fort und sprachen lange Zeit nichts. Die schaukelnde Bewegung der Kamele wirkte hypnotisch und einschläfernd. Die Sahara ist gewaltig, dachte Lauri. Sie ist in der Realität viel größer als der kleine gelbe Fleck auf der Landkarte.

Plötzlich hielt Khadidja ihr Kamel an und beugte sich hinab, um etwas aus dem Sand aufzuheben. Als Lauri näher kam, sah er, dass in Khadidjas Hand etwas gelbgrün, hell und durchsichtig Schimmerndes funkelte. Glasstücke?

»Grünes Wüstenglas«, sagte Khadidja.

Sie drehte und wendete die seltsamen Glasstückchen in der Hand.

»Mein Vater hat gesagt, dies sei nahezu reines Silizium«, erklärte Khadidja. »Seiner Ansicht nach bestehen diese Stücke wirklich aus einem besonderen Material.«

»Wie sind sie entstanden?«, fragte Lauri.

»Das weiß niemand. Es ist ein Rätsel! Aber von diesem grünen Glas gibt es im Sandmeer stellenweise ganz beachtliche Mengen. Die Menschen in alter Zeit schätzten es, weil man daraus gute Messer und andere Werkzeuge sowie schöne Schmuckstücke herstellen konnte. Sie fanden sich auch im Grab des Pharaos Tutanchamun.«

Khadidja trat zu Lauri und reichte ihm die Glasstücke.

»Eines der wichtigsten Gebiete, in denen Wüstenglas vorkommt, hat ungefähr die Form eines Ovals«, erzählte Khadidja. »Ein anderes ist quasi ein sechs Kilometer breiter Ring mit einem Durchmesser von zwanzig Kilometern. Aus irgendeinem Grund findet sich im Inneren des Rings überhaupt kein grünes Glas.«

»Merkwürdig«, sagte Lauri.

Er hielt den grünlichen Glassplitter gegen das Sonnenlicht. Er hatte keine Ähnlichkeit mit irgendeinem anderen Material, das er jemals gesehen hatte.

»Du kannst sie behalten«, sagte Khadidja. »Ich habe schon eine große Sammlung davon.«

Khadidja stieg wieder auf ihr Kamel. Lauri schob die Glasstückchen in die Tasche seines Umhangs.

»Deine Eltern ... Ehen zwischen Teda und Angehörigen der ägyptischen Oberschicht können nicht sehr häufig sein?«

Khadidja lächelte.

»Nein, das sind sie wirklich nicht. Zumal die meisten Teda erst im Verlauf der letzten fünfzig Jahre zum Islam übergetreten sind.«

»So? Das klingt ja fast unglaublich!«

»Das würdest du verstehen, wenn du den Stein sähest«, erwiderte Khadidja. »Du würdest verstehen, warum der Stein die Herzen der römischen Generäle und der Generäle des osmanischen Reichs so gebrochen hat, dass sie bittere Tränen weinten und nach Hause zurückkehrten.«

11

Später am Nachmittag, drei Stunden vor Sonnenuntergang, hörten sie am Himmel ein leises Brummen.

»Sie suchen uns!«, bemerkte Khadidja.

»Hier fliegen ja wohl auch sonst Flugzeuge?«

Khadidja schüttelte den Kopf.

»Das ist sehr selten. In diesem Gebiet. Möglich ist es natürlich.«

»Sie sehen unsere Spuren im Sand?«

Khadidja nickte.

»Unser Weg hat zu oft durch Sandwüsten geführt. Ich bin immer auf dem Kies gegangen, wenn es möglich war, sodass unsere Spuren immer wieder verschwinden. Aber es kann sein, dass sie uns trotzdem finden.«

Nach Sonnenuntergang zogen sie weiter. Der zunehmende Mond erhellte die Wüste, die fantastischen Formen der vom Wind angenagten Felsen und Steine und die unzähligen, unterschiedlich großen Steinbrocken der Kieswüsten. Lauri hob ein wenig seinen verletzten Arm. Bildete er es sich nur ein, oder war er jetzt empfindlicher und schmerzte mehr als bisher? Er verdrängte die Sache, denn er konnte nichts daran ändern, bevor sie wieder unter Menschen kamen.

Lauri richtete seine Aufmerksamkeit auf die Felsen der Umgebung. Viele Geländeformen machten den Eindruck, als seien sie von Wasser aus dem Fels ausgewaschen worden, obwohl es überall so trocken war, dass hier inmitten von

Sand und Steinen nichts wuchs, nicht mal ein Grashalm. War der Fels also doch vom Wind und nicht vom Wasser geformt worden? Andererseits wusste Lauri, dass es in der Sahara früher viel mehr Wasser gegeben hatte.

Einmal hatte er mit Alice zwei Wochen am Tschadsee verbracht. Der See war irgendwann einmal deutlich größer gewesen als das heutige, fast vertrocknete, schlammige Röhricht. Umgeben war es von weitläufigen Hochebenen oder so etwas wie großen, weitläufigen Tafelbergen. Sie waren nicht sehr hoch, ihre Kuppen waren dreihundert oder vierhundert Meter höher als die Umgebung. Lauri hatte zunächst angenommen, es handele sich um ganz gewöhnlichen Sandstein. Aber als er und Alice die Tafelberge näher untersuchten, mussten sie feststellen, dass sie aus Muschelkalk bestanden. Eine unendliche Menge von Muscheln, die sich während eines langen Zeitraums übereinander abgelagert hatten. Die Ebene musste irgendwann einmal Teil des Tschadseegrundes gewesen sein. Lauri konnte sich nicht vorstellen, wie viel Zeit bei der Entstehung der Muschelberge vergangen sein mochte.

In dem Gebiet hatte es auch Knochen altertümlicher Tiere gegeben. Lauri erinnerte sich, wie sie stellenweise überall aus dem Sand herausgeragt hatten. Große Knochen und Schädel. Sie hatten auch etwas gefunden, was ganz nach dem Skelett eines Krokodils aussah. Aber es war fast zwanzig Meter lang und so groß wie ein Autobus gewesen. Allein der Schädel war größer gewesen als ein Personenwagen.

Einige Stunden später befanden sich Lauri und Khadidja auf einer hohen Hügelkette. Khadidja machte halt, um sich umzusehen. Lauri reichte ihr sein Nachtfernglas.

»Sind wir noch in Ägypten?«, fragte er. »Oder sind wir schon auf der libyschen Seite?«

»Wir sind schon ziemlich lange in Libyen.«

»Die Grenzformalitäten waren nicht sehr anstrengend.«

»Wenn du die Grenze an dieser Stelle überschreitest, sind sie ziemlich einfach«, bestätigte Khadidja.

Sie setzte das Fernglas ab. Lauri fiel es schwer, ihren Gesichtsausdruck zu deuten.

»Was ist dort?«, fragte er.

»Die Straße von Kufra nach Tobruk«, antwortete Khadidja.

»Wir sind also schon in der Nähe von Kufra? Sehr gut. Das Wasser geht auch allmählich zur Neige.«

Wortlos reichte Khadidja Lauri das Fernglas. Lauri schaute damit in die von Khadidja angegebene Richtung. Das, was er sah, war ihm unangenehm bekannt. Nicht schon wieder, dachte Lauri in tiefer Verzweiflung, nicht schon wieder. Nicht auch noch hier.

Auf der Landstraße befanden sich Dutzende von Lastautos und Jeeps, die im Wüstensand hellgrünen Staub aufwirbelten, einzeln und in kleinen Gruppen, mit ausgeschalteten Scheinwerfern. Es waren noch mehr Fahrzeuge, als sie auf der ägyptischen Seite zwischen den Oasen Farafirah und Dakhila gesehen hatten. Auch nach Westen war ihnen der Weg versperrt.

Wir sind eingekesselt, dachte Lauri. Plötzlich presste ihm das würgende Gefühl, in eine Falle geraten zu sein, die Brust zusammen. Wir sitzen in der Schlinge. Es hatte keinen Sinn, aber die Schlussfolgerung war unstreitig. Die Anordnung der auf dem Weg haltenden Fahrzeuge war systematisch und zweckdienlich. Die Scheinwerfer aller Autos waren ausgeschaltet. Sie befanden sich nicht auf einem Sonntagsausflug.

»Das sind Fahrzeuge der libyschen Armee«, sagte Khadidja.

»Du machst Witze!«

Khadidja drehte sich um und suchte mit dem Fernglas die Gegend ab, aus der sie gekommen waren.

»Auch hinter uns sind Leute. Viele Kolonnen.«

»Haben sie die Grenze hinter uns überschritten?«, fragte Lauri verwundert. »Sind sie uns aus Ägypten gefolgt? Bis nach Libyen?«

Khadidja richtete das Nachtfernglas nach Süden, und Lauri sah, wie sie erstarrte. Khadidja reichte ihm das Fernglas. Lauri setzte es an die Augen. Die Straße war voller Lastwagen. Die Schlange zog sich bis zum Horizont. Es mussten mehrere Hundert sein.

»Das da ist die Straße von Darfur nach Kufra«, sagte Khadidja.

Khadidja sah Lauri an, und plötzlich funkelten ihre Augen vor Wut.

»Wer bist du eigentlich?«, fragte sie Lauri scharf. »Jemand, der viele Beziehungen und wirklich viel Geld hat, will unbedingt, dass du stirbst. Ich möchte wenigstens wissen, warum wir jetzt sterben.«

Lauri antwortete nicht, sondern suchte weiterhin mit dem Fernglas die Wüste ab und hielt Ausschau nach Lücken in den Reihen der sie belagernden Fahrzeuge. Das Netz begann sich ernstlich um sie zusammenzuziehen.

»Ich breche dort hinten durch und ziehe sie hinter mir her«, schlug Lauri vor und deutete auf einen Sektor, wo sich die wenigsten Autos befanden. »Ich glaube nicht, dass sie an dir in demselben Maß interessiert sind. Wenn sie mich geschnappt haben, kannst du dich bestimmt zu irgendeiner Wasserstelle durchschlagen.«

Aber Khadidjas Miene war streng und unnachgiebig.

»Das ist die einzige Möglichkeit!«, schnauzte Lauri. »Wir

sind umzingelt. Ohne Wasser sterben wir morgen. Ich will dich nicht mitnehmen!«

Khadidja schüttelte den Kopf.

»Wir schlüpfen dort in der Nacht durch und nehmen ihnen etwas Wasser ab«, sagte sie. »Dann versuchen wir, möglichst weit nach Südwesten zu gelangen, bevor die Sonne aufgeht und sie uns verfolgen.«

»Warum nach Südwesten?«, fragte Lauri.

»Das ist eine gute Richtung«, sagte Khadidja. »Ich will mal so sagen: In der Richtung kenne ich das Gelände besser als anderswo.«

Als es dunkel geworden war, schlichen sie in die Richtung des Objekts, das sie ausgewählt hatten. Es war ein einzelner Lkw, in dessen Nähe es anscheinend keine weiteren Fahrzeuge gab. Sie rückten mit den Kamelen so weit vor, wie sie es wagten, und banden sie dann in einer kleinen Schlucht an, einen Kilometer von ihrem Zielobjekt entfernt.

Lauri berührte vorsichtig seine Wunde. Sie war jetzt deutlich empfindlicher. Ein schlechtes Zeichen, aber das musste noch nichts Ernsteres bedeuten. Es wäre ein Wunder gewesen, wenn die Wunde sich nicht wenigstens ein bisschen entzündet hätte. Das würde nur dann zu einem Problem werden, wenn sein Organismus mit der Infektion nicht fertig werden und sie sich verschlimmern sollte, sodass das Fieber gefährlich anstieg. Hätte er doch nur aus dem Lkw Antibiotika mitgenommen!

Sie beobachteten den Lkw und die Männer, die sich um ihn herum zu schaffen machten. Lauri zählte drei Männer, die auf einem Gaskocher Kaffee oder etwas anderes kochten und in die kleine blaue Flamme starrten. Außerdem stand etwas weiter entfernt ein Mann Wache, die Maschinenpistole im Anschlag, und einer saß in der Fahrerkabine und hörte anscheinend Radio. Als der im Lkw sitzende Mann die Autotür für einen Augenblick öffnete, sodass die Kabinenbeleuchtung anging, schnauzten die anderen ihn sofort an. Der Mann zog die Tür zu, und das Licht erlosch.

Lauri wartete still an seinem Platz. Eine Minute später bemerkte er, dass zu dem Trupp noch ein Mann gehörte. Er hatte etwas weiter entfernt seine Notdurft verrichtet und kam jetzt im Dunkeln zurück zu der Gruppe gestolpert, die Kaffee kochte.

Insgesamt waren es also sechs Mann, jeweils drei gegen einen. Aber er und Khadidja würden den Vorteil der Überraschung auf ihrer Seite haben, und nur der einsame Wachmann und möglicherweise auch der im Auto Radio hörende Mann hielten eine Waffe in den Händen. Die Waffen der anderen waren am Boden zu einem kleinen Haufen gestapelt, mehrere Schritte entfernt. Die Entfernung war nicht groß, aber sie war entscheidend.

Trotz des Mondscheins konnte Lauri Khadidja nur gerade eben noch als einen dunklen Schatten im Halbdunkel erkennen.

»Geh du zuerst«, flüsterte Khadidja. »Ich komme von der anderen Seite, sobald sie dich sehen. Aber lass uns nur dann schießen, wenn es sein muss.«

Lauri schlich sich an den einzelnen Wachmann heran. Der Mann blickte sehnsüchtig in die Richtung der kleinen Flamme des Gaskochers und der dort kauernden Gruppe und bemerkte Lauri erst, als er schon ganz nahe war. In letzter Sekunde witterte der Mann etwas und wandte sich Lauri zu, aber da war es schon zu spät. Lauris Gewehrkolben krachte ihm gegen die Schläfe, und ohne einen Laut sank der Mann zu Boden. Hoffentlich habe ich nicht zu stark geschlagen, dachte Lauri finster. Der Schädel des Menschen war an manchen Stellen so dünn wie eine Eierschale und ging allzu leicht kaputt.

Die um den Gaskocher herum hockenden Männer hatten den Schlag gehört. Aber sie waren von der Flamme geblendet und konnten nicht ordentlich sehen. Von allen Seiten umgab sie die Nacht wie eine undurchdringliche, schwarze Wand.

»Paul?«, fragte jemand von ihnen. »Ist alles in Ordnung?«

Lauri schlich sich auf die andere Seite des Lkw, wo die Männer vom Gaskocher ihn nicht sehen konnten. Ohne Vorwarnung riss er die Autotür auf. Am Autodach ging sofort das Licht an, und der Mann wandte sich Lauri zu. Sein Gesicht spiegelte seine Erschütterung. Neben ihm lag eine Maschinenpistole, aber Lauri stieß ihm den Lauf seines Gewehrs in die Rippen und schüttelte warnend den Kopf. Der Mann schluckte und nickte zum Zeichen, dass er verstanden hatte.

»Gib mir die Waffe, mit dem Kolben voran«, flüsterte Lauri.

Der Mann gehorchte. Lauri nahm sie und legte sie beiseite.

»Komm raus«, kommandierte Lauri.

Der Mann gehorchte.

»Du wirst doch ... Du wirst doch nicht ...«

Lauri hörte, dass der Mann von Panik erfasst wurde.

»Nein«, sagte Lauri.

Er schlug den Mann in einer Weise auf den Kopf, von der er wusste, dass es die sicherste Art war, eine kurzfristige Bewusstlosigkeit zu erzeugen. Die Knie des Mannes gaben nach, und er sackte zu Boden. Allerdings war es niemals auch nur annähernd ungefährlich, einen Menschen durch einen Schlag zu betäuben. Obwohl Lauri sich bemüht hatte, die schweren Risiken zu minimieren, war es doch durchaus möglich, dass der Mann an einer Hirnblutung oder einer anderen Komplikation starb.

Ich sollte die Branche wechseln, dachte Lauri, ich mache das hier schon viel zu lange. Abgesehen davon, dass ... Verdammt, ich bin doch schon in Rente, was tue ich also hier? Ich hatte geglaubt, ich hätte all diesen Mist schon für immer hinter mir gelassen.

Lauri schloss die Autotür, und die Deckenbeleuchtung erlosch. Er hielt inne, um zu horchen.

»Aber ich bin ganz sicher, dass ich etwas gehört habe«, sagte einer der Männer.

»Ich glaube, das bildest du dir nur ein«, sagte eine andere Männerstimme. »Bestimmt ist er nur pinkeln gegangen oder so was.«

Lauri nahm die Maschinenpistole und näherte sich der Gruppe schnell und entschlossen, ohne das Geräusch seiner Schritte zu dämpfen.

»Da kommt er ja«, bemerkte der Mann, der zuletzt gesprochen hatte, erleichtert.

Lauri sah, dass alle vier bei dem Gaskocher als Gruppe eng beieinandersaßen. Ihre Waffen lagen weiterhin ein paar Meter entfernt auf einem Haufen. Diese Knaben sind keine Profis, dachte Lauri, wir müssen sie achtsam behandeln. So achtsam, wie wir nur können.

Ohne Eile ging Lauri auf die Männer zu, wohl wissend, dass sie ihn immer noch nicht sehen konnten. Zehn Meter von ihnen entfernt blieb er stehen und entsicherte möglichst geräuschvoll die Maschinenpistole.

»Würdet ihr auch uns eine Tasse Tee anbieten?«, fragte er ruhig.

12

Khadidja warf einen Blick auf den östlichen Himmel. Am Horizont, oberhalb der schwarzen Erde, gab es schon einen haarfeinen, gerade eben erkennbaren hellen Streifen.

»Bald geht die Sonne auf«, sagte sie.

Wir können nur hoffen, dass sie uns nicht finden, bevor es wieder dunkel wird, dachte Lauri. Wir haben jetzt viel Wasser, und wenn wir den nächsten Tag überleben, befinden wir uns in einer komfortablen Lage. Mit diesem Wasser kommen wir so weit, dass man uns danach nur schwer finden wird.

Aber Khadidja wirkte nicht sehr hoffnungsvoll, was ihre Chancen betraf. Das war kein gutes Zeichen.

Khadidja führte ihn auf eine große Hammada, wo sie kaum Spuren hinterließen, die jedoch offen und schutzlos war. Lauri fürchtete, sie müssten den Tag in einer offenen Stein- und Kieswüste verbringen, ohne Schatten und Schutz vor der sengenden Sonne und gut sichtbar für die sie verfolgenden Lkws, Geländewagen und Flugzeuge.

Unmittelbar vor Sonnenaufgang kamen sie jedoch zu einem Sandsteinberg, der an einen schmalen Kirchturm erinnerte. An dessen Fuß gab es eine hohe Höhle, die Raum für sie und ihre Kamele bot.

»Wunderbar«, sagte Lauri. »Hier sind wir geschützt.«

Aber in seinem verletzten Arm pochte jetzt der von einer Entzündung herrührende Schmerz und wurde immer heftiger. Lauri wollte nicht die Binde öffnen und nachschauen, wie es darunter aussah. Immerhin hatte er kein Fieber. Er hatte nicht gefroren, obwohl die Nacht kühl gewesen war.

Khadidja wirkte nicht zufrieden.

»Dies ist die einzige Höhle im Umkreis von zehn Kilometern«, erklärte sie. »Wahrscheinlich finden sie uns.«

Khadidja war plötzlich sehr traurig.

»Hör mal, du Europäer, es sieht so aus, als würden wir den Abend nicht erleben. Ihre Übermacht ist zu groß.«

Sicherlich hat Khadidja recht, dachte Lauri. Dies ist das Ende der Reise.

Noch aber gab es keinen Grund dafür, dass sie beide sterben mussten. Khadidja war dafür noch allzu jung!

Sie ahnte, was Lauri sagen wollte, und schüttelte den Kopf, bevor er dazu kam, es auszusprechen. »Warum nicht?«, brauste Lauri auf. »Du hast mir schon einmal das Leben gerettet, dort in dem Tal. Oder eigentlich zweimal, denn ohne dich wäre ich am nächsten Tag verdurstet. Aber jetzt, wo ich auf jeden Fall ans Ende meines Wegs gekommen bin, warum solltest du da mit mir zusammen sterben?«

Die Sonne stieg höher und bombardierte die Kies- und Steinfelder der Umgebung mit ihren Strahlen. Khadidja betrachtete die Wildnis und lächelte nachdenklich.

»Wir alle müssen sterben«, sagte sie schlicht. »Daran kann niemand etwas ändern. Wir können nur wählen, was wir tun, solange wir leben. Manchmal bekommen einige von uns die Chance zu entscheiden, wie sie von hier fortgehen.«

»Das ist wahr, aber ...«

Khadidja unterbrach Lauri mit einer energischen Handbewegung.

»Nein, du Europäer, ich werde jetzt nicht fliehen, auch wenn du mich darum bittest. Vielleicht zum Teil auch deshalb, weil du darum bittest.«

»Na, dann ziehe ich meine Bitte zurück«, sagte Lauri eilig, als er sah, dass Khadidja weiterhin unerschütterlich bei ihrer Meinung blieb. »Lass uns jetzt keine Frage der Ehre daraus machen.«

»Ja, ich weiß, dass man die in Amerika und Europa schon lange als altmodisch ablehnt«, sagte Khadidja heftig.

Lauri sah Khadidja verzweifelt an. Dies alles war so furchtbar unnötig.

»Khadidja, es gibt eine Sache, die du wissen sollst«, versuchte Lauri es noch einmal. »Vor ein paar Jahren war ich nahe daran, mir das Leben zu nehmen. Mir ist ein furchtbarer Irrtum unterlaufen, und die Frau, die ich liebte, meine Frau, kam deswegen ums Leben. Außerdem starben viele vollkommen unschuldige Menschen durch meine Hand, weil ich mich geirrt hatte. Ich bin immer noch der Meinung, dass ich mich eigentlich selbst hätte töten müssen. Ich habe es nicht getan, weil jemand mich im entscheidenden Augenblick besuchen kam. Aber es wäre richtig gewesen. Wenn ich also jetzt hier sterbe, dann ist es gut so. Es gibt jedoch keinen Grund, warum ...«

»Ich finde, wir könnten auch mal von etwas ganz anderem sprechen«, sagte Khadidja. »Diese Angelegenheit ist sozusagen abschließend behandelt.«

»Aber warum?«, fragte Lauri noch. Khadidja schüttelte ungeduldig den Kopf.

»Verstehst du es wirklich nicht?«

»Nein«, sagte Lauri wahrheitsgemäß. »Ich verstehe es wirklich nicht. »Wenn du hier bei mir bleibst, ist dein Opfer vollkommen sinnlos!«

»Ich bin einfach in einer bestimmten Weise erzogen worden«, sagte Khadidja schlicht. »Und um ganz ehrlich zu sein, kränkt es mich wirklich ein bisschen, dass du in dieser Angelegenheit ebenso wenig Verständnis aufbringst wie alle anderen Westler. Du begreifst nicht, wie wütend mich das macht. Ich meine die Tatsache, dass ihr niemals glaubt, dass solche Dinge uns etwas bedeuten. Dass man manchmal einfach schwierige Dinge tun muss. Nur deswegen, weil sie richtig sind. Weil es sich gehört, so zu handeln. Wenn ihr das eines Tages versteht, brauchen wir nicht mehr mit Waffengewalt gegeneinander zu kämpfen. Zumindest nicht sehr oft.«

Also okay, dachte Lauri. Aber er wollte nicht daran denken, was gleich geschehen würde. Er wollte nicht sehen, wie die Kugeln ihrer Verfolger bald Khadidjas schöne schwarzbraune Haut durchschlagen würden. Wie die schrecklichen, von den Kugeln geschlagenen Wunden ihr die Kraft aus den Gliedern ziehen und ihr die Lunge und das Herz zerreißen würden. Er wollte nicht sehen, wie Khadidja gleich, Blut hustend, sterben würde. Der Gedanke erschien ihm unerträglich. Meinen eigenen Tod werde ich leicht ertragen, dachte er. Aber ich möchte niemanden mitnehmen.

»Niemand kann wissen, welcher ein sinnloser Tod ist und welcher nicht«, sagte Khadidja philosophisch. »Das zu entscheiden ist Aufgabe späterer Generationen. Außerdem ist es jetzt schon zu spät.«

Lauri schaute in die Richtung, in die Khadidja zeigte, sah jedoch nichts.

»Auch meine Eltern starben in der Wüste«, erzählte Khadidja. »Mein Vater verbrachte viel Zeit im Stein, und meine Mutter machte großen Eindruck auf ihn. Sie heirateten. Obwohl die Eltern meines Vaters heftig protestierten, kümmerte er sich nicht darum, er sah nichts anderes als meine Mutter und konnte an nichts anderes denken als an sie.«

Der schnurgerade Horizont veränderte sich, er wurde unklar und vage. Er warf Blasen.

»Er nannte meine Mutter immer Wüstenwind«, erzählte Khadidja mit weicher, schwärmerischer Stimme. »Dann starben sie in der Wüste, und Azhrawi nahm mich in seine Obhut.«

Die kleinen Blasen am Horizont wuchsen und stiegen höher. Lauri verstand endgültig, dass Khadidja recht gehabt hatte und es keine Hoffnung mehr gab. Auch Khadidja würde nicht mehr fliehen können. Ihr Streit war sozusagen akademisch geworden.

Denn der ganze Horizont war jetzt voller niedriger, heller Staubsäulen. Es gab sie in einem weiten Sektor von mindestens hundertzwanzig Grad. Das alles waren sicherlich Motorfahrzeuge oder ganze Fahrzeuggruppen. Einen Augenblick später tauchte hinter den Sandsteinbergen auch ein einzelnes, in geringer Höhe über der Wüste kreisendes Flugzeug auf.

»Das ist ja eine ganze Armee«, rief Khadidja aus. »Aber sie kommen direkt auf uns zu. Wie können sie unseren Standort so genau wissen?«

Ja, das ist zweifellos seltsam, dachte Lauri. Dann fluchte er laut. Khadidja sah ihn fragend an.

»Sie haben irgendwoher ein Satellitenbild bekommen«, brach es aus Lauri heraus. »Deshalb sind sie so gut auf unserer Spur geblieben. Aber wie zum Teufel …«

Khadidja legte den Finger auf die Lippen und brachte ihn zum Verstummen.

»Das spielt ja jetzt wohl keine große Rolle mehr, nicht wahr?«

Ja, dachte Lauri Nurmi finster. Das spielt jetzt wohl wirklich keine große Rolle mehr.

Da erhob sich aus der Mitte der Hunderte von Staubwolken plötzlich und ohne Vorwarnung auch eine ferne, schwarze, pilzförmige Wolke.

»Was ist das denn?«, stieß Lauri überrascht aus.

In der Wüste hatte es offensichtlich eine Art Explosion gegeben. Aber warum? Die erste Erklärung, die Lauri in den Sinn kam, war, dass eines der Autos ihrer Verfolger in eine Schlucht gefahren war. Aber das Kiesfeld vor ihnen war völlig eben und platt. Wie hätte ein Auto in die Schlucht fahren können, wenn es keine Schluchten gab? Waren zwei Lastwagen zusammengestoßen und explodiert? Auch das erschien nicht wahrscheinlich.

Khadidja schüttelte verwundert den Kopf. Dann erschien auf ihrem Gesicht ein strahlendes Lächeln.

»Ai jai jai jai!«, lachte sie. »Das hätte ich nicht empfohlen!«

»Wovon redest du? Was ist passiert?«

»Ich glaube, sie haben getankt, obwohl ein Wind aufgekommen war.«

Lauri verstand sofort, was Khadidja meinte.

»Statische Elektrizität?«

Khadidja nickte.

»Ich glaube schon.«

Wenn Flugsand an der metallischen Karosserie eines Lastwagens oder eines Jeeps scheuerte, entstand dort manchmal eine starke elektrische Ladung. Die konnte die aus dem Brennstofftank aufsteigenden Dämpfe zur Explosion bringen, falls jemand im falschen Augenblick den Schraubverschluss öffnete.

»Aber hier ist doch überhaupt kein Wind!«, sagte Lauri, denn in der Wüste war es weiterhin ganz windstill.

Die Luft war heiß und stand, lange Zeit hatte es auch nicht den kleinsten Windhauch gegeben. Lauri sah, dass das Flugzeug sich entfernte. Dem ging sicherlich der Treibstoff aus, es hatte anscheinend schon lange über der Wüste gekreist.

»Wir könnten tatsächlich doch noch eine kleine Chance zu überleben haben«, sagte Khadidja. »Los, gehen wir!«

Sie stand auf, nahm die Kamele beim Zügel und führte sie aus der Höhle.

»Wenn wir Widerstand leisten wollen, ist dies dafür die beste Stelle im Umkreis von ein paar Dutzend Kilometern«, protestierte Lauri.

Khadidja schüttelte den Kopf.

»Nein, wir müssen den feinen Sand erreichen, bevor sie uns einholen.«

Khadidja stieg auf ihr Kamel, ohne auf Lauri zu warten. Sie warf einen Blick auf die Staubsäulen, die am Horizont aufstiegen. Sie waren schon deutlich höher geworden. Die ersten Autos würden bald in Sicht kommen.

Auf so hartem Kiesgrund erreichen sie uns in kürzester Zeit, dachte Lauri säuerlich, sie sind uns auf den Fersen, bevor wir die Sandwüste erreichen. Auf dem Sand können wir sie vielleicht wieder abschütteln, für ein Weilchen, wenn aber das Flugzeug zurückkehrt, können sie uns abknallen wie zahme Enten, ohne dass wir uns dazu äußern können.

»Jetzt sollten wir aber los«, sagte Khadidja.

Die Staubsäulen am Horizont wuchsen und kamen immer näher. Auch Lauri bestieg sein Kamel. Sie ließen ihre Meharis so schnell auf die Hammada traben, wie die Tiere nur laufen mochten. Aber nach gut einem Kilometer wurden die Steine scharfkantiger. Die Kamele wurden empfindlich und setzten die Füße viel überlegter und vorsichtiger, sodass sie langsamer vorankamen. Bevor sie wieder eine Fläche mit windgeschliffenen Steinen fanden, war die Reihe der sie verfolgenden Staubsäulen wesentlich näher an sie herangerückt.

»Sie werden uns vor der Sandwüste einholen«, rief Lauri der vorausreitenden Khadidja zu.

»Das ist noch nicht ganz sicher.«

Das Kiesfeld führte jetzt sanft bergan, sodass ihre Sicht nur zwei, drei Kilometer betrug und sie nicht ausmachen konnten, wie weit es noch bis zu dem Gebiet mit feinem Sand war.

»Wenn das Flugzeug zurückkommt, nietet es uns im Sandmeer um«, klagte Lauri.

»Ich glaube nicht, dass es so bald zurückkommt«, sagte Khadidja fest. »Wegen des Shahali.«

»Wegen des Shahali?«

»Das ist dasselbe wie der Harmattan. Oder der Khamsin. Wir Teda nennen ihn Shahali oder Shai-haladi.«

Sie erreichten den höchsten Punkt des Kiesfelds und sahen, dass das von Sanddünen bedeckte Gebiet nur noch gut einen Kilometer entfernt war.

»Wir haben wohl noch etwas Lebenszeit gewonnen«, sagte Khadidja und lächelte Lauri fröhlich an.

Lauri verstand nicht, warum Khadidja plötzlich so voller Hoffnung war. Als sie die nächste große Längsdüne hinaufritten, sahen sie die erste Kolonne. Dazu gehörten viele Dutzend Lastwagen. Sie fuhren breit aufgefächert, in Schlangen und Gruppen von mehreren Autos, und waren schon sehr nahe, viel näher, als sie geglaubt hatten, vielleicht fünf oder sechs Kilometer entfernt. Es waren große, robust und effizient wirkende Geländelastwagen, militärisches Gerät, und sie näherten sich ihnen erschreckend schnell. Es würde nur noch einen Augenblick dauern, bis die Fahrzeuge den Rand der Sandwüste erreicht hatten, und dann würde ihnen kein anderer Schutz mehr bleiben als die Landrücken aus feinem Sand. Nirgends waren Steinblöcke oder Felsen zu sehen. Sie hatten die starke Stellung in der Felsenhöhle nur verlassen, um im offenen Gelände überrascht zu werden. Wir haben keine Überlebenschancen, ging es Lauri durch den Sinn. Aber dann kam noch etwas anderes in Sicht. Mein Gott, dachte Lauri, ich muss Visionen haben.

»Der Shahali«, sagte Khadidja ruhig.

13

Katharine Henshaw betrat den Kontrollraum des Sonnenturms. Dort hielten sich drei Personen auf: Sarah Birkin, Razia al-Qasreen und Reino Keskitalo.

»Hat immer noch niemand etwas von ihnen gehört?«, fragte Katharine.

Aus ihrer Stimme klang tiefe Besorgnis.

Sarah schüttelte den Kopf.

»Nein. Das ist verdammt merkwürdig. Wir bekommen keine Verbindung zu ihnen, und sie haben uns keine Nachricht gesandt.«

Katharine zitterte vor Angst. Wenn nun ... Sie wies den Gedanken von sich. Sie wollte ihn nicht denken. Zumindest noch nicht. Nicht, bevor ihr nichts anderes übrig blieb.

»Kann ihr Ausbleiben mit dem Terroranschlag im südlichen Ägypten zusammenhängen?«, fragte Katharine.

Sarah nickte, etwas widerstrebend.

»Möglicherweise«, musste sie einräumen. »Der Anschlag fand in derselben Gegend statt. An der Route, die sie nach dem Besuch bei Azhrawi nehmen wollten. Vielleicht war der Weg unpassierbar, sodass sie einen Umweg machen mussten. Vielleicht ist ihr Auto in der Wüste kaputtgegangen, und sie konnten es nicht reparieren. Oder so etwas. Jedenfalls sind sie bei dem Anschlag nicht ums Leben gekommen, denn laut Azhrawi ist Lauri mit seiner Adoptivtochter in der Wüste unterwegs.«

Trotzdem, das Ganze ist wirklich sonderbar, dachte Katharine. Warum hat Lauri sich nicht bei uns gemeldet? Warum hat er nicht einmal eine SMS geschickt?

»Wie ist jetzt die Lage dort in der Gegend?«, fragte Katharine.

Sarah dehnte ihre Arme, und ihre durchtrainierten Muskeln an Schultern und Armen traten hervor.

»Anscheinend wirklich verworren«, antwortete Sarah. »Ein großer Teil der Sicherheitsleute aus den ausländischen Firmen sind zusammengezogen worden, um die Terroristen zu jagen, sowohl in Libyen als auch in Ägypten. Mehrere Tausend in jedem der beiden Länder. Es handelt sich um eine außergewöhnlich groß angelegte Verfolgungsjagd. Als hätte Osama bin Laden selbst an dem Anschlag teilgenommen!«

»Sind die Terroristen nach Libyen geflohen?«

»Wahrscheinlich ja. Aber im Moment wissen wir mit Sicherheit nur so viel, dass Lauri nicht unter den identifizierten Toten ist.«

»Und Abu Hassan?«, fragte Katharine.

»Das wissen wir noch nicht genau«, antwortete Sarah. »Aber ich denke, wir müssen uns noch keine Sorgen machen. Sei ganz ruhig, er wird zurückkommen.«

Ich weiß nicht, ob ich noch derselben Meinung bin, dachte Katharine. Sie spürte einen kalten Druck in der Brust, als hätte ein Eisklumpen ihr Herz gefrieren lassen. Aber sie bemühte sich, an etwas anderes zu denken.

Sarah schaute auf ihre Uhr.

»Ich muss jetzt leider gehen«, sagte sie. »Ich habe versprochen, in einer Viertelstunde eine Sache zu erledigen.«

Reino Keskitalo hatte ihrer Unterhaltung keine Beachtung geschenkt. Er prüfte am Bildschirm ein Computerprogramm, das offenbar mit dem Prognostizieren künftiger Regenmengen in der Sahara und im Sahel zu tun hatte. Er war hoch konzentriert und tief in Gedanken versunken. Vor ihm auf dem Tisch standen drei leere Flaschen von Tonic Water und ein leeres Trinkglas.

»Würde es helfen, wenn wir wüssten, gegen wen wir eigentlich kämpfen?«, brach es aus Katharine hervor.

Keskitalo sah sie vergnügt an und grinste. Er hatte bestimmt einen leichten Schwips.

»Na, das ist doch ganz einfach«, bemerkte Keskitalo munter. »Uns gegenüber steht die sogenannte Achse des Bösen. Axis of Evil. Das absolute Böse also. Der große Satan. In diesem Fall also sicherlich ein beklagenswertes Sammelsurium von jämmerlichen Möchtegernterroristen, denen irgendein Geldsack hundert Dollar pro Nase zahlt, damit er unsere Baustelle sabotiert.«

»Puh«, schnaufte Katharine. »Also die Achse des Bösen!«

Keskitalo ging zum Kühlschrank, um sich eine neue Flasche Gin Tonic zu holen. Razia schüttelte den Kopf. Auf ihrem Gesicht zeichneten sich Ärger, Gereiztheit, Mitleid und leichte Verzweiflung ab. Katharine sah, dass sie über etwas Wichtiges nachdachte.

»Und wenn nun das größte Übel die Gewissheit ist, dass man total im Recht ist?«, stieß Razia hervor. »Der Widerwille zu verstehen, dass die Menschen dieselbe Sache aus unterschiedlichen Blickwinkeln betrachten können.«

Aha, dachte Katharine voller Überdruss. Ja, natürlich. Das ist es also wieder.

»Was meinst du damit?«, fragte sie.

Razia schwieg einen Augenblick und kaute heftig auf ihrer Lippe herum.

Auch du, mein Sohn Brutus, dachte Katharine. Als hätte ich genau dieselben Dinge nicht schon eine Million Mal gehört. Okay, okay, ich bekenne. Ich bin schuldig, ich komme aus den

Vereinigten Staaten. Ich bin verantwortlich für alles, was unsere Regierung getan hat. Tötet mich. Und foltert mich meinetwegen zuerst.

»Wisst ihr, was für mich das Teuflischste ist, was die Menschen dieser Welt anderen Menschen gerade jetzt antun?«, fragte Razia plötzlich.

In ihrer Stimme lag eine überraschende Härte. Eine Schärfe, die Katharine noch vor ein paar Minuten nicht darin gespürt hatte. Warum ist das für Razia so wichtig?, überlegte Katharine und spürte, wie ihr eigener Ärger verflog.

»Die Kernwaffen?«, schlug Katharine vor.

Razia beobachtete, wie Keskitalo in seinem Glas Tonic-Wasser und Gordon's Gin mischte. Katharine wandte sich in die Richtung seines Blicks.

»Jeder Mensch, der sich mit Drogen ruinieren will, kriegt das immer irgendwie hin«, sagte Razia.

Keskitalo nahm einen tiefen Schluck aus seinem Glas. Dann noch einen zweiten und einen dritten. Er bemerkte, dass das Glas überraschend leer war, und schenkte sich den Rest des Tonic-Wassers ein. Dann schraubte er wieder den Korken der Ginflasche auf.

»Ich weiß im Wesentlichen, warum Keskitalo versucht, sich mit Gin umzubringen«, sagte Razia. »Er kann nicht vergessen, was seiner indonesischen Familie passiert ist.«

Keskitalo hörte Razias Worte.

»Verzeihung, dass ich existiere«, knurrte er.

»Aber warum ist es so wichtig zu bestätigen, dass Keskitalo sich gerade mit Gin und nicht mit etwas anderem umbringt?«, fragte Razia rhetorisch, aber ihre Stimme hätte Stahl schneiden können.

»Na, wenn du es so sagst ...«

»Tut so, als ob ich gar nicht da wäre«, murmelte Keskitalo.

»In Indien zum Beispiel bekommt heutzutage nur einer von hundert sterbenden Krebspatienten Morphium gegen seine Schmerzen, obwohl das legale Morphium kaum etwas kostet«, platzte Razia heraus. »Weil die Regierung der Vereinigten Staaten sagt, dass die Krankenschwestern oder andere Mitarbeiter des Gesundheitswesens kein Morphium an Krebspatienten verabreichen dürfen. Damit bloß niemand süchtig wird.«

Hat das Ganze jetzt auch einen persönlichen Hintergrund?, überlegte Katharine.

»Wegen der Drogenpolitik der Vereinigten Staaten sterben auch in diesem Jahr Millionen von Menschen unter fürchterlichen Qualen«, sagte Razia. »An Krebs, an Aids und an anderen Krankheiten, die schwere Schmerzen verursachen. Und ihre Angehörigen und Freunde sterben in gewisser Weise zusammen mit ihnen. Denn sie können sich niemals mehr ganz von all dem erholen. Sie können niemals wieder wirklich glücklich sein, nachdem sie so etwas erlebt haben. Nachdem sie monatelang hilflos hatten mit ansehen müssen, was mit ihren Lieben geschah. Mit ihrer Mutter oder ihrem Vater. Mit ihrer Schwester oder ihrem Bruder. Oder, im allerschlimmsten Fall, mit ihrem eigenen Kind.«

Razias Stimme wurde lauter.

»In den Vereinigten Staaten und Europa bekommen heutzutage fast alle todkranken Krebspatienten so starke Morphiumgaben, dass das Ende nahezu schmerzfrei und geradezu gnädig ist. Warum gewähren die Vereinigten Staaten das nicht auch den anderen Menschen? Wie können sie sich so fanatisch und blind einbilden, immer in allem recht zu haben, egal, was sie tun?«

Plötzlich sah Katharine Tränen in Razias Augen, die eine

Sekunde darauf jählings aufsprang und zur Tür des Kontrollraums eilte.

»Da hast du das absolute Böse«, schrie Razia. »Die Drogenpolitik der Vereinigten Staaten!«

Razia eilte hinaus, und Katharine sah ihr verwirrt nach.

»Sie spricht natürlich vor allem von ihrer Mutter«, erklärte Keskitalo Katharine, jetzt schon mit etwas trunkener Stimme. »Ich meine, wenn du wissen willst, worum es hier geht.«

»Konnten sie es sich denn nicht leisten, zum Arzt zu gehen?«, fragte Katharine verwundert.

Keskitalo ging und schenkte sich ein neues Glas voll.

»Razias Mutter wollte sich von ihren Verwandten verabschieden«, erklärte Keskitalo. »Sie wusste, dass sie nicht mehr viel Zeit hatte. Da kamen schwere Unruhen, und der Weg nach Kairo war drei Wochen lang gesperrt.«

Keskitalo schenkte sich das Glas halb voll Gin.

»Sie blieben drei Wochen in einem kleinen abgelegenen Dorf stecken.«

Keskitalo stellte die Ginflasche zurück in den Kühlschrank. Katharine überlegte, wie lange die Flasche wohl im Kalten bleiben würde, bevor Keskitalo sie wieder hervorholte.

»Im Dorf gab es ein Gesundheitszentrum und eine Apotheke, und in der Apotheke hätte es Morphium gegeben«, erzählte Keskitalo. »Aber im Gesundheitszentrum war niemand, der ein Rezept für Razias Mutter hätte ausstellen können.«

Keskitalo tat einen tiefen Zug aus seinem Glas.

»Die Mutter starb, bevor die Straße wieder freigegeben wurde.«

Ein neuer Schluck.

»Das war kein leichter Abgang.«

So etwas hätte ich Razia nicht gewünscht, dachte Katharine. Und auch nicht ihrer Mutter.

»Wie hat Razias Vater das aufgenommen?«, fragte Katharine.

Keskitalo lachte hohl.

»Bestimmt nicht sehr leicht, denn er starb einen Monat später.«

Keskitalo leerte sein Glas.

»Sie haben es nicht mehr erlebt, wie aus ihrer Tochter DIE FRAU wurde, die DAS HÖCHSTE GEBÄUDE DER WELT errichtete«, sagte Keskitalo. »Aber das ist natürlich nur ein kleiner Teil ihrer Qual.«

14

»Shahali«, sagte Khadidja. »Shai-Halad. Mutter der Stürme.«

Der sich nähernde Sandsturm war wie eine fünfzig Meter hohe, rotbraune Wand. Sie erstreckte sich in zwei Richtungen endlos weit, bis zum Horizont. Mit erstaunlicher Geschwindigkeit wälzte sie sich direkt auf sie zu. Dabei verschluckte und bedeckte sie alles, was ihr entgegenkam, wie ein unermessliches und unersättliches, hungriges Monster, das jede Sekunde viele Quadratmeilen Land und Dünen verschlang.

Der Sandsturm prallte gegen die Kolonne, und plötzlich wirkten all diese leistungsstarken Fahrzeuge vor der schrecklichen Sandwand so klein wie Hasen oder Ratten. Und dann, eine Sekunde später, waren sie verschwunden.

Die rotbraune, wild wirbelnde Wand aus fliegendem Sand näherte sich Lauri und Khadidja. Je näher sie kam, umso größer, höher und schrecklicher wurde sie, und umso schneller kam sie auf sie zu gerollt.

»Bleib ganz dicht hinter mir«, schrie Khadidja. »Wenn du von mir getrennt wirst, musst du sterben.«

Lauri nickte zum Zeichen, dass er verstanden hatte. Khadidja überließ jedoch nichts dem Zufall, sondern band an den Sattel von Lauris Kamel einen Strick, den sie selbst festhielt. Auch Lauri stieg ab. Das Geräusch des Sandsturms war kein Sausen mehr, sondern ein dumpfes Brüllen.

Ein letztes Mal blickte Lauri auf die sich nähernde Wand,

sie war jetzt wie ein fliegender Berg, der nach ihnen griff. Dann erreichte der Shahali sie und verschluckte sie. Der blaue Himmel und die Sonne wurden unsichtbar. Es wurde fast dunkel und erstickend heiß. Es gab auf der Welt nichts anderes mehr als fliegenden gelben und roten Sand. Er verursachte ein Geräusch wie pausenlos anhaltenden Gewitterdonner.

Lauri sah Khadidja und ihr Kamel nur als vage Umrisse, obwohl Khadidja sich nur einige Meter von ihm entfernt befand. Der große Körper des Kamels bot ein klein wenig Schutz vor dem peitschenden Sand.

Der feinste Staub drang ungehindert unter die Kleider, er brannte in den Augen, kitzelte in der Nase und knirschte zwischen den Zähnen. Lauri spürte, wie seine Kopfhaut und die Haare sich mit einer immer dickeren Sandschicht bedeckten und wie der Sand ihm Rücken, Arme, Achselhöhlen und Beine hinunterrann. Er schluckte Sand und hustete aus der Luftröhre feinen Staub heraus.

Die Luft war jetzt brennend heiß, noch deutlich heißer als vorhin. Lauri hatte gedacht, die Temperatur würde sinken, wenn der Wind anfing zu blasen. Aber im Gegenteil, sie stieg, der Harmattan-Wind war wie ein gewaltiger, auf sechzig oder siebzig Grad eingestellter Heizlüfter, oder richtiger, wie eine Trillion Heizlüfter, die heiße Luft in dieselbe Richtung bliesen. Gleichzeitig wurde die Luft immer trockener, Lauri hatte das Gefühl, als saugte sie von der Haut seines Gesichts und seiner Hände auch noch die letzten Reste von Feuchtigkeit. Die Luft war schon so heiß, dass er meinte zu ersticken, wenn er sie einatmete, und die Zunge klebte ihm am knochentrockenen Gaumen. Gleich würden sie etwas trinken müssen!

Die Wüste war wie eine auf starke Hitze eingestellte elektrische Sauna, nur war diese Sauna auch mit starken Sandstrahlgebläsen ausgerüstet. Verflixt, diese Idee müsste man einmal den heftigsten Saunafans vorschlagen, dachte Lauri. Denen, die fanden, die Sauna sei erst dann eine richtige Sauna, wenn sie einem die Augen im Kopf vertrocknen und die Haut verkohlen ließ.

Die Elektrizität kitzelte auf der Haut. Lauri bemerkte, dass jedes Härchen an seinen Handgelenken sich sträubte. Er meinte, durch das Donnern des Sandsturms hindurch immer wieder elektrisches Knistern zu hören, und einmal sah er, wie ein kleiner Funke vom Schwanz des Kamels auf das Fell übersprang.

Sie stiegen den einen Dünenhang hinab und den nächsten wieder hinauf, immer wieder und wieder.

Wir müssen etwas trinken, dachte Lauri. Sein Mund fühlte sich an wie ein tausend Jahre altes griechisches Pergament.

Schließlich machte Khadidja halt und holte die Feldflasche hervor. Lauri folgte ihrem Beispiel. Sie tranken in tiefen Zügen von dem Wasser. Khadidja beugte sich zu Lauri und führte ihren Mund ganz nahe an sein Ohr heran, damit er sie hören konnte.

»Hier können wir nicht bleiben«, hustete Khadidja. »Wir müssen weiter.«

»Wie weit noch?«, krächzte Lauri.

Aber Khadidja hatte sich schon abgewandt und hörte nicht, was Lauri wissen wollte.

Sie setzten ihre immer mechanischer werdende Anstrengung durch fliegenden Sand und sengende Hitze fort. Lauri dachte an die ihnen folgenden Lastwagen und überlegte, ob sie noch fahren konnten oder ob der Sand die Filter der Kühler so verstopft hatte, dass das Kühlwasser angefangen hatte zu kochen und die Überhitzung die Motoren hatte ausfallen lassen. Falls sie weiterhin liefen und die Autos in Bewegung geblieben waren, könnten die Verfolger den Weg durch die Sandwüste vielleicht schaffen, trotz des wütenden Shahali. Aber der Wind blies jetzt wirklich scharf. Wenn die Autos anhielten, würde sich neben jedem Lastwagen schon nach zehn Minuten eine kleine Sanddüne aufhäufen. Falls der Sturm lange dauerte, könnte es passieren, dass die Autos völlig von dem Sand verschüttet wurden. Dann würden die Verfolger samt ihren Autos im Sand versinken, falls sie dort blieben. Wenn sie andererseits versuchen sollten, sich zu Fuß durch die Sandwüste durchzuschlagen und sich verirrten, würde es ihnen wahrscheinlich nicht besser ergehen.

Zumindest können sie uns nicht finden, bevor der Sandsturm vorüber ist, dachte Lauri. Vielleicht sterben wir alle in diesem Hexenkessel. Vielleicht werden niemandes Knochen jemals gefunden, ehe in tausend Jahren ein neuer Sandsturm die Dünen von unseren Skeletten fortbläst. Und auch dann nur, falls jemand zufällig genau zur richtigen Zeit am richtigen Ort ist.

Das Stapfen durch den weichen, nachgebenden Sand wurde immer anstrengender. Es kam Lauri vor, als sänken seine Beine bei jedem Schritt viel tiefer in den Sand als noch kurze Zeit zuvor. War der Sand wirklich feiner und nachgiebiger geworden, oder bildete sich in seinen Muskeln Milchsäure, sodass sie sich nicht mehr so anspannen konnten wie bisher?

Falls sie sich auf ein Fech-Fech, ein Gebiet mit dem gefürchteten feinen Flugsand, zubewegten, würden sie wahrscheinlich nicht überleben.

Doch dann wurde der Boden überraschend wieder fester. Unter ihren Füßen befand sich zunächst eine nur noch ein bis zwei Zentimeter dicke Sandschicht und dann nur harter, unnachgiebiger Kies. Sie waren auf eine Hammada, eine Steinwüste, gekommen! Die Luft war immer noch voll Sand und Staub, aber die Sicht wurde allmählich besser. Lauri konnte Khadidja und ihr Kamel schon deutlich erkennen. In Sand und Kies gab es hier und dort rote und schwarze Steine. Einige Minuten später betrug die Sicht schon etwa hundert Meter.

»Wir haben es geschafft«, hustete Khadidja. »Wir haben überlebt!«

Ihre Stimme war trocken und heiser von dem Staub, der wie Sandpapier im Hals kratzte.

Je weiter sie auf die Hammada kamen, desto besser wurde die Sicht und desto schneller kamen sie voran. Der Wind tobte weiterhin um sie herum und zerrte an ihren Kleidern, aber das Geräusch war jetzt leiser und gemäßigter.

Khadidja warf einen Blick zur Sonne, die wieder sichtbar geworden war. Sie war weiterhin ein blasser, fahler Schemen, aber immerhin war sie wieder da und wurde allmählich klarer. Der Wind wehte immer noch heftig, sengend heiß und trocken, aber die Staubmenge, die er mit sich führte, wurde immer geringer.

Lauri war jetzt wirklich müde. Sein Arm schmerzte, und seine Beine waren schwer wie Blei. Er war mit seinen Kräften langsam am Ende. Habe ich zu wenig Wasser getrunken?, fragte er sich. Oder lag die Müdigkeit am Wundfieber? Hatte er überhaupt Fieber? Er konnte es nicht sagen.

Auf jeden Fall hatten sie wieder etwas Lebenszeit gewonnen und waren schon zum dritten Mal dem Netz, das sich um sie zusammenzog, entkommen. Aber Lauri kam nicht umhin, sich zu fragen, wie lange ihre Gnadenfrist diesmal dauern würde.

15

Katharine Henshaw erwachte mit dem unangenehmen Gefühl, dass nicht alles so war, wie es sein sollte. Sie öffnete die Augen und sah im Halbdunkel die Zimmerdecke und dort die langsam rotierende Klimaanlage. Sie hörte das ruhige Geräusch der Ventilatorflügel. Whusch-whusch-whusch-whusch-whusch. Kein anderes Geräusch war zu hören. Wovon war sie also aufgewacht?

Katharine stand auf und trat ans Fenster, ohne sich anzuziehen. Da im Zimmer kein Licht brannte, würde niemand sie von außen sehen können.

Alles wirkte ruhig. Die Außenbeleuchtung brannte normal. Nirgends war ein Mensch zu sehen. Alles war still und tot. Katharine wollte schon ins Bett zurückkehren, als sie plötzlich verstand, was sie beunruhigte. Die Erkenntnis durchfuhr sie wie ein elektrischer Schlag und klärte im Bruchteil einer Sekunde ihre Gedanken.

Auf der Baustelle war es allzu still und ruhig. Eine Baustelle mit tausend Menschen schlief niemals. In all den früheren Nächten waren von draußen verschiedene Geräusche zu hören gewesen. Die Stimmen der Männer, manchmal lautstarke Wortwechsel oder Gesang. Ab und zu war jemand mit einem Motorrad oder einem Auto angekommen oder weggefahren, sodass die Lichter im Dunkeln geblinkt hatten. Katharine hatte registriert, dass trotz des offiziellen Verbots jede Nacht außer Freundinnen und Ehefrauen auch Prostituierte auf die Baustelle gekommen waren. Immer, wenn sie selbst unruhig in der Nacht erwacht war, nicht wieder einschlafen konnte und eine Zigarette rauchen ging, waren draußen auch andere Menschen mit ihrer Zigarette oder einem Bier gewesen.

Aber jetzt – keine Menschenseele. Nirgends. Das kam ihr Unheil verkündend, ja, bedrohlich vor. Vor allem: Wie war das möglich?

Katharine zog sich rasch Unterwäsche, Jeans und eine schwarze Polobluse an, denn die Temperatur lag noch unter zehn Grad. Dann machte sie sich eilig auf den Weg zu dem Gebäude, in dem die Angehörigen der Sicherheitstruppen untergebracht waren.

Als Katharine hinaustrat, erschauerte sie ein wenig, als die kühle Luft ihr entgegenschlug. Brrr, dachte sie, ich hätte mich bestimmt wärmer anziehen sollen. Sie blickte zu den Lichtern hinauf, die an der Spitze des Sonnenturms brannten. Warum hatte der Wachmann auf dem Turm nicht mitgeteilt, dass die Ägypter weggefahren waren?, fragte sie sich verwundert.

Katharine ging auf die Baustellenbaracken zu. Die Außenbeleuchtung brannte zwar normal, aber in ihrer Nähe war noch immer kein Mensch zu sehen. Das war wirklich seltsam. Als sie sich den Baracken näherte, verlangsamte sie ihre Schritte, denn die Stille, die sie umgab, machte ihr Angst, sie war nahezu gespenstisch. Die letzten Schritte schlich sie geradezu.

An der Tür der ersten Baracke blieb Katharine stehen, um zu horchen. Von drinnen war nichts zu hören. Kein Husten, kein Schnarchen, kein schweres Atmen eines schlafenden Menschen. Nichts. Vorsichtig öffnete sie die Tür einen Spaltbreit. Drinnen war es dunkel, und Katharine wartete einen Augenblick, bis ihre Augen sich an die Dunkelheit gewöhnt hatten. Dann trat sie ein und schlich zu den ersten Etagenbetten. Sie waren leer.

Von irgendwo weit her, von jenseits der Hügel, schien plötzlich Licht auf. Das Licht wurde heller, und Katharine meinte, auch fernes Motorengeräusch zu hören. Sie wusste, dass das motorisierte Bataillon der ägyptischen Armee, das die Baustelle bewachte, sein Hauptquartier genau in dieser Richtung hatte. Sie hatten also auch bemerkt, dass etwas Ungewöhnliches passiert war. Das war eine gute Nachricht!

Katharine ging zum anderen Ende der Baracke. Alle sechzig Etagenbetten waren leer. Die Mitarbeiter hatten sich in der Nacht ohne Ankündigung entfernt. Waren sie freiwillig gegangen, oder hatte jemand sie dazu gezwungen? Mit einem Schaudern begriff Katharine, dass die Personen, die die Arbeiter vertrieben hatten, immer noch anwesend sein konnten.

Katharine schlich zur Tür der zweiten Baracke und spähte hinein. Auch sie war leer. Sie machte sich nicht die Mühe, auch noch die sechs anderen Baracken zu überprüfen, sondern begann in Richtung Kontrollraum zu rennen. Ihr war klar, dass hier etwas nicht stimmte.

Als Katharine im Kontrollraum ankam, war dort niemand. Nur die Außenbeleuchtung brannte. Auch das war ungewöhnlich, denn der Kontrollraum hätte besetzt sein müssen.

Katharine trat ein und stolperte sofort über ein Hindernis, das vor der Schwelle lag. Als sie im Dunkeln nach dem tastete, was sie zu Fall gebracht hatte, traf ihre Hand auf etwas Weiches, Nasses und Klebriges. Angst überkam sie, denn sie verstand sofort, was sie gefunden hatte. Als sie nach der Halsschlagader tastete, stellte sie fest, dass sie eine Leiche berührte, denn die Haut war schon deutlich abgekühlt. Sie wagte nicht nachzusehen, wer da am Boden lag.

Katharine schaute aus dem Fenster in die Richtung, aus der das motorisierte Bataillon anrückte. Wie nahe waren die Hilfstruppen schon? Hinter dem Hügel schimmerte weiterhin Licht, aber wieder war etwas nicht so, wie es hätte sein sollen.

Es war, als wären die Lichter des motorisierten Bataillons schwächer und nicht stärker geworden.

Und der Turm?, dachte Katharine. Dort war doch wohl jemand? Sollte sie es wagen, den Turm zu rufen? Und wenn die ungebetenen Gäste sich noch immer dort befanden?

Katharine war still und horchte. Sie hörte weder Schritte, Rascheln noch Atmen. Das bewies jedoch noch nichts. Andererseits wäre es für jemanden, der noch da war, ein Leichtes gewesen, sie anzugreifen, als sie den Raum betrat.

Katharine beschloss, das Risiko einzugehen. Sie ging zum Haupttisch des Kontrollraums und nahm das Mikrofon des internen Telefonnetzes in die Hand. Sie rief den Turm, bekam jedoch keine Antwort. War die Verbindung unterbrochen, oder war im Turm niemand? Als Nächstes versuchte Katharine, die Desert Queen zu rufen und dann Ulrich Ludlow und Jacques Desvernois. Niemand antwortete.

Wieder trat sie ans Fenster und sah jetzt deutlich, wie auf einem Tablett, die Lichter der Lastwagen des Bataillons, das die Baustelle bewacht hatte. Sie entfernten sich. Die Autos fuhren weg, ihre Lichter zeigten in Richtung Kairo. Was hat das zu bedeuten?, fragte sich Katharine.

Dann hörte sie vom Gang her Lärm. Es war ein Fehler, keine Waffe mitzunehmen, dachte sie. Aber einen Augenblick später sah sie, dass die Ankömmlinge Razia al-Qasreen und Janet Kendall waren. Katharine sah, dass Janet eine Maschinenpistole in der Hand hielt.

»Die Baracken sind leer«, sagte Katharine. »Nirgends eine

Menschenseele. Alle sind fort. Und niemand antwortet auf meinen Ruf.«

Janet nickte. Nervös biss sie sich auf die Lippe.

»So etwas habe ich schon befürchtet. Sie haben unser gesamtes internes Netz lahmgelegt.«

»Hast du versucht, den Energieminister anzurufen?«

Janet schüttelte den Kopf.

»Die Leitung ist tot.«

»Hast du es mit dem Handy versucht?«

»Auch das funktioniert nicht.«

»Wie ... Das kann doch nicht möglich sein«, wunderte sich Katharine.

»Offenbar ja doch«, sagte Janet. »Jemand hat unsere Telefonverbindungen gekappt und unsere Linkstation lahmgelegt. Einer unserer eigenen Mitarbeiter. Sarah und Ulrich sind gegangen, um nachzusehen, ob man die Linkstation reparieren kann, aber ich fürchte, das wird nicht gelingen. Die Desert Queen ist an ihrem Platz, aber im Tank des Hubschraubers ist verdammt viel Zucker, und das Halteseil der Kleinen Prinzessin ist durchtrennt. Sie haben sie einfach aufsteigen lassen!«

Das alles gefällt mir gar nicht, dachte Katharine.

»Wir sind isoliert«, sagte sie laut.

16

»Es ist Zeit, haltzumachen«, bemerkte Khadidja.

Lauri war völlig erschöpft. Als er von seinem Kamel abstieg, schwankte er und wäre beinahe gestürzt. Er sackte auf dem Sand zusammen, und obwohl er heftigen Durst hatte, musste er einen Augenblick verschnaufen, bevor er das Wasser aus der Satteltasche nehmen konnte. Das war eine einfache Operation, aber sie erschien ihm plötzlich ungeheuer anspruchsvoll.

Der Wind hatte sich gelegt, und in der Wildnis war es wieder ganz still. Es war auch kühler, und Lauri erschauerte. Lag das an der gesunkenen Temperatur oder an der Müdigkeit oder …? Lauri wollte den Gedanken nicht zu Ende denken. Es würde nichts bringen, denn sie hatten kein Antibiotikum.

Sie saßen in der dunklen Nacht und horchten aufmerksam, ob aus dem Sandmeer Motorengeräusche herüberklangen. Aber sie hörten nichts, und sie sahen weder Scheinwerferlicht noch Leuchtraketen.

»Nichts«, sagte Lauri. »Haben wir sie abgeschüttelt?«

Khadidja zuckte die Achseln.

»Schwer zu sagen. Die Kolonnen, die uns bis zur Sandwüste verfolgten, haben große Schwierigkeiten. Sie kriegen ihre Fahrzeuge nicht gleich wieder flott. Im Sand der Sahara sind auch früher schon ganze Armeen untergegangen.«

Lauri erinnerte sich, irgendwo die Geschichte von Großkönig Kambyses gelesen zu haben. Der hatte aus Persien eine

Armee von vierzigtausend Mann in die Westliche Wüste geschickt, um die Oase Siwa zu erobern, die hartnäckig der Macht seines gewaltigen Imperiums getrotzt hatte. Wo war doch von dieser Erzählung die Rede gewesen? In Herodots Historien oder irgendwo anders? Als jedenfalls die Armee, die von Theben aufgebrochen war, die Oase Kharga passiert hatte, war sie in einen Sandsturm geraten und im Sand begraben worden. Dieser Geschichte zufolge wurde niemals auch nur ein einziger Krieger des Kambyses wiedergefunden.

»Andererseits hat das Flugzeug den Sturm kommen sehen müssen und sicherlich mehrere Kolonnen gewarnt«, ergänzte Khadidja, und in ihrer Stimme lag ein leicht ärgerlicher Ton. »Diejenigen, die in der Hammada geblieben sind, haben kein Problem. Aber zumindest hat der Sturm unsere Spuren verweht!«

»Sollten wir einfach auf der Stelle bleiben?«, fragte Lauri. »Wenn sie unsere Spuren nicht sehen, ist das Gebiet, in dem sie suchen müssen, zu groß.«

Khadidja schüttelte den Kopf.

»Leider müssen wir in Bewegung bleiben. Wir müssen zum Stein kommen, bevor unser Wasser verbraucht ist.«

Wieder dieselbe Geschichte, seufzte Lauri in Gedanken. Sie ruhten sich einige Stunden aus und machten sich nach Sonnenuntergang wieder auf den Weg. Die ganze Nacht hindurch wanderten sie und legten sich erst bei Sonnenaufgang für ein paar Stunden zur Ruhe.

Als Lauri erwachte, schlief Khadidja noch. Bei dem Versuch, seinen linken Arm zu bewegen, zuckte er vor Schmerz zusammen. Der ganze Arm war steif, und als er die Umgebung der Wunde durch den Verband hindurch berührte, stellte er fest, dass die Haut geschwollen und straff gespannt war. Der Arm war sehr empfindlich, und der darin pulsierende Schmerz war viel heftiger geworden. Außerdem fror Lauri, obwohl die Sonne hoch stand und es in der Wüste schon ziemlich heiß war. Er sagte Khadidja jedoch nichts, sondern ließ sie schlafen. Viele Fliegen umschwirrten Lauri jetzt, er musste sie ständig von den Lippen blasen und ganze Schwärme von seinem Gesicht und dem verwundeten Arm verscheuchen. Schließlich hatte er das satt und wickelte sich ein Tuch um das Gesicht. Verstehen die Fliegen, dass ihnen bald ein großer Haufen toten Fleisches geboten wird?, überlegte er. Riechen sie die Wunde?

Lauri erkannte, dass sich die Wunde stark entzündet haben musste, denn er hatte eindeutig hohes Fieber, und er spürte, dass seine Kräfte schnell nachließen. Sie warteten die heißesten Mittagsstunden ab, setzten dann aber ihren Weg nach Südwesten schon am Nachmittag fort, viele Stunden vor Sonnenuntergang. Khadidja wollte schnell möglichst weit kommen, damit ihre Verfolger es schwerer hatten, ihnen wieder auf die Spur zu kommen. Noch hatten sie keine Anzeichen dafür gesehen oder gehört, dass man sie gefunden hätte.

Lauri fror jetzt ständig, und der Kopf tat ihm weh. Er versank allmählich in einen schlafähnlichen Zustand und schreckte ab und zu auf, wenn er bemerkte, dass er sein Zeitgefühl vollkommen verloren hatte. Er wusste nicht mehr, ob sie vor zehn Minuten oder vor sechs Stunden aufgebrochen waren.

Einmal sahen sie eine Reihe eigentümlicher, aus dem Sand herausragender runder Gebilde. Sie waren wie antike, mit Sand gefüllte Brunnen, waren aber in einer geraden Linie hintereinander aufgereiht. Der Anblick war bizarr und unwirklich. Dann ging es Lauri auf, dass er eine uralte Foggara vor sich hatte, einen waagerechten Brunnen. Das war eine

Konstruktion, die in alter Zeit als ein Wasser auffangender Brunnen und zugleich dazu gedient hatte, das Wasser in die gewünschte Richtung zu leiten.

»Eine Foggara?«, fragte Lauri.

Khadidja nickte. Sie war offensichtlich freudig davon überrascht, dass Lauri wusste, worum es sich handelte.

Lauri war bekannt, dass ähnliche Konstruktionen im Iran unter der Bezeichnung Qanat und in Indien als Suranqam bekannt waren. In den islamischen Gebieten von China und Afghanistan hießen sie Karez. Noch zu Zeiten von Khan Reza Pahlewi hatte der Iran fast sein gesamtes Trinkwasser aus vierzigtausend Qanats bezogen, von denen einige viele Dutzend Kilometer lang waren.

Die Muslime bauten Windräder mit Senkrechtachsen, und wir Christen bauten sie mit waagerechten Achsen, dachte Lauri. Wir haben immer nur senkrechte Brunnen gebaut, aber die islamische Zivilisation stützte sich großenteils auf waagerechte Brunnen. Was hatte das zu bedeuten? Sollten wir daraus etwas lernen?

Aber wie konnte es mitten in der Sahara waagerechte Brunnen geben?

»Wer hat die gebaut?«, fragte Lauri verwundert. »Hier?«

Khadidja ließ sich in den Sand hinabgleiten und ging zu der runden, an einen Brunnen erinnernden Anlage. Lauri sah, wie sie mit der Hand über deren Ränder strich, so als streichelte sie den uralten Zement mit den Fingern.

»Hier befand sich einst tausend Jahre lang ein großes Reich«, sagte Khadidja. »Garamantes.«

Ja, natürlich, dachte Lauri. Auf den Namen Garamantes war er schon viele Male gestoßen. Kern von Garamantes war der Fessan gewesen, aber zu seiner besten Zeit hatte es über ein Gebiet geherrscht, das viel größer war als Europa und sich vom Niger bis zum Nil und vom Mittelmeer bis zum Tschadsee erstreckte.

»Wir Teda sind wahrscheinlich Nachkommen der Einwohner von Garamantes«, erklärte Khadidja. »Wir haben ja sehr dunkle Haut, so wie auch sie.«

Lauri beschirmte sich mit der Hand die Augen. Die Reihe der immer kleiner werdenden runden Gebilde setzte sich anscheinend schnurgerade fort, ohne dass ein Ende zu sehen war. Die Anlage war erstaunlich groß.

Lauri erinnerte sich, gelesen zu haben, dass die Kriegswagen von Garamantes besser gewesen waren als die römischen und dass Garamantes auch mehr Kriegselefanten gehabt hatte. Außerdem bot die Sahara einen natürlichen Schutz vor den Römern. Dann – war das nun neunzehn Jahre vor Christus gewesen? – hatte der römische Prokonsul Lucius Cornelius Balbus es endlich geschafft, durch die Sahara ausreichend Wasser, Nahrungsmittel, Futter, Pferde und Männer zu transportieren und die Armee von Garamantes in der großen Schlacht von Garama oder Germa zu besiegen.

»Als Garamantes den Krieg gegen Rom verloren hatte, zogen sich unsere Vorväter in die große Festung des Steins zurück«, erklärte Khadidja, so als hätte sie Lauris Gedanken gelesen. »Uns dorthin zu folgen wagten die Römer nicht.«

Auch Lauri stieg vom Kamel. Er nahm aus der Satteltasche die Feldflasche und setzte sich damit auf die Schattenseite des nächsten runden Zementturms. Khadidja setzte sich neben ihn auf den Sand und las kleine Steine auf. Dann warf sie sie einen nach dem anderen zu Boden, sodass sie gegeneinanderprallten und über den Sand kullerten.

»Garamantes war die große Leidenschaft meines Vaters«, erzählte Khadidja. »Fast eine Zwangsvorstellung.«

Lauri setzte die Feldflasche an die Lippen und trank gierig.

Trotz der kühlenden Wirkung des Wassers spürte er, wie seine Wangen glühten und wie ihn der Kopf schmerzte.

Ein neuer Sandsturm fiel über sie her, nur eine Stunde, nachdem sie sich wieder auf den Weg gemacht hatten. Es war jedoch kein solcher Sandsturm wie der Shahali, der wie eine hohe Wand über die ganze Welt herfiel und der am Vortag zumindest einen Teil ihrer Verfolger unter sich begraben hatte.

Der Sturm begann fast unmerklich. Ein leichter Windhauch wischte über die Wüste und rührte hier und dort aus dem Sand feine Staubwirbel auf. Khadidja stieg sofort von ihrem Kamel und fasste es bei den Zügeln. Dann band sie sich wieder das Tuch um das Gesicht, sodass Mund und Nase bedeckt waren.

»Ein Sandsturm«, sagte Khadidja.

»Meinst du?«, fragte Lauri verwundert. »Schon wieder? So bald?«

Seine Stimme klang müde und breiig. Khadidja sah, dass es ihm schwerfiel, sich aufrecht auf dem Kamel zu halten.

»Glaub mir. Aber du siehst jetzt, ehrlich gesagt, nicht sehr gut aus.«

Lauri stieg mühsam ab. Es fehlte nicht viel, und er wäre gestürzt. Khadidja trat zu ihm und berührte mit der Hand seine Stirn. Sie war glühend heiß.

»Du hast hohes Fieber«, sagte Khadidja. »Wir sollten uns deinen Arm noch einmal ansehen.«

»Mir geht es ganz gut«, stammelte Lauri.

»Warum hast du nichts gesagt?«, fragte Khadidja vorwurfsvoll.

»Was hätte das genützt?«, knurrte Lauri.

Ein neuer Windstoß fegte über das Sandmeer. Die Oberfläche der Wüste begann zu rauchen. Die Sandwüste war plötzlich von einem feinen Staubstrom bedeckt, den der Wind mit sich führte. Als er stärker wurde, stiegen höhere Wirbel von Staub und feinem Sand auf wie Minitornados. Ihre Zahl nahm rasch zu. Einen Augenblick später waren sie überall.

»Wir können jetzt nichts machen«, rief Khadidja. »Du musst einfach versuchen, auch diesen Sturm zu überstehen.«

»Kein Problem«, erwiderte Lauri tapfer. »Ich komme schon klar.«

Aber seine Stimme war nichts als ein Pfeifen, und Khadidja wirkte noch besorgter.

»Wir müssen in Bewegung bleiben«, sagte sie. »Aber wir gehen langsam voran. Schritt für Schritt.«

Die Wirbel glitten über die Oberfläche des Sandmeers, und es wurden immer mehr und mehr. Auch die Umrisse des Sandfelds verwischten sich zwischen den Wirbeln. Einen Augenblick später war die ganze Oberfläche der Wüste in Bewegung, und feiner Sand und Staub sprühten jetzt in größerer Höhe wie eine alles bedeckende Hülle. Der waagerecht fliegende Sand zischte und sauste, zuerst gedämpft, dann immer stärker.

Der Wind ließ jetzt kleine Steine über die Oberfläche der Wüste kullern. Als der Luftstrom stärker wurde, stiegen die kleinen Steine höher auf, sie prasselten erst gegen die Beine und etwas später gegen Schenkel, Taille und Rücken. Zugleich trommelten und prasselten sie gegen die Oberfläche von Felsen und Steinen.

Es war, als wäre das ganze Sandmeer in Bewegung geraten. Die großen, Dutzende oder hundert Meter hohen Dünen begannen zu rauchen und zu wandern. Überall dort, wo ein Stein oder Brocken sich dem Wind in den Weg stellte und ihn versperrte, sammelte sich im Nu eine Schicht Sand, und kurz darauf gab es dort schon eine neue kleine Sanddüne, die schnell an Höhe und Breite zunahm. Die Klarheit des Himmels war zu einem blasseren, graublauen Dunst geworden.

Bisher hatte Khadidja die höchsten Erhebungen der Dünen umgangen, aber jetzt kletterte sie höher hinauf und vergewisserte sich ab und zu, dass Lauri in ihrer Nähe blieb. Je höher hinauf sie kamen, desto heftiger zerrte der Wind an ihren Kleidern. Als Lauri in die Windrichtung schaute, schlug ihm der Flugsand ins Gesicht und blendete ihn. Es dauerte lange, bis er den Sand aus den Augen gewischt bekam und wieder ordentlich sehen konnte. Seine Augen schmerzten und brannten. Sie tränten, und er hatte das Gefühl, dass sein Mund halb voll Sand war. Er hustete und spuckte, aber er hatte nicht mehr genug Spucke und wurde den Sand nicht los, obwohl er ihn sich mit den Fingern aus dem Mund holte.

Khadidja stieg immer höher hinauf zum Scheitel einer unermesslich großen und schwindelerregend hohen Düne, trotz des teuflisch heulenden Windes. Oben angelangt, befanden sie sich für einen Moment oberhalb des über die Wüste dahinjagenden Sandgestöbers. Die Sicht wurde vorübergehend besser, aber beim Abstieg gerieten sie wieder in den Sandsturm.

Dieser Albtraum dauerte viele Stunden, bis sie schließlich von der Sandwüste auf eine Hammada gelangten und die Menge des durch die Luft sausenden Sandes abnahm.

Im Mondlicht sah Khadidja eine Höhle, die groß genug wirkte, um ihnen und ihren Kamelen Platz zu bieten. Als Lauri von seinem Kamel stieg, schwankte er heftig und versuchte, sich am Sattel festzuklammern, fiel jedoch der Länge nach auf den Sand. Seine Kräfte reichten nicht mehr aus, sich wieder hochzuarbeiten. Die Glieder gehorchten ihm einfach nicht.

Ich bin am Ende, dachte er.

Khadidja führte beide Kamele in die Höhle und kehrte dann zu Lauri zurück. Sie legte sich Lauris gesunden Arm um den Hals und zerrte ihn in die Senkrechte. Khadidja ist überraschend stark, dachte Lauri.

»Sehen wir uns jetzt mal die Pfote an«, sagte Khadidja.

»Das hat keinen Sinn, das bringt doch nichts«, wehrte Lauri ab.

Khadidja beachtete seinen Widerstand nicht, sondern rollte die Binde auf. Sie rümpfte die Nase, als der Gestank von faulem Fleisch ihr entgegenschlug. Lauris Arm war geschwollen wie ein Luftballon, und er war böse gerötet.

»Du hättest mir das sagen sollen«, tadelte Khadidja. »Noch eine Weile, und dein Arm wäre ganz schwarz gewesen. Da kann auch jetzt schon Nekrose drin sein.«

»Glaubst du?«, stammelte Lauri.

»Ich muss die Wunde öffnen«, sagte Khadidja. »Das wird jetzt ein bisschen wehtun.«

»Das macht nichts. Es ... tut sowieso weh.«

Khadidja holte ihr Messer heraus und ergriff den verletzten Arm.

»Müsstest du nicht ein bisschen ... sterilisieren ...«

»Wie denn? Außerdem glaube ich nicht, dass an meinem Messer schlimmere Bakterien sind als die, die schon jetzt in der Wunde sind!«

Ohne Vorwarnung vollzog Khadidja einen raschen Schnitt in Lauris Arm. Das Geschwür brach sofort auf, und mit hohem Druck spritzte gelber Eiter heraus. Auch Khadidja bekam etwas davon ab.

»Verzeihung«, sagte Lauri.

Khadidja verband die Wunde nicht, sondern ließ sie offen. Sie ließ Blut, Eiter und Gewebeflüssigkeit in aller Ruhe abfließen. Dann nahm sie die Feldflasche und spülte die Wunde aus, so gut es ging, ohne sich um Lauris leidende Miene zu kümmern.

»Das ... tut etwas weh«, stellte Lauri fest.

Khadidja kommentierte seine Bemerkung nicht, sondern hielt die Wundränder offen. Schon setzte sich die erste Fliege auf Lauris Arm.

»Wäre es nicht eine gute Idee, die Wunde wieder zu verbinden?«, fragte Lauri.

»Ja, aber erst, wenn die Fliegen ihre Arbeit getan haben.«

»Wie bitte, was hast du gesagt?«

Khadidja antwortete nicht, und Lauri kam nicht dazu, seine Frage zu wiederholen, denn die Erschöpfung übermannte ihn, und er sank in den Schlaf.

Als er erwachte, wusste er nicht, wie viele Stunden er geschlafen hatte, aber Khadidja kam sofort zu ihm und gab ihm so viel Wasser zu trinken, wie er nur konnte. Dann prüfte Khadidja seine Stirn. Lauri hatte weiterhin hohes Fieber, und er fror. Vielleicht war das Fieber ein wenig gesunken, aber Khadidja war sich dessen nicht sicher. Als Nächstes befühlte sie Lauris geschwollenen Arm. Lauri stöhnte vor Schmerz, als Khadidjas Finger ihn berührten. Khadidja hatte eine neue und sauberere Binde um die Wunde gewickelt, aber die war noch immer entzündet. Das war kein Wunder, denn sie hatten weder westliche antimikrobielle Medikamente noch einheimische Kräuter, nicht einmal heißes Wasser.

»Ist es irgendwie besser?«, fragte Khadidja.

»Ich ... weiß nicht. Vielleicht ein bisschen.«

»Wir müssen leider weiter. Aber einen Augenblick können wir uns noch ausruhen.«

»Das ist mir recht.«

»Übrigens ... Dieser letzte Sandsturm. So einen nennt man ›Laken‹«, erklärte Khadidja. »Der erste war eine ›Wand‹.«

»Ich kann mir gut vorstellen, woher die Bezeichnung kommt«, sagte Lauri matt. »Gibt es davon noch mehr?«

»Ja. Bestimmte Sand- und Staubtornados sind der dritte Haupttyp. Sie können einen Mann und ein Kamel in die Luft heben.«

»Das kann ich kaum erwarten«, sagte Lauri.

17

»Wir haben noch die Königin«, sagte Janet. »Darin ist ein Funkgerät.«

»Glaubst du, sie wollen uns angreifen?«, fragte Katharine.

Janet nickte.

»Es sieht ganz so aus.«

»Wie viele sind wir?«, fragte Katharine.

»Siebzehn«, antwortete Janet. »Sicherheitsleute und sonstiges Personal zusammengenommen sechzehn, und du. Also insgesamt siebzehn.«

»Nur?«

»Ich fürchte, ja. Alle anderen sind verschwunden. An fast alle von uns habe ich schon Waffen verteilt. Vielleicht solltest auch du eine nehmen. Zur Sicherheit.«

»Vielen Dank«, seufzte Katharine.

Janet wandte sich an Razia.

»Sollten wir ausprobieren, ob das Funkgerät der Königin funktioniert?«

Razia zögerte.

»Hmm ... Es gibt etwas, worüber wir sprechen sollten«, sagte Razia unsicher. »Etwas, das ihr wissen solltet. Es kann eure Entscheidungen beeinflussen, wenn es eng wird.«

Warum macht Razia den Eindruck, als fühlte sie sich schuldig?, dachte Katharine verwundert. Was wissen wir nicht? Was könnte das überhaupt sein?

»Sendet zuerst die Nachricht«, sagte Janet. »Also, falls das

Funkgerät vielleicht doch funktioniert. Dann reden wir weiter.«

»Na gut«, lenkte Razia ein.

Janet und Katharine begaben sich auf die Brücke, die über das Gewächshaus führte. Janet hatte ein Sturmgewehr über der Schulter und zwei Reservemagazine am Gürtel. Sie sahen zu, wie die Sonne hinter den nahen Hügeln aufging. Es war ein schöner Anblick, aber diesmal weckte er bei Katharine nur böse Ahnungen. Es wäre sehr überraschend, wenn an dem gerade anbrechenden Tag nichts Unangenehmes passieren würde. Es drängte sich Katharine die Frage auf, für wie viele von ihnen dieser Sonnenaufgang der letzte sein würde.

Eine halbe Stunde später hörten sie über sich ein mattes Brummen. Als sie in dessen Richtung schauten, sahen sie, dass der Lift von der Turmspitze herabkam. Der Ankömmling war Ulrich Ludlow. Auch er hielt eine Maschinenpistole mit kurzem Lauf in der Hand.

»Wir haben das interne Kommunikationsnetz wieder in Gang gebracht«, sagte Ulrich. »Wir konnten nicht reparieren, was sie zerstört haben, aber wir hatten funktionsbereite Ersatzmodule.«

»Sehr gut«, sagte Janet. »Und die externen Verbindungen?«

Ulrich wurde ernst.

»Da können wir nichts machen.«

»Das hab ich mir schon gedacht. Aber die Hotchkiss des Turms ist wieder besetzt?«

Ulrich nickte.

»Ja, Mustafa ist dort. Jacques ist bei der anderen Hotchkiss auf den Hügeln. Ich geh selbst zu der zweiten, sobald ich dazu komme.«

»Und die EMP?«, fragte Janet.

»Sarah ist im Norden, Hoa im Osten und Abdullah im Süden.«

»Die Königin?«

»Razia, Nersi und Raphaela sind schon dort. Sie haben das Funkgerät nicht in Gang bekommen, sodass sie Hilfe holen wollen. Sie müssten in einigen Minuten aufbruchbereit sein.«

»Gut«, sagte Janet.

Allen dreien war bewusst, dass die Desert Queen jetzt ihre größte Hoffnung war.

Janet schaute zu dem über dem Turm dümpelnden Luftschiff hinauf. Der Wind wehte aus einer guten Richtung, die Desert Queen würde in einer Stunde über bewohnte Gegenden gelangen.

Ulrich machte den Mund auf, um noch etwas zu sagen, als plötzlich etwas hoch über ihnen explodierte. Ein überwältigendes Krachen blockierte ihre Ohren, und die Druckwelle warf sie zu Boden wie eine gewaltige Faust.

18

Gegen Abend, als die Sonne unterging, geleitete Khadidja Lauri wieder hinaus zu den Kamelen. Lauri zitterte vor Fieber, dass ihm die Zähne klapperten, und er war so schwach wie ein Kleinkind. Khadidja erkannte, dass Lauri nicht die Kraft haben würde, sich auf dem Kamelrücken zu halten. Sie schaffte es, dass Lauris Kamel sich auf die Knie niederließ. Trotz des Fiebers begriff Lauri, dass es sich um einen Trick handelte, auf den das Kamel durchaus nicht immer einging. Khadidja schob Lauri auf den Rücken des Tieres und band ihn dann an Taille und Beinen fest. Noch ehe sie das erledigt hatte, war Lauri schon eingeschlafen. Oberkörper und Kopf hingen ihm vornüber, aber die Seile, mit denen Khadidja ihn festgebunden hatte, verhinderten, dass er runterfiel. Khadidja kletterte auf ihr eigenes Kamel und setzte sich in Bewegung, wobei sie Lauris Kamel an der Leine führte.

Lauri kam erst Stunden später wieder zu Bewusstsein. Er hatte gnadenlose Kopfschmerzen und fror. Sein Arm kam ihm fremd vor und war unförmig angeschwollen, und ein endloser Schmerz pochte darin.

Es dauerte lange, bevor Lauri wusste, wo er sich befand. Vor ihnen in der Ferne zeichneten sich schwarze, vom Mond beleuchtete Felsen ab. Oder niedrige Berge.

»Tu«, sagte Khadidja. »Der Stein.«

Lauri in seinem Fieberwahn verstand nicht, was Khadidja sagte.

Als sie sich dem am Horizont aufragenden schwarzen

Gebirge näherten, wichen der gelbe Sand und der gelbliche und rötliche Sandstein schwarzem Lavabasalt. Eine Stunde später hatte sich die ganze Landschaft vollkommen verändert.

Es war, als stiegen aus dem Sand große, hundert und zweihundert Meter hohe, pechschwarze Wellen auf. Zwischen den für immer und ewig auf der Stelle erstarrten Lavabasaltwellen erstreckten sich sand- und kiesbedeckte Flächen, aber die wurden immer kleiner, als sie sich den Bergen näherten.

Khadidja suchte die Wüste mit Lauris Nachtfernglas ab. Sie bewegte es langsam von einer Seite zur anderen, lange Zeit. Dann hielt ihr Blick inne. Khadidja setzte das Fernglas ab. Sie wirkte plötzlich sehr müde.

»Sie haben uns wiedergefunden«, sagte sie leise.

Verdammte Satelliten, dachte Lauri. Sie müssen Satelliten benutzen. Sonst hätten sie uns nicht finden können. Nach zwei Sandstürmen und in so großer Entfernung!

»Bist du sicher?«, fragte er.

»Dort sind mindestens zwanzig Lastwagen, schon ziemlich nahe, und sie kommen direkt auf uns zu«, antwortete Khadidja. »Das kommt mir sehr bekannt vor. Und weiter hinten sind anscheinend noch mehr davon. Viele Kolonnen.«

Lauri betrachtete jetzt die schon ganz nahen Berge.

»Wenn es in diesen Bergen Höhlen gibt, bist du dort in Sicherheit. Lass mich zurück, dann kannst du selbst dich retten.«

Khadidja machte sich nicht die Mühe zu antworten.

»Mein Fieber steigt wieder. Ich werde immer schwächer. Lass mich sie in eine andere Richtung locken, solange ich dazu noch in der Lage bin«, versuchte Lauri es noch einmal.

Khadidja betrachtete die nächstgelegenen Berghänge und

ihre scharfen Grate. Lauri verstand nicht, worüber sie nachdachte. Wieder betrachtete Khadidja mit dem Nachtfernglas die näher kommenden Kolonnen. Dann fasste sie ihren Entschluss und wandte sich den nächstgelegenen Bergen zu, ohne noch mehr Zeit für die Lageanalyse zu verschwenden.

Nach ein paar Hundert Metern endeten die Sandflächen ganz und gar. Nur noch pechschwarzer Basaltstein war übrig, so weit das Auge reichte.

Sie setzten ihren Weg fort, aber die Berge vor ihnen schienen überhaupt nicht näher zu kommen. Lauri hatte den Eindruck, als wären sie im Sumpf oder in nassem Beton steckengeblieben.

Die Sonne ging auf, und der Lavabasalt begann Wärme abzustrahlen. Ein so schwarzer Lavastein saugt bestimmt die gesamte Sonnenstrahlung auf, dachte Lauri. Wie ein Schwamm.

Drei Stunden später war die Temperatur auf mindestens sechzig Grad angestiegen, sodass sie beide schweißnass waren. Himmel, was für eine Hitze, dachte Lauri. Einer Ohnmacht nahe hing er auf dem Kamelrücken und wäre schon längst hinuntergefallen, wenn die Seile ihn nicht festgehalten hätten.

Die Kanten des Basaltsteins wurden schärfer, und ihr Tempo verlangsamte sich. Die Kamele achteten auf ihre Füße und schritten immer lustloser vorwärts. Jetzt kommen wir wirklich langsam voran, dachte Lauri. Ihre Verfolger hatten in der Nacht und am Morgen den Abstand zu ihnen gnadenlos verringert. Immer wenn Lauri hinter sich geblickt hatte, war die nächste Kolonne von etwa zwanzig Lkws wieder etwas näher gekommen. Vor einer Stunde waren die Verfolger vielleicht fünfundzwanzig Kilometer entfernt gewesen, jetzt war die Entfernung auf fünf oder sechs Kilometer geschrumpft. Das hat alles keinen Sinn, dachte Lauri, unsere Chancen stehen bei nicht einmal eins zu einer Million.

In wenigen Augenblicken würden ihre Verfolger in Reichweite eines automatischen Gewehrs sein, und nichts würde sie mehr retten können. Wie viele Männer passen in zwanzig Lastautos?, überlegte Lauri. Vierhundert? Wenn alle bewaffnet waren, könnten sie in wenigen Sekunden eine beträchtliche Menge Blei auf sie abfeuern. Und das offene Basaltfeld würde ihnen keinerlei Schutz bieten.

Die Kanten des Basalts wurden immer schärfer. Die Kamele weigerten sich, weiterzugehen. Es war klar, dass die messerscharfen Basaltkanten den Tieren die Füße zerschneiden würden.

»Wir müssen zu Fuß weiter«, erklärte Khadidja.

»Geh du«, stammelte Lauri. »Ich weiß nicht, ob ich dazu in der Lage bin.«

»Red keinen Blödsinn«, sagte Khadidja streng.

Khadidja nahm zwei Gewehre und Lauris Rucksack, in dem sich einige Wasserflaschen und das Fernglas befanden. Dann löste sie die Stricke, die Lauri auf dem Sattel hielten, und half ihm herunter. Als er nach den näher kommenden Lkws schaute, sah er, dass sie nur noch etwa vier Kilometer entfernt waren. Auch die Berge waren jetzt viel näher. Bis zu den Berghängen waren es vielleicht fünf- oder sechshundert Meter, und die Hänge sahen so aus, als wären sie voller Risse, Höhlen und großer Steinblöcke. Sechshundert Meter waren normalerweise keine Entfernung, aber jetzt hätten die Berge ebenso gut auf dem Mond sein können. Lauri hatte das Gefühl, er würde keine fünf oder sechs Schritte gehen können, ohne umzufallen. Außerdem würden ihnen selbst dann, wenn sie in günstigeres Gelände kämen, auch die Steinblöcke nichts nützen, da das Kräfteverhältnis mindestens zweihundert zu eins betrug.

Aber Khadidja hatte nicht vor, aufzugeben. Vielleicht hat sie niemals Wahrscheinlichkeitsrechnung gelernt, dachte Lauri.

Khadidja ließ die Kamele frei und warf sich den Rucksack auf den Rücken. Dann nahm sie die Gewehre auf die Schulter und zog Lauri hoch.

»Gehen wir«, sagte sie. »Wir haben nicht allzu viel Zeit.«

»Wir schaffen das nicht«, klagte Lauri, als Khadidja begann, ihn über den Basalt zu schleifen.

Wieder wunderte sich Lauri, wie stark Khadidja war, denn obwohl ihr zwei schwere Gewehre über der Schulter hingen, schaffte sie es auch noch, den größten Teil von Lauris Gewicht zu tragen, sodass er bisweilen fast das Gefühl hatte, auf Luft zu gehen und die Beine im Leeren zu bewegen. In den Beinen hab ich nur noch frustrierend wenig Kraft, dachte Lauri.

Der Lavabasalt war so scharf, dass Lauri die Kanten selbst durch die dicken, eisenbeschlagenen Sohlen seiner Schuhe spürte. Es grauste ihn, sich vorzustellen, was geschehen würde, wenn sie auf das Gesicht oder den Bauch fallen würden. Der Basalt würde bestimmt schneiden wie Schotter aus Glasscherben.

Es war noch heißer geworden, und obwohl Khadidja den größten Teil seines Gewichts trug, spürte er, wie der von der Sonne versengte Basalt seine Fußsohlen verbrannte. Oh Himmel, gleich fangen die Stiefel an zu qualmen, dachte er. Khadidja war klitschnass und roch stark nach Schweiß.

Lauri hatte rasende Kopfschmerzen, und sein Arm schmerzte. Schweiß rann ihm in die Augen, sodass sie brannten und er nicht mehr ordentlich sehen konnte. Er hatte es schon lange nicht mehr gewagt, zurückzublicken, aber das Motorengeräusch hinter ihnen wurde von Minute zu Minute lauter. Dann hörte er Schüsse und das Knattern automatischer Waffen, als die Verfolger das Feuer eröffneten. Er hörte jedoch nicht das Pfeifen der Kugeln und sah nicht, dass sie vom Boden Staub oder Steinsplitter aufwirbelten. Anscheinend waren ihre Verfolger noch zu weit entfernt.

Khadidja keuchte immer schwerer, und Lauri spürte, dass sie erschöpft war. Er versuchte, ihr nach besten Kräften zu helfen, aber seine Beine hatten keine Kraft. Wie lange würde Khadidja es noch aushalten?

Wieder eröffneten die Verfolger das Feuer. Jetzt pfiffen die ersten Kugeln an ihnen vorbei und flogen weiter, nachdem sie hier und dort von den Felsen abgeprallt waren. Auch Khadidjas Kräfte ließen nach. Stumpf gewordene Kugeln kullerten über den Sand. Der Beschuss war weiterhin sonderbar schwach, aber es war Lauri klar, dass es nur eine Frage der Zeit sein würde, bis sie getroffen wurden. Gleichzeitig wunderte er sich, warum die Lastwagen sie noch nicht erreicht hatten.

Und dann waren sie plötzlich in einer großen Höhle und vor dem Beschuss in Sicherheit. Eine erstaunliche, ja respektable Leistung von Khadidja, dachte Lauri. Leider mussten die Verfolger schon sehr nahe sein.

Als aber Lauri vorsichtig aus der Höhle schaute, sah er, dass die nächsten Lkws noch mindestens zwei Kilometer entfernt waren. Wie war das möglich?

Dann sah er, dass die Autos sehr vorsichtig und langsam fuhren. Ja, sie krochen geradezu, und sie bewegten sich ungleichmäßig und stockend. Männer gingen vor den Autos her, die Wagen fuhren noch ein Stückchen und blieben dann stehen. Immer wieder setzten sie zurück oder bogen seitlich ab. Offenbar suchten sie eine bessere Wegstrecke.

Außerdem waren die meisten Lkws weit hinter der Spitzengruppe zurückgeblieben. Sie standen reglos auf dem glühend heißen, schwarzen Basalt. Offenbar hatten die meisten ihre Reifen verloren, und unter der Motorhaube mancher Wagen stieg weißer Dampf auf. Die Hitze war für ihre Kühler zu stark geworden.

Khadidja keuchte immer noch schwer, aber sie richtete dennoch eines der Gewehre auf das nächste Lastauto. Lauri sah, dass die ganze Basaltebene und die hier und dort verstreuten Lastkraftwagen sich vor ihnen wie auf dem Präsentierteller befanden. Khadidja ließ die Autos ruhig näher herankommen. Sie wartete noch einige Minuten, bis ihr Atem sich beruhigt hatte und sie imstande war, genau zu zielen. Dann drückte sie auf den Abzug und durchschoss gleich beim ersten Versuch den linken Vorderreifen des nächsten Autos.

Anschließend gab sie drei Schüsse auf den Kühler des zweiten Autos ab. Unter der Motorhaube stieg eine kleine weiße Dampfwolke auf.

Khadidja setzte den Beschuss fort und feuerte je einen Schuss durch das Verdeck der beiden Autos, die sie zum Stehen gebracht hatte. Das verursachte sofort eine Massenflucht. Unter dem Verdeck sprangen immer mehr Gestalten hervor, die wie europäische Sicherheitsleute aussahen und sich hinter den Lkws am Boden eng zusammendrängten.

Khadidja richtete ihre Aufmerksamkeit auf drei Autos, die etwas weiter entfernt angefahren kamen, und brachte sie mit acht sorgfältig gezielten Schüssen zum Stehen. Dann gab sie zwei Schüsse auch auf deren Verdecke ab, sodass die darunter hockenden Männer zu Boden sprangen und hinter dem Auto in Deckung gingen. Von den beiden nächstgelegenen Lastautos her krachten einige Gegenschüsse, aber nur die Männer an den äußersten Rändern konnten schießen, und ihre Kugeln schlugen, ohne Gefahr zu verursachen, in die Felsen, die Lauri und Khadidja schützten.

Meine Herren, Khadidja leistet ja Präzisionsarbeit, dachte Lauri voller Bewunderung. Vielleicht war die Jagd auf Wüstenspringmäuse wirklich eine gute Methode, schießen zu lernen!

Bei den Lkws begann es zu krachen und zu knattern, als die Verfolger sich beruhigt hatten und das Feuer eröffneten. Aber sie zielten zu hoch, und die Kugeln prasselten gegen die über ihnen aufragende Felswand. Einige Kugeln verirrten sich in die Höhle, aber sie verursachten keine gefährlichen Querschläger. Der Basalt war so hart, dass die Kugeln zerbrachen und an der Wand herabglitten.

Khadidja brachte noch zwei weitere Lkws zum Halten. Dann wartete sie darauf, dass die nächsten vier Autos, die weit hinter der Spitzengruppe zurückgeblieben waren, näher kamen. Als sie sich in optimaler Reichweite von Khadidjas Gewehr befanden, brachte sie sie mit einigen Dutzend Schüssen auf die Reifen und den Kühler zum Halten. Die restlichen neun Lkws waren sehr weit entfernt und kamen überhaupt nicht näher. Offenbar konnten sie nicht mehr fahren.

Trotz Hitze und Müdigkeit verstand Lauri Khadidjas Absicht. In den Fahrerhäusern und unter dem Verdeck waren die Angreifer vor der Sonne geschützt gewesen, und außerdem gab es in den Autos wahrscheinlich Klimaanlagen. Aber Khadidja hatte sie gezwungen auszusteigen, direkt in die Sonnenglut und auf den pechschwarzen Stein.

Lauri erkannte, dass Khadidja die Richtung geändert und auf die Berge zugestrebt war, weil sie sich dem Angriff genau hier hatte stellen wollen. Sie hatte gewollt, dass die Angreifer hinter den Lkws auf der Sonnenseite in Deckung gehen mussten, im heißesten Moment des Tages, mitten auf der ohnehin schon auf fast hundert Grad aufgeheizten schwarzen Lavabasaltfläche. Außerdem konnten, solange ihre Verfolger hinter den Lastwagen in Deckung blieben, nur die Männer am äußersten Rand feuern.

Khadidja warf einen Blick zu der schon sehr hoch aufgestiegenen Sonne.

»Wzze uneki«, sagte Khadidja und lächelte grausam. »Jetzt ist die Sonne sehr heiß.«

Der Lavabasalt hatte schon vorhin Hitze abgestrahlt, als sie über ihn gewandert waren, obwohl die Sonne da vom Zenit noch weit entfernt gewesen war. Lauri erinnerte sich, wie er sich einmal selbst die Füße auf einem dunklen Basaltfelsen bei den Ayanta-Höhlen in Indien verbrannt hatte. Sie befanden sich in einer tiefen Schlucht, und die heißeste Sonneneinstrahlung gelangte niemals mit voller Kraft dorthin. Dennoch war der dunkle Basalt damals schon am Vormittag so stark aufgeheizt gewesen, dass er an Lauris nackten Fußsohlen im Nu Brandblasen erzeugt hatte.

Würden die Verfolger das Basaltfeld überqueren, um anzugreifen? Wenn sie Berufssoldaten und bereit gewesen wären, einige Verluste hinzunehmen, hätten sie sicherlich genau das getan. Aber ihre Verfolger waren höchstwahrscheinlich private Sicherheitsleute von ausländischen Gesellschaften. Sie würden bestimmt nicht freiwillig über eine zwei Kilometer breite, ungeschützte Fläche kommen, unter dem Feuer des Gegners und in sengender Hitze, zumal sie nirgendwo Deckung fanden. Es bestand die Gefahr, dass die scharfen Basaltkanten ihnen viele Schnittwunden beibringen würden, wenn sie sich auf den Bauch warfen.

Am fernen Horizont waren jetzt insgesamt sechs Reihen von kleinen, aber hohen Staubsäulen zu erkennen. Lauri konnte ihre genaue Anzahl nicht feststellen, aber jede Reihe zählte Dutzende von Fahrzeugen.

»Ich hab nur noch acht Patronen«, bemerkte Khadidja. »Am besten, wir gehen.«

Sie legte beide Gewehre und den Rucksack auf den Boden neben der Höhlenwand und half Lauri auf die Beine. Na toll, dachte Lauri, wir haben keine Kamele, keine Schusswaffen, keine Munition mehr und weder Lebensmittel noch Wasser. Wir sind mitten in der Sahara, irgendwo im Randgebiet des Tibesti-Massivs, und hinter uns sind wer weiß wie viele Tausend blutgierige Verfolger, die jetzt bestimmt schon ziemlich verärgert sind und von uns die Schnauze voll haben.

Sie tasteten sich im Dunkeln tiefer in die Höhle hinein und waren viele Male nahe daran, über am Boden liegende Steine zu stolpern. Dann schimmerte vor ihnen Licht, und sie gelangten an den Grund einer viele Dutzend Meter tiefen, aber kaum einen Meter breiten Felsspalte. Hoch über ihren Köpfen war ein schmaler Streifen blauen Himmels zu sehen.

In den Wänden der Spalte gab es tiefe, schwarz gähnende Höhlen. Etwas weiter entfernt gabelte sie sich in zwei Cañons. Khadidja wählte den linken. Nach hundert Metern stießen sie auf eine weitere Querspalte, die sie geradeaus passierten. Dann folgten weitere Querspalten. Bei der vierten oder fünften, als Lauri mit seinen Zählungen schon durcheinander war, wandte Khadidja sich nach links.

Himmel, was für ein Labyrinth, dachte Lauri. Aber wie lange würden ihre Verfolger auf der Stelle verharren, bevor sie ihnen zu Fuß folgten?

19

»Das Funkgerät lässt sich also nicht reparieren?«, fragte Razia al-Qasreen noch einmal.

»Nein, es ist endgültig hinüber«, bestätigte Raphaela Guerrero.

Razia legte verärgert die Stirn in Falten.

»Da kann man nichts machen«, sagte sie. »Aber bei diesem Wind brauchen wir nicht lange bis zu den ersten Telefonen.«

»Wir sind hier fertig«, stellte Raphaela fest. »Wenn nur die da unten die Kabel losbekommen, dann können wir sie aufspulen und ablegen.«

»Ich geh gleich runter und treib sie zur Eile an«, sagte Razia.

Schon möglich, dass wir es eilig haben, dachte Razia. Ich habe schlimme Vorahnungen. Ich fürchte, dass bald etwas Ungutes passiert. Ich hätte es ihnen erzählen sollen, für den Fall, dass es passiert. Für den Fall, dass etwas passiert, was mich daran hindert, es ihnen später zu erzählen. Sie haben ein Recht, es zu erfahren, in einer solchen Situation. Wir dürfen sie nicht mehr in Unwissenheit halten!

Ich muss noch einmal nach unten, dachte Razia. Ich muss es ihnen sagen, bevor wir aufbrechen. Es kann nicht alles von zehn Minuten abhängen.

»Wer kann das Funkgerät kaputt gemacht haben?«, fragte Raphaela noch einmal verwundert.

»Das kann man zu diesem Zeitpunkt unmöglich sagen«,

erklärte Razia. »Zu viele Leute haben hier Zutritt gehabt. Möglicherweise wird man nie herausfinden, wer der Schuldige ist.«

Da sah Razia, das Raphaela ganz blass geworden war. Offensichtlich war ihr etwas Unangenehmes eingefallen.

»Was ist los?«, fragte Razia streng.

Raphaela biss sich auf die Lippe.

»Ähm, ich meine nur, dass … Wenn nun der Typ oder die Typen, die das Funkgerät kaputt gemacht haben, hier auch noch etwas anderes zerstört haben?«

Razia sah Raphaela beruhigend an.

»Daran hab ich auch schon gedacht. Und Nersi. Er macht gerade eine schnelle Inspektion. Er geht alles durch, was so aussieht, als hätte sich kürzlich jemand daran zu schaffen gemacht.«

»Aber …«

Raphaela machte mit der Hand eine halbkreisförmige Bewegung.

»Nur gibt es hier so schrecklich viele mögliche Stellen.«

»Ja«, bestätigte Razia. »Wir werden nicht unbedingt finden, was sie zerstört haben. Aber es kann sein, dass wir es finden. Und es kann sein, dass sie außer dem Radio nichts anderes zerstört haben.«

Aber … ist das wahrscheinlich?, dachte Razia plötzlich. Sie wissen genauso gut wie wir, dass ein Luftschiff bis zur nächsten Stadt nicht mehr als eine Stunde benötigt. Warum sollten sie sich damit begnügt haben, nur das Funkgerät zu zerstören? Nein, sie müssen sich bemüht haben, das Luftschiff auch auf andere Weise untauglich zu machen. Aber was genau haben sie gemacht? Was hätte ich selbst an ihrer Stelle getan? Was ist das schlimmste mögliche Szenario? Sind wir vielleicht in Gefahr, genau in diesem Moment? Oder sollten wir eher fragen, wie groß die Gefahr ist, in der wir uns gerade befinden?

Was wäre die einfachste und schnellste Methode, das Luftschiff lahmzulegen? Den Motor zu zerstören? Den Kraftstoffschlauch zu durchschneiden? Zucker in den Tank zu schützten? Die Hydraulik des Ruders zu zerstören? Löcher in die Heliumtanks zu schneiden?

Keine dieser Alternativen würde sie in Lebensgefahr bringen. Im schlimmsten Fall würden sie einfach mit dem Wind dorthin treiben, wohin der sie nun bringen würde, ohne dass sie das Luftschiff steuern konnten.

Es sei denn, dass …

»Hey, kommt euch das mal ansehen«, hörte sie Nersi Khan sagen.

In Nersis Stimme lag ein metallischer Ton. Eine neue Art von Härte und Eile.

»Ist dies das, was ich annehme?«, fragte Nersi.

Razia hatte noch nie einen ähnlichen Gegenstand gesehen, aber sie wusste sofort, was es war. Was es sein musste. Unter dem Brennstofftank war ein runder Metallzylinder befestigt. Darauf war mit Tesafilm ein Handy geklebt, von dem dünne rote Drähte abgingen.

Ich hätte es ihnen erzählen sollen, dachte Razia. Wenn wir jetzt sterben, erfahren sie es nicht, bevor es zu spät ist. Sie können sterben, weil ich es ihnen nicht erzählt habe. Deshalb, weil ich ihnen nicht vertraut habe.

Da zerbarst die Welt in Flammen, und Razia wurde gegen die Wand des Kontrollraums geschleudert.

Sie starrte die Wand des Luftschiffs benommen an, und es kam ihr so vor, als kippte ihre Welt vornüber.

Von irgendwo, ganz in der Nähe, war das Knistern von Flammen zu hören.

Oh Hilfe, ich werde verbrennen, dachte Razia.

Das Kippen dauerte an, und plötzlich fiel sie hinunter, hinunter, in schnell zunehmendem Tempo. Sie versuchte, den Arm auszustrecken, um den Fall abzubremsen, aber ihre Reaktionen waren zu langsam, und sie schaffte es nicht, etwas zu tun, bevor ihr Gesicht und ihr Kopf mit entsetzlicher Kraft gegen etwas Hartes, Metallisches schlugen.

Sie glitt in schwarze Dunkelheit hinüber und hoffte, dies würde das Ende sein.

20

Lauri und Khadidja stolperten qualvoll langsam durch das Labyrinth der tiefen Risse und der damit verbundenen komplizierten Höhlensysteme. Khadidja ermattete allmählich. Sie mussten jetzt alle zehn bis fünfzehn Minuten haltmachen, um auszuruhen, später immer häufiger.

Lauri erkannte, dass Khadidja bald mit ihren Kräften am Ende sein würde. Er spürte durch die Kleider hindurch, dass Khadidja wieder schweißnass war. Wenn sie anhielten, um sich auszuruhen, blieb sie nicht mehr stehen, um Wache zu halten, sondern sank schwer keuchend zu Boden. Lange wird sie nicht mehr durchhalten, dachte Lauri, wir werden nicht mehr weit kommen, bevor sie uns eingeholt haben.

Der Fels war bei heftigen Erdbeben bis in viele Hundert Meter Tiefe unzählige Male und in allen möglichen Himmelsrichtungen zerborsten, je nachdem, woher die seismischen Schockwellen jeweils gekommen waren. Infolge all dieser uralten Naturereignisse war der harte Basaltfelsen von erstaunlich tiefen, aber auch sehr schmalen Rissen durchzogen. Die meisten waren so schmal, dass ein Mensch nicht hindurchpasste, aber manche waren ein wenig breiter und bildeten am Grund des Labyrinths komplizierte Gänge, durch die sie nun auf die andere Seite des Bergs zu gelangen versuchten. Zeitweilig schimmerte von oben nur ein wenig Licht, aber ab und zu wurden auch schmale und geradezu erschreckend weit entfernte Streifen blauen Himmels sichtbar.

Eine Stunde später war Khadidja schon so erschöpft, dass sie, nachdem sie Lauri geholfen hatte, sich hinzusetzen und gegen die Felswand zu lehnen, neben ihm zu Boden sank.

Obwohl sie noch einmal den Belagerungsring durchbrochen hatten, war die Lage keineswegs besser. Im Gegenteil! Sie saßen jetzt schlimmer in der Klemme als jemals zuvor. Beide waren todmüde, durstig und ausgehungert. Lauri hatte starkes Wundfieber. Sie besaßen keine Feuerwaffen mehr. Als einzige Waffe war ihnen nur Khadidjas Muzer-Dolch verblieben. Aber vor allem waren ihre Verfolger ihnen nahe, höchstens noch einige Kilometer entfernt, und es waren viele.

Sie kamen in einen breiteren Cañon, dessen Wände sich oben nach innen wölbten, sodass sie den Himmel nicht mehr sehen konnten. Am Grund des Cañons gab es eine mindestens hundert Meter lange und vielleicht zwanzig Meter breite Vertiefung, die mit Wasser gefüllt war. Darin wateten zehn bis zwanzig Kamele herum, und Lauri sah, dass sich darunter auch ihre eigenen Meharis befanden.

Wir haben uns also gar nicht verirrt, dachte Lauri, Khadidja hat die ganze Zeit genau gewusst, wo wir waren. Sie wollte hierher, weil sie wusste, dass unsere Kamele hier, bei dem Wasser, sein würden.

Lauri und Khadidja warfen sich bäuchlings in den Teich und schlürften gierig das schmutzige, aber süße Wasser, ohne sich um die darin badenden Kamele und die Dunghaufen, die die Tiere am Ufer hinterlassen hatten, zu scheren.

»Wir müssen weiter«, sagte Khadidja einen Augenblick später.

Sie schleppten sich langsam immer tiefer in den Stein hinein.

Nach einer scheinbar endlosen Zeit kamen sie auf der anderen Seite des Berges, der von Erdbeben zu Legosteinen zersplittert worden war, wieder heraus. Aber sie kehrten nicht zu der Sand- und Kiesebene zurück. Die Landschaft vor ihnen hatte sich plötzlich in geradezu vernunftwidriger Weise verändert.

So etwas hatte Lauri noch nie gesehen.

Dies muss so etwas sein wie Tantanah, dachte Lauri. Der geheimnisvolle Zauberberg der Imohagh, von dem Khadidja ihm erzählt hatte. Die Landschaft vor ihnen war in ihrer Wildheit atemberaubend.

Aus erstarrten Basaltströmen ragten jetzt auch die von Wind und Wasser fantastisch geformten Reste eines uralten Sandsteingebirges heraus. Am Grunde des Meeres oder des Sumpfes, die sich hier einst befunden hatten, war Sand sedimentiert, der sich viel später zu weichem Stein verhärtet hatte. Wind und Wasser hatten den mürben Sandstein in einen Wald von unzähligen stumpfen, ockerfarbenen Zuckerhüten und dünneren und schärferen Dolchen aus Stein verwandelt. Vulkane hatten Lavaströme ausgespien, die den ganzen Dschungel aus Sandsteinpfeilern zur Hälfte in schwarzem Lavabasalt ertränkten. Und schließlich hatten die Erdbeben noch den Basaltstein zu Feldern aus gewaltigen Stelen und Steinblöcken zersplittert.

Ich werde in meinem Leben nichts anderes mehr zu sehen bekommen, dachte Lauri, diese wilden Felsen und Schluchten sind das Letzte, was ich von der Welt sehe.

Sie kamen an riesigen Felsblöcken vorbei, von denen manche sicherlich über hundert Meter hoch waren. Steinblöcke, so hoch wie mehrstöckige Häuser, waren stellenweise zu großen Haufen übereinandergestürzt.

Die Sonne sank, und es dämmerte.

Kurz vor Einbruch der Dunkelheit passierten sie eine himmelhoch aufragende Bergwand, die bis oben hin von großen, in den Stein gesprengten Rissen verziert war, so als bestünde der ganze Berg aus Hunderte Meter langen und Dutzende Meter hohen Steinplatten, die vor Millionen von Jahren von Riesen aufgeschichtet worden waren.

Aber das Seltsamste war, dass jeder Riss voller kleiner, rechteckiger Sandsteinstücke war. Sie alle wirkten gleich groß, so als wären sie …

Lauri sank der Kopf auf die Brust, als er für einen Moment einschlief, und als er wieder erwachte, hatte die Landschaft sich erneut verändert. Hatte er wirklich gesehen, was er sich eingebildet hatte zu sehen? Hatte er wirklich eine Bergwand gesehen, deren Risse bis in eine Höhe von mehreren Hundert Metern verfugt und mit von Menschen gebrochenen Steinen oder mit in der Sonne getrockneten Tonziegeln verfüllt waren? Oder hatte er im Fieber fantasiert oder geträumt?

Ich muss Khadidja fragen, dachte Lauri. Aber gerade jetzt erschien ihm das als eine Anstrengung, die über seine Kräfte ging, und auch Khadidja wirkte irgendwie angespannt. Andererseits hatte Khadidja wohl gesagt, dass es auf dem Gebiet des alten Reichs Garamantes weiterhin viele alte Ruinen und ganze große Ruinenstädte gab, die noch niemals offiziell entdeckt worden waren. Vielleicht waren sie gerade an so einer vorbeigekommen.

»Wohin gehen wir?«, fragte Lauri.

»Das wirst du … gleich sehen«, keuchte Khadidja.

Ihre Stimme war matt vor Anspannung.

Wie mag es ihr gehen?, fragte sich Lauri. Sie hätte schon längst erschöpft sein müssen. Dann fiel ihm ein, was Alice ihm einmal erzählt hatte. Ihrer Ansicht nach waren Frauen den Männern im Triathlon nicht gewachsen, aber die Weltmeister im sogenannten Ultratriathlon waren meistens Frauen. Wenn die Anstrengung lange genug dauerte, war der Organismus der Frauen überraschend stärker und zäher als der der Männer.

Sie überquerten gerade eine Basaltfläche, die von bodenlos wirkenden schmalen Schluchten zerrissen war. Die Risse waren so schmal, dass ein Mensch es gerade eben noch schaffte, über sie hinwegzusteigen.

Wenn sie sich in dem unermesslichen Labyrinth verirrten, würde niemals jemand ihre Knochen finden. Sie würden mit noch größerer Sicherheit und noch unwiederbringlicher verschwinden, als wenn ihre Knochen unter den Sandwellen, die einander bis in alle Ewigkeit überschütteten, begraben werden.

Viel, viel später graute der Morgen am östlichen Himmel. Lauri begriff, dass sie die ganze Nacht unterwegs gewesen waren. Sie kamen, wie es Lauri vorkam, bestimmt zum hundertsten Mal zur Einmündung eines neuen, wilden Cañons. Er war viele Hundert Meter tief, aber sehr schmal. Wieder eine neue, grausame Wunde in der Erdkruste.

»Wir sind da«, stieß Khadidja hervor und sank zu Boden.

Sie versuchte, ihren Atem ein wenig zu beruhigen.

»Ich kann nicht mehr weiter«, sagte sie. »Hier entscheidet sich jetzt alles.«

Dieser Cañon ist also unsere letzte Ruhestätte, dachte Lauri. Bei diesem Gedanken wurde ihm in gewisser Weise sogar leichter, denn er war sehr müde. Wie lange hatte das alles schon gedauert? Wie lange waren sie vor ihren Verfolgern durch die Wüste geflohen wie die Füchse vor einer großen Schar Hunde und Jäger? Es kam ihm vor, als dauerte die Treibjagd schon viele Jahre. Er konnte sich an nichts anderes mehr erinnern. An nichts, was vorher gewesen war. Ihre Welt war sehr klein geworden.

Khadidja versuchte mit großer Anstrengung aufzustehen, aber ihre Arme begannen zu zittern, und sie schaffte es nicht. Lauri sah, dass Khadidja ihre letzte Kraft verbraucht hatte. Es war nichts mehr davon übrig.

Khadidja knurrte etwas, das wie ein arabischer Fluch klang, und versuchte es noch einmal. Als Khadidja auf Lauri zukam, taumelte sie vor Müdigkeit, aber dessen ungeachtet griff sie Lauri unter die Arme und zog ihn hoch. Lauris Fieber war höher als je zuvor, und er war nur halb bei Bewusstsein. Hilfe, dieses Fieber verkocht mir das Gehirn, dachte er verschwommen. Gleich werden sich die Eiweiße in meinem Hirn verdicken. Koagulieren, wie die Fachleute sagen. Das ist doch ein toller Ausdruck!, dachte Lauri bewundernd. Woher kenn ich den eigentlich?

»Sie ... Sie waren ... unschuldig«, lallte er im Fieber. »Sie ... alle waren unschuldig. Und sie waren keine ... Terroristen, wie wir ... gedacht hatten. Niemand von ihnen, kein Einziger von ihnen war ...«

Khadidja kommentierte Lauris Fantasien nicht. Sie hatte dazu keine Kraft mehr.

»Aber woher hätte ich wissen sollen, dass ...«

Khadidja schwankte, und sie fielen gegen die steinerne Wand des Cañons. Das ist wohl das Ende, dachte Lauri.

»Alice ... Sie hätte nicht ... keine Chance ... Warum hat sie ...«

Khadidja ruhte sich einen Augenblick aus. Dann gelang es ihr wieder, aus irgendeiner unsichtbaren Quelle Kraft zu schöpfen, und sie schleppten sich, Schritt für Schritt, tiefer in den Cañon hinein. Irgendwann verlor Lauri wieder das Bewusstsein. Haltlos fiel ihm der Kopf auf die Brust, und einen

Augenblick lang musste Khadidja sein ganzes Gewicht aushalten, obwohl ihre Glieder ohnehin schon um Gnade flehten.

Als Lauri wieder zu sich kam, sah er, dass sie harten Stein unter den Füßen hatten und dass sie sich immer noch in dem tiefen Cañon befanden. Die Schlucht maß stellenweise nur wenige Meter, verbreitete sich aber immer wieder zu einer viel größeren Steinstraße. Die Wände fielen senkrecht ab. Sie waren mehrere Hundert Meter hoch und furchterregend steil. An vielen Stellen bestanden sie aus Massen von stark erodierten Steinblöcken, die den Eindruck machten, als könnten sie jederzeit herunterfallen und sie unter sich begraben. Ebensolche Steinblöcke lagen auch einzeln oder in großen Haufen auf dem steinigen Grund des Cañons herum. Bisher hatten sie die größeren Erdrutsche umgehen können, wenn aber einer davon den ganzen Grund des Cañons verschütten würde, dann wäre ihnen der Weg abgeschnitten. Sie hatten nicht mehr die Kraft, um über haushohe Steinblöcke zu klettern.

Hinter der nächsten Biegung senkte sich die Sohle des Cañons ab, und statt des ebenen, stellenweise glatten Felsens sahen sie vor sich eine bodenlose Schlucht. Es war unmöglich, ihre Tiefe abzuschätzen. Beiderseits führte eine schmale Felszunge an der Schlucht entlang.

Die sie umgebenden Felswände waren überall praktisch lotrecht, stellenweise neigten sie sich sogar dem Mittelteil des Cañons zu. Khadidja blieb stehen. Sie ließ Lauri auf die Erde hinab und rüttelte ihn wach.

»Wo bin ich …?«, fragte Lauri im Fieber. »Alice? Du bist gar nicht tot … Alice, es tut mir so leid, dass …«

Khadidja legte Lauri einen Finger auf den Mund und unterbrach ihn.

»Du musst mir jetzt ein bisschen helfen«, sagte sie leise, fast zärtlich. »Allein schaffe ich es nicht.«

»Ja ... gut«, lallte er.

In der Wand des Cañons, direkt über dem Boden, klaffte ein waagerechter Spalt. Khadidja schob Lauri unter den Vorsprung. Der Spalt war sehr niedrig, nur wenige Dutzend Zentimeter hoch. Vor ihm lag nur schwarze Finsternis.

»Tiefer hinein«, kommandierte Khadidja und schob Lauri vorwärts.

Sie robbten tiefer in die niedrige Höhle hinein, der Felsen zerkratzte ihnen Arme und Rücken. Einmal glaubte Lauri schon, er stecke fest, aber Khadidja schob ihn durch die enge Stelle hindurch. Weiter vorn schimmerte mattes Licht. Langsam wurde es heller, und der Riss weitete sich zu einem engen Tunnel. Seine Wände waren mit Tausenden von kleinen Schieferungsflächen bedeckt, als wäre er von Menschenhand gebrochen. Der Gang endete am Grund eines senkrechten Risses. Er war so schmal, dass sie sich nur mit Mühe und Not hineinzwängen konnten, und weiter oben wurde er noch enger.

»Hier hinauf«, flüsterte Khadidja.

»Du machst ... wohl Witze«, ächzte Lauri. »Da passen wir doch nicht hinein!«

Sie begannen, den Riss hinaufzuklettern. Mit den Füßen suchten sie Halt an kleinen Unebenheiten, Vorsprüngen und Rissen, wobei sie sich mal hochzogen, mal aufwärtsschoben. Lauri war schweißgebadet, und seine Finger und Arme waren bald von Kratzern und Schrammen übersät. Zwischendurch verlor er immer wieder das Bewusstsein, es fehlte nicht viel, und er wäre wieder abwärtsgerutscht. Er erwachte davon, dass Khadidja ihn ohrfeigte. Lauri konnte es sich nicht erklären, woher sie immer wieder neue Kraft schöpfte.

Schließlich, nach tausend kleinen Ewigkeiten, gelangten sie auf eine waagerechte Ebene und fielen darauf nieder. Sie konnten nicht mehr.

In Lauris Augen drehte sich alles, und er versank irgendwo in der Tiefe, im Erdinneren, in einer bodenlosen Schlucht.

Drei

Zerbrochenes Glas

1

Ich höre nichts, dachte Katharine. Die Explosion hatte ein dumpfes Dröhnen in ihren Ohren hinterlassen, aber sie sah, wie etwas Scharfes und metallisch Glänzendes gegen das Geländer schlug und seitlich davon abprallte.

Als Katharine sich umsah, bemerkte sie, dass das Cockpit des Luftschiffs entzweigerissen war. Von der einen Hälfte war nichts mehr übrig außer in alle Richtungen starrende, scharfkantige Fetzen dünner Metallplatten und verbogene Rohrstücke. Die andere Hälfte war noch ganz, aber es stieg schwarzer Rauch daraus auf. Die nächstgelegenen Heliumtanks waren völlig leer. Sie hatten schwarze, hässliche Löcher. Der Stoff der Tanks hing traurig und schlaff herab, und das ganze Luftschiff war zu einem V-förmigen Gebilde deformiert, wie eine dicke Zigarre, die ein wütender Mann in der Hand zerknickt hatte. Auch die Tanks an Bug und Heck hatten offenbar Lecks bekommen, denn Katharine sah, dass der Stoff des Luftschiffs immer mehr in sich zusammenfiel. Dann begann die Desert Queen wie in einem verlangsamten Film zu sinken, anfangs sehr langsam, aber dann, als die Tanks sich leerten und der Stoff immer schlaffer wurde, beschleunigte sich ihr Fall.

Es fällt direkt auf den Turm, dachte Katharine.

Entsetzt sah sie, wie das Heck der Desert Queen auf den oberen Rand des Sonnenturms aufschlug, ungefähr an der Stelle, wo die auf dem Turm angebrachte Hotchkiss platziert war. Mustafa, dachte Katharine erschüttert. Er hatte keine

Chance zu überleben! Und Razia? Raphaela? Nersi? Sie alle waren in das Luftschiff gestiegen!

Die Schnauze der Desert Queen streifte im Fall die Flanke des Turms und fiel auf das Gewächshaus zu. All das geschah unwirklich langsam. Katharine hatte immer noch das Dröhnen in den Ohren, aber sie konnte sich die knirschenden Geräusche vorstellen, wenn die Rahmen der dünnen, hohlen Metallröhren aus einem Magnesium-Aluminium-Gemisch nachgaben und sich unter dem Gewicht verbogen. Sie konnte in Gedanken das Geräusch des Reißens hören, wenn der Stoff der Heliumtanks nachgab.

Die Bewegung des Luftschiffs verlangsamte sich. Die Schnauze bewegte sich noch nach unten, aber der hintere Teil blieb an seinem Platz.

Würde die Desert Queen in zwei Teile zerbrechen?

Mit angehaltenem Atem wartete Katharine.

Nein, es sah so aus, als würde das Luftschiff nicht zerbrechen. Zumindest noch nicht. Es blieb halb auf dem Turm liegen. Das Heck befand sich zum Teil im Inneren des Schornsteins, im Leeren. Der Bug hing am äußeren Rand des Turms herab. Die Metallrahmen des Luftschiffs und die Stoffmassen waren offenbar irgendwo so fest hängen geblieben, dass das Schiff nicht zerbrechen und nicht herunterstürzen konnte.

Die unbeschädigte Hälfte des Cockpits hing ein paar Dutzend Meter unterhalb des Turmrandes. Anscheinend hing es jetzt an den schon fast völlig entleerten Stoffen der Heliumtanks und an den daraus hervorstechenden, halb zerschmetterten und an vielen Stellen zerbrochenen Metallrohren. Der Anblick war surrealistisch, er erinnerte Katharine an das Skelett eines riesigen Wals. Aus dem Cockpit stieg weiterhin schwarzer Rauch auf.

»Die Hotchkiss«, ächzte Ulrich. »Wir haben das Luftschiff und die Hotchkiss des Sonnenturms verloren. Das war die Hälfte unserer Feuerkraft!«

Katharine hörte nicht, was Ulrich sagte, ihr klangen die Ohren immer noch wie ein heulendes Lautsprechersystem, aber sie konnte die Worte von seinen Lippen ablesen.

Jetzt sind wir völlig von der Außenwelt abgeschnitten, dachte Katharine finster.

Aber war die ganze Besatzung des Luftschiffs bei der Explosion ums Leben gekommen, oder könnte dort noch jemand am Leben sein? Falls noch jemand lebt, müssen wir ihn dort herausholen, dachte Katharine, sonst ersticken sie im Rauch oder verbrennen. Razia! Ich muss Razia helfen, falls sie noch lebt. Ich muss feststellen, ob sie noch am Leben ist, sonst kann ich es mir niemals verzeihen, dass ich nichts unternommen habe. Dass ich es nicht einmal versucht habe!

Katharine und Janet sahen, dass Reino Keskitalo auf sie zugelaufen kam. Sein Mund stand offen, folglich rief er etwas. Aber sie konnten immer noch nichts anderes hören als das schrille, schneidende Heulen. Dann war Keskitalo bei Katharine angekommen. Er war deutlich wegen etwas besorgt.

»Ich höre nichts«, rief Katharine ihm entgegen.

Sie konnte ihre eigene Stimme nicht hören.

Keskitalo wandte sich direkt Katharine und Janet zu und sprach jetzt sehr langsam und sorgfältig artikulierend, sodass sie die Worte von seinen Lippen ablesen konnten.

»Da kommt irgendetwas näher«, rief Keskitalo tonlos. »Auf dem Radarschirm sind zwei Punkte.«

»Oh verdammt«, sagte Janet. »Jetzt geht es los.«

Ich kann so etwas nicht, dachte sie, ohne es jedoch laut

auszusprechen. Ich habe mit solchen Dingen keinerlei Erfahrung. Jetzt müsste Lauri statt meiner hier sein. Und zu allem Überfluss kann ich nicht einmal hören!

2

Als Lauri die Augen öffnete, sah er nur Fels, überall, über sich und unter sich und zu beiden Seiten. Dann bemerkte er, dass Khadidja neben ihm am Boden lag. Sein Mund öffnete sich zu einer Frage, aber Khadidja drückte ihm fest die Hand darauf und hinderte ihn am Sprechen.

Das war aber unfreundlich, dachte Lauri. Khadidja legte warnend den Finger auf die Lippen. Lauri spitzte die Ohren, und als er sich richtig konzentrierte, meinte er schwache, leise Stimmen von unten, aus dem Riss, zu hören, durch den sie heraufgeklettert waren. Offenbar suchten ihre Verfolger systematisch die Höhlen und Spalten der Seitenwände ab, Zoll für Zoll, Meter für Meter. Würden sie auch dieses Versteck finden?

Bildete er es sich nur ein, oder kamen die Stimmen jetzt deutlich näher? Ja, sie waren jetzt schon viel besser zu hören. Lauri wollte etwas sagen, aber Khadidja sah ihn finster und warnend an und hielt weiterhin die Hand auf seinen Mund.

Die Stimmen wurden lauter. Ihre Verfolger hatten den Weg gefunden, über den sie heraufgekommen waren!

Dann …

Die Stimmen wurden nicht mehr lauter, sondern allmählich schwächer. Dann waren sie nicht mehr zu hören. Es vergingen fünf, zehn, fünfzehn Minuten, und sie hörten nichts mehr. Khadidja seufzte vor Erleichterung.

»Ich glaube nicht, dass sie noch hierherkommen«, flüsterte sie Lauri ins Ohr. »Es gibt zu viele Höhlen.«

»Du kanntest diese Stelle schon?«

Ein fröhliches Lächeln erhellte Khadidjas Gesicht.

»Dies war eine meiner Lieblingsstellen, als ich klein war.«

Na, du hast ja Spielplätze gehabt, dachte Lauri und nickte wieder ein.

Als er das nächste Mal erwachte, gab Khadidja ihm Wasser zu trinken und befühlte seine Stirn.

»Dein Fieber ist gesunken«, sagte Khadidja. »Das ist ein gutes Zeichen.«

»Ich fühle mich nicht … sonderlich munter.«

»Die Müdigkeit nach einem Fieber kann ziemlich heftig sein«, bemerkte Khadidja. »Dein Organismus repariert Schäden und bemüht sich darum, dass du an Ort und Stelle bleibst.«

Jetzt erst bemerkte Lauri, dass Khadidja über und über mit Schlamm bedeckt war. Als sie aus dem Teich tranken, hatten sie sich die Kleider nass gemacht, und danach waren sie auf dem Bauch durch Höhlen und Risse gekrochen. Khadidjas Kleider waren übel zerrissen, und zwischen den Fetzen schimmerte da und dort dunkle Haut. Ihre Arme und Beine waren mit Kratzern und roten Schrammen übersät, die in unterschiedliche Richtungen verliefen. Ob ich wohl ebenso desolat aussehe?, überlegte Lauri.

Er betrachtete seinen Arm und die schmuddelige Binde.

»Sollten wir die nicht wechseln?«

Khadidja lächelte schief.

»Ich weiß nicht, ob das eine gute Idee wäre.«

»Warum nicht?«, fragte Lauri verwundert.

»Ich glaube, du möchtest nicht wirklich wissen, wie dein Arm jetzt aussieht«, sagte Khadidja wahrheitsgemäß.

Aus irgendeinem Grund schien die Antwort Lauri nicht zu befriedigen.

»Also gut«, seufzte Khadidja. »Aber denk daran, dass ich dich gewarnt habe.«

Khadidja öffnete die Binde und wickelte sie von Lauris Arm ab. Er betrachtete die Wunde und wollte seinen Augen nicht trauen. Von einem ekelhaften, Brechreiz erregenden Gefühl krampfte sich sein Magen zusammen, denn sein ganzer Arm ... war in Bewegung. Er wimmelte von kleinen, widerlichen weißen Fliegenmaden, die ... sein Gewebe fraßen.

Lauri wurde so blass, dass Khadidja einen Augenblick glaubte, er werde sich übergeben.

»Sie sehen nicht sehr schön aus, aber du könntest ihnen trotzdem wenigstens ein bisschen dankbar sein«, bemerkte Khadidja. »Sie haben dir sehr wahrscheinlich das Leben gerettet. Wir hatten keine Medikamente, und außerdem ist dann, wenn kein Antibiotikum mehr wirkt, das Einzige, was noch hilft ... tja.«

Lauri sagte nichts, sondern konzentrierte sich auf das verzweifelte Bemühen, seinen Magen daran zu hindern, sich umzudrehen.

Aber später am Tag ging es ihm schon deutlich besser.

»Woher hast du all dieses Wasser?«, fragte er Khadidja, nachdem er auf einmal fast eine ganze Feldflasche geleert hatte.

»Am Grunde dieses Risses gibt es eine Stelle, wo aus dem Fels ein wenig Wasser tropft«, erklärte Khadidja. »Man braucht nur zu warten, bis die Flasche voll ist.«

»Bist du extra wegen dieser Wasserstelle hierhergekommen?«

»Warum sonst?«, fragte Khadidja verwundert. »Jetzt brauchen wir nur darauf zu warten, dass der Stein unsere Verfolger zerbricht.«

Sie warteten drei Tage. In der Höhle war es nicht einmal am Tage sehr heiß, und sie tranken reichlich Wasser. Aber der

Magen knurrte immer fordernder vor Hunger, trotz der Hitze.

Lauris Fieber war ganz zurückgegangen, und die Fliegenmaden hatten seinen Arm verlassen, nachdem sie das verfaulte, nekrotische Fleisch und den gelben Eiter aufgefressen hatten. Lauri war immer noch schwach, aber er spürte schon, wie seine Kräfte zurückkehrten.

Manchmal hörten sie in der Ferne Schüsse und Schreie, und immer wieder überflog eine einsame Cessna oder ein Hubschrauber die Felsen. Nachts stiegen Leuchtraketen am Himmel auf, manchmal verursachte eine Rakete eine kleine Panik, in deren Folge Hunderte anderer, roter oder weißer Leuchtgeschosse zum Himmel aufstiegen. Für einen Augenblick erleuchteten sie die sonderbare Mischung von Sandstein und Lavabasalt, dann erloschen sie wie Schneeflocken auf dem Asphalt.

Kein einziges Mal kamen ihnen die Stimmen der sie suchenden Leute so nahe, dass sie Grund zur Sorge hätten haben müssen. Aber sicherheitshalber sprachen sie leise und flüsternd, besonders in der Nacht.

»Allmählich kriege ich etwas Hunger«, bemerkte Khadidja am vierten Tag.

»Hast du nicht gesagt, dass ein Teda drei Tage lang mit einer Dattel auskommt?«, erinnerte sich Lauri.

Er kramte aus seiner Tasche ein kleines Päckchen aus Zeitungspapier hervor und rollte es auf. Dann reichte er Khadidja die einzige Dattel, die er sorgfältig aufbewahrt hatte.

»Hier hast du eine.«

Khadidja grinste.

»Das war jetzt wirklich etwas boshaft. Findest du, dass wir Teda etwas zu viel prahlen?«

»Vielleicht ein bisschen. Aber ... als wir hierherkamen,

meinte ich etwas sehr Merkwürdiges zu sehen. In der Bergwand hing eine riesige Ruinenstadt. Oder so etwas wie eine Festung!«

Khadidja sah Lauri in eigentümlicher Weise an.

»Du hattest Halluzinationen. In der Wüste bildet man sich leicht alles Mögliche ein. Zumal, wenn man hohes Fieber hat.«

»Meinst du?«

»Glaub mir, hier gibt es nichts Derartiges.«

Vielleicht habe ich es mir wirklich nur eingebildet, dachte Lauri. Oder handelt es sich um ein sorgfältig gehütetes Geheimnis der Teda? Handelte es sich um die alte, geheime Festungsstadt von Garamantes, deren Lage oder Existenz Khadidja nicht preisgeben will?

In Afrika gab es eine gewaltige Menge Ruinen, von denen die offizielle Geschichtsschreibung nichts wusste aus dem einfachen Grund, dass niemand sich jemals die Mühe gemacht hatte, sie zu erforschen.

Lauri erinnerte sich, wie er einmal mit Alice in Nigeria den Komplex von Sungbon Eredo und Old Benin City, das alte Benin, besucht hatte. Sungbon Eredo war etwa ebenso groß wie Groß-London, eine tausendfünfhundert Jahre alte Ruinenstadt, die von einem aus Erde gebauten Wall umgeben war, so hoch wie ein achtstöckiges Haus. Ihren Namen Sungbon Eredo, also Sungbon Erdwall, hatte sie nach einer legendären Königin bekommen, die einst über die Stadt geherrscht hatte.

In Kubikmetern gemessen war Sungbon Eredo das drittgrößte von Menschenhand errichtete Bauwerk der Welt. An zweiter Stelle lag die chinesische Mauer und an erster das ebenfalls in Nigeria gelegene Alte Benin, zu dem eine gewaltige Menge kleinerer, in komplizierter Weise miteinander verbundener Rundwälle gehörte. Die Wälle des Alten Benin umschlossen insgesamt ein Gebiet von sechseinhalbtausend Quadratkilometern.

Sungbon Eredo lag nur eine Stunde Fahrt von Lagos entfernt, trotzdem war es erstaunlich wenig erforscht und in der Welt nahezu unbekannt. Die Zehntausende anderer, kleinerer Randwälle Westafrikas waren noch nicht einmal in Form von Satellitenbildern ordentlich kartografiert.

Offiziell war es weiterhin ein großes Rätsel, warum all diese Wälle seinerzeit gebaut worden waren. Alice hatte jedoch geglaubt, dass sie als Schutz vor Elefanten dienten. Sie hatte gesagt, dass, als es in Afrika noch zwanzig Millionen Elefanten gab, zur Trockenzeit sicherlich gewaltige Elefantenherden vom Binnenland zur Küste wanderten. Ihrer Ansicht nach hatten die hohen Rundwälle von Sungbon Eredo und dem Alten Benin die Elefanten schlicht und einfach daran gehindert, die landwirtschaftlichen Kulturen zu zertrampeln. Alice hatte gesagt, Sungbon Eredo habe zu seiner Blütezeit einer der schönsten Wohnorte der Welt sein müssen.

»Stell dir doch mal vor«, hatte Lauri wieder Alice' Stimme im Ohr, »wäre es nicht fantastisch, auf einem acht Stockwerke hohen Erdwall zu stehen und zuzusehen, wie Millionen von Elefanten den Niger entlang nach Süden wandern?«

Ja, dachte Lauri. Das wäre in der Tat nicht übel.

»Bist du verheiratet?«, fragte Khadidja plötzlich. »Oder hast du eine Frau, mit der du nicht verheiratet bist?«

»N-nein«, sagt der Lauri. »Eigentlich nicht.«

»Na! Das war ja eine ganz klare Antwort. Warum drücken so viele Männer es am liebsten gerade so aus? Weißt du das?«

»Tja, ich will mal so sagen, es gibt eine Frau, die mir ziemlich wichtig ist. Nur ist unsere Beziehung ein wenig kompliziert. Und sie hat mir unter anderem zweimal das Leben gerettet.«

»Aha.«

»Also fast genauso oft wie du«, fügte Lauri hinzu.

Khadidja schüttelte den Kopf.

»Deine Frauengeschichten sind anscheinend noch chaotischer als normalerweise bei den Männern. Kann sie wenigstens gut kochen?«

Lauri musste lachen.

»Vielleicht kann sie Wasser kochen, gerade eben, aber wahrscheinlich war es das dann im Wesentlichen auch. Sie lebt hauptsächlich von Pizza, Take-away-Essen und allem anderen, was man in der Mikrowelle warm machen kann.«

Lauri konnte sich ein Lächeln nicht verkneifen, als er daran dachte, was Katharines Kühlschrank enthalten hatte, damals, als er sie zum ersten Mal besuchte.

»Aber ich bin nicht in sie verliebt, nichts dergleichen«, fügte Lauri sicherheitshalber hinzu.

»Ja, das sehe ich«, sagte Khadidja, aber ihr Ton gefiel Lauri nicht.

Am nächsten Tag beschlossen Khadidja und Lauri, ihren Zufluchtsort zu verlassen. Zwei Tage lang hatten sie keine Menschenstimmen mehr gehört, und sie waren wirklich hungrig.

»Während des Zweiten Weltkriegs waren die Franzosen viele Male hier«, erzählte Khadidja, als sie hinabstiegen. »Jedes Mal, wenn sie herkamen, zerstörten sie alles, was sie fanden, damit die Deutschen nichts von dem nutzen konnten, was den Teda gehörte. Auch die Italiener kamen mehrmals hierher und zerstörten alles, was sie fanden, damit die Franzosen oder die Engländer nichts von dem nutzen konnten, was uns gehörte.«

»Das klingt traurig«, sagte Lauri.

»Sodass uns sehr wenig Nützliches geblieben ist, wie zum Beispiel Vieh, Dattelpalmen und Brunnen, und der größte Teil der Teda musste dort hinziehen, wo man irgendwie leben konnte. Das hat das Herz unseres Volkes gebrochen, denn im Stein blieben nur einige Tausend Teda.«

Auf die ersten Toten stießen sie schon nach knapp einem Kilometer. Am Boden lagen drei Männer, die aussahen wie Europäer oder Amerikaner und die von der Sonne schwer verbrannt waren. Die Zungen, die den Männern aus dem Mund quollen, waren schwarz und von Fliegen bedeckt. Lauri beugte sich zu dem nächstgelegenen Mann hinunter.

»Das ist vergebliche Mühe, sie sind tot«, sagte Khadidja. »Ich habe es dir doch gesagt. Der Stein zerbricht alle, die ihn nicht kennen.«

Khadidja setzte sich in den Schatten eines Felsens und machte sich nicht die Mühe, auch nur einen Blick auf die Toten zu werfen. Lauri glaubte es nicht unbesehen, sondern kontrollierte sicherheitshalber die Halsschlagader jedes einzelnen. Er spürte keinen Puls, und bei den Männern hatte schon die Totenstarre eingesetzt.

»Wir sind übrigens nicht mehr ganz allein«, bemerkte Khadidja.

Lauri verstand nicht, was Khadidja meinte. Er nahm einem der Männer die Brieftasche ab und öffnete sie.

»Ich hätte nicht gedacht, dass du Leichen fleddern würdest«, bemerkte Khadidja missbilligend. »Einige meiner Teda- und Imohagh-Brüder würden allerdings gut mit dir auskommen, sie denken über diese Dinge ebenso praktisch wie du.«

»Ich will nur wissen, wer unsere Gegner sind.«

Der Mann hieß Eric Brockmann, und er war ein Mitarbeiter der Sicherheitsfirma Security Services International, kurz SSI, gewesen. In seiner Brusttasche fand sich ein Pass mit einem langfristigen Arbeitsvisum, das von der libyschen Regierung ausgestellt worden war. Auf die Innenseite der Brieftasche waren drei briefmarkengroße Fotos geklebt.

Eines davon stellte sicherlich Eric Brockmanns Frau dar. Es war eine blonde, hübsche Frau, in deren Miene und deren Kinn etwas sehr Entschiedenes, Ursprüngliches und Respektgebietendes lag. Lauri dachte, dass diese unbekannte Frau auch ihm hätte gefallen können, wenn er sie irgendwann kennengelernt hätte.

Die beiden anderen Fotos zeigten ihre Kinder. Der Sohn konnte etwa neun Jahre alt sein, die Tochter vielleicht zwölf. Prächtige, glücklich wirkende, lachende, großartige Kinder. Abgesehen davon, dass sie gerade ihren Vater verloren hatten, und wenn sie es erfahren würden, dann würde das Lachen von ihren Gesichtern verschwinden. Ihre Gesichter würden hart werden. Etwas in ihren Augen würde erlöschen und nie wieder zurückkehren, und niemand würde wissen, was ihnen in ihrer Jugend, in ihrem Erwachsenenalter und im Rest ihres Lebens nur deshalb geschehen würde, weil ihr Vater in diesem verfluchten Cañon des Tibesti an einem Herzschlag gestorben war.

Das hat überhaupt keinen Sinn, dachte Lauri. Menschen, die einander nicht kennen und nichts voneinander wissen, jagen einander mit der Waffe in der Hand durch die Wüste. Wenn wir uns in anderem Zusammenhang getroffen hätten, wären wir sicherlich gut miteinander ausgekommen. Wir hätten Freunde sein und an derselben Grillparty teilnehmen können. Ich hätte ihm und seiner Frau französischen Rotwein mitbringen und seinen Kindern Weihnachtsgeschenke kaufen können, anstatt Teil einer Konstellation zu sein, in deren Folge er nun tot am Grunde dieses gottverlassenen Cañons liegt und mit leblosen Augen in den Himmel starrt.

»Wenn du dich selbst kasteien willst, dann mach ruhig damit weiter«, kommentierte Khadidja. »Aber damit machst du sie nicht wieder lebendig. Manchmal ist es besser, nichts zu wissen.«

»Glaubst du, dass sie noch Ressourcen haben?«, fragte Lauri, um das Thema zu wechseln. »Dass sie uns noch verfolgen können?«

Khadidja schüttelte den Kopf.

»Sogar die Armee der Vereinigten Staaten müsste sich sehr anstrengen, um die Versorgung solcher Menschenmengen noch länger zu gewährleisten«, sagte sie. »Mitten in der Sahara, zweitausend Kilometer von der Küste entfernt. Zur schlimmsten Sandsturmzeit des Jahres! Auch wenn deine Freunde etwas mehr Geld hätten, muss man sich vor Augen halten, dass die Sahara ziemlich groß ist. Außerdem hat jetzt mindestens jeder zweite von ihnen schon einen Hitzschlag bekommen.«

»Du glaubst also, dass sie aufgegeben haben?«

»Darauf würde ich wetten. Aber es ist sinnlos, herumzuspekulieren. Fragen wir die anderen!«

Khadidja reckte die Hand ausgestreckt zum Himmel und stieß einen eigentümlichen, langen und klagenden Ruf aus.

Ein paar Minuten später sahen sie Staub, hörten kleine Steine über Felsen kullern und Kies knirschen. Dann stiegen durch einen Seitencañon zehn, zwölf, fünfzehn sehr dunkle und sehr stille, in lange schwarze Gewänder gekleidete Männer zum Talgrund herab.

Teda, dachte Lauri. Die Geister des Tibesti.

3

Im Kontrollraum wird jemand gebraucht, der hört, dachte Janet fieberhaft. Und jemand muss gehen und nachsehen, ob es im Luftschiff Überlebende gibt. Bevor es zu spät ist.

Janet schaute zum Wrack des Luftschiffs hinauf, das vom Turm herabhing, und Verzweiflung überkam sie. Wir sind zu wenige, dachte sie finster. Katharine folgte ihrem Blick und verstand, was Janet durch den Kopf ging.

Oh nein, dachte Katharine. Ihr wurde schwindlig, und sie hatte das Gefühl, als würden ihre Beine gleichzeitig nachgeben und im Wüstensand versinken. Das nun doch nicht, zumindest das nicht. Ich kann das nicht, es geht nicht. Jemand anders muss es tun.

Aber wer?

Es war klar, dass Janet im Kontrollraum bleiben musste. Keskitalos physische Verfassung würde nicht ausreichen. Ulrich wurde bei der zweiten Hotchkiss gebraucht, damit konnte Katharine nicht umgehen. Alle anderen hatte Janet auf das Kraftwerk verteilt, und es würde seine Zeit dauern, bevor irgendjemand von ihnen hier sein könnte.

Die Konsequenz war unausweichlich. Katharine schloss für eine Sekunde die Augen und kämpfte gegen ihre zunehmende Panik an. Nein, das kann nicht wahr sein, dachte sie. Ich wollte doch nur eine entspannte Gesellschaftsreise machen.

Dann verdrängte sie die Schreckensbilder und öffnete die Augen.

»Ich gehe in die Desert Queen«, sagte Katharine fest und entschlossen zu Janet. »Und sehe nach, ob da noch jemand am Leben ist.«

Janet las ihr die Worte von den Lippen ab.

»Hattest du nicht Höhenangst?«

»Ich schaff das schon«, versicherte Katharine.

Ich habe noch ein paar von Lauris Kampfdrogen, dachte sie.

Janet überlegte, ob sie eine Alternative hätten. Sie ließ Katharine nicht gern auf den Turm.

»Ich komm mit«, sagte Keskitalo.

Katharine sah Keskitalo unsicher an, aber ihr kam keine Idee, wie sie diese Situation meistern könnte. Aber Janet löste das Problem für sie, noch bevor sie irgendetwas tun konnte.

»Nein, ich brauche dich im Kontrollraum«, sagte Janet zu Keskitalo.

Ulrich sah Janet an und wartete auf Anweisungen.

»Geh du zu der zweiten Hotchkiss, aber bitte unterwegs Jaime, dass er Katharine zu Hilfe kommt«, befahl Janet. »Und wenn dein Gehör nicht zurückkommt, nimm jemanden mit, der dir bei der Hotchkiss hilft. Ich brauche dort jemanden, der hört, was ich sage!«

Ulrich las Janet die Worte von den Lippen ab und nickte. Dann lief er Richtung Lift. Janet eilte mit Keskitalo in den Kontrollraum. Janet berechnete, wie lange es dauern würde, bis Ulrich bei der Hotchkiss ankäme. Eine Minute mit dem Fahrstuhl hinunter, dann mindestens drei Minuten mit dem Elektroauto durch das Gewächshaus und vielleicht noch zwei Minuten bis zum Ziel. Sechs Minuten. Wie nahe mochten die möglichen Angreifer schon sein?

Drinnen im Kontrollraum schaute Janet auf den Radarschirm. Da waren zwei Punkte zu sehen, so wie Keskitalo es berichtet hatte. Aufgrund des Radarbilds war es jedoch noch unmöglich zu sagen, worum es sich dabei handelte. Janet nahm das Fernglas und trat ans Fenster. Sie sah nichts, die Objekte befanden sich noch hinter den Hügeln.

Janet rief Sarah Birkin an.

»Von Westen nähern sich uns zwei Hubschrauber oder langsame Flugzeuge«, sagte Janet. »Bekommst du von denen ein Bild? Wenn ja, zeig es mir. Aber versuch nicht zu sprechen, ich kann nichts hören!«

Janet hörte nicht, ob Sarah etwas antwortete, aber sie musste die Kamera den Ankömmlingen entgegengedreht haben, denn auf dem Videomonitor erschienen zwei Hubschrauber. Unter beiden befand sich etwas Langes und Rundes. Janet fand, dass sie nicht wie Raketen aussahen, denn das Verhältnis von Länge und Dicke stimmte bei ihnen nicht. Die Gegenstände waren dicker und runder, nicht so stromlinienförmig wie Raketen. Entweder waren es zusätzliche Brennstofftanks oder irgendwelche Bomben. Janet wusste, auf welche Alternative sie selbst wetten würde.

Die Hubschrauber wollten den Turm bombardieren!

Janet versuchte, die Größe der Bomben zu schätzen. Sie waren halb so lang wie die Hubschrauber. Das war nicht gut, denn es bedeutete, dass die Bomben sehr groß und stark waren. Größe und Form deuteten darauf hin, dass es sich um *Daisy cutter* handelte. Um Gänseblümchenschneider. Die Atombomben des armen Mannes.

Falls die Hubschrauber es schaffen sollten, eine Bombe von der Größe eines *Daisy cutter* in den Turm fallen zu lassen, würde er wahrscheinlich einstürzen, und fünf Millionen Tonnen Beton würden ihnen auf den Kopf fallen.

4

Dies ist nur ein Albtraum, dachte Katharine Henshaw, als sie und Jaime Oroza mit dem Lift zur Spitze des Sonnenturms hinauffuhren, dicke, schwere Seilbündel über der Schulter. Dies ist nur ein Albtraum. Gleich werde ich in meinem Bett aufwachen, alles ist wieder gut, und ich brauche nichts dergleichen zu tun.

Nur wirkte leider weiterhin alles sehr real.

Katharine sah Jaime an, und ihre Mundwinkel verzogen sich zu einer kleinen, ungewollten Falte. Auch das noch, dachte sie ärgerlich. Zu allem Überfluss bekomme ich von allen denkbaren Personen ausgerechnet so einen Snob zugeteilt.

Jaime war bekleidet mit einem eleganten schwarzen Seidenhemd, schwarzen Jeans und langen Stiefeln. Sein Haar war sorgfältig frisiert, an dem einen Handgelenk trug er eine goldene Uhr, die teuer aussah, und an dem anderen klingelten mehrere silberne Armreifen. Jaime zupfte sich die Hemdsärmel glatt und richtete sich Hosenbeine und Hemdkragen, ohne dabei das Mienenspiel auf Katharines Gesicht zu bemerken. Er wollte schon dem Etui, das in seiner Brusttasche steckte, eine Zigarre entnehmen, als er Katharines Gesicht bemerkte und in seiner Bewegung innehielt. Um Entschuldigung bittend lächelte er Katharine zu.

Katharine war beschämt. Sie schenkte Jaime ein freundliches Lächeln und bemühte sich aufrichtig, echte Herzlichkeit hineinzulegen. Freilich konnte sie nicht sagen, in welchem

Maße ihr das gelang. Na, immerhin hab ich mir Mühe gegeben, dachte sie.

Katharine beobachtete die Bewegung des Fahrstuhls auf dem Monitor. Der unterschied sich von allen anderen, die sie jemals in einem Lift gesehen hatte. Er zeigte nicht Etagen an, sondern Meter. Als Erstes war da der Knopf, der den Kontrollraum bezeichnete, aber die folgenden sechzig Zahlen zeigten mit einer Genauigkeit von fünfzig Metern die Höhe an. Sie befanden sich jetzt auf einer Höhe von tausendneunhundert Metern.

Katharine spürte, wie ihr die Hände schwitzten, und sie zitterte vor Angst. Verdammt. Verdammt noch mal, dachte sie. Warum wirkten die Pillen nicht endlich? Hatten sie ihre Wirkkraft verloren? Wenn der Kampfesrausch nicht eintrat, würde sie niemals zur Desert Queen hinabsteigen können. Vielleicht würde Jaime es können, aber Katharine war sich auch dessen nicht sicher, denn Jaimes Kondition wirkte nicht sonderlich gut.

Zweitausendvierhundert Meter. Noch sechshundert Meter bis zur Spitze. Was war mit den Flugzeugen oder Hubschraubern passiert, die sich ihnen näherten? Wollten die wirklich angreifen, oder war es nur falscher Alarm?

Dreitausend Meter. Sie waren am Ziel.

»Da sind wir«, sagte Jaime.

»Gehen wir«, antwortete Katharine und bemühte sich verzweifelt, ruhig zu klingen.

Als sie aber auf ihre Hand schaute, bemerkte sie, dass sie zitterte, und sie hatte das Gefühl, das Zittern könnte jeden Moment auch ihre Beine erfassen. Nur ein kleiner Stoß in die falsche Richtung, und sie würde zusammenbrechen und anfangen zu schreien.

Die Türen des Lifts öffneten sich.

Katharine machte einen Schritt vorwärts und erstarrte, steif vor Angst.

Denn alles war noch viel, viel schlimmer, als sie es sich hatte vorstellen können.

»Shit«, zischte Katharine durch die Zähne.

Die Fläche direkt vor dem Fahrstuhl war vielleicht zwei Meter breit, aber danach verschmälerte sich der Rand des Turms auf nur sechzig Zentimeter. Das doppelte, einen Meter hohe Geländer, das sich an beiden Kanten des oberen Turmrands hinzog, wirkte sehr schwach und zerbrechlich. Der sechzig Zentimeter breite Betonstreifen wurde schon nach einigen Metern sehr schmal. Im weiteren Verlauf wandelte er sich zunächst zu einem schmalen Band und dann zu einer bloßen, kaum wahrnehmbaren Linie. Auf der einen Seite befand sich grauenhafte, bodenlose Schwärze, und auf der anderen ein ebenso schrecklicher, senkrechter Absturz bis hin zu dem seltsam klein zusammengeschnurrten Glasdach und dem zu einem winzigen Rechteck gewordenen Kontrollraum.

Um sie herum erstreckte sich nach allen Richtungen über Hunderte von Kilometern die Westliche Wüste Ägyptens. Ein schwindelerregendes Aussichtspanorama, das Grandioseste, was Katharine jemals gesehen hatte. Aber im Augenblick konnte sie es nicht genießen.

Obwohl Katharine wusste, dass das um den Turm herumführende Geländer bestimmt solide gebaut war, glaubte sie gleichzeitig in einer tiefen, urtümlichen Schicht des Unterbewusstseins, dass es ganz gewiss nachgeben würde, sobald sie es berührte.

Katharine wich zum Lift zurück. Sie klammerte sich so fest an den Türpfosten des Fahrstuhls, dass die Knöchel weiß wurden. Sie schloss die Augen, um nichts zu sehen.

Ich kann das nicht.

»Zwei Hubschrauber«, sagte Jaime.

Ich hätte es nicht vorschlagen sollen, dachte Katharine. Sie war nicht imstande, sich zu rühren.

»Sie kommen genau auf uns zu«, fügte Jaime hinzu.

Katharine bemühte sich, ihre Panik zu überwinden und ihren Augenlidern den Befehl zu erteilen, sich zu öffnen, aber sie gehorchten ihr nicht. Ihre Augen blieben geschlossen. Trotzdem schwindelte es sie, und die Gewissheit, dass sie gleich fallen würde, schnürte ihr die Kehle zu. Die Pillen, die Lauri ihr seinerzeit gegeben hatte, wirkten überhaupt nicht mehr, obwohl sie eine Überdosis eingenommen hatte.

Es tut mir leid, Razia, aber ich schaffe es nicht bis dorthin! Denn das Luftschiff war fast auf der anderen Seite des Turms, und bis dahin waren es über den schmalen Rand fast dreihundert Meter. Wie würde sie die zurücklegen, wenn sie nicht einmal den Türpfosten des Fahrstuhls loslassen konnte?

Etwa zehn Kilometer entfernt erscholl das Rattern eines sechsläufigen Maschinengewehrs. Jaime sah, wie Reihen von Leuchtkugelmunition den Hubschraubern vor den Bug zischten, aber die verringerten nicht ihre Geschwindigkeit.

»Sie ändern ihre Richtung nicht«, stellte Jaime fest.

Anscheinend meinen sie es ernst, dachte Katharine. Jeder Hubschrauberpilot, der zu seinem Vergnügen unterwegs war und sich verflogen hatte, würde sofort abdrehen, sobald er die nahe an ihm vorbeispritzenden Leuchtkugeln sah.

Jaime schüttelte den Kopf.

»Verdammt kaltblütige Typen«, sagte er. »Fliegen mir nichts, dir nichts direkt auf den Kugelhagel des Luftabwehrmaschinengewehrs zu.«

Vielleicht sind das gar keine zivilen Vehikel, dachte Katharine, vielleicht haben sie keine Angst vor Maschinengewehrfeuer. Vielleicht hatten wir also zu keinem Zeitpunkt eine wirkliche Chance, etwas zu bewirken. Dunkle, trostlose Verzweiflung breitete sich in ihr aus wie schwarzes Sumpfwasser.

Und da fühlte sie sich plötzlich seltsam unbeschwert und erleichtert, ja geradezu ausgelassen. In unverantwortlicher Weise fröhlich. Sie erinnerte sich gut an dieses Gefühl, denn sie hatte es schon einmal erlebt. Offenbar wirkten die Kampfdrogen doch!

Katharine öffnete die Augen. Ihr war nicht mehr schwindelig. Ruhig betrachtete sie den schmalen Rand und dessen schwaches Geländer ebenso wie die nach beiden Seiten entsetzlich steil abfallende Turmwand.

Sie ließ den Türpfosten los und trat auf den Fahrstuhlabsatz hinaus. Sie warf einen raschen Blick zu den Hubschraubern hinüber. Dann nahm sie zwei weitere Schritte, und plötzlich befand sie sich schon auf dem leicht geschwungenen, um den Turm herumführenden Rand und strebte mit zielstrebigen Schritten auf das Wrack des Luftschiffs zu. Sie bewegte sich jetzt schneller, als sie es wegen des schweren Seilbündels auf ihrer Schulter jemals für möglich gehalten hätte.

Der Turmrand war so schmal, dass Katharine weit nach unten sehen konnte, obwohl sie den Blick fest auf das Wrack der Desert Queen gerichtet hielt und sich bemühte, nicht nach unten zu schauen.

»Oh Gott«, stöhnte Jaime, der ihr folgte, jedoch viel langsamer.

Als Katharine sich umdrehte, sah sie, dass Jaime sich auf beiden Seiten fest ans Geländer klammerte. Langsam und vorsichtig setzte er einen Fuß vor den anderen, ohne die Füße vom Beton abzuheben. Große Schweißtropfen perlten ihm vom Gesicht. Katharine wurde klar, dass Jaime bei diesem Tempo mindestens eine halbe Stunde brauchen würde, bis er das Luftschiff erreicht hatte. Katharine selbst hatte schon fast die Hälfte des Wegs zurückgelegt.

Das Cockpit des Luftschiffs brannte immer noch.

Ich muss wohl allein zurechtkommen, dachte Katharine. Sie zuckte ein wenig zusammen, als sie plötzlich, jetzt erst, bemerkte, dass sie das Geländer noch nicht einmal mit der Hand berührt hatte. Sie war mit geradem Rücken, den Kopf selbstsicher erhoben und ohne sich festzuhalten, auf dem schmalen Betonstreifen, der sich zwischen den zwei senkrechten, drei Kilometer hohen Wänden befand, entlanggeschritten.

Diese Tabletten von Lauri sind durchaus nicht übel, dachte Katharine, ich könnte danach sogar süchtig werden. Zumindest dann, wenn ich das Bergsteigen zu meinem Hobby mache.

Plötzlich bemerkte sie fern am Horizont etwas wie einen lang gestreckten Staubstreifen, der die zum Sonnenturm führende Straße auf breiter Front bedeckte, sicherlich auf einer Länge von vielen Kilometern. Als sie genauer hinsah, hatte sie den Eindruck, als setzte sich die Staubwolke aus Dutzenden von kleinen Säulen zusammen. Kehrte das motorisierte Bataillon zurück, oder handelte es sich um etwas anderes?

Aber darüber konnte sie jetzt nicht nachdenken. Außerdem waren die Fahrzeuge, welche es auch immer waren, bestimmt noch mindestens zweihundert Kilometer entfernt. Vielleicht noch weiter.

Einer plötzlichen Eingebung folgend wandte Katharine sich der Straße zu, die von der Oase Siwa nach Süden führte. Auch dort war eine Reihe von Staubsäulen zu erkennen, vielleicht fünfzig oder sechzig.

Hoffentlich sind das Kolonnen der ägyptischen Armee, die zurückkehren, dachte Katharine. Unser altes motorisiertes Bataillon kommt aus der einen Richtung, und zu seiner Unterstützung ist von irgendwo anders her ein gleich starker Truppenteil entsandt worden. Sie befürchtete jedoch, dass die Staubsäulen, die sie sah, in Wirklichkeit etwas ganz anderes ankündigten als Truppen der ägyptische Armee, die zu ihrem Schutz entsandt worden waren.

Für einen Augenblick schaute sie direkt nach unten. Der Rand des Turms war so schmal, dass es ihr vorkam, als stünde sie in drei Kilometern Höhe im Leeren. Es war, als gäbe es unter ihren Füßen nichts. Überhaupt nichts. Dank der Kampfdroge bewirkte der Anblick aber nicht, dass sie sich vor Angst zusammenkrümmte.

Ein plötzlicher Windstoß kam aus der Wüste herangebraust und versetzte ihr einen Schlag wie eine Faust. Er packte das Seilbündel, das ihr über den Rücken hing, sodass sie heftig schwankte. Einen Augenblick lang fürchtete sie, über das Geländer in die schwarze Leere des Sonnenschornsteins zu stürzen, und die Angst verursachte ihr einen schneidenden Schmerz im Bauch. Dann fand sie ihr Gleichgewicht wieder. Aber ihr Herz hämmerte jetzt stärker. Deutlich hörte sie seine Schläge als dumpfen Klang in den Ohren.

Auch die nächstgelegene Hotchkiss begann zu feuern. Katharine sah sich um und stellte fest, dass beide Luftabwehrmaschinengewehre auf den ersten Hubschrauber feuerten. Die Kugelregen der Leuchtspurmunition zerrissen den Himmel. Sie kamen einander und dem Hubschrauber näher, und schließlich schnitten ihre Bahnen sich bei dem Hubschrauber.

Der Hubschrauber geriet in das Kreuzfeuer der beiden Hotchkiss. Katharine und Jaime sahen, wie die Leuchtspurmunition von beiden Seiten in seine Flanken einschlug. Katharine hatte gehört, dass pro Leuchtspurkugel typischerweise fünf gewöhnliche Maschinengewehrkugeln geladen wurden, sodass es jetzt ordentlich gegen die Bleche der Hubschrauber trommeln musste. Aber er hielt nicht an und verlangsamte auch nicht sein Tempo, und er schien nicht einmal unter dem Beschuss zu wanken. Er kam weiterhin direkt auf den Turm zu, unerschütterlich und stabil wie ein Zug, und er war jetzt schon sehr nahe.

Das wird wohl nicht gut enden, dachte Katharine. Wenn dieser Turm einstürzt, sitze ich sozusagen auf einem Logenplatz.

5

Schturmowiks, dachte Janet Kendall, als sie die näher kommenden Hubschrauber erkannte. Buckelrücken. Sie zog eine finstere Grimasse, denn das war wirklich keine gute Nachricht. Sie hätte lieber eine ganze Flotte Apaches in Empfang genommen, trotz ihrer moderneren Bewaffnung. Oft war es leicht, einen Apache allein mit dem Präzisionsfeuer einer Kleinwaffe abzuschießen, und erst recht natürlich mit Maschinengewehren.

Die Buckelrücken dagegen waren eine andere Kategorie. Sie waren alte, aber sehr zuverlässige und schwer gepanzerte sowjetische Angriffshubschrauber. Sie mit bloßem Maschinengewehrfeuer abzuschießen, war nahezu unmöglich, und sie hatten den afghanischen Mudschaheddin schwere Verluste zugefügt – bis die Pakistaner den Partisanen Stinger Flugabwehrraketen lieferten, die sie von den USA geschenkt bekommen hatten und die von der Schulter abzuschießen waren. Als Janet den vorausfliegenden Hubschrauber mit dem Fernglas betrachtete, sah sie deutlich, wie die Kugeln gegen seine beiden Flanken prasselten. Der Hubschrauber hatte sicherlich schon Hunderte von Treffern bekommen, aber anscheinend fügten sie ihm keinerlei Schaden zu.

Man kann nur hoffen, dass diese Quirle alt genug sind, dachte Janet. So alt, dass ihre elektrischen Systeme nicht ordentlich geschützt sind.

Janet bemerkte, dass ihr Gehör zurückkehrte. Ihre Ohren klangen immer noch, aber über das Heulen und Pfeifen hinweg hörte sie zunehmend auch andere Geräusche. Sie rief Sarah an. Deren Stimme klang matt und entfernt, aber Janet konnte schon verstehen, was Sarah sagte.

»Nimm das EMP und hol diese Quirle runter«, kommandierte Janet. »Sonst geht es uns schlecht.«

In dem kleinen Display des Telefons sah Janet, wie auf Sarahs Gesicht ein teuflisches Grinsen erschien.

»Dein Wunsch ist mir Befehl«, sagte Sarah. »Aber anscheinend haben wir noch ein anderes kleines Problem. Hier ein Bild davon!«

Sara wandte die Kamera des Telefons von ihrem Gesicht ab und betätigte den Zoom. Janet sah eine entfernte Gruppe von Männern. Sie waren vielleicht zwei Kilometer von Sarah entfernt. Es waren acht oder neun Gestalten, sie hatten schwere Rucksäcke auf dem Rücken und in den Händen eine Maschinenpistole oder ein Sturmgewehr. Der erste Mann schnitt gerade mit einer Blechschere ein Loch in den Drahtzaun, der das Kraftwerk umgab.

»Mit denen befassen wir uns später«, sagte Janet. »Spreng erst mal die EMP-Bombe.«

»Na gut, aber ... Hey ... Ich glaube, dass ... Am Horizont sehe ich auch ...«

Sarah drehte die Kamera, und Janet sah eine Reihe niedriger, kaum erkennbarer Staubwirbel.

»Da dürfte jetzt eine etwas größere Truppe anrücken«, stellte Sarah fest.

»Immer eins auf einmal«, sagte Janet. »Vielleicht kommt ja das motorisierte Bataillon zurück.«

Sie glaubte ihren eigenen Worten nicht.

Jetzt sind wir wohl wirklich in der Bredouille, dachte Janet. Sie greifen uns gleichzeitig von allen Seiten an.

Sarah trennte die Verbindung, und Janet richtete ihren

Feldstecher wieder auf die näher kommenden Hubschrauber. Hoffentlich funktioniert es, dachte sie. Wenn die EMP denen nichts anhaben kann, dann dauert dieser Kampf nur einen Augenblick und findet ein jähes Ende.

Irgendwo in der Ferne war eine matte Explosion zu hören, und bei der Umzäunung des Kraftwerks stieg eine kleine Sand- und Rauchwolke auf. Sarah hatte die EMP gesprengt. Janet richtete ihr Fernglas wieder auf die Hubschrauber.

Die Rotoren beider Maschinen, sowohl der große als auch der kleinere Heckrotor, wurden sichtlich langsamer. Noch eine Sekunde zuvor hatten sie sich so schnell gedreht, dass man die Flügel nicht erkennen konnte. Jetzt wurden sie sichtbar, und während Janet sie beobachtete, flatterten sie immer langsamer. Dann verloren beide Hubschrauber an Höhe. Sie fielen nicht senkrecht herunter wie ein Stein, sondern indem sie von einer Seite auf die andere torkelten, waren aber so schwer gepanzert, dass sie sehr schnell zu Boden stürzten.

Janet wollte das Schauspiel nicht bis zu Ende verfolgen und wandte den Blick ab.

»Sie ... sie stürzen ab!«, rief Keskitalo, der lange geschwiegen hatte. »Sie ... sie fallen runter ... einfach so!«

Einen Moment später waren zwei ferne, seltsam matte Explosionen zu hören.

»Herrgott, sie sind abgestürzt und ... gehen in Flammen auf«, wunderte sich Keskitalo.

»Sarah, passt auf, gleich kann es noch ein bisschen lauter donnern«, sagte Janet ins Telefon.

»Okay, Chefin«, antwortete Sarah.

Janet schaute zu dem Sektor hinüber, in dem die Hubschrauber abgestürzt waren. Aus der Wüste stiegen zwei schwarze Rauchwolken auf.

Janet hatte in die Mikrowellenbombe die gesamte elektrische Leistung der Sonnenwindmühle eingespeist, sodass der durch Sprengladungen komprimierte, von Reflektoren fokussierte elektromagnetische Puls, der auf die Schturmowiks aufgetroffen war, von ungeheurer Wucht gewesen sein musste. Es war denkbar, dass er die von der gesamten Menschheit produzierte elektrische Leistung für einen Moment um das Tausendfache überstiegen hatte.

Der Strom kam aus dem Sonnenwindkraftwerk, dachte Janet niedergeschlagen. Er ist jetzt also offiziell ein Totschläger. Und ausgerechnet ich habe aus ihm einen Totschläger gemacht.

Dann verschwanden beide abgestürzten Hubschrauber plötzlich in einem golden und rot leuchtenden Feuerball, der eine Sekunde darauf von einer großen, zum Himmel aufsteigenden Sandwolke verdeckt wurde. Ein ohrenbetäubendes Krachen erfüllte die Welt. Die Sandwolke wuchs und breitete sich nach allen Richtungen aus. Im Blickfeld des Fernglases fegte sie über und durch den Zaun wie ein wütender Sandsturm.

»Sie reicht bis hierher«, schrie Keskitalo. »Die Explosion reicht bis hierher!«

6

Vor ihr lag das Luftschiff als ein riesengroßer, wirrer Haufen. Obwohl die Heliumtanks leer und schlaff waren, bewirkte das aus einer Metalllegierung bestehende Rohrgerippe, dass das Heck seine frühere Form bewahrt hatte. Die Rohre waren so stark, dass das Gerippe nicht unter seinem eigenen Gewicht zusammengefallen war. Das Wrack des Luftschiffs war also immer noch mehr als dreißig Meter hoch. Von der Hotchkiss, die oben auf dem Turm platziert gewesen war, und Mustafa Esdri, der sich dort aufgehalten hatte, war keine Spur mehr zu entdecken. Mustafa war unter einem Steinhaufen begraben.

Ich hätte nicht so unfreundlich zu ihm sein sollen, dachte Katharine reuevoll. Jetzt werde ich niemals mehr die Gelegenheit haben, ihn um Verzeihung zu bitten.

Die Stoffe des Luftschiffs, die sich auf dem Rand des Turms befanden, waren zerfetzt, und das Gerippe war zusammengepresst worden. Ein Teil der Metallrohre war gebrochen, und ihre verbogenen Enden starrten in alle Richtungen. Aber die restlichen Rohre und die um sie herumgespannten Stoffmassen waren zu einem dichten Gewirr zusammengepresst, das die Schnauze des Luftschiffs immer noch an seinem Platz hielt und seinen Absturz verhinderte, solange das Stoff-Rohre-Gewirr hielt.

Als Katharine die Desert Queen erreichte, hatte Jaime sich erst etwa zehn Meter vom Lift entfernt. Ich muss das allein machen, wurde ihr klar.

Sie testete die Stabilität des Geländers. Es erschien ihr stark genug. Sicherheitshalber wickelte sie ihr Seil unmittelbar oberhalb des Betons um die Pfosten beider Geländer. Sie knüpfte in den Strick nacheinander vier Knoten, bevor sie das Seilende am Geländer auch mit einem starken Haken befestigte. Sicher war sicher.

Sie warf einen raschen Blick auf die Hubschrauber. Sie kamen immer noch direkt auf sie zu, trotz des Maschinengewehrfeuers. Unter beiden sah sie je einen großen, dicken Zylinder. Wenn dieser Schornstein einstürzt, kommen wir von ziemlich weit oben herunter, schoss es ihr durch den Kopf. Sie band sich das andere Ende des Seils um die Taille und schaute auf das drei Kilometer weiter unten wartende Glasdach. Es erschien ihr wahnwitzig, die drei Kilometer hohe Wand entlang direkt nach unten zu klettern. *This is totally insane*, dachte Katharine.

Sie ergriff den Strick und hielt ihn straff. Rasch blickte sie zu Jaime hinüber, dann lehnte sie sich nach hinten, bis sie am Strick in einem Winkel von fünfundvierzig Grad im Verhältnis zur Wand nach draußen hing. Zum Glück kann ich jetzt kaum nach unten schauen, dachte sie. Dann begann sie sich abzuseilen. Sie ließ den Strick durch die Hände gleiten und stützte sich zugleich mit den Füßen an der Wand ab. Das Seil hielt sie die ganze Zeit so straff wie möglich.

Katharine hatte etwa zehn bis zwölf Meter zurückgelegt, als sie hinter sich ein schwaches Puffen hörte. Als sie sich danach umdrehte, sah sie, wie beide Angriffshubschrauber mit zunehmendem Tempo abwärtstaumelten. Was ist das denn, die fallen ja runter, dachte sie.

Katharine setzte ihren Abstieg fort. Der Bug des Luftschiffs war schon ganz nahe. Es sah aus wie ein riesiger, mit dem Kopf nach unten hängender Wal. Wie ein ausgeblichener, grau gewordener Schwarzwal, dessen runder Kopf heil war, dessen Körper jedoch von Haien oder Schwertwalen abgenagt worden war, sodass nur die Wirbelsäule übrig geblieben war.

Der vordere Teil des Cockpits war in erstaunlich gutem Zustand, aber es stieg immer noch schwarzer Rauch daraus auf. Die Plexiglasscheiben hatten einen starken Stoß bekommen, ihn aber gerade eben noch überstanden, ohne zu zersplittern. Stattdessen hatten sich darin spinnwebartige Risse gebildet, wodurch sie undurchsichtig geworden waren.

Jaime Oroza setzte seinen Weg langsam fort und sah dabei zu, wie Katharine sich abseilte. Das Mädel kennt keine Angst, dachte er.

Da barst die Wüste. Jaime sah einen Blitz, und dann begann eine von der Explosion erzeugte schwarze Wolke sich in ihre Richtung auszubreiten. Vor Jaimes Augen wallte die Explosionswolke über die Zäune, wuchs in die Höhe, legte sich auf das Gewächshaus, indem sie es verschluckte, und nur einige kurze Sekunden später raste sie mit grausiger Geschwindigkeit direkt auf ihn selbst zu.

Oh Himmel, dachte Jaime und umklammerte krampfhaft beide Geländer. Das Krachen blockierte seine Ohren, und die Druckwelle erfasste ihn. Sie riss seine linke Hand von dem äußeren Geländer los. Jaime spürte, wie die Sandkörner, die die Explosion mit sich gerissen hatte, ihm ins Gesicht stachen wie Tausende von Nadeln, es war, als hielte er sein Gesicht in ein Sandstrahlgebläse. Er fühlte, wie die Druckwelle ihn über das Geländer hob, und ihm wurde klar, dass seine rechte Hand allein ihn nicht an seinem Platz würde halten können. Er stürzte in den drei Kilometer tiefen Abgrund.

Das Letzte, was Jaime Oroza noch sah, bevor sein Griff sich löste und er über das Geländer in den Schlund des Turmes fiel, war, dass die Druckwelle die am Strick hängende Katharine Henshaw erfasste und sie gegen die Wand des Sonnenturms schleuderte.

7

Janet sah, wie die Kraft der Explosion nachließ. Zunächst fielen die Steine herunter, die von der Explosion in die Luft geschleudert worden waren. Einen Augenblick später sank auch der von der Explosionswolke aufgewirbelte Kies in vielen verzweigten Geröllstrahlen herab. Die feinsten Bestandteile der Wolke setzten jedoch ihren Weg fort, und einen Moment später erreichten sie die Ränder des Gewächshauses. In das Gewächshaus hinein und auf dessen Dach stiebte und prasselte feiner Sand und Staub, fügte aber dem Glas anscheinend keinen erkennbaren Schaden zu.

Daisy cutter, dachte Janet finster, Gänseblümchenschneider. Die Atombombe des armen Mannes, Aluminiumstaub und sieben Tonnen Ammoniumnitrat in einem einfachen Metallzylinder. Er hat in einem Umkreis von achthundert Metern alles getötet. Wenn dich die Schrapnellwirkung des Aluminiumstaubs nicht zerfetzt hat, dann bist du gestorben, weil deine inneren Organe von dem Druck der Explosion zerrissen worden sind.

Die Vereinigten Staaten hatten die Gänseblümchenschneider mit großem Erfolg in Afghanistan eingesetzt, um die Taliban zu zerschmettern. Die ganze Welt hatte geglaubt, die Amerikaner hätten den Widerstand der Taliban mit Präzisionsbomben und Marschflugkörpern gebrochen. Leider nur kostete ein Marschflugkörper zwei Millionen und ein Gänseblümchenschneider dreißigtausend Dollar. Außerdem war die Explosion eines *Daisy cutter* natürlich auch viel, viel stärker.

Zum Glück ist die andere Bombe ein Blindgänger geblieben, dachte Janet. Etwas anderes fiel ihr ein. Katharine! Jaime! Sie waren auf der Turmspitze gewesen, als die Druckwelle zugeschlagen hatte. Was war mit ihnen passiert?

Janet schnappte sich das Fernglas und eilte auf die Brücke, die über das Gewächshaus führte. Sie richtete den Feldstecher nach oben. Das Luftschiff befand sich immer noch an derselben Stelle, die Druckwelle hatte es nicht herunterfallen lassen. Daneben hing etwas. Eine menschliche Gestalt. Katharine!

Katharine wirkte seltsam schlaff und leblos. Sie bewegte sich nicht, sondern hing kraftlos am Ende des Seiles neben dem Wrack des Luftschiffs. Jaime Oroza konnte Janet nicht entdecken.

Da klingelte ihr Telefon.

»Die Typen nähern sich jetzt dem Gewächshaus«, sagte Sarah. »Sie haben sehr große Rucksäcke, und ich fürchte, dass sie Sprengstoff enthalten. Anscheinend kommt auch weiter hinten eine ziemlich große Kolonne angerückt. Beide Kolonnen bestehen aus Dutzenden von Autos. Und sie kommen nicht hierher, um uns zu helfen.«

Sie werden uns überrollen, dachte Janet. Wir haben keine Chance. Einen Augenblick lang verspürte sie nur den Wunsch aufzugeben, mit allem Schluss zu machen und sich auszuruhen. Ihre Niederlage zuzugeben, loszulassen.

Doch dann fletschte wieder etwas tief in ihrem Innern die Zähne.

Nein, zum Teufel, so leicht will ich es euch nicht machen, dachte sie.

»Kannst du erkennen, ob das Ausländer oder Ägypter sind?«, fragte sie Sarah, während sie zurück in den Kontrollraum eilte.

»Einer ist Ägypter, oder jedenfalls Araber, die andern sehen aus wie Westler«, antwortete Sarah. »Sie sind zu hellhäutig, um von hier zu sein.«

»Kannst du sie in den Sucher deines Zielfernrohrgewehrs kriegen?«

»Ja, leicht!«

»Schieß den Araber ins Bein, an so eine Stelle, dass er zurück muss«, befahl Janet. »Aber bring ihn nicht um. Schieß nicht, wenn du unsicher bist, also wenn du fürchtest, dass du ihn töten könntest. Mit großer Wahrscheinlichkeit.«

»Okay, Chefin«, sagte Sarah, aber in ihrer Stimme lag Zweifel.

Janet begriff, dass Sarah die Gründe für ihren Befehl noch nicht durchschaut hatte.

»Und die anderen?«, fragte Sarah noch.

»Lass sie kommen.«

»Aber ...«

»Ich werde mich um sie kümmern«, versicherte Janet.

8

Katharine Henshaw hing im Sicherheitsgurt eines Autos, mit dem Kopf nach unten. Sie spürte, wie der Gurt sich durch die Kleider hindurch schmerzhaft in ihr Fleisch drückte, und im Kopf verspürte sie einen hämmernden Schmerz. Ihr wurde klar, dass sie von der Straße abgekommen war, sie erinnerte sich an die Lichter eines entgegenkommenden Autos, das ihr auf dem falschen Fahrstreifen direkt entgegengerutscht war. Sie begriff auch, dass ihre eigenen Reaktionen zu langsam und vom Alkohol getrübt gewesen waren. Ich hätte nicht zustimmen dürfen, ich war zwar viel weniger betrunken, aber ich hätte trotzdem nicht zustimmen dürfen. Ich hätte nicht zustimmen dürfen, ich hätte nicht zustimmen dürfen, ich hätte nicht zustimmen dürfen.

»Michael? Ist mit dir alles in Ordnung?«, stammelte Katharine.

Und dann erkannte sie, dass mit Michael nicht alles in Ordnung war, dass er nie wieder in Ordnung sein würde, und schreckliche Trauer übermannte sie, und eine Sekunde später verstand sie …

(ojojoj)

… dass sie gar nicht im Sicherheitsgurt ihres Autos hing, dass unter ihr nicht das Autodach war, sondern nichts als Leere, und dass, obwohl sie mit dem Kopf nach unten hing, ihre Brust und ihre Schenkel Berührung mit einer lotrechten Betonwand hatten.

Die Erde, oder, genauer gesagt, das glänzende, das Sonnenlicht stark reflektierende Dach des Gewächshauses war nicht einen Meter, sondern unglaublich weit, nämlich mehrere Kilometer entfernt, so wie eine kleine Stadt vom Flugzeug aus gesehen.

Das war unmöglich. Sie musste Halluzinationen haben.

Und dann fiel ihr ein, wo sie war.

Oh nein, beim nächsten Mal buche ich eine Gesellschaftsreise bei Thomas Cook und versuche nicht, Kosten zu sparen, dachte Katharine. Sie spürte, wie das Blut sich in ihrem Kopf staute. Es ist besser, wenn ich mich umdrehe, dachte sie und schwang sich hoch, sodass ihre Beine wieder nach unten hingen und der Kopf zum Himmel zeigte.

Was war passiert? Katharine bemühte sich, klar zu denken, aber der Hammer, der in ihrem Kopf wütete, machte es schwierig. Als sie ihre Schläfe berührte, erbebte sie vor Schmerz, und an ihren Fingern blieb Blut kleben. Ihre ganze Schläfe war voller Blut und die Haut übel zerschunden. Als sie nach ihren Beinen sah, bemerkte sie, dass auch die Hosenbeine zerrissen waren. Die Haut, die unter den Stofffetzen hervorsah, war wundgescheuert. Die Hubschrauber, erinnerte sich Katharine, waren abgestürzt. Die Druckwelle hatte sie wohl erfasst und so gegen den Turm geschleudert, dass sie sich den Kopf gestoßen und für einen Augenblick das Bewusstsein verloren hatte.

Aber die Desert Queen war immer noch an ihrem Platz.

Dann fiel ihr etwas anderes ein. Jaime! Als sie nach oben schaute, sah sie keinerlei Bewegung. Vor der Explosion hatte Jaime sich zehn, fünfzehn Meter vom Fahrstuhl entfernt am Rande des Turms befunden, aber jetzt war dort niemand mehr. Hatte die Druckwelle …

Katharine wollte den Gedanken nicht bis zu Ende denken.

Beim nächsten Mal buche ich wirklich eine Pauschalreise, dachte sie wieder. Ich begreife nicht, dass ausgerechnet ich Lauri gezwungen habe, hierherzukommen. Wie blöd der Mensch doch manchmal sein kann, für diese Geschichte müsste ich eine Zipfelmütze und den Preis »Idiot des Jahres« bekommen. Katharine Henshaws Fröhliche Gruppenreisen, ja denkste. Es hätte mehr Sinn, eine Pauschalreise zum Beispiel bei Osama bin Laden zu buchen. Das wäre sicherer als das hier!

Beim nächsten Mal, dachte Katharine und machte sich wieder auf den Weg zum Cockpit der Desert Queen.

Kurz darauf war sie auf gleicher Höhe mit dem Cockpit. Die Scheibe mit dem Spinnennetz war nur noch zwei Meter entfernt. Aber sie konnte noch immer nicht hindurchsehen.

»Razia!«, rief Katharine. »Razia! Nersi! Raphaela!«

Sie bekam keine Antwort. Von niemandem.

Sind sie alle tot?, überlegte Katharine. Wie würde sie ohne Jaimes Hilfe in das Luftschiff gelangen? Jaime hätte sie näher heranziehen können, aber jetzt war sie offenbar auf sich selbst angewiesen, und zwar buchstäblich.

Moment mal, jetzt sehe ich bestimmt falsch, dachte Katharine. Denn einen Augenblick lang hatte sie aus dem Augenwinkel zu sehen gemeint, wie eine kleine Gruppe von Leuten, die vom Zaun her kamen, unter dem Dach des Gewächshauses verschwunden war. Mindestens sechs oder sieben, vielleicht noch mehr. Sie registrierte auch, dass die am Horizont erkennbaren Staubsäulen jetzt viel größer und höher waren als vorhin. Hier kann es bald ganz lebhaft werden, dachte sie.

Katharine schwang die Beine zum Luftschiff und dann wieder zurück, fort vom Luftschiff. Diese Bewegung wiederholte sie immer wieder, bis die Pendelbewegung sie bis zu den Fenstern des Cockpits brachte und sie gegen die Scheibe treten konnte. Die zerbrach nicht, bog sich aber einige Zentimeter nach innen.

Zum Glück war ich diesmal so schlau, Schuhe anzuziehen, dachte sie, holte wieder Schwung und trat kräftiger zu. Diesmal gab das Glas nach und fiel nach innen ins Cockpit. Einige Scherben, die sich von den Rändern gelöst hatten, spritzten zur Seite und stürzten mit zunehmender Geschwindigkeit abwärts. Katharine sah ihnen nicht nach, und sie hörte nicht das Geräusch, das entstand, als sie drei Kilometer weiter unten klirrend auf das Dach des Gewächshauses fielen. Einige Glasstückchen verblieben wie scharfe Zähne in den Fensterrahmen. Ich muss aufpassen, dass ich mich nicht verletze, dachte sie.

Wieder holte Katharine Schwung und pendelte auf das Cockpitfenster zu. Sie bekam den Rahmen zu fassen, gerade bevor die Pendelbewegung sie wieder zurückgeführt hätte. Ein kleiner Glassplitter stach sie in die Hand, und sie spürte, wie das Blut ihr über die Finger rann. Aua, dachte sie. Vorsichtig hielt sie sich mit der anderen Hand an einer Stelle fest, wo keine Splitter waren. Dann zog sie sich weiter hinein und setzte die Füße auf den unteren Rand des Fensters.

Aber in der Sekunde, als sie mit ihrem ganzen Gewicht das Wrack betrat, sackte es einen bis anderthalb Meter ab, und sie hörte von oben ein schneidendes Knirschen.

Oh nein, dachte Katharine, was für ein Klischee, jetzt nicht auch noch das. Das ist nicht fair!

9

»Ich hab den Araber ins Bein geschossen, so wie du befohlen hast«, drang Sarah Birkins Stimme knasternd an Janets Ohr.

»Und die anderen?«, fragte Janet. »Sind sie umgekehrt?«

»Zwei bringen den Verwundeten fort, sechs kommen weiter in unsere Richtung. Soll ich sie auch außer Gefecht setzen?«

»Nein, lass sie kommen«, befahl Janet.

Janet brach das Gespräch ab. Ihr Telefon klingelte sofort wieder.

»Chefin, der Trupp kommt jetzt in die Nähe des Gewächshauses«, sagte Ulrich. »Wenn du willst, dass ich sie aufhalte, muss ich es jetzt tun.«

»Lass sie kommen. Wie verhalten sie sich?«

»Sehr zielstrebig. Sie kommen sehr schnell näher. Ich glaube, sie sind nicht am Gewächshaus interessiert. Ich glaube, sie wollen ihre Sprengladung am Fuß des Turms anbringen oder darin.«

Das glaube ich auch, dachte Janet.

»Schließ alle Luken der Turbinengehäuse«, sagte sie zu Keskitalo. »Sofort.«

Keskitalo sah Janet zweifelnd an und knurrte etwas Undeutliches. Janet konnte seine Worte nicht verstehen. Aber sie sah, dass Keskitalos Finger über die Tastatur des Hauptcomputers eilten.

»Sind alle Luken geschlossen?«, fragte Janet einen Augenblick darauf.

»Ja«, versicherte Keskitalo.

»Im Gewächshaus wird es also jetzt sehr heiß?«

»Ja«, nickte Keskitalo. »Aber glaubst du, das genügt, um sie aufzuhalten?«

Janet grinste.

»Vielleicht nicht, aber wir wollen es ihnen auch nicht zu leicht machen. Kannst du sie mit den Kameras im Gewächshaus sehen?«

»Ich schau mal nach«, brummte Keskitalo.

Kurz darauf rief Sarah Birkin an, um mitzuteilen, dass die Gruppe im Gewächshaus verschwunden sei.

»Ich hab sie gefunden!«, rief Keskitalo.

Keskitalo spielte auf dem großen Monitor das Bild ein, auf dem sechs Männer zu sehen waren, die unter dem Glasdach vorwärtseilten. Sie sahen, dass die Männer stark schwitzten, ihre Gesichter und Haare glänzten nass, und auf Rücken und Brust sowie unter den Achseln hatten sie große, dunkle Flecke.

»Dort ist es wohl verdammt schweißtreibend«, knurrte Keskitalo. »Seht ihr, wie sie schwitzen, obwohl die Luft knochentrocken ist? Sie verlieren mit ziemlichem Tempo Flüssigkeit. Verdammt, wenn sie so weitermachen, sind sie in einer halben Stunde zu Zwieback vertrocknet.«

»Sie gehen halt sehr schnell«, stellte Janet fest.

Keskitalo rief die Werte von den Temperaturfühlern im Gewächshaus ab.

»Die Temperatur im Gewächshaus steigt. Am höchsten ist sie direkt am Fuß des Schornsteins.«

Auf dem Monitor sahen sie, dass der Stoßtrupp Probleme bekam.

»Sie werden langsamer«, sagte Keskitalo hoffnungsvoll.

Keskitalo hatte recht, die Männer gingen jetzt deutlich langsamer. Aber sie waren nicht stehen geblieben.

»Bald haben sie die Hälfte des Wegs zurückgelegt«, bemerkte Keskitalo zehn Minuten später.

»Kannst du die Kamera schwenken?«, fragte Janet.

»Ja, aber gleich bekomme ich die Männer auch ins Blickfeld der nächsten Kamera.«

Kurz darauf waren die Männer dort. Sie wirkten müde, ihre Schritte unsicherer und etwas langsamer, und drei von ihnen taumelten schon. Unter ihren Blicken stolperte der eine über seine eigenen Beine und schlug der Länge nach zu Boden. Zwei andere beugten sich zu ihm hinab, aber der Gruppenleiter schüttelte den Kopf und deutete auf den Turm. Die Gruppe setzte ihren Weg fort, aber aus ihren Mienen zu schließen waren einige der Männer mit dieser Entscheidung unzufrieden. Ab und zu drehten sie sich nach ihrem zurückgelassenen Kameraden um. Jetzt tranken sie fast ununterbrochen aus ihren Feldflaschen.

»Einer weniger«, freute sich Keskitalo.

»Ein paar von ihnen hätten ihren ohnmächtigen Kumpel nicht seinem Schicksal überlassen wollen«, sagte Janet. »Er wird relativ bald sterben, wenn er das Bewusstsein wegen eines Hitzschlags verloren hat.«

»Du hast recht, sie wirken nicht gerade glücklich«, sagte Keskitalo. »Und doch werden sie den Schornstein bald erreichen. Was machen wir dann?«

»Warten wir noch einen Augenblick ab«, sagte Janet.

»Wir müssen hier verschwinden, wenn sie die Sprengladungen angebracht haben«, äußerte Keskitalo. »Sonst kriegen wir einige Millionen Tonnen Beton auf den Kopf. Das möchte ich nicht erleben.«

»Das ist mir vollkommen klar«, sagte Janet. »Sie werden uns keine Alternative lassen.«

»Was hast du vor?«, fragte Keskitalo verdutzt.

Janet wirkte plötzlich sehr müde, und für einen Augenblick bedeckte sie die Augen mit den Händen.

»Ich dachte, ich mache fünf kleine Löcher in unser Gewächshaus«, sagte sie dann.

Keskitalo starrte Janet an, ohne zu verstehen, was sie meinte.

»Ich will ihnen die heftigste Vergnügungsfahrt ihres Lebens verschaffen«, erklärte Janet. »Die freie Fahrt zurück nach draußen. Öffne die Luke zum Gehäuse sieben. Da ist noch keine Turbine montiert.«

Keskitalo wurde blass, als er verstand, was Janet vorhatte.

»Okay, ich mach es selbst«, sagte Janet.

Janet biss die Zähne zusammen und legte den Hebel um, der die Luke eines der Windturbinengehäuse öffnete. Sie schaute auf den Videomonitor, auf dessen Bildschirm der kleine, müde Stoßtrupp tapfer vorwärtseilte. Plötzlich taten ihr die Männer leid. Obwohl das, was sie vorhatten, kriminell und falsch und gegen die Interessen der gesamten Menschheit gerichtet war, machte das Schicksal der Männer sie doch traurig. Die armen Teufel, dachte Janet. Niemand sollte so etwas erleben müssen wie ihr jetzt. Niemand. Alle sollten das Recht haben, wenigstens ein wenig würdevoller zu sterben. Aber wenn wir euch mit Feuerwaffen aufhalten würden, dann würdet ihr nur ein bisschen anders sterben, und einige von uns könnten zusammen mit euch ums Leben kommen.

Auf dem Monitor sahen sie, dass im Gewächshaus der Wind plötzlich heftig zu blasen begann. Die Jacken der Männer blähten sich und flatterten in dem wütenden Luftzug. Dann, eine Sekunde später, saugte der Wind die Männer mit sich fort wie Stoffpuppen. Sie verschwanden einfach aus dem Blickfeld, so als wären sie nie da gewesen.

Janet stellte sich ihre Schreie vor, als sie in das offene Turbinengehäuse hineingesaugt wurden und der Luftstrom, der mit der Stärke eines Tornados blies, sie mit sich in den gewaltigen leeren Schacht hinaufriss. Sie stellte sich vor, wie die Männer in rasendem Tempo aufwärts, gen Himmel, geschleudert wurden. Vor ihrem inneren Auge sah sie, wie die Angreifer einen Augenblick später hoch über den Sonnenturm hinauf zum Nachthimmel und fast bis zu den Wolken flogen, wie ihre Geschwindigkeit sich verlangsamte, die Schwerkraft sie erfasste und ihren Griff verstärkte, wie sie zum Stillstand kamen und anfingen zu sinken, und wie sie dann in ständig beschleunigtem Fall, vor Entsetzen schreiend, dem viele Kilometer weiter unten wartenden gläsernen Gewächshaus entgegenstürzten.

Keskitalo war immer noch totenbleich.

»Gibt es im Schornstein eine Kamera?«, fragte Janet.

»Ja. Aber ... möchtest du wirklich sehen, was da geschieht?«, fragte Keskitalo verwundert.

10

Jaime Oroza fiel kopfüber in die bodenlose, schwarze Leere. Lähmende, grauenerregende Angst durchfuhr ihn. Er schrie vor Entsetzen, hörte aber seine eigene Stimme so, als käme sie von sehr weit her.

Das Ende, dies ist das Ende, dachte Jaime.

Trotz der Panik versuchte ein rationaler Teil seines Gehirns verzweifelt zu berechnen, wie viele Sekunden vergehen würden, bevor er auf den am Grunde des Schornsteins wartenden großen Windturbinen zerschmettert würde.

Dann ein bedrängender, heftiger Schmerz an Brust und Achselhöhlen, und sein Fall endete.

Jaime öffnete die Augen. Ihm wurde bewusst, dass er im Inneren des Sonnenturms hing und direkt nach unten schaute. Er sah ein etwa zweihundert Meter langes Stück senkrechter Betonwand, und dann nichts als Schwärze.

Jaime wagte nicht, sich zu rühren, und versuchte, ruhig zu atmen. Er drehte den Kopf, sehr vorsichtig und nur so wenig wie möglich, sodass er ein Stück nach oben sehen konnte. Das Seilbündel, das um seinen Körper lag, war an einem Stück Armierungseisen hängen geblieben, das aus dem oberen Rand des Turms herausragte. An einem Stück Eisen, das noch nicht abgeschnitten worden war.

Jesus, hab Dank, dachte Jaime.

Dann sah er, dass das Armierungseisen begann, sich langsam, aber sicher nach unten zu biegen. Es ragte vielleicht einen halben Meter aus der Wand des Turms heraus, und das

Seilbündel hatte sich an seinem Ende verfangen. Das Eisen war nicht sehr dick, und es hielt sein Gewicht nicht aus, ohne sich zu verbiegen.

Ich nehme zurück, was ich gesagt habe, dachte Jaime bitter, als das Armierungseisen sich zu einem immer steileren Winkel verformte. Ihm wurde klar, dass das Seilbündel bald von dem Eisen abrutschen würde. Dadurch, dass das Eisen sich bog, gelangte Jaime näher an die Wand des Schornsteins heran, sie war nur noch eine gute Armlänge entfernt, aber das würde ihm wohl nichts nützen. Die Wand war zu glatt, es gab daran nichts, woran er sich hätte festhalten können. Sobald das Seilbündel von dem Armierungseisen herabgeglitten war, würde er in die Tiefe stürzen.

»Hilfe!«, rief Jaime. »Ich falle! Katharine!«

Tatsächlich aber glaubte er nicht, dass sie ihn hören konnte. Er hatte noch gesehen, wie die Druckwelle Katharine gegen die Außenwand des Sonnenturms geschleudert hatte.

Jaime schloss die Augen und wartete. Er wusste, dass sein Fall diesmal viel länger dauern würde. Diesmal würde nichts unter ihm sein, was seinen Sturz aufhalten könnte.

Jaime spürte, wie sein Rücken sich gegen die Turmwand legte. Noch einen Augenblick, und …

Doch nichts geschah. Jaime spähte vorsichtig nach oben. Er sah, dass das Armierungseisen nachgegeben und sich in einem rechten Winkel nach unten, zur Innenwand des Turms hin, gebogen hatte. Aber an seinem Ende befand sich ein kleiner Haken, an dem das Seilbündel immer noch fest hing. Der Haken war so kurz, dass Jaimes Gewicht ihn nicht geradebiegen konnte. Der Hebelarm war nicht lang genug.

Jaime seufzte erleichtert. Er würde nicht fallen, jedenfalls nicht sofort. Andererseits war auf der Minusseite natürlich zu verzeichnen, dass er keinerlei Chance hatte, aus eigener

Kraft zurück nach oben zu kommen. Außerdem war der Haken am Ende des Armierungseisens so kurz, dass Jaime abrutschen konnte, wenn er nur eine einzige unüberlegte, falsche Bewegung machte.

Es blieb ihm nichts anderes übrig, als abzuwarten und still und reglos zu bleiben. Vielleicht war Katharine noch am Leben. Wenn sie am Leben war und sich beim Aufprall gegen die Turmwand nicht schwer verletzt hatte, würde sie vielleicht wieder nach oben klettern können. Dann würde Katharine früher oder später zum Lift zurückkehren. Wenn sie vorbeiging, würde sie Jaime vielleicht sehen und ihm hinaufhelfen können. Wenn, wenn, wenn.

Jaime wartete und versuchte, sich zu entspannen. Im Turm war es eigentlich sehr still und friedlich. Warum also nicht hier hängen, dachte er bitter, die Lohnzahlung geht weiter. Ob er es wagen konnte, Zigaretten und Feuerzeug aus der Tasche zu nehmen? Vorsichtig spähte er zu dem Seil hinauf, das an der Spitze des Armierungseisens hing, und kam zu dem Ergebnis, dass es wohl doch besser wäre, bei dem so überraschend begonnenen, erzwungenen Aufgeben des Rauchens zu bleiben.

Dann begriff er plötzlich, dass es im Turm, genau genommen, sogar viel stiller und ruhiger war, als es hätte sein sollen.

Jemand musste die Gehäuse der Windturbinen geschlossen haben, denn Jaime spürte keinerlei aufsteigenden Luftstrom. Der Wind hätte mit Orkanstärke blasen müssen.

Warum sind die Gehäuse geschlossen worden?, wunderte sich Jaime.

Aber noch ehe er sich eine Antwort auf seine eigene Frage gründlich hätte überlegen können, spürte er plötzlich, wie ein Windstoß von unten heftig, mit gewaltiger Kraft, auf ihn traf. Der Wind ließ seine Kleider flattern und seine Haare wehen.

Jemand hat wieder die Turbinengehäuse geöffnet, dachte Jaime.

Der Wind gewann erschreckend schnell an Stärke. Eine Sekunde später bemerkte Jaime, dass er schon nahezu gewichtslos war. Das Atmen fiel ihm schwer, und das Wasser lief ihm aus den Augen. Er hatte noch niemals einen so starken Wind erlebt, und er hatte das Gefühl, der Wind werde ihm gleich die Haare ausreißen. Hilfe, der Wind trägt mich ja schon fast, dachte Jaime, gleich hebt er mich nach oben.

Da sah er von unten etwas, das sich näherte und schnell anwuchs.

Jetzt habe ich Halluzinationen, dachte Jaime Oroza.

11

Das knirschende Geräusch von oben ließ nach, und das Luftschiff hielt inne. Es sank nicht mehr weiter ab. Katharine Henshaw seufzte erleichtert. Sie tastete sich weiter ins Cockpit hinein. Obwohl sie das Fenster eingeschlagen hatte, war immer noch überall dicker schwarzer Rauch, der sich nur langsam verzog. Sie konnte nicht ordentlich sehen und wusste, dass sie bald anfangen würde zu husten, wenn sie den Rauch einatmete. Im Luftschiff konnte nicht mehr viel Sauerstoff übrig sein. War es überhaupt möglich, dass jemand darin noch am Leben war?

Vor Katharine lag etwas, das entfernt an einen Menschen erinnerte, aber die Gestalt war voller Blut und schwer verbrannt. Dort, wo der Kopf hätte sein sollen, war nichts, überhaupt nichts. An den Kleidern des Leichnams erkannte Katharine Nersi Khan. Es tut mir leid, Nersi, so schrecklich leid, sagte Katharine in Gedanken.

Aber es gab nichts, was sie jetzt noch für Nersi Khan hätte tun können, und so ließ sie sich weiter hinunter bis zum Cockpit. Sie stemmte die Füße gegen den Boden des Luftschiffs, der sich in der Senkrechten befand, und ließ mehr Seil durch den Karabinerhaken laufen. Hoffentlich schneidet nichts das Seil entzwei, dachte Katharine.

Razia al-Qasreen lag auf dem Steuerungspanel. Katharine sah, dass sie mit dem Gesicht heftig dagegen geschlagen war. Es war übel zugerichtet und dick mit geronnenem Blut bedeckt. Aber Razia lebte noch, denn sie lallte etwas Unverständliches, Erstickten, als Katharine sie berührte. Raphaela Guerrero konnte Katharine nirgends entdecken.

»Halte durch«, sagte sie zu Razia. »Wir schaffen es hier heraus.«

Aber würde sie es wirklich schaffen, zwei Menschen hochzuholen, ohne Jaime?

Sie verdrängte ihre Zweifel. Bald würde sich alles klären.

Wieder sank das Luftschiff einen Zentimeter oder zwei, und Katharine hörte von oben ein Knirschen. Wenn dieses verdammte Ding jetzt runterfällt, dann gehen wir zusammen mit ihm zu Boden, dachte sie.

Katharine löste das Seil von ihrer Taille und band es zuerst Razia und dann wieder sich selbst um den Leib. So, jetzt kommt der Moment der Wahrheit, dachte sie.

»Razia, wenn du hörst, was ich sage, dann würde es uns jetzt sehr helfen, wenn du das Seil festhalten und einen Teil deines eigenen Gewichts tragen könntest. Oder mit den Beinen aufwärtsschieben.«

Aber Razia antwortete nicht, und Katharine erkannte, dass sie das Bewusstsein verloren hatte.

Katharine Henshaws Fröhliche Survival-Reisen, dachte Katharine wieder. Für Leute, die sich die Schultermuskeln abreißen und die Lungen mit Ruß füllen wollen. Bei fünf Prozent Überlebenschance.

Sie fing an, sich und Razia hochzuziehen, wobei sie sich mit den Füßen am Fußboden des Luftschiffs und dessen Vorsprüngen abstützte. Das war Schwerstarbeit, denn ihr Gesamtgewicht lag sicherlich zwischen hundertzwanzig und hundertdreißig Kilo. Katharine musste sie senkrecht nach oben ziehen, und sie hatte niemals für eine so harte Anstrengung trainiert.

Katharines Schultern und Schenkel fühlten sich sehr bald

an wie im Feuer, der Schmerz war fürchterlich, und sie hatte das Gefühl, ihre Muskeln würden von den Sehnen abreißen. Der Schweiß brannte in den Augen wie schwache Säure, aber da waren sie auch schon beim Fenster des Cockpits, und sie konnte die Beine dagegenstemmen und einen Augenblick verschnaufen.

Na, jedenfalls stürzen wir nicht mit dem Luftschiff ab, dachte Katharine und keuchte schwer, denn gleich sind wir hier raus. Aber werde ich es schaffen, uns noch dreißig Meter an der Turmwand entlang hinaufzuziehen?

Sie glaubte nicht, dass es möglich war, denn schon der viel kürzere Aufstieg aus dem Cockpit der Desert Queen hatte sie ziemlich angestrengt, obwohl sie sich mit den Füßen an verschiedenen Vorsprüngen hatte abstützen können.

Aber jetzt verlassen wir erst mal das Luftschiff, und dann schauen wir, wie wir hinaufkommen, dachte Katharine. Sie wollte sich gerade auf den Fensterrahmen schieben, als sie von oben einen schrecklichen Schrei der Verzweiflung hörte. Als sie in dessen Richtung schaute, sah sie gerade noch einen flüchtigen Augenblick lang eine menschliche Gestalt, die an ihr vorbei direkt nach unten auf das Glasdach zusauste. Einzelheiten konnte sie nicht erkennen.

Katharine schaute nach oben und sah Jaime Oroza, der sich auf höchst eigentümliche Weise an das äußere Geländer des Turms klammerte. Kopf und Oberkörper ragten über das Geländer hinaus ins Leere. Seltsam, dachte Katharine. Was macht Jaime da?

»Hey«, rief Katharine.

Jaime sah zu ihr hinunter. Katharine fand ihn sehr blass.

»Könntest du mir nicht ein bisschen helfen?«, rief sie. »Aber ... dir ist wohl schwindlig? Du siehst irgendwie blass aus.«

12

Janet schaute auf die Uhr.

»Ich hab den Eindruck, dass die geführte Rundfahrt unserer Gäste sich ihrem Ende nähert.«

Wenig später hörten sie gedämpftes Krachen und Klirren, so als rauschte etwas durch das Dach des Gewächshauses. Sie sahen, dass in dem Dach ein kleines schwarzes Loch entstanden war. Es maß vielleicht zwei Meter in der Breite, nicht mehr.

»Da haben wir mindestens eine ganze Fensterscheibe verloren«, bemerkte Keskitalo.

Knickerseele, dachte Janet.

»Vielleicht können wir es uns leisten, sie zu reparieren«, sagte sie.

Weiter entfernt erschien ein zweites Loch, so klein, dass es nur wie ein schwarzer Fleck, ja, wie ein Punkt wirkte. Dann ein drittes.

Die Entfernung dorthin war so groß, dass das Krachen nicht bis in den Kontrollraum zu hören war. Keskitalo sah so aus, als wollte er etwas sagen, schaffte es jedoch, den Mund zu halten.

»So viel dazu«, sagte Janet. »Öffne die Luken der anderen Gehäuse. Es wird das Beste sein, wenn wir die Rucksäcke mit dem Sprengstoff einsammeln, als Beweisstücke. Und wenn der Typ, der im Gewächshaus ohnmächtig geworden ist, noch lebt, könnten wir auch ihn hierherholen.«

Sarah Birkin rief wieder an.

»Hör mal, Chefin, es mag etwas seltsam klingen, aber ... Na ja, ich habe bestimmt falsch gesehen, aber ... Ob du es glaubst oder nicht, ich hatte ganz den Eindruck, als ...«

»Du hast ganz richtig gesehen«, sagte Janet trocken. »Unsere Gäste haben beschlossen, sich nach oben zu entfernen.«

»Oha, das war ja wieder etwas ganz Neues«, sagte Sarah, und ihr Gesicht spiegelte Begeisterung. »Ich glaube, dass sie allmählich sauer sind!«

Aber was war mit Katharine und Jaime passiert? Als Janet hinausging, um nach dem Wrack des Luftschiffs zu sehen, waren weder Katharine noch das Seil zu sehen. Wo steckten Katharine und Jaime?

Janets Telefon klingelte. Der Anrufer war Abdullah al-Kawthar von der östlichen Wachstation.

»Hier kommt jetzt ein Haufen Leute an«, sagte Abdullah ganz ruhig.

»Könntest du uns bitte das Bild zeigen«, bat Janet.

Abdullah richtete seine Kamera auf den Weg, der zur Oase Siwa führte. Auf dem Bild war nur eine vage Bewegung zu erkennen, auf die man sich nur schwer einen Reim machen konnte. Janet schloss ihr Handy an den Computer an und übertrug das Bild auf den großen Monitor. Es wurde grobkörniger, aber Janet erkannte jetzt, dass sich über die Straße eine lange Kolonne von Lastautos näherte.

»Kannst du sie zählen?«, fragte Janet.

»Das hab ich schon gemacht«, sagte Abdullah. »Es sind sechsunddreißig.«

Sie kommen ja mit einem ganz gehörigen Aufgebot, dachte Janet.

»Sind nur in den Fahrerhäusern Männer oder auch auf der Pritsche?«

»In jedem Auto sitzen vorn drei Mann«, sagte Abdullah.

»Was unter den Verdecks ist, kann ich nicht sehen. Aber ich würde mich wundern, wenn sie leer wären.«

»Glaubst du, es könnten Lastwagen der ägyptischen Armee sein?«, fragte Janet hoffnungsvoll.

Abdullah schüttelte den Kopf.

»Das sind keine Armeefahrzeuge.«

Keskitalo spähte hinaus.

»Der Fahrstuhl kommt herunter«, sagte er.

Das muss Katharine sein, dachte Janet.

»Soll ich die zweite EMP einsetzen?«, fragte Abdullah. »Das würde die Autos stoppen, und wir würden etwas Zeit gewinnen. Von dort ist es ein mehrstündiger Fußweg bis zum Zaun.«

»Tu das, aber pass auf, dass du nicht dein eigenes Telefon grillst. Oder unsere Anlagen.«

Abdullah grinste.

»Ich bringe mein Handy in Sicherheit.«

Janet wandte ihr Fernglas in die Richtung, aus der die Lastwagen kamen. Die sich nähernde Autokolonne war schon deutlich zu erkennen. Dann hielt die Kolonne plötzlich wie vor einer Wand. Die Explosion der EMP-Bombe war weder zu hören noch zu sehen, die Entfernung war zu groß. Aber die Lkws blieben stehen und rührten sich nicht mehr.

Wieder klingelte das Telefon.

»Das hat gut geklappt«, freute sich Abdullah. »Alle Motoren sind ausgegangen.«

Die Gestalten auf dem von Abdullah übermittelten Bild wirkten orientierungslos. Männer drängten aus den Autos, aber ihre Bewegungen waren langsam und ziellos. Die Gestalten wuselten um die Lkws herum und wussten nicht, was sie tun sollten. Sie öffneten die Motorhauben und versuchten herauszufinden, wo das Problem lag.

Hoffentlich dauert es eine Weile, bis sie verstehen, dass die Motoren nicht mehr anspringen werden, dachte Janet.

»Kannst du jetzt sagen, wie viele es sind?«, fragte sie Abdullah.

»Anscheinend sind es pro Lkw etwa zwanzig bis fünfundzwanzig Mann. Außerdem waren vorn zwei oder drei. Von tausend auszugehen wird der Wahrheit wohl nahekommen. Kurz: verdammt viele.«

»Sind das Araber oder Westler?«

»Ich finde, sie sehen aus wie Sudanesen.«

»Informier mich, wenn etwas passiert«, bat Jane und beendete das Gespräch.

Sie eilte zum Lift. Laut Anzeige war er schon fast unten, in nur dreihundert Metern Höhe.

Gleich darauf hielt der Fahrstuhl, und die Türen öffneten sich. Katharine und Jaime trugen zwischen sich Razia al-Qasreen, deren zerschmettertes Gesicht wirklich schrecklich aussah. Janet verspürte eine plötzliche Welle von Übelkeit, als sie sah, wie schlimm es Razia ergangen war. Aber Razia jammerte schwach, also war sie wenigstens noch am Leben. Auch Katharine hatte im Gesicht und an den Beinen kleine, blutige Schrammen, aber das war nichts Ernstes.

»Und die anderen?«, fragte Janet.

Katharine schüttelte den Kopf. Sie und Jaime führten Razia in das Erste-Hilfe-Zimmer, das neben dem Kontrollraum lag. Jaime gab Razia eine große Morphiumspritze, um ihre Schmerzen zu lindern. Dann reinigten er und Katharine nach besten Kräften die Wunden in ihrem Gesicht und verbanden sie mit Mullbinden. Razia wird nie wieder schön aussehen ohne die Hilfe eines plastischen Chirurgen, dachte Katharine und zitterte vor Mitgefühl, denn obwohl sie Razia erst kurze Zeit kannte, hatte sie sie schon sehr lieb gewonnen.

Razia ergriff Katharines Arm und zog sie näher zu sich heran.

»Wie … schlimm?«, nuschelte sie.

»Ich will ehrlich sein«, log Katharine. »Du musst einige Operationen machen lassen. Aber dein Gesicht wird wieder so sein wie früher.«

Razia schloss die Augen, und eine Träne kullerte ihr über die Wange. Katharine schluckte. Wahrscheinlich hatte Razia ihr nicht geglaubt.

»Jetzt musst du dich ausruhen«, sagte Katharine sanft.

Razia schüttelte den Kopf. Sie umfasste auch mit der anderen Hand Katharines Arm. Katharine sah, dass etwas sie sehr beschäftigte.

»Es gibt etwas … das ihr wissen solltet«, sagte Razia.

Aber Katharine sah, dass das Morphium schon zu wirken begann. Razia fielen die Augen zu.

»Razia, das hat Zeit. Du musst es jetzt ruhig angehen lassen.«

»Nein, es hat … eigentlich … keine Zeit«, flüsterte Razia. »Du musst Janet sagen, … dass … dass …«

»Ja?«, fragte Katharine.

Aber da war Razia schon eingeschlafen. Katharine kehrte in den Kontrollraum zurück.

»Wie ist die Lage?«, fragte sie.

Mit ein paar Sätzen erklärte Janet die Konstellation.

»Es sind zu viele«, wiederholte Katharine schlicht.

»Wir sind gut bewaffnet«, sagte Janet. »Sehr gut bewaffnet.«

»Nur dass wir unsere Waffen nicht einsetzen können«, sagte Katharine.

Sie erschrak ein wenig, als sie bemerkte, wie verbittert ihre Stimme klang.

»Wir würden schon zurechtkommen, wenn …« Katharine vollendete den Satz nicht.

»Leider hat Lauri recht«, sagte Janet. »Wir können keine ägyptischen Staatsangehörigen töten, wenn wir wollen, dass dieses Kraftwerk hier bleibt und auch noch im nächsten Jahr Strom und Wasser produziert.«

»Ist das in dieser Situation nicht schon ein allzu gandhimäßiges Prinzip?«, fragte Katharine.

»Nicht, wenn wir dieses Kraftwerk retten wollen«, antwortete Janet fest. »Das, was Lauri die ganze Zeit gesagt hat, ist wahr. Wenn die Menschen, die in der Umgebung von Gottes Kleinem Finger wohnen, ihn einmütig verteidigen, dann kann niemand es mehr zerstören. Wenn sie sich aber dagegen wenden, können wir es auf Dauer nicht schützen. Selbst wenn wir hier alle Krisenmanagementtruppen der Vereinigten Staaten und Europas konzentrieren würden. Nein, ich will nicht, dass aus dem, was wir hier tun, wieder nur ein neuer Faktor wird, der zu noch mehr Toten führt und die Spirale der Gewalt beschleunigt.«

Katharine nickte widerstrebend. Vielleicht hatten Janet und Lauri recht. Wir sind immer bereit zu gewaltigen Anstrengungen und zu rücksichtslosem pauschalem Blutvergießen, auch wenn es nur darum geht, das Leben eines einzigen unserer Mitbürger zu retten. Aber zugleich behandeln wir die Bürger aller anderen Länder so, als hätte ihr Leben überhaupt keinen Wert. Ist das nicht die beste Methode, um zu erreichen, dass alle uns hassen? Vielleicht sollten wir es genau umgekehrt machen.

»Also sollen wir sie einfach kommen und uns alle töten lassen?«

»So weit wird es nun vielleicht doch nicht kommen«, murmelte Janet.

»Hoffentlich nicht. Was aber soll sie dann aufhalten? Was werden wir tun? Konkret?«

Janet schaute auf die Uhr.

»Abdullah hat die Kolonne vierzig Kilometer von hier angehalten. Ich würde sagen, dass sie zu Fuß bis zum Zaun mindestens acht Stunden brauchen, wenn nicht noch mehr. Und sie werden sich nicht unbedingt sofort in Bewegung setzen. In sengender Sonne zu marschieren ist anstrengend, zumal wenn sie Waffen, Munition und Lebensmittel zu tragen haben. Kann sein, dass sie sich erst am Abend in Bewegung setzen, wenn die Sonne untergegangen ist und wenn es etwas kühler wird.«

»Das gibt uns etwas Spielraum«, sagte Katharine. »Was aber danach? Früher oder später kommen sie doch hierher.«

Wieder klingelte das Telefon. Diesmal kam der Anruf von Süden, von Hoa.

»Eine große Kolonne nähert sich auf der Straße. Mindestens vierzig Lkws.«

»Halte sie mit einer EMP auf«, befahl Janet.

»Okay«, sagte Hoa.

»Das Netz zieht sich zusammen«, kommentierte Katharine. »Sie greifen von zwei Seiten gleichzeitig an. Du und Lauri, ihr hattet doch noch etwas in petto, wovon ihr uns nichts erzählt habt?«

»Was meinst du?«, fragte Janet. Sie hatte vor Verwunderung runde Augen und bemühte sich, unschuldig zu wirken.

»Hör doch auf!«, sagte Katharine. »Ich kenn doch Lauri. Er hat eine schmutzige Fantasie. Er ist ein Meister darin, sich abscheuliche Überraschungen auszudenken, und er hat dich mit Sicherheit über die wichtigsten kleinen Tricks informiert, bevor er mit Abu Hassan zu Azhrawi gefahren ist.«

13

Die Sonne war untergegangen, und die Wüste ringsum war dunkel und still.

»Ist die Uhr da irgendwie kaputt?«, fragte Keskitalo und nahm einen Schluck Gin. »Sie geht bestimmt nach, ich finde, die Zeiger bewegen sich eigentümlich langsam. Wahrscheinlich sind die Batterien bald leer.«

Katharine sah auf ihre Uhr.

»Wahrscheinlich ist zwischen deinen Ohren etwas kaputt. Manchmal funktioniert der Kopf des Menschen auf ziemlich interessante Weise.«

Keskitalo trank sein Glas aus und füllte es sofort wieder neu.

»Aber wenn es uns heute schlecht ergeht – es war nett, dich kennengelernt zu haben«, sagte Katharine.

Drei Stunden später war die Wüste um den Turm herum weiterhin still.

»Immer noch nichts«, bemerkte Keskitalo.

Katharine machte sich nicht die Mühe zu antworten.

»Vielleicht kommen sie gar nicht«, fuhr Keskitalo fort. »Ich hab allmählich den Eindruck, dass sie nicht kommen.«

Katharine wusste nicht, wie viel Keskitalo schon getrunken hatte. Beim sechsten Glas hatte sie aufgehört zu zählen.

Wieder schaute Keskitalo auf die Uhr.

»Sie sind immer noch nicht beim Zaun. Etwas hält sie auf. Das ist ein gutes Zeichen. Jede Minute verbessert unsere Chancen.«

Dann wechselte Keskitalo plötzlich das Thema.

»Bist du übrigens jemals am Amazonas gewesen?«, fragte er.

Katharine lachte.

»Das kann ich nicht behaupten. Warum fragst du?«

»Na, weil ich gehört hab, dass du dir Sorgen darüber machst, was für Folgen unser Projekt für die Sahara hat.«

Keskitalo ging zum Kühlschrank.

»Du solltest einmal hinfahren ... Dort gibt es die größten Überschwemmungswälder der Welt, ein Gebiet so groß wie Frankreich mit Wald, der bis in den Himmel ragt und der jedes Jahr eine Zeit lang überschwemmt wird ... Knorrige Bäume, wie die hohen Säulen einer Kathedrale, und davon gibt es unendlich viele, denn die Wand dieser Kathedrale kommt einem nicht nach ein paar Dutzend Schritten entgegen, sondern geht weiter und weiter und weiter, Hunderte und Tausende von Kilometern. Dieser Wald bedeckt Hunderte von Millionen Hektar, Tausende Milliarden Quadratmeter.«

»Das klingt schön«, sagte Katharine aufrichtig.

»Dort gibt es viele Flussdelfine, die Botos. Merkwürdige Urtiere. Die mehr wie ein Ichtyosaurus aussehen als wie ein Flaschenhalsdelfin. Und auch andere, vom Meer in den Fluss aufsteigende Delfine, die Tucuxi. Die Botos haben keine Angst vor dem Menschen, denn niemand wagt es dort, sie zu jagen. Sie kommen oft ganz nahe an das Boot oder einen schwimmenden Menschen heran. Viele lassen sich auch von den Menschen berühren und spielen gern mit deren Kindern.«

Keskitalo betrachtete träumerisch sein Gin-Tonic-Glas.

»Personen, die sie kennen, zeigen sie sogar manchmal ihre eigenen Babys«, fuhr er fort. »Die Menschen am Fluss glauben, dass uneheliche Kinder von Flussdelfinen gezeugt wurden, dass sie Söhne und Töchter von Flussdelfinen sind. Sie glauben, dass die Botos bei Vollmond Menschengestalt annehmen können. Dass sie zu den Festen der Menschen kommen, wenn man sie auf eine bestimmte Weise ruft. Dass die allerschönsten, am besten aussehenden, die verdammt attraktiven jungen Männer und Frauen meistens Botos sind, die gerade für eine Weile ihre Gestalt geändert haben. Deswegen darf man die Flussdelfine nicht töten, denn man kann ja nicht sicher sein, dass man nicht den Vater eines unehelichen Kindes aus dem eigenen Dorf tötet.«

Katharine lächelte.

»Ich finde, das ist eine schöne Glaubensvorstellung. Eine nützliche. Also, wenn man Mist gebaut hat. Und einige von uns bauen immer Mist. In solchen Dingen bauen immer einige Mist.«

»Dort gibt es auch Manaten«, fuhr Keskitalo fort. »Merkwürdige, freundliche Wassertiere von prähistorischem Aussehen. Verwandte der Seekühe. Rührende Wesen. Und Kaimane, außerdem viele Meter lange Anakondas. Die Baumwipfel sind voller Vögel, deren Gefieder in allen Farben des Regenbogens prangt. Und es gibt eine unzählige Menge von verschiedenen Bäumen und Insekten. Die Luftwurzeln mancher Bäume sind größer und dicker als die Bäume, die wir in Europa für sehr groß halten. Und all die Käfer, sie sind wie fliegende Edelsteine oder Bonbons ... ebenso wie die im Wasser von Baumhöhlen lebenden Frösche. Und die Blüten der verschiedenen Bäume und der darauf wachsenden Ranken ... Das solltest du mal sehen, dort findet sich mehr als die Hälfte aller Arten von Lebewesen der terrestrischen Ökosysteme des Erdballs. Sie müssen sterben, wenn wir die Klimaerwärmung nicht in den Griff bekommen. Auch das alles ist es wert, bewahrt zu werden. Vielleicht würdest du dich beim Anblick all dieser Pracht ein bisschen besser fühlen.«

»Danke für den Tipp«, sagte Katharine und lächelte. »Ich werde mir die Sache überlegen.«

Durch den Kontrollraum wehte ein kühler Nachthauch, als Janet Kendall eintrat.

»Immer noch nichts«, sagte sie.

Die Anspannung war ihrer Stimme anzumerken und spiegelte sich auch in ihrem Gesicht, was unter den gegebenen Umständen natürlich kein Wunder war.

Janets Telefon klingelte. Es war Sarah Birkin.

»Eine kleine Gruppe ist durch den Maschendrahtzaun eingedrungen.«

»Wie viele Personen sind es?«, fragte Janet.

»Vier. Etwas weiter seitlich sind noch mehr. Und hinter dem Zaun ist die ganze Landschaft voller Schatten, wie Ratten auf der Müllkippe. Überall. Aber ... die vier tragen etwas. Etwas Schweres.«

»Kannst du sehen, was es ist?«

»Es scheint ein Granatwerfer zu sein.«

Janet fluchte.

»Sehen die Männer westlich aus oder wie Ägypter?«

»Zwei sind offensichtlich Westler, zwei könnten Ägypter sein.«

»Setz die Westler außer Gefecht, aber versuche, sie nicht zu töten. Die anderen lass ungeschoren.«

»Okay«, sagte Sarah kurz, aber Janet meinte, aus ihrer Stimme Gereiztheit herauszuhören.

Janet macht es völlig richtig, dachte Katharine. Sie macht es genau so, wie Lauri es ihr befohlen hat, genau so, wie man es machen sollte. Aber kann man es so machen? Was hat das für Folgen? Hilft es?

»Wenn möglich, versuch sie nur zu verwunden«, sagte Janet noch zu Sarah.

Sarah schwieg. Kurz darauf peitschten im Dunkeln zwei, drei Schüsse. Ihnen folgte eine Anzahl von Schüssen, die aus unterschiedlichen Waffen abgegeben worden waren, und ein paar kurze Stöße aus automatischen Waffen. Dann wurde es wieder still.

»Sarah?«, fragte Janet.

»Das eine Bleichgesicht ist auf der Strecke geblieben, das andere leicht verletzt«, meldete sich Sarah. »Die anderen bringen den Mann fort.«

»Sind alle umgekehrt?«

»Ja.«

»Kannst du zu dem Granatwerfer hin? Um ihn zu zerstören?«

»Nein … Ich glaube nicht. Das Gelände ist zu offen. Sie würden mich erwischen.«

»Dann lass es sein. Sag mir Bescheid, wenn wieder etwas passiert.«

Janet legte auf. Sofort klingelte es wieder.

»Hier sind zwei Gruppen, die Granatwerfer tragen«, sagte Ulrich.

»Kannst du sie gut sehen?«

»Ausgezeichnet. Wie am Tage. Dieses Nachtfernglas ist wirklich gut. Die eine Gruppe besteht aus Amerikanern oder Europäern, die anderen haben sozusagen Lappen um den Kopf.«

»Gib in Richtung auf die westliche Gruppe einen Warnschuss ab«, kommandierte Janet. »Falls die Gruppe flüchtet, lass sie gehen. Falls sie weitergeht, leg sie um.«

»Okay. Und die andere Gruppe?«

»Gib ein paar Garben vor ihre Füße ab und seitlich an

ihnen vorbei«, befahl Janet. »Aber schieß auf keinen Fall direkt auf sie.«

»Aber …«

Barsch unterbrach Janet Ulrichs Protest.

»Ulrich, es ist sehr wichtig, dass du sie nicht triffst«, sagte Janet fest. »Wir verlieren, wenn auch nur ein Teil von ihnen stirbt.«

Janet ist jetzt wirklich streng, dachte Katharine.

Janet ging die Bilder der Kameras durch, die außerhalb des Zauns angebracht waren, und bekam eine Gruppe von westlich aussehenden Personen auf den Bildschirm, die einen altmodischen, aber schweren Granatwerfer schleppten. Einige Sekunden später war es, als explodierte der Wüstensand vor der Gruppe, daraus stiegen plötzlich mindestens hundert kleine Sandsäulen auf. Ulrich hatte das Feuer eröffnet. Die Mitglieder der Gruppe erstarrten für einen Augenblick und warfen sich dann zu Boden.

Janet wartete ab, was geschehen würde. Es würde einigen Mut und vielleicht auch mehr als nur ein wenig Dummheit erfordern, den Angriff gegen eine solche Feuerkraft über das offene Gelände fortzusetzen. Der Anführer der Gruppe gab seinen Männern ein Zeichen, und sie zogen sich zurück.

Janet bekam auch die zweite Granatwerfergruppe ins Bild. Sie sahen, wie der Sand vor der Gruppe aufstob, als Ulrich mit der Hotchkiss einige Tausend Kugeln auf sie abschoss. Dann drehte Ulrich die Hotchkiss, und der Sand begann auf der linken Seite des Stoßtrupps zu kochen, nur wenige Meter entfernt. Das war den Angreifern zu viel. Sie ließen den Granatwerfer fallen und rannten davon.

»Was glaubst du, was sie als Nächstes versuchen werden?«, fragte Keskitalo.

»Das ist eine sehr gute Frage«, knurrte Janet.

Der nächste Angriff kam zwanzig Minuten später, und diesmal ohne jede Vorwarnung. Im Kontrollraum hörten sie nicht einmal das Heulen der Granaten, denn die Granatwerfer waren zu weit entfernt. Das Erste, was sie sahen, war eine Explosionswolke im Westen, die im Mondlicht aufstieg, im Gelände zwischen Zaun und Gewächshaus. Einen Moment später explodierten auf verschiedenen Seiten drei weitere Granaten.

»Sie haben vier Granatwerfer«, bemerkte Keskitalo.

»Ist das Gewächshaus beschädigt worden?«, fragte Janet.

Keskitalo prüfte die Bilder, die von den Kameras in den Randgebieten des Gewächshauses übermittelt wurden.

»Nein, anscheinend nicht. Die Granaten sind nicht nahe genug gekommen.«

Einen Moment später folgte eine neue Serie von Granaten und Explosionen, aber sie kamen dem Glasdach nicht wesentlich näher als die ersten. Dann wurde es wieder still.

»Sie haben ausprobiert, ob sie von einer guten Deckung aus eine genügende Reichweite erzielen«, konstatierte Janet. »Aber das ist ihnen nicht gelungen.«

Sie rief Ulrich an.

»Ulrich, ich fürchte, dass sie als Nächstes dich angreifen werden. Kannst du etwas sehen, was darauf hindeutet?«

Ulrich überlegte einen Augenblick, bevor er antwortete.

»Hinter dem einen Hügel befinden sich jede Menge Leute, aber ich kann nicht sagen, was sie da machen«, sagte er schließlich.

»Ich nehme an, dass du gleich mit Granaten beschossen wirst. Kannst du die Hotchkiss so deaktivieren, dass sie keine Freude daran haben werden und hierherkommen?«

»Aber womit verteidigen wir uns dann?«

»Tu, was ich dir sage«, befahl Janet.

Dann rief sie Jacques Desvernois an der anderen Hotchkiss an.

»Jacques, glaubst du, sie wissen, dass du dort bist?«

»Ich fürchte, ja«, bestätigte Jacques.

»Dann musst du die Hotchkiss untauglich machen und hierherkommen. Ich glaube, dass ihr das nächste Ziel der Granatwerfer seid. Sie werden euch außer Gefecht setzen und dann wieder das Gewächshaus angreifen.«

»Ich verstehe«, sagte Jacques.

»Also, komm da ...«

Janet kam nicht dazu, ihren Satz zu beenden, als ihre Stimme in dumpfem Dröhnen und splitterndem Knastern unterging und auf dem Bildschirm des Telefons plötzlich nur noch aufstiebender Sand zu sehen war. Dennoch war die Verbindung nicht unterbrochen.

»Jacques?«

»Ich bin okay, hab nur eine kleine Schramme an der Wange«, sagte Jacques.

Als der Staub sich legte, sah Janet, dass aus Jacques' Wange ein heftiger Blutstrom zwischen seinen Fingern hervorquoll, obwohl er versuchte, die Ränder der Wunde zusammenzudrücken. Die Wange musste zerfetzt sein.

»Was ist passiert?«

»Ein gemeinsamer Schuss von vier Granatwerfern. Ich mach mich jetzt auf den Weg zu euch. Warnt Ulrich!«

»Die Hotchkiss ist doch funktionsunfähig?«

»Absolut.«

Janet rief Ulrichs Telefon an. Aber genau in dem Moment sahen sie vom Fenster des Kontrollraum aus, wie vom Gipfel des Hügels, Ulrichs Standort, plötzlich zwei, drei, vier hohe Explosionswolken aufstiegen. Ulrichs Telefon antwortete nicht mehr.

»Ulrich?«, rief Katharine.

»Ich weiß nicht«, seufzte Janet.

Janet rief Jacques an.

»Jacques?«

»Ich bin unterwegs zu euch.«

»Kannst du unterwegs nachsehen, was mit Ulrich ist? Er meldet sich nicht am Handy, sie haben einige Granaten auf ihn abgefeuert. Wir befürchten das Schlimmste.«

»Wenn er noch lebt, bringe ich ihn mit«, sagte Jacques entschieden.

Janets Telefon klingelte. Sarah Birkin schickte Janet ein Bild, auf dem zwei Granatwerfergruppen nebeneinander Richtung Gewächshaus vorrückten. Den Zaun hatten sie schon hinter sich gelassen.

»Sie steigen auf die Anhöhe, um ihre Reichweite zu verlängern«, erklärte Sarah. »Ich muss sie aufhalten!«

»Nein, komm da weg«, befahl Janet.

»Wenn sie noch näher kommen, können sie das Gewächshaus erreichen«, beharrte Sarah.

Es klang missbilligend. So, als sei sie enttäuscht.

»Dagegen können wir jetzt überhaupt nichts tun«, antwortete Janet.

»Wieso nicht! Ich brauch doch nur …«

»Das Gewächshaus ist letztlich nur Glas. Nichts als Glas. Denk daran«, sagte Janet.

Ja, dachte Katharine, aber wir selbst sind das nicht. Obwohl wir ebenso zerbrechlich sind. Wenn wir schwer beschädigt werden, sind wir nicht mehr zu reparieren. Nie mehr.

»Weißt du, wie viel eine einzige Glasscheibe kostet?«, fragte Keskitalo Janet nachdrücklich. »Jeder Schuss, der das Gewächshaus erreicht, zerstört ziemlich viel Glas.«

Wir ertragen so einiges, ohne kaputtzugehen, unser Körper verfügt über eine bestimmte Belastbarkeit ebenso wie unsere Psyche, dachte Katharine. Aber wenn die überschritten wird, gehen wir kaputt.

Zehn Minuten später rief Sarah wieder an.

»Sie bringen die Granatwerfer in Stellung«, klagte sie. »Lass mich sie erledigen.«

»Zeig mir das Bild«, befahl Janet.

Sara richtete das Handy auf den Hügel, an deren Hang sich beide Granatwerfergruppen positioniert hatten. Am Fuß der Anhöhe sah man auch sonst allerlei Bewegung. Janet zählte mindestens ein paar Dutzend Männer.

»Wenn du die Granatwerfer angreifst, gerätst du ins Kreuzfeuer«, sagte Janet. »Sie sind zahlenmäßig zu stark.«

»Aber wir müssen doch etwas unternehmen!«

»Ich hab noch ein paar Trümpfe im Ärmel«, versicherte Janet.

»Na, hoffentlich«, zischte Sarah. »Entschuldige, dass ich das laut sage, aber ich bin nicht ganz sicher, ob du für diesen Job die richtige Person bist. Ich meine es nicht böse.«

Wir sitzen allmählich wirklich in der Tinte, dachte Janet finster. Es muss schon ein kleines Wunder geschehen, damit überhaupt jemand von uns lebend hier herauskommt.

14

Lauri und Khadidja saßen unterhalb einer hohen, steilen Felswand im Sand. Beide trugen ordentliche Kleider, und Lauris verwundeter Arm ruhte in einem neuen, sauberen weißen Tragetuch. Die Sonne war untergegangen, und das Mondlicht schimmerte hinter den Bergen. In einiger Entfernung standen mehrere Zelte sowie zwei feste Gebäude aus Ziegelwänden mit Blechdach. Sie gehörten Khadidjas tibestischen Verwandten.

»Wo war ich doch stehen geblieben?«, überlegte Khadidja. »Ach ja, Kairo. Ich habe also fast mein ganzes Leben hier im Stein, bei den Verwandten meiner Mutter, verbracht. Aber als ich ungefähr dreizehn war, suchten die Verwandten meines Vaters sie auf und verlangten, ich müsse in die Schule und auf die Universität gehen, um eine ordentliche Ausbildung zu bekommen und um später selbst entscheiden zu können, was ich mit meinem Leben anfangen will.«

Khadidja schüttelte amüsiert den Kopf.

»Die Verwandten meiner Mutter wollten den Vorschlag zuerst nicht ernst nehmen, und ich selbst wollte nicht weg von hier. Aber uns ging es damals nicht gut, viele Wasserstellen waren ausgetrocknet, es gab nur wenig Gras, viele Kamele und Rinder kamen um, und auch die Kriege gegen die Libyer verbesserten die Lage nicht. Also hat man mich schließlich mit Gewalt in die Schule geschickt, zuerst nach Kairo und dann nach Paris an die Universität.«

»Du hast an der Sorbonne studiert?«, fragte Lauri erstaunt.

»Ist daran etwas Ungewöhnliches?«, fragte Khadidja, und ihre Stimme war leicht gereizt.

»Eigentlich nicht«, gab Lauri zu. »Ganz im Gegenteil.«

Denn ein Studium im Ausland war die Erklärung dafür, warum Khadidja über viele Dinge so genaue Kenntnisse hatte.

»Was hast du studiert?«

»Eigentlich habe ich Geologie studiert. Das Suchen nach bestimmten Erzen.«

Khadidja betrachtete den Basaltsfelsen, der sich über ihnen wölbte, und die Muster auf seiner Oberfläche.

»Im Stein gibt es viele verschiedene Metallvorkommen. Uran, Zinn, Quecksilber und viele andere. Vielleicht sogar Öl und Erdgas. Ich habe gedacht, mein Volk ist so arm und seine Not so groß, dass ich vielleicht den Verwandten meiner Mutter und anderen Teda helfen könnte, wenn ich auf dem Gebiet des Steins so reiche Vorkommen entdecke, dass es sich lohnt, sie abzubauen und zu verwerten.«

Khadidja sah Lauri an und schüttelte wieder den Kopf.

»Als ich aber hierher zurückkehrte und dies alles wieder sah, da wusste ich nicht mehr, was ich tun sollte. Ich konnte nicht mehr sagen, was richtig wäre. Wenn hier Bergwerke entstehen würden, dann würden sicherlich auch die Teda davon profitieren, zumindest einige Teda. Aber was hätten wir verloren? Der Stein ist karg, aber schön. Wollte ich hier, inmitten all dieser unberührten Schönheit, wirklich Tagebaugruben und Straßen haben, die die Landschaft wie eine Wunde zerschneiden? Würden die Bergwerke die Reste unserer Kultur retten, oder würden sie das zerstören, was von uns noch übrig ist? Ich wusste nicht, was ich tun sollte. Deshalb stellte ich die Erzsuche ein und kehrte zu den Verwandten meines Vaters nach Kairo zurück.«

Khadidja sah Lauri lächelnd an, aber hinter ihrem Lächeln verbargen sich kompliziertere Gefühle.

»Nur hat das auch nicht richtig funktioniert«, fuhr Khadidja fort. »Denn wenn man an das Leben in der Wüste gewöhnt ist, kann es schwierig sein, sich an Kairo zu gewöhnen. Noch schwieriger als an die Verhältnisse in Paris, wo es relativ nahe immerhin den Wald von Fontainebleau und die Meeresküste gibt, und das Meer war ein ganz guter Ersatz für die Wüste. Aber in der Sahara ist so viel mehr Platz als in Kairo ... und so wenig Menschen. Außerdem wollten die Verwandten meines Vaters, dass ich bald heirate, und das wollte ich wohl auch selbst eine Zeit lang, bevor ich begriff, was alles damit verbunden war und wie wenig eigene Freiheit mir dann bleiben würde. Ich meine, wenn ich in Kairo geheiratet hätte.«

»Das kann ich gut verstehen«, sagte Lauri.

»Für mich bestand also ein gewisser ... kultureller Konflikt, und es fiel mir etwas schwer, damit umzugehen.«

»Zu welchem Entschluss bist du gekommen?«

Khadidja lachte.

»Noch bin ich zu gar keinem Entschluss gekommen. Ich weiß nicht, was ich tun soll. Aber im Moment möchte ich einfach die Wüste genießen. Den Mondschein über den Sanddünen. Und die Sterne am Himmel.«

Die Tür des nächstgelegenen Zeltes öffnete sich, und ein Mann in schwarzer Kutte kam auf sie zu. Es war Aziz, Khadidjas Onkel. Er hielt ein Satellitentelefon in der Hand.

Aziz reichte Lauri das Telefon.

»Wir haben immer noch keine Verbindung zum Sonnenturm bekommen«, sagte Aziz auf Arabisch.

»Keine einzige der Nummern, die du mir gegeben hast, antwortet. Aber dies ist für dich.«

Lauri nahm das Telefon und sah darin das Gesicht von Scheich Azhrawi.

»Ich habe schlechte Nachrichten«, sagte er. »Sehen Sie sich das an. Gottes Kleiner Finger liegt in dieser Richtung. Zweihundert Kilometer entfernt.«

Azhrawis Gesicht verschwand, und im Bild erschien eine Wüstenansicht. Lauri sah, dass die Landschaft etwas Seltsames hatte, so als flatterte der Horizont oder als flackerte dort ein schwaches, kaum wahrnehmbares Licht. Ein Gewitter? Blitze? Das konnte es kaum sein.

»Gottes Kleiner Finger wird angegriffen«, erklärte Azhrawi.

»Aber wie ist das möglich?«, fragte Lauri verwundert. »Da ist doch das motorisierte Bataillon der ägyptischen Armee?«

»Das hat offenbar den Befehl bekommen, nach Kairo zurückzukehren.«

Katharine!, dachte Lauri sofort. Oh Himmel. Jetzt wird es offenbar ernst.

»Wer sind die Angreifer?«, fragte Lauri. »Wie stark sind sie?«

»Anscheinend sind es Dschandschawid aus Darfur. Sie sind zahlenmäßig stark, vielleicht zweitausend, und sie sind schwer bewaffnet. Ich tue, was ich kann, aber ich glaube nicht, dass ich jemanden mobilisiert bekomme, bevor ... Tja.«

Lauri legte auf und sah Aziz und Khadidja an. Beide wirkten ernst und traurig.

»Das tut mir leid«, sagte Khadidja schlicht. »Ich weiß, dass sie dir viel bedeutet hat. Obwohl du selbst das noch nicht begriffen hattest.«

Nein, zum Teufel, davon können wir jetzt nicht ausgehen,

dachte Lauri fieberhaft. Es muss etwas geben, was wir noch tun können.

Khadidja las seine Gedanken.

»Bis zu Gottes Kleinem Finger ist es ein weiter Weg«, bemerkte sie.

Das ist wahr, dachte Lauri verzweifelt. Aber vielleicht ... Wer könnte ...

Julia, ging es Lauri durch den Sinn. Julia Noruz, seine frühere Arbeitskollegin. Julia Noruz, die jetzt stellvertretende Leiterin der Nuclear Terrorism Unit war.

»Darf ich noch ein Telefongespräch führen?«, fragte Lauri Aziz. »Für die Kosten werde ich ...«

»Beleidige mich nicht«, unterbrach Aziz seine Erklärungen. »Ruf an, wen du willst, aber biete mir kein Geld an.«

Lauri tippte Julias Nummer ein. Der Rufton kam, aber Julia nahm nicht ab. Bestimmt hat sie wieder einmal ihr Handy verlegt, seufzte Lauri, und wählte die Nummer der Zentrale der Nuclear Terrorism Unit.

»Ich hätte gern Julia Noruz«, bat Lauri.

Wieder war das Rufzeichen zu hören.

»Noruz«, meldete sich Julia an ihrem Festnetztelefon.

Sie bekam große Augen, als sie Lauri erkannte.

»Mensch Lauri, was machst du denn im Tibesti?«

Lauri fragte nicht nach, woher Julia seinen Aufenthaltsort wusste, denn die Antwort lag auf der Hand.

»Julia, ich stecke gerade in einem ziemlichen Schlamassel«, erklärte er.

»Das ist ja bei dir nichts Besonderes«, versetzte Julia.

»Hast du von SunWind gehört?«, begann Lauri. »Von dem Sonnenenergiekonsortium, das von deutschen Firmen geleitet wird und in Ägypten gerade ein drei Kilometer hohes Sonnenkraftwerke baut?«

»Ja, freilich«, antwortete Julia. »Was ist damit?«

»Es wird gerade von zweitausend Dschandschawid angegriffen«, sagte Lauri. »Der ägyptische Verteidigungsminister ist bestochen worden, er hat die zum Schutz des Kraftwerks abgestellten Truppen zurückbeordert.«

Julia sah Lauri an und traute ihren Ohren nicht.

»Hast du einen Sonnenstich bekommen oder was?«

»Danke für das Vertrauen! Aber wäre es dir möglich, ein Satellitenbild von dem Angriff zu beschaffen und es der Leiterin des Konsortiums, Annelies Schrader, zu schicken? Sie ist die Geschäftsführerin der SunWind-Gruppe. Vielleicht hat sie einen Kanal, um sich an den ägyptischen Präsidenten zu wenden und die Armee in Bewegung zu setzen.«

»Ich kann es versuchen«, sagte Julia. »Ich glaube, ich kann das …«

Julia warf einen Blick auf die Wanduhr.

»… in sieben bis acht Minuten erledigen. Hast du sonst noch einen Wunsch?«

»Tja … eigentlich schon«, gab Lauri zu. »Könntest du mir irgendwie einen Hubschrauber besorgen? An den Rand des Tibesti-Massivs?«

15

Janet ging zur Glaswand des Kontrollraums und öffnete ein kleines Fenster, um besser zu hören, was draußen geschah.

In der Nacht, die den Sonnenturm umgab, blitzten die Mündungsfeuer von leichten Waffen, Gewehren, Maschinenpistolen und Sturmgewehren. Sie knatterten in der Nähe und innerhalb des Zauns, und es waren sehr viele. In allen Richtungen waren bisweilen viele Dutzend im Dunkeln aufblitzende oder permanent leuchtende Flammen gleichzeitig zu sehen. Insgesamt wer weiß wie viele Hundert, vielleicht spien über tausend Waffen Feuer gegen sie. Aber all diese vielen Kugeln richteten keinen wirklichen Schaden an. Sie plumpsten in den Wüstensand oder fielen prasselnd auf das Glasdach, ohne es zu zerstören. Sie prallten hüpfend vom Glasdach ab, bis sie schließlich in ihrer Bewegung innehielten, und erzeugten nur hier und da kleine, harmlose Schrammen.

»Gut, gut, schießt nur ordentlich, so viel ihr könnt«, murmelte Janet.

Aber obwohl das Feuer aus den leichten Waffen keinen wirklichen Schaden anrichtete, verriet es doch, dass ihnen eine deprimierend große Anzahl Bewaffneter gegenüberstand.

Alexander Gorschkow, Nasim Rao, Jacques Desvernois und Abdullah al-Kawthar hatten sich im Kontrollraum gezeigt, sodass sie jetzt mindestens zu zehnt waren. Jaime und Keskitalo, Janet und Katharine. Außerdem die schwer verletzte Razia, und Sarah irgendwo da draußen. Die Verbindung zu Hoa und Sayed hatten sie verloren. Niemand wusste, was mit ihnen passiert war.

»Wie viel Munition können sie haben?«, fragte Katharine. »Ich meine, pro Mann?«

»Nicht unbegrenzt«, sagte Janet. »Die ist ja schwer. Aber jetzt sind wir dran mit Zurückschlagen!«

Janet wandte sich an Keskitalo.

»Schließ sämtliche Luken der Turbinengehäuse«, befahl sie.

»Glaubst du, das hält sie auf?«, fragte Keskitalo mit Zweifel in der Stimme.

»Und öffne die Türen des Versorgungstunnels«, kommandierte Janet. »Beide Türen.«

»Aber durch den Tunnel kommen sie doch herein«, protestierte Keskitalo.

»Sie kommen jetzt herein, wo sie wollen, sodass das keine große Rolle mehr spielt«, sagte Janet trocken.

Sie nahm ihr Handy und tippte den Telefoncode ein, der die Sprengladungen explodieren ließ, die Lauri und Ulrich bei den Feinzementbehältern angebracht hatten. Die Explosionen waren so matt, dass sie im Kontrollraum nur als unbedeutendes Puffen zu hören waren.

»Darf ich fragen, was du gerade gemacht hast?«, fragte Keskitalo verwundert.

»Ich hab Lauris Feinzementbehälter zerstört«, sagte Janet. »Das ist ein ziemlich tückischer Stoff, wenn der Wind ihn dir in die Augen peitscht. So ähnlich wie Vulkanasche.«

Katharine wusste, wovon Janet sprach. Ja, natürlich, dachte sie.

»Ich hab schon vermutet, dass Lauri sich so etwas ausdenken würde«, sagte sie laut.

»Alle Turbinengehäuse sind geschlossen«, meldete Keskitalo. »Und die Türen des Versorgungstunnels sind offen.«

Katharine trat zur Glaswand des Kontrollraums. Sie sah, wie vom gesamten runden Rand des Gewächshauses etwas Graues aufstieg. Der Wind hatte gedreht, er blies jetzt aus dem Inneren des Gewächshauses zu den Rändern hin. Die warmen Luftmassen konnten nicht mehr über die Luken der Windturbinen entweichen. Jetzt suchten sie sich einen neuen Fluchtweg, während zugleich durch den Tunnel in die Mitte des Gewächshauses kühlere Luft strömte. Die graue Wolke breitete sich schnell nach außen aus. Zugleich stieg sie höher hinauf. Dann verschluckte die sich ausbreitende graue Masse die Angreifer, und der Beschuss hörte auf wie abgeschnitten.

Als Katharine die Kamerabildschirme durchging, sah sie, wie ein Bild nach dem anderen von dem grauen Dunst verschluckt wurde. Erst badete die Landschaft in hellem Mondlicht, dann verblasste sie unter dem dicken Staub. Schließlich wurden die Monitore dunkel, einer nach dem anderen. Auf einigen Bildschirmen waren einen Moment lang noch fürchterlich hustende, sich stolpernd zur Flucht wendende oder kriechende menschliche Gestalten zu sehen. Dann brachen auch die letzten Bildverbindungen ab.

»Einige von ihnen haben offenbar einen schlimmen Asthmaanfall bekommen«, vermutete Katharine. »Oder eine allergische Reaktion. Allerdings haben wir wohl gleichzeitig unsere restlichen Kommunikationsverbindungen ruiniert.«

»Das lässt sich nicht ändern«, sagte Janet, ohne mit der Wimper zu zucken. »Aber damit hätten wir jetzt auch nicht mehr viel anfangen können. Wir haben ja kaum noch jemanden dort draußen.«

»Wie viel Zement hast du ihnen entgegengeblasen?«, fragte Keskitalo plötzlich.

»Den ganzen Vorrat«, sagte Janet. »Dreitausend Tonnen.«

Keskitalo pfiff durch die Zähne.

»Drei Millionen Kilo? Hör mal, das ist ein teures Zeug, es kostet ein Vielfaches von gewöhnlichem Zement. Das war ein teurer Spaß!«

»Ich weiß«, sagte Janet. »Aber anstatt hier herumzunörgeln und über mich herzuziehen könntest du wieder die Gehäuse der Turbinen öffnen und sie in Gang setzen. Und schalte auch die Elsbett-Sprinkleranlage ein.«

Keskitalo schüttelte den Kopf. Dann plötzlich grinste er breit, als er begriff, was Janet vorhatte.

»Ich glaube, danach werden sie uns nicht mehr sonderlich mögen«, verkündete er.

»Kann sein, dass du recht hast«, räumte Janet ein. »Manchmal ist es angenehm, unbeliebt zu sein!«

Keskitalo öffnete die Turbinengehäuse und setzte die Sprinkler in Gang. Für kurze Zeit fühlte auch Katharine sich leichtsinnig und heiter, ja, sogar froh. Das habt ihr davon, dachte sie schadenfroh.

Wegen der Dunkelheit und des Staubs konnten sie nicht sehen, was geschah. Aber sie wussten, dass die Turbinen der Sonnenwindmühle wieder begonnen hatten, Strom zu produzieren, und dass ein Teil des Stroms nicht mehr direkt in das ägyptische Stromnetz eingespeist wurde, sondern auf halbem Wege die Elektromotoren der auf den Hügeln errichteten Elsbett-Sprinkleranlagen antrieben. Vor ihrem inneren Auge sah Katharine, wie die großen Stierhörner der Sprinkleranlagen gerade anfingen, sich immer schneller zu drehen. Sie stellte sich vor, wie große Mengen Salzwasser als winzig kleine, nur einige Mikronen messende Tröpfchen aus den Spitzen der Hörner hervorsprühten.

Wenn die Angreifer die Sprinkleranlagen nicht zerstört hatten, produzierten sie mittlerweile schon feinen Wassernebel. Der Sog des Sonnenwindkraftwerks würde den Nebel direkt auf sie zutreiben, und wenn er auf die Zementwolke traf …

Hier und da begann es zu knallen, als die Angreifer wieder das Feuer auf den Sonnenturm eröffneten. Durch die Staubwolke hindurch konnten sie die Mündungsfeuer nicht sehen, aber sie hörten das Krachen und Knattern der Waffen. Es erinnerte Katharine an die Silvesterfeiern in den Vorstädten von New York mit ihren unzähligen Raketen und Böllern. Hier regnete es Kugeln auf das Glasdach, sie konnten jedoch das von einer dicken Kunststoffschicht geschützte Glas nicht zerstören.

Katharine wurde klar, dass die Angreifer sich weiterhin in sicherer Entfernung befanden. Sie hatten keine Chance, mit ihren leichten Waffen aus diesem Abstand größeren Schaden anzurichten, aber mit etwas Glück würden sie einen großen Teil ihrer noch übrigen Munition vorzeitig verschießen. Für die Befehlshaber des Angriffs konnte es sogar schwierig werden, den Beschuss zu beenden, denn der Feinzement, der unter dem Gewächshaus hervorgestiebt war, und der vom Wind transportierte Nebel hatten ihren Kommunikationsverbindungen sicherlich nicht gutgetan.

»Glaubst du, das Wasser kann irgendetwas ausrichten?«, fragte Katharine.

»Es lässt auch eine feine Zementschicht zu einem festen Panzer aushärten«, erklärte Janet. »Den müssen sie zerstören und ihre Kleider zerreißen, oder sich ziemlich steif bewegen. Milde gesagt.«

»Und ihre Waffen?«

»Ich hoffe, dass ihnen ein großer Teil davon um die Ohren fliegt, wenn sie den Beschuss fortsetzen«, sagte Janet mordgierig. »Dieser Staub ist so fein, dass er in Schlösser und Läufe eindringen sollte. Und wenn man der Luft ein wenig Feuchtigkeit zusetzt, dürfte die Kombination ziemlich tödlich sein! Was die mechanischen Vorrichtungen betrifft, meine ich.«

»Und die Granatwerfer?«, fragte Katharine.

»Wir werden bald sehen, wie es ihnen ergangen ist. Ist übrigens Sarah schon da?«

Katharine schüttelte den Kopf.

»Hoffentlich ist ihr nichts passiert.«

»Der Zementstaub setzt sich allmählich«, bemerkte Keskitalo. »Das Gelände bei den Rändern des Gewächshauses ist wieder sichtbar.«

Janets Telefon klingelte.

»Das war ein guter Trick«, sagte Sarah Birkin mit heiserer Stimme, bevor ein heftiger Hustenanfall sie erschütterte und sie zwang, ihre Rede zu unterbrechen. »Dieses Zeug, das ihr hierhergeblasen habt, war wirklich fies.«

»Hat es geholfen?«, fragte Janet streng.

»Die meisten leichten Waffen funktionieren anscheinend nicht mehr«, vermutete Sarah. »Aber sie haben mindestens zwei Granatwerfer in Ordnung gebracht. Ich habe gedacht, ich hindere sie ein bisschen daran, sie zu benutzen.«

»Sarah, das ist keine gute Idee. Komm da weg. Sofort!«, befahl Janet.

»Ich versuche zuerst, die beiden westlich aussehenden Typen zu erwischen«, sagte Sarah entschieden.

»Nein, Sarah, du kommst jetzt sofort hierher.«

»Es tut mir leid, aber das geht jetzt nicht. Wenn du mir helfen willst, bitte jemanden, mir vom Turm her Feuerschutz zu geben. Falls ihr dort noch etwas habt, was bis hierher reicht.«

Sarah legte auf.

Katharine sah Janet an.

»Sarah hat keine Chance allein gegen die ganze Truppe«, sagte Katharine.

Durch das offene Fenster hörte man eine kurze Maschinengewehrgarbe knattern, gleich darauf eine zweite, und dann, eine Sekunde später, ging das Geräusch der einsamen Maschinenpistole in der Kakophonie unter, die entstand, als Dutzende anderer Waffen zu knallen und zu rattern begannen. Dann wurde es wieder still.

Janet und Katharine wechselten einen raschen Blick.

Janet wartete eine Minute. Dann rief sie Sarah an. Keine Antwort.

Kurz darauf hörten sie ein Heulen, als eine Granate in Richtung auf das Gewächshaus abgeschossen wurde. Das Geräusch war viel stärker als vorher.

Hoffentlich haben sie nicht mehr viele Granaten übrig, dachte Janet. Mehr Tricks habe ich nicht auf Lager!

»Jetzt geht es erst richtig los«, seufzte sie. »Die muss schon das Gewächshaus treffen.«

Die Granate stieg bis zu ihrem Scheitelpunkt auf und begann dann in Richtung des Gewächshauses zu fallen.

Historisch betrachtet, sind die Dinge oft gewissermaßen schon längst geschehen, bevor sie sich tatsächlich ereignen, ging es Katharine durch den Sinn. Ein Irrtum im entscheidenden Moment, und etwas kann für immer kaputtgehen. So wie Glas, das man nicht reparieren kann. Dessen Scherben niemand mehr aufsammeln und zu einem heilen Ganzen zusammenfügen kann. Und oft dauert es sehr lange, bevor der wirkliche Preis eines Fehlers offenbar wird.

Es gab ein kleines Knacken, als die Granate das Glasdach durchschlug, aber der Aufprall war zu schwach, als dass er den Zünder der Granate hätte auslösen können. Dann, fast im selben Augenblick, ein grelles gelb-orangebuntes Aufflammen und eine schwarze Sandwolke, die von unten durch das Glasdach schlug. Das Glas zersprang in Tausende von großen Stücken, in Millionen von kleinen Scherben und in Milliarden von noch kleineren Splittern und Partikeln, die alle in einem gewaltigen Schwall zusammen mit Sand in die Höhe geschleudert wurden. Es zersprang jedoch nicht das ganze Dach, so wie Katharine einen Augenblick lang schon befürchtet hatte.

Wer erinnerte sich noch an Die Schwarze Hand?, überlegte Katharine. An die winzige Terrororganisation fanatischer serbischer Nationalisten?

»Kannst du einschätzen, wie viel Glas die Granate zerstört hat?«, fragte Janet Keskitalo, als der Staub sich allmählich legte.

Keskitalo schüttelte den Kopf und wirkte leidend.

»Verdammt viel.«

»Aber wie viel ungefähr?«

»Zehn Ar, einen halben Hektar«, schätzte Keskitalo. »Etwas um den Dreh. Die Kunststoffschicht begrenzt die Zerstörungen überraschend wirksam.«

»Und wir haben insgesamt viertausend Hektar Glas«, überlegte Janet laut. »Es wird ziemlich lange dauern, bevor sie das alles mit ihren Granatwerfern zerdeppert haben.«

Keskitalo wirkte entsetzt.

»Na hör mal, auch ein halber Hektar ist ein ziemlich teures Stück Glasdach!«

Als ein einzelner Terrorist von der Schwarzen Hand den Erzherzog von Österreich und dessen Frau erschoss, beschloss Österreich, einen kurzen, prophylaktischen Wochenendkrieg gegen Serbien zu führen und das Terroristenproblem der Schwarzen Hand ein für alle Mal zu erledigen, um Menschenleben zu retten, dachte Katharine. Aber die Sache geriet außer Kontrolle so wie immer, wenn zu den Waffen gegriffen wird. Denn Russland kam Serbien zu Hilfe und Deutschland Österreich, und Frankreich und England ...

Sie hörten das Heulen, als die nächsten Granaten abgeschossen wurden. Flammen schlugen aus dem Gewächshaus, Explosionen ließen das Glas zersplittern, Sand wurde zum Himmel geschleudert, und ein Regen von Glassplittern fiel klirrend auf das Dach herab.

»Und wir stehen jetzt hier herum und sehen zu, wie sie das Gewächshaus in Stücke schlagen, oder?«, fragte Keskitalo.

»Ich fürchte, ja«, bestätigte Janet.

... und als Folge der Schlacht von Sarikamish der Völkermord an der armenischen Minderheit in der Türkei, dachte Katharine. Eine Million, vielleicht sogar zwei Millionen Tote.

Die Granatwerfer der Angreifer spien jetzt in regelmäßigen Abständen Granaten aus, manchmal nur eine, manchmal zwei gleichzeitig. Sie fielen hierhin und dorthin, schlugen in das Glasdach immer neue und neue Löcher und schleuderten beim Explodieren Splitterwolken in die Luft, die schnell herabfielen und auf den heilen Teil des Dachs prasselten.

Wer erinnert sich noch an den Völkermord an den Armeniern, hatte Hitler knapp drei Jahrzehnte später gesagt.

Die Einschläge der Granaten wurden seltener. Anscheinend war nur noch ein Granatwerfer im Einsatz.

... und sie vergewaltigten und kreuzigten auch meine Großmutter, dachte Katharine, und sie wäre gestorben, wenn nicht die Kosaken sie gerettet hätten. Und immer noch glaubt niemand, dass so etwas wahr sein kann, aber als ich klein war, sah ich die Narben in den Handflächen und an den Füßen meiner Großmutter, und sie begann immer zu weinen, wenn …

Der zweite Granatwerfer eröffnete wieder das Feuer. Sie hörten, wie ein Geschoss laut über sie hinwegheulte und dann an der Flanke des Sonnenturms explodierte. Auf das Dach des Kontrollraums stürzte ein Schwall kleiner Betonstücke herab, wie ein Schauer von hühnereigroßen Hagelkörnern.

… elf Millionen Tote Soldaten, dachte Katharine, und zivile Opfer …

»Der Turm hat einen Treffer bekommen«, sagte Janet. »Das ist nicht gut.«

Wir sind so zerbrechlich und verwundbar, wir Menschen, dachte Katharine.

Die Angreifer hatten zumindest den einen Granatwerfer näher herangebracht. Auch der Kontrollraum lag jetzt in Reichweite ihres Beschusses.

»Wir sollten uns zurückziehen«, sagte Janet.

»Frau Schrader gefällt das nicht«, bemerkte Keskitalo. »Sie kann deswegen in persönlichen Konkurs geraten.«

Dann der Bürgerkrieg in Russland, dachte Katharine. Noch mehr unwiderruflich kaputte Menschen. Noch mehr kaputtes Glas.

Die nächste Granate schlug noch näher ein. Leuchtendes Orange flammte im Dunkeln auf, und es regnete Glassplitter.

Sieben Millionen Tote, vielleicht noch mehr.

Feiner Glasstaub wogte in dicken, rotierenden Wolken.

Die Sowjetunion und Stalins Verfolgungen, dachte Katharine. Für eine Million Menschen ein Genickschuss mit dem Nagan.

Staub drang in den Kontrollraum. Katharine hustete kurz vor dem Ersticken und hatte Blutgeschmack im Mund. Diesen Dreck einzuatmen kann nicht gesund sein, dachte sie.

Der GULag, Gláwnoje uprawlénie lageréj. Über zwei Millionen Menschen, die in den Straflagern umgekommen sind. Noch mehr, wenn man auch all diejenigen hinzurechnet, die aus den Arbeitslagern als gebrochene Menschen, als kaum noch lebende Ruinen zum Sterben nach Hause entlassen wurden. Dann die Zwangskollektivierung der Landwirtschaft und die Hungersnot in der Ukraine.

Katharine vernahm ein schreckliches Jammern, es war eher wie das Geheul eines verletzten Tiers als die Stimme eines Menschen. Die Stimme kam von der Brücke, die zum Gewächshaus führte. Als Katharine hinausschaute, sah sie eine grauenhaft verstümmelte menschliche Gestalt, deren Unterkiefer verschwunden war und dessen eine Gesichtshälfte in blutigen Fetzen auf Hals und Schulter herabhing. Dann erbebte die Gestalt, als sie von einer Anzahl Sturmgewehrkugeln getroffen wurde, und stürzte ohne einen Laut über das Geländer. Katharine hielt sich die Hände vor die Augen. Sie war dankbar dafür, dass sie nicht hatte erkennen können, wer es gewesen war.

Der Krieg ist wirklich schön, dachte Katharine verbittert, dreimal verdammt festlich und schön. Heulend stieg die nächste Granate zum Himmel auf. Nicht noch mehr, dachte Katharine. Das hier hat schon viel zu lange gedauert. Nicht noch mehr, ich kann nicht mehr.

Der nach deutscher Ansicht ungerechte Frieden infolge des Kriegseintritts der Vereinigten Staaten und als dessen Folge der Zweite Weltkrieg, in dessen Mühlen meine Großeltern in der Ukraine gerieten und mein Großvater starb und meine Großmutter verschleppt wurde …

Zwei Granaten kamen jetzt direkt auf sie zu. Die Angreifer hatten auch den zweiten Granatwerfer näher herangebracht. Sie mussten jetzt fast vom äußeren Rand des Gewächshauses her feuern.

... und der japanische Angriff auf China und die fünfzehn, fünfundzwanzig oder vielleicht sogar fünfzig Millionen Toten. Und als Folge von all dem ...

Beide Granaten explodierten auf der anderen Seite des Turms, gefährlich nahe der Stelle, wo Jacques und Abdullah in Deckung gewesen waren. Katharine beeilte sich nachzusehen, wie es ihnen ergangen war.

Jacques kam ihr entgegengetaumelt. Sein Gesicht war blutüberströmt, und Katharine bemerkte sofort, dass etwas Schlimmes passiert war, aber es dauerte eine Weile, bevor sie erkannte, bevor ihr wirklich bewusst wurde, dass Jacques keine Arme mehr hatte, dass seine beiden Arme ... ABGERISSEN WORDEN WAREN.

Als Jacques näher kam, sah Katharine, dass er bei der Explosion auch die Augen und die Nase und vieles andere verloren hatte. Abdullah hatte in gewisser Weise mehr Glück gehabt, denn die Granate hatte seinen Körper in zwei Teile zerrissen. Seine inneren Organe lagen auf dem Betonfußboden verstreut, und er lebte nicht mehr.

Wie lange noch?, dachte Katharine, während sie Jacques zum Krankenzimmer führte. Aus Jacques' Schulter sprudelte das Blut und ergoss sich über sie, es drang schon durch ihre Kleider hindurch.

Wir schaffen nur neue Monster, eins nach dem anderen. Dann kämpfen wir gegen die von uns selbst geschaffenen Monster und schaffen auf diese Weise neue, sodass wir später auch gegen sie kämpfen können.

Wie lange noch?

Katharine und Janet verbanden Jacques das Gesicht und die Armstümpfe, so gut sie konnten. Sie hatten große Schwierigkeiten, den Blutfluss des linken Arms zu stillen, das Blut drang ungebremst durch den Verband, trotz einer Aderpresse. Dann hörte der Blutstrom plötzlich ganz auf.

Hat Papst Urbans Krieg gegen die muslimischen Terroristen Menschenleben gerettet?, fragte sich Katharine im Stillen. Oder Österreichs Krieg gegen die Schwarze Hand, hat er Menschenleben gerettet?

Während sie sich um Jacques' Wunden bemühten, explodierte wieder ein Geschoss aus dem Granatwerfer an der Wand des Sonnenturms und riss kleine Betonstücke heraus.

Warum bis ins Heilige Land marschieren, um Heiden zu töten, wenn es auch in der Nähe welche gibt?

Der in den Kontrollraum zurückgekehrte Nasim Rao starb fünf Minuten später, als ein Glasstück, das von einer Explosion in die Luft geschleudert worden war, ihm die Halsschlagader durchtrennte. Katharine und Janet versuchten, den Blutstrom zu unterbinden, aber sie hatten keine Chance.

Wie lange noch?, dachte Katharine, die völlig erschöpft war. Ich kann nicht mehr! Noch mehr zerbrochenes Glas, immer noch mehr zerbrochenes Glas. Noch mehr zerbrochene Menschen. Zerfetzte Körper, gebrochene Seelen. Zerstörte Häuser, zerstörte Träume, zerstörte Leben.

Zwanzig Minuten später gelang den Angreifern ein Volltreffer auf den Kontrollraum. Katharine verstand nicht, dass das Geschoss direkt auf sie zukam, bevor die Glaswand des Kontrollraums plötzlich zersplitterte. Dann gab es überall nur Flammen, durch die Luft fliegendes Glas, Rauch und Donner. Die Druckwelle erfasste Katharine und schleuderte sie mit gewaltiger Kraft gegen die Wand, sodass ihr die Luft gewaltsam aus der Lunge gedrückt wurde.

Wieder, dachte sie. Ist es wohl diesmal schon …

Aber kurz darauf konnte sie wieder atmen, stützte sich an der Wand ab und stand auf. Der Kontrollraum war voller Staub. Sie hustete, nahe am Ersticken, in den Ohren hatte sie einen schrillen Ton und konnte deshalb kaum etwas hören. Glasbruch knirschte unter ihren Schuhen.

Als der Staub sich allmählich setzte, war Reino Keskitalo das Erste, was Katharine sah. Er lag rücklings auf dem Fußboden und starrte mit glasig werdenden Augen an die Decke des Kontrollraums. Er bewegte sich nicht und atmete auch nicht, und die Blutlache unter ihm wurde schnell größer. In seinem Hals steckte auf der linken Seite, dort, wo sich die Halsschlagader befand, ein großes Stück Glas und in seinem Bauch ein noch größeres mit scharfen Rändern. Katharine begriff, dass er tot war.

Sie schluckte. Es tut mir so furchtbar leid, dachte sie. So schrecklich, unsäglich leid. Aber es gibt nichts mehr, was ich tun könnte.

Katharine versuchte, durch den Staub hindurchzusehen, in welchem Zustand sich Janet befand. Sie hatte unmittelbar neben Keskitalo gestanden, als die Granate den Kontrollraum traf. Janet war auf allen vieren am Fußboden und bemühte sich aufzustehen. Sie hatte im Gesicht lange Blutspuren.

»Janet!«, rief Katharine.

»Ich … bin ganz … okay«, sagte Janet hustend und setzte sich aufrecht hin. »Was ist mit Keskitalo?«

»Er ist tot«, sagte Katharine.

Als sie näher an Janet herankam, sah sie, dass ein dreieckiges Stück Glas tief in ihren Oberschenkel eingedrungen war. Es sah jedoch so aus, als steckte es an keiner sehr gefährlichen Stelle. Zugleich spürte Katharine, dass auch ihr Blut von der

Stirn floss. Noch mehr Schrammen im Gesicht, dachte sie, zum Glück bin ich schon in Rente.

Wieder explodierte in der Nähe eine Granate. Glas und Sand schwallten in den Kontrollraum herein und prasselten auf sie herab. Wie lange noch?, dachte Katharine. Wie viele von uns sind überhaupt noch übrig? Beziehungsweise … es sind doch wohl noch ein paar andere übrig außer mir und Janet?

Kurz darauf kam Jaime Oroza, der sich die blutige Schulter hielt, vor Schmerz das Gesicht verzog und stark hinkte, in den zerstörten Kontrollraum gestolpert.

»Ist es schlimm?«, fragte Janet.

»Ich kann den rechten Arm nicht bewegen … von mir habt ihr nicht mehr viel Nutzen. Sie werden uns in Fetzen schießen! Uns alle!«

»Sind irgendwo noch andere?«, fragte Katharine.

»Das weiß ich nicht«, antwortete Jaime. »Ich bin nicht sicher, aber … ich kann es mir nicht vorstellen.«

Na prima, dachte Katharine. Ein einarmiger Mann und zwei Frauen, von der die eine nur ein paar Schrammen und die andere ein großes Stück Glas im Schenkel hat. Und wie viele Männer sind dort draußen auf dem Weg hierher? Zweitausend?

Katharine sah das zu Boden gefallene Fernglas, wischte es an ihren Kleidern ab und hob es an die Augen. Das, was sie sah, ließ ihre Stimmung noch weiter sinken. Die Wüste, die das Gewächshaus umgab, war voller bewaffneter Männer, die in unzähligen, verschieden großen Gruppen und Horden auf den Sonnenturm zurannten. Plötzlich wurde Katharine sich dessen bewusst, dass schon seit vielen Minuten keine Granate mehr auf das Gewächshaus abgefeuert worden war. Der abschließende Sturmangriff hatte also begonnen. Wir hätten wohl doch die Hotchkiss einsetzen sollen, dachte sie, jetzt stirbt die Nachtstrom produzierende Sonnenenergie in der ägyptischen Wüste noch einmal.

Schon zeigte sich im Osten hinter den Hügeln das erste Licht der Sonne. Gleich würde es hell werden.

»Anscheinend sind ihnen die Granaten ausgegangen«, bemerkte Janet.

»Nur ist das für uns leider kein besonders erfreulicher Umstand«, knurrte Jaime. »Jetzt müssen sie näher kommen und den Rest in Handarbeit erledigen.«

Rheya, dachte Katharine, und Tränen brannten ihr in den Augen. Sie würde ihre Tochter Rheya nie wiedersehen. Sie hatte so gehofft, dass … Aber das würde jetzt niemals geschehen. Sie würde nicht erleben, wie Rheya aufwuchs und eine Familie gründete. Sie würde niemals ihre Enkelkinder kennenlernen.

Daran war jetzt nichts mehr zu ändern. Hoffentlich würde Rheya zurechtkommen. Hoffentlich würde sie glücklich werden!

Vor Schmerzen stöhnend und sich den Schenkel haltend, kam Janet mühsam auf die Beine. Ihre Hose war blutgetränkt, und ihr Gesicht war gefährlich blass.

»Ich möchte diesen Kerlen eigentlich nicht lebend in die Hände fallen«, ächzte sie.

Ein sehr erwägenswerter Gedanke, dachte Katharine. Aber was machen wir mit Razia und Jacques? Müssen wir wirklich …

Die ersten Sonnenstrahlen fielen in den Kontrollraum. Katharine versuchte, zum Haupttisch zu gelangen, um anstelle des Nachtfernglases einen gewöhnlichen Feldstecher zur Hand zu nehmen. Unter ihren Schuhen knirschte es, denn der ganze Fußboden war mit Glasscherben bedeckt. Einige davon waren große, bis zu einem Meter lange, schmale

Stücke, aber die meisten waren kleine Splitter oder Partikeln, wie aus Glas bestehender Sand. Die allerkleinsten Glaspartikeln schwebten in der Luft wie Staub, der die Augen, die Kehle und die Gesichtshaut reizte.

Katharine wischte das Fernglas ab und hob es an die Augen. Die Angreifer waren keinen Kilometer mehr vom Rand des Gewächshauses entfernt. Aber sie rannten nicht mehr, sondern gingen mit langsamen und vorsichtigen Schritten näher. Katharine bemerkte, dass sie sich Tücher vor Mund und Nase gebunden hatten.

»Kannst du sehen, was da vor sich geht?«, fragte Janet.

Die Wunde im Oberschenkel verursachte ihr offenbar große Schmerzen.

»Sie sind langsamer geworden«, sagte Katharine.

Von den Fenstern des Kontrollraums aus war die Sonne schon deutlich sichtbar.

»Noch ein paar Hundert Meter«, sagte Katharine. »Sie bewegen sich wirklich langsam.«

»Warum sollten sie es eilig haben«, schnauzte Jaime. »Wir können ja nicht einmal ihr Feuer erwidern!«

»Das wissen sie vielleicht nicht«, sagte Katharine nachdenklich. »Sie könnten fürchten, dass wir das Feuer eröffnen, sobald sie näher gekommen sind.«

Die Sonne stieg höher, und im Kontrollraum wurde es heiß. Die Klimaanlage funktionierte nicht mehr. Katharine spürte, wie ihr der erste Schweißtropfen von der Schläfe über die Wange rollte. Wieder hob sie das Fernglas an die Augen. Die Spitzengruppe der Angreifer befand sich dicht gedrängt unweit des Gewächshauses, einige Männer nur noch wenige Dutzend Meter davon entfernt.

»Sie kommen ins Gewächshaus«, seufzte Jaime. »Hat jemand eine gute Idee?«

»Es war … eine Freude, euch kennenzulernen«, stammelte Janet. »Aber denen haben wir doch ordentlich eingeheizt. Nicht wahr?«

Katharine betrachtete das in der Sonne funkelnde Dach des Gewächshauses. Darin klafften Dutzende großer, hässlicher Löcher. Dort, wo es am schlimmsten gelitten hatte, war es großflächig ganz in sich zusammengestürzt, und der Kontrollraum selbst war völlig zerstört. Die Schäden konzentrierten sich jedoch auf die Randgebiete des Glasdachs und auf den Kontrollraum. In den mittleren Teilen des Gewächshauses gab es anscheinend nur einige relativ kleine Löcher. Das mit einer dreifachen Kunststoffdecke verstärkte Dach der mittleren Teile hatte den Beschuss mit überraschend geringen Schäden überstanden.

Der Verlust der Wärmeleistung konnte also nur einige Prozent betragen. Noch war das Kraftwerk nicht so stark beschädigt, dass es sich nicht mehr würde reparieren lassen. Nicht im Entferntesten.

Ein eintöniger, ritueller Gesang wurde hörbar. Es war, als stiege er aus der Tiefe der Erde auf. Er kam gleichzeitig aus allen Richtungen. Zwei eintönige Verse in arabischer Sprache, die gleichförmig immer aufs Neue wiederholt wurden, immer wieder und wieder. Die Angreifer hatten ihren Schlachtruf angestimmt, sie bereiteten sich auf die letzte Phase des Kampfes vor. Sie steigerten sich in einen Fanatismus hinein, um das tun zu können, was sie tun sollten. Katharine verstand die Worte nicht, aber das spielte keine Rolle. Das Lied klang auch so schon bedrohlich und furchteinflößend. Es besagte, dass es keine Gnade geben werde. Aber das wussten sie ja schon.

Der Glasstaub reizte Katharine die Kehle, und sie musste wieder husten. Als sie hustete, spürte sie im Kehlkopf einen Schmerz, als würde ihr dort ein Messerstich versetzt.

Dieser Glasstaub ist noch tückischer als der Feinzement, dachte Katharine und betrachtete den Glasbruch, der den Fußboden des Kontrollraums mit einer fast homogenen Schicht bedeckte. In ihr stieg das Bild von Razia al-Qasreen und ihrem zerstörten Gesicht auf, und sie biss die Zähne zusammen.

»Das Gewächshaus erzeugt jetzt wieder einen viel stärkeren Wind, da die Sonne scheint, oder?«, fragte Katharine. »Obwohl es einige kleine Löcher hat?«

Janet und Jaime sahen Katharine an. Janet war sehr blass.

»Natürlich«, sagte sie heiser.

»Wie viel Quadratmeter Glas mögen sie zerstört haben?«, überlegte Katharine laut. »Eine Million? Zwei Millionen?«

»Etwas in der Größenordnung«, stammelte Janet.

Katharine ging zu den Steuerhebeln der Turbinengehäuse. Glassand und Staub knirschten unter ihren Füßen. Der Gesang der Angreifer wurde stärker. Sie konnten nicht mehr sehr weit entfernt sein.

»Sind die Türen des Versorgungstunnels nicht noch offen?«, fragte Katharine.

Janet und Jaime sahen sie überrascht an.

»Meinst du, dass ...«

»Wie viele winzige Glassplitter und scharfkantige kleine Partikeln ergeben zwei Millionen Quadratmeter zerbrochenen Glases?«, fragte Katharine.

Sie sah, wie in Janets Augen die Hoffnung aufflammte.

»Das weiß ich nicht«, sagte Janet. »Aber bestimmt sehr viele. Zillionen?«

Janet grinste schwach, aber Katharine sah, dass sie wegen des Blutverlustes bald das Bewusstsein verlieren würde.

»Macht es«, flüsterte Janet.

16

Dick Brunel ging direkt hinter Faikh Nizmet und Fouad Badou auf das Gewächshaus zu. Der größte Teil ihrer erschöpften Kampftruppe war schon drinnen und näherte sich jetzt dem Sonnenturm. Die Angreifer bereiteten sich auf den letzten Kampf und das darauffolgende Blutvergießen vor. Brunel hörte, wie die Truppe wieder ihren Schlachtruf anstimmte, ein Mantra, das sich gleichbleibend immer aufs Neue wiederholte. Durch die endlosen Wiederholungen würde es allmählich immer hypnotischer werden und ihnen die Gewissheit geben, dass das, was sie gleich tun würden, berechtigt war, weil die Menschen, die ihnen gegenüberstanden, böse und auf Seiten des Satans waren. Viele Stimmen wurden jedoch dann und wann von einem Hustenanfall unterbrochen, und der rituelle, eintönige Gesang hatte diesmal nicht seine übliche Wirkung.

Brunel bemerkte, dass der Wind, der in die Richtung des den Turm umgebenden Glasgebäudes wehte, umso stärker wurde, je höher die Sonne stieg. Dieses verdammte Ding scheint tatsächlich zu funktionieren, dachte er verbittert. Na, dann ist es noch wichtiger, dass von dem Kraftwerk kein Stein auf dem anderen bleibt. Carthaginem esse delendam! Dies ist das beschissenste Unternehmen, an dem ich jemals teilgenommen habe, dachte er. Zum Glück geht es jetzt zu Ende. Endlich.

Brunels Kleider waren von grauem, durch das Trocknen hart gewordenem Schlamm bedeckt. Den hatte er in den

Haaren, in den Ohren und im Gesicht. Der betonierte Schlamm knirschte ihm zwischen den Zähnen, in den Augen brannte und stach es. Immer wieder musste er stehen bleiben, um zu husten.

Badou und Nizmet waren von demselben Zementschlamm beschmutzt, ebenso wie alle anderen Kämpfer ihrer kleinen, leidgeprüften Armee.

Fouad Badou warf einen verstohlenen Blick auf Brunel, der hinter ihm müde vorwärtsschlurfte. Es war ein großer Fehler gewesen, diese Aufgabe zu übernehmen, dachte er. Ihre Autorität in Ägypten, Libyen und im Sudan würde sich niemals von diesem Schlag erholen. Die Menschen würden sagen, dass all ihre Missgeschicke eine Folge davon waren, dass Gott sie und ihre Große Aufgabe verlassen hatte und vielleicht doch aufseiten ihrer Gegner, nicht auf ihrer, stand.

Derselbe Gedanke war in den vorangegangenen Wochen mehrmals auch Fouad gekommen, aber er hatte ihn verdrängt und beschlossen anzunehmen, dass Gott sie nur auf die Probe stellte. Na, auf jeden Fall würden sie jetzt den Sonnenturm zerstören, den verfluchtesten von allen verfluchten kleinen Fingern des Satans, sie würden ihn dem Erdboden gleichmachen. Das würde viel bedeuten und einen Teil des Schadens beheben.

Alles würde es jedoch nicht wiedergutmachen, nichts würde die Dinge so wiederherstellen, wie sie vor diesem Auftrag gewesen waren.

Die Einwohner der Oase Siwa hatten gesehen, dass die Verteidiger des Sonnenturms mehrläufige Maschinengewehre besaßen, mit denen sie einen großen Teil der Angreifer leicht hätten niedermähen können. Sie hatten gesehen, dass die Verteidiger des Kraftwerks ihre fürchterlichen Waffen nicht gegen die Angreifer eingesetzt hatten, dass sich die Verteidiger im Gegenteil bis zuletzt bemüht hatten, ein Blutvergießen zu vermeiden, und deshalb selbst viel Blut verloren hatten. Das war keine gute Sache, das könnte ihnen in der Folge noch viel Ärger einbringen. Aber im Moment konnten sie daran nichts ändern, sie würden erst später darüber nachdenken können. Jetzt mussten sie sich darauf konzentrieren, den Auftrag zu Ende zu führen.

Fouad sang und bereitete sich wieder einmal darauf vor, seiner aufgestauten Wut freien Lauf zu lassen. Ein kleiner Teil davon würde sich wieder einmal als grausame, dunkelrote Gewalt entladen dürfen. Blut würde fließen, die Erde benetzen und ein Stückchen seines insgeheim schwelenden Hasses löschen.

Sie kamen zum äußeren Rand des Glasmeers und setzten ihren Weg unter dem unermesslichen Glasdach fort. Der auf den Turm zublasende Luftstrom war schon an den Rändern des Glasdachs überraschend stark. Wenn ihre Kleider und Haare nicht von dem schweren Betonschlamm bedeckt gewesen wären, hätte der Wind sie flattern lassen. Jetzt wirkte er nur kühl und erfrischend. Zum Glück hatte der Wind auch die letzten Reste von diesem scheußlichen, die Kehle reizenden Betonstaub mit sich fortgerissen.

Der Sonnenturm bietet zweifellos einen eindrucksvollen Anblick, dachte Fouad, und das ihn umgebende Glasgebäude besitzt gewaltige Ausmaße. Mit ihren Granaten hatten sie erst einen sehr kleinen Teil davon zerstört.

Sie gelangten immer weiter unter das Glasdach. Große Teile des Bodens waren ganz mit Glassplittern bedeckt. Das Glas knirschte bei jedem Schritt unter ihren Schuhen. Der Staub begann ihnen die Kehle und die Augen zu reizen und sie im Gesicht zu stechen.

Plötzlich legte sich der Wind. Ganz und gar. Er erlosch völlig, wie abgeschnitten. Als hätte jemand den Strom großer Ventilatoren abgeschaltet.

Fouad und Faikh drehten sich nach Brunel um.

Einen Augenblick lang verstand niemand, was los war.

Dann begriff Fouad, und ein derbes Fluchwort kam ihm von den Lippen. Das war zu viel. Jetzt, nach all den Anstrengungen und Enttäuschungen, jetzt, da sie endlich nur noch wenige Schritte von ihrem Ziel entfernt waren, sollte ihnen der Sieg wieder aus den Händen gerissen werden. Und das schon zum wer weiß wievielten Mal!

»Was jetzt?«, fragte Brunel verwundert.

Fouad meinte, das Heulen des näherkommenden Windes aus dem Innern des Gewächshauses schon zu hören. Raoul, dachte er, der Große Trommler des Todes, dessen Seele, wie die Tuareg glaubten, auf ewig durch die Wüste wanderte.

Wurde das Heulen stärker?

»Wir müssen umkehren«, sagte Fouad scharf. »Und zwar sofort!«

»Das ist doch nicht dein Ernst!«, protestierte Brunel.

Brunels Stimme klang ungläubig und gereizt. Fouad wandte sich ihm zu, um ihm die Sache zu erklären, aber er kam nicht dazu, etwas zu sagen, als ihnen auch schon der wütend aus dem Gewächshaus herausstürmende Wind entgegenschlug. Und er brachte etwas mit, das ihnen ins Gesicht, in die nackten Handflächen, in Arme und Beine wie zehntausend kleine, aber entsetzliche Nadeln stach.

Fouad Badou spürte einen schrecklichen Schmerz in den Augen, es war, als hätte jemand plötzlich in beide ein Messer mit langer Klinge gestoßen. Er schrie, es war ein scharfer, schriller Schrei, in dem sich Schmerz, Enttäuschung und

Wut mischten. Ihm wurde klar, dass er niemals wieder in der Lage sein würde, seine Qual auf die einzige Art und Weise abzureagieren, an die er gewöhnt war. Und während er schrie, begriff er auch, dass seine Schmerzensschreie mit denen der anderen Menschen ringsum verschmolzen.

17

Die Sanddünen flitzten unter dem Hubschrauber hinweg, in dem Lauri Nurmi saß. Lauri sah auf die Uhr. In gut zehn Minuten würden sie bei Gottes Kleinem Finger sein.

Wieder passierten sie eine kleine Schar von Männern, die anscheinend ziellos durch die Wüste wankten. Als Lauri sie durchs Fernglas betrachtete, sah er, dass die Kleider in blutigen Fetzen an den Männern herabhingen und dass ihre Gesichter und Hände voller Wunden waren. Um sie herum burrten ganze Schwärme blutgieriger Fliegen. Haut und Kleider waren von einer dünnen grauen Schicht bedeckt, die wie gehärteter Zement aussah.

Offenbar hatten die Männer auch Zementstaub in die Lungen bekommen, denn sie mussten fortwährend husten.

Sie hatten schon mindestens ein Dutzend ebenso niedergeschlagener und übel zugerichteter Gruppen von Männern überflogen.

»Was ist hier eigentlich passiert?«, fragte der Pilot mit breitem texanischem Akzent.

Lauri glaubte zu wissen, was den Männern widerfahren war. Aber er wollte es dem Piloten nicht erklären, solange er nicht wusste, wie es Katharine und den anderen ergangen war.

Gottes Kleiner Finger tauchte hinter den Hügeln auf.

»Großer Gott!«, seufzte der Pilot. »Ich hab wohl davon gehört, aber ... Mann, ist der hoch!«

Immerhin steht der Turm noch, dachte Lauri.

Als das Gewächshaus in Sicht kam, sah er, dass das Glasdach an den Rändern beschädigt und der ganze Kontrollraum zerstört war. Überall standen Hubschrauber der ägyptischen Armee, Lastwagen und gepanzerte Fahrzeuge. Dort waren Hunderte von gefangenen Terroristen. Schrader hat ihnen also dank der Satellitenbilder etwas Dampf gemacht, dachte Lauri.

Dann fiel sein Blick auf eine bei dem Kontrollraum stehende kleine Gruppe von Leuten, und sein Herz schlug höher.

»Geh bitte dort auf dem Hubschrauberlandeplatz herunter«, bat Lauri. »Direkt neben dem Turm.«

Als Lauri aus dem Hubschrauber kletterte, stellte er sofort fest, dass er nicht falsch gesehen hatte. Eine Welle der Erleichterung durchfuhr ihn und verursachte ihm einen nahezu physischen Schmerz. Die Gestalt vor dem Kontrollraum war Katharine. Neben ihr sah er zwei weitere bekannte Personen, Jaime Oroza und Janet Kendall. Etwas abseits standen Soldaten der ägyptischen Armee und Terroristen, die sie gefangen genommen hatten.

Mit großen Schritten ging Lauri auf Katharine zu. Er legte ihr seinen gesunden Arm um die Schultern und küsste sie auf die Stirn.

»Gott sei Dank, du bist noch am Leben«, sagte er leise. »Ich habe schon das Schlimmste befürchtet.«

»Ich wollte ja unbedingt hierher«, sagte Katharine, und Tränen liefen ihr über die Wangen.

Lauri wandte den Blick von Katharine zu den blutigen Gesichtern und Kleidern der Dschandschawid, die von den Ägyptern gefangen genommen worden waren.

»Wenn ich gewusst hätte, wie ihr all diese armen Jungs zurichten würdet, wäre ich schon früher gekommen«, sagte er nachdenklich.

Dann wandte er sich an Janet.

»Gute Arbeit.«

»Danke«, sagte Janet schüchtern.

Lauri sah, dass Janet nur halb bei Bewusstsein war.

»Hallo!«, hörten sie eine Stimme von unten aus dem Gewächshaus rufen. »Könnte mir jemand helfen?«

Sie schauten in die Richtung, aus der die Stimme gekommen war, und sahen, wie Sayed Barcid sich in ihre Richtung schleppte. Mit sich schleifte er den offenbar am Oberschenkel verwundeten Thanh Binh Hoa.

Lauri lebt, dachte Katharine erleichtert, und Sayed und Hoa. Vielleicht würden sich auch noch andere anfinden!

»Wir haben alles getan, um keinen einzigen ägyptisch aussehenden Angreifer zu töten«, erklärte Janet. »Aber wir haben wohl zwei Dutzend Schurken von europäischem oder nordamerikanischem Aussehen erledigt. Einschließlich derjenigen, die mit Hubschraubern gekommen sind. Wenn wir deren Identität klären könnten, würde uns das eine Menge sagen.«

»Das könnte nützlich sein«, bestätigte Lauri. »Aber im Grunde weiß ich schon mehr als nötig, um sie zu vernichten. Glaub mir, sie haben ausgespielt. In einem Jahr sind ihre Aktien nicht mehr wert als Toilettenpapier.«

Das ist doch vielleicht was, dachte Janet. Aber sie bemerkte, dass der Gedanke ihr kein großer Trost war.

18

Von Weitem betrachtet wirkte Sarah sehr klein.

Sie lag zusammengekrümmt auf dem Sand. Wie eine kaputte, weggeworfene Puppe.

Janet wankte mit ihren Krücken und dem gesunden Bein näher. Lauri folgte ihr, bereit, sie aufzufangen, falls sie zu stürzen drohte. Das wäre zwar nicht unbedingt gelungen, weil nur sein einer Arm einsatzfähig war. Zwanzig Meter entfernt blieben sie stehen, und Lauri nahm seine Kapuze ab.

»Verzeih mir, Sarah«, sagte Janet laut.

»Es war nicht deine Schuld«, versuchte es Lauri.

Aber er wusste, dass seine Worte Janets Schmerz nicht zu lindern vermochten. Immerhin ist das Ende schnell gekommen, dachte Lauri. Sarah hatte nicht lange gelitten, denn sie war von Kugeln aus mindestens zwei verschiedenen automatischen Waffen getroffen worden. Sie hatten schlimme Spuren hinterlassen. Sicherlich hatte es sich nur um Sekunden gehandelt. Eine der Kugeln hatte Sarahs Schläfe durchschlagen, und das Blut aus der Wunde hatte ihr die Haare besudelt. Der Körper wies noch wer weiß wie viele andere Einschussstellen auf und war dick mit schwarzem, geronnenem Blut bedeckt. An verschiedenen Stellen ragten hier und da die scharfen Kanten gespaltener Knochen und davon abgesprungene weiße Splitter heraus.

Ulrich war es noch schlimmer ergangen. Sein Körper war in unterschiedlich große und schwer identifizierbare Stücke zerrissen und über ein größeres Gebiet verstreut. Nur das Rückgrat war an seinem Platz geblieben. Sogar die Rippen hatten sich gelöst und waren in alle Richtungen geschleudert worden. Aber die Wirbelkörper hatten zäh aneinander festgehalten, sie leuchteten inmitten des gelben Sandes und des roten Matschs erstaunlich weiß.

Lauri hatte dieses Phänomen schon viele Male beobachtet. Die Vereinigten Staaten hatten in Afghanistan und im Irak so starke Bomben eingesetzt, dass von ganzen Talibaneinheiten oft nur eine Sammlung unversehrter Wirbelsäulen übrig geblieben war. Eine makabre Ausstellung von Wirbelsäulen.

Janet wurde sehr blass. Sie wankte beiseite, ließ sich mühsam auf die Knie nieder und übergab sich in den Sand.

»Schrader ist da«, sagte Katharine, als Janet und Lauri etwas später in den Kontrollraum zurückkehrten.

Lauri erschrak, als er sah, wie alt und müde Schrader aussah. Als wären die Furchen ihres Gesichts in wenigen Wochen tiefer geworden.

Ihre aufrechte Haltung war dahin, ihr Rücken krumm. Sie ging gebeugt einher und wirkte so müde, dass Katharine sich instinktiv beeilte, sie zu stützen. Schrader trug in der Hand einen kleinen Laptop.

Lauri stellte fest, dass Annelies Schrader irgendwie sehr … schuldbewusst aussah. Warum? Was quälte sie? Schraders Reaktion wirkte übertrieben, trotz der Umstände.

»Es tut mir leid«, sagte sie.

Ihre Stimme war erstickt, es war, als würde sie gleich in Tränen ausbrechen.

»Es tut mir so unsäglich leid«, wiederholte sie.

»Wir wussten sehr wohl, worauf wir uns einließen«, bemerkte Lauri.

Schrader schüttelte den Kopf.

»Nein«, sagte sie. »Das wussten Sie nicht. Ich hätte es Ihnen sagen müssen.«

Was hätte sie uns sagen müssen?, fragte sich Lauri verwundert.

Schrader stellte ihren Laptop auf den Tisch und schaltete ihn ein. Sie ließ die Finger über die Tasten laufen. Worum geht es hier eigentlich?, dachte Lauri. Schrader verließ ihren Platz vor dem Laptop und trat beiseite.

»Diese Bilder sind vor zwei Tagen in Marokko aufgenommen worden«, sagte sie, immer noch mit einer schuldbewussten Nuance in der Stimme.

Auf Schraders Bildschirm befand sich offensichtlich ein Satellitenfoto, auf dem acht lang gestreckte Gebäude, anscheinend Industriehallen, zu sehen waren. Sie wirkten in keiner Weise ungewöhnlich oder auffällig. Schrader rief ein neues Bild auf.

»Von innen sehen die Hallen so aus«, sagte sie.

Der Computer zeigte ein bewegtes Bild vom Inneren einer Industriehalle. Lauri sah zwei weiß gekleidete Frauen und eine Reihe großer Maschinen. In jeder Maschine gab es zwei dicke Rollen, so lang wie fünf oder sechs Menschen. Die Rollen drehten sich mit hoher Geschwindigkeit, so wie die Walzen einer großen Papiermaschine. Die eine Rolle wuchs zusehends, die andere wurde abgewickelt und immer dünner, während eine Art glänzende Kunststofffolie davon abgespult wurde. Schrader wechselte den Bildwinkel und zeigte die Aufnahmen einer Kamera, die sich an der Decke der Halle befand. Lauri sah, dass sich zwischen den Rollen große Spritzen befanden, die die Folie nacheinander mit drei

Farbschichten überzogen, während sie an ihnen vorbeieilte. Lauri fluchte laut.

»Oh verdammt! Dünnschichtsolarmodule im Rolle-zu-Rolle-Verfahren?«

Schrader nickte matt.

»Aber ... diese Rollen sind riesig, wie in einer großen Papierfabrik!«

»Die Firma Nanosolar im kalifornischen San Jose hat schon 2008 eine Anlage dieses Typs entwickelt«, erläuterte Schrader. »Sie kostete nur 1,65 Millionen Dollar, kann aber, zumindest in der Theorie, Dünnschichtsolarzellen mit einer Leistung von einem Gigawatt pro Jahr produzieren. Ihre Rollen waren einen halben Meter breit und drehten sich mit einer Geschwindigkeit von dreißig Metern pro Minute. Wir benutzen zehn Meter breite Rollen, und unsere Rollen drehen sich zehnmal schneller. Wenn man die Zeit berücksichtigt, die für den Wechsel der Rollen und das Einfüllen der Tinte benötigt wird, kann jede unserer Maschinen pro Jahr Sonnenzellen von hundert Gigawatt Leistung produzieren.«

»Hundert Gigawatt?«, ächzte Lauri. »Pro Jahr?«

»Wir verfügen über achtundvierzig derartige Rollenprozessoren«, fuhr Schrader fort. »In den nächsten zwanzig Jahren wollen wir Solarzellen für hunderttausend Gigawatt produzieren und sie für fünf Cent pro Watt an die Welt verkaufen. Unsere Solarzellen halten mindestens fünfundzwanzig Jahre. Wir wollen die ganze Welt auf Sonnenstrom umstellen. In zwei Jahrzehnten. Vielleicht sogar noch etwas schneller. Wenn die Nachfrage groß genug ist, bauen wir weitere Fließbänder.«

Janet sah Schrader und deren Computer ungläubig an.

»Wir waren also nichts als ein Köder.«

Janet wunderte sich, wie hohl ihre Stimme klang.

Schrader konnte nicht antworten.

»Wir waren nur ein Blitzableiter?«, fragte Janet nachdrücklich.

Ihre Stimme war schneidend wie schwarzes Lavaglas.

»Wir waren also nur dazu da, die Saboteure in die Irre zu führen, nicht wahr?«, schrie Janet. »Und um die Anschläge auf den falschen Ort zu lenken. Das wirkliche Projekt war die ganze Zeit in Marokko, ja?«

Schrader seufzte. Tief und schwer, wie ein sterbendes Tier.

»Ohne das Sonnenwindkraftwerk hätten sie unser marokkanisches Projekt vernichtet«, erklärte sie. »Ganz leicht. Aber das Sonnenwindkraftwerk war so viel größer und interessanter, dass es in den Medien die gesamte Aufmerksamkeit auf sich zog.«

»Ja, genau«, keuchte Janet.

Sie dachte an Sarah Birkin und Abu Hassan Ben Bekri, Raphaela Guerrero und Reino Keskitalo. Sie dachte an Alexander Gorschkow, an Nasim Rao und Nersi Khan. Sie dachte an Ulrich Ludlow und an die verwüsteten Gesichter von Razia al-Qasreen und Jacques Desvernois.

»In unserer Zeit ist nur das Große wirklich interessant«, verteidigte sich Schrader. »Dank des Sonnenwindkraftwerks hat niemand bemerkt, woran wir gleichzeitig in Marokko gebastelt haben, an einem scheinbar viel kleineren Projekt.«

Ich kann immer noch nicht glauben, dass das wahr ist, dachte Janet.

»Aber die Sonnenwindmühlen haben doch zumindest als Produzenten von Nachtstrom eine Bedeutung?«, fragte sie eindringlich. »Als Anbieter von Regelstrom? Nicht wahr? Sei so gut und sag mir, dass wir all das nicht umsonst gemacht haben. Gib mir wenigstens etwas! Ich brauche jetzt etwas, woran ich mich festhalten kann!«

»Unser Ziel ist es, an derselben Stelle sowohl Fotovoltaikanlagen als auch Sonnenwindkraftwerke zu bauen«, sagte Schrader tröstend. »Wenn wir die Abwärme der Solarzellen in die Becken mit Salzlösung unterhalb des Gewächshauses leiten, können wir die Produktion von Nachtstrom mindestens verdoppeln.«

Gott sei Dank, dachte Janet. Ich weiß nicht, ob das genügt, aber es ist ein Anfang. Vielleicht werde ich über all dies hinwegkommen.

»Ich glaube, dass in einiger Zeit ein großer Teil von Europas Nachtstrom gerade aus Sonnenwindkraftwerken kommen wird«, fuhr Schrader fort. »Aber vorher ... nun ja, wir haben darüber einen Vertrag mit der polnischen Regierung.«

»Mit der polnischen Regierung?«, fragte Lauri verwundert.

»Polen ist in gewisser Weise das Herz Europas«, bemerkte Schrader. »Es liegt genau in der Mitte des Kontinents. Die Polen sind bereit, Regelstrom durch Verbrennung von Biomasse zu produzieren, die mit modernen Flussschiffen aus den Nachbarländern importiert wird. Biomasse wie zum Beispiel aus einzelligen Algen gepresste Pellets, Holz und Holzkohle. Neben jedem Biomassekraftwerk wird auch ein geothermisches Kraftwerk gebaut, das überkritisches Kohlendioxid verwendet.«

»Die Polen lagern also Kohlendioxid im Boden ein?«, fragte Lauri unnötigerweise.

Schrader nickte.

»Ganz recht, das überkritische Kohlendioxid reagiert mit den Bodenmineralien und wird zu Stein. Zu einem Teil des Felsgrundes.«

»Kohlenstoffnegativer Regelstrom«, brummte Lauri.

Schrader sah Katharine und Lauri an.

»Ich hätte es euch sagen müssen«, sagte sie reumütig.

»Du hättest es uns sagen müssen«, bestätigte Lauri.

»Aber wir wussten, dass die Baustelle unterwandert war«, erklärte Schrader. »Dass es dort Spione und Saboteure gab. Wenn wir es gesagt hätten, hätte die Information sich verbreitet.«

Lauri stand auf und reichte Katharine die Hand. Er sah nicht mehr zu Annelies Schrader hin. Er konnte sie nicht ansehen. Noch nicht. Nicht in diesem Moment.

»Was ist?«, fragte Katharine verwundert.

»Lass uns nach Hause fahren«, sagte Lauri.

Katharine sah Lauri an. Ein kleines, müdes Lächeln huschte über ihre Lippen.

»Nach Hause? Das ist eine gute Idee. Schön, dass du gerade dieses Wort benutzt hast.« Katharine umschloss mit den Fingern Lauris Hand und drückte sie rasch, aber fest. Dann löste sie ihren Griff.

»Kommst du mit?«, fragte Lauri Janet.

»Das könnte ich machen«, antwortete Janet. »Ich muss ja ins Krankenhaus gehen und Razia und Jacques besuchen.«

Sie begaben sich auf die Brücke, die über das Gewächshaus führte. Lauri stützte Janet, die wegen ihrer Schenkelwunde hinkte, und half ihr in eins der Elektroautos von SunWind.

Hinter ihnen reckte sich der drei Kilometer hohe, graue Betonturm herrisch und trotzig zum Himmel hinauf, so als wäre er tatsächlich Gottes kleiner Finger. So als wäre er eine wundertätige, zum Himmel aufragende Erscheinung, deren bloße Berührung kühle Winde wehen und erfrischenden Regen fallen lassen könnte. Der Turm, der die trockene Wüste im Umkreis von Tausenden von Kilometern ergrünen und im Wüstenfrühling Milliarden von Blumen erblühen lassen würde.

Als Katharine sich für einen Moment nach ihm umdrehte, konnte sie plötzlich nicht mehr sagen, ob sie ihn schön oder hässlich fand. Ursprünglich hatte sie ihn einfach schrecklich gefunden, aber jetzt ... jetzt wusste sie es nicht mehr so recht. Vielleicht war er gleichzeitig hässlich und schön. So wie es auch mit vielen anderen Dingen der Fall war. Und sie konnte immer noch nicht sagen, ob es richtig oder falsch gewesen war, Gottes Kleinen Finger zu bauen.

Woher sollen wir wissen, was wir gerade alles bewirkt haben? Denn viele Dinge werden erst viel später verständlich. Lange, nachdem wir selbst schon tot und unsere sterblichen Überreste zu Staub geworden sind.

Katharine betrachtete den völlig zerstörten Kontrollraum des Kraftwerks.

Vielleicht können wir nur unser Bestes versuchen, dachte sie. Vielleicht muss das genügen. Denn in der Welt von heute haben die Dinge die ärgerliche Tendenz, sich alle fünfzig oder hundert Jahre in ihr Gegenteil zu verkehren. Manchmal noch schneller.

The law of Unexpected Consequences, überlegte Katharine. Das Gesetz der unvorhersehbaren Folgen. Das war seinerzeit eine Zwangsvorstellung schon von Kublai Khan gewesen, der über das größte Reich der Weltgeschichte geherrscht hatte.

Sie kamen an der Stelle vorbei, wo die Geschosse der Granatwerfer eine lange Reihe von Löchern in das Gewächshaus gerissen hatten.

Vielleicht ist es auch wichtig, den kommenden Generationen eine sinnvolle Aufgabe zu hinterlassen, dachte Katharine bitter. Schließlich mussten auch die noch ungeborenen

Generationen die Welt retten dürfen und das Gefühl haben, gebraucht zu werden. Die Menschen brauchten höhere Aufgaben und Ziele als das Leben. Vielleicht ist gerade das die Hauptaufgabe der Ingenieure von heute: sich für die kommenden Generationen immer neue Weltuntergangsbedrohungen auszudenken. Nanotechnologie, Gentechnologie und Chemikalien, die die Ozonschicht zerstören. Langlebige organische Schadstoffe, künstliche Viren, Brutreaktoren und alle möglichen anderen netten Kleinigkeiten, sodass auch die kommenden Generationen zu ihrer Zeit die Welt retten können. Dann, wenn sie an der Reihe sind.

Denn wer wäre imstande, uns noch neue Arten eines drohenden Weltuntergangs zu entwickeln, wenn nicht wir selbst. Wölfe und Bären können es nicht. Nur die Ingenieure können noch das Überleben unserer Art bedrohen.

Oha, was bin ich doch heute zynisch, dachte Katharine. Einen Moment lang hatte sie deswegen ein schlechtes Gewissen, als sie an Razia al-Qasreen und Reino Keskitalo dachte und daran, wie er gestorben war.

Aber sie blickte nicht mehr zurück auf Gottes Kleinen Finger, als sie auf den Lkw stiegen, mit dem sie sich wenig später auf den Weg nach Kairo machten.

19

Katharine Henshaw ließ ihren Blick über Lauri Nurmis neues Anwesen schweifen, das er sich an der Südküste Finnlands gekauft hatte. Lauri hatte gerade ihren Koffer ins Haus getragen, und sie hatten sich an den großen, massiven Holztisch im Garten gesetzt.

Lauri hatte Katharine schon am Flughafen die Neuigkeiten aus der Sahara erzählt. Wie Khadidja und Scheich Azhrawi berichteten, hatten die in der Wüste kursierenden Geschichten die Zahl der Dschandschawid, die den Sonnenturm angegriffen hatten, schon auf fünfzigtausend anwachsen lassen.

Auch die anderen Einzelheiten der Geschichte hatten sich rasch verändert, und Lauri fand, dass sie mit der Wirklichkeit nicht mehr viel zu tun hatten. Ebenso wenig wie die berühmte Anekdote, nach der Abu Musab al-Zarqawi und seine ersten dreißig Nachfolger im Irak einmal die ganze US-Armee besiegten. Oder die Legende, nach der Francisco Pizarro die große Armee der Inkas in einer gewaltigen Feldschlacht auf dem winzigen Marktplatz des kleinen Orts Cajamarca besiegte. Oder der noch ältere Mythos von den dreihundert Spartanern, die in dem kleinen, schmalen Pass der Thermopylen gegen die hunderttausend Mann starke persische Armee kämpften. Dichter brauchten sich nicht um die Logik oder den Raumbedarf von Regimentern zu kümmern.

Was soll man machen, dachte Katharine, die Welt ist immer

mit Geschichten beherrscht worden. Damit, welche Geschichten erzählt und welche verschwiegen wurden. Und natürlich mit der Art, in der bestimmte Geschichten erzählt wurden.

Es war Ende Mai, und die Blätter der hohen Birken auf dem geschützten Hof waren lichtgrün, die der Eichen und Ahorne dagegen erst kleine braune Knospen. Szillas und Butterblumen leuchteten auf Lauris nicht gerade sorgfältig gepflegtem Blumenbeet. Vom nahen Acker drang das Geschrei eines großen Möwenschwarms herüber. Die Rauchschwalben flogen über den Hof und huschten manchmal ganz tief über ihre Köpfe hinweg, so als wollten sie absichtlich ihre Haare streifen. Es war sommerlich warm, der Himmel blau und fast wolkenlos. Katharine trug ein eng anliegendes rotes Kleid mit einem Muster von großen dunklen Rosen. Lauri fand sie womöglich noch schöner als je zuvor.

»Hier gefällt es mir«, sagte Katharine. »Ich finde es gut, dass du beschlossen hast, fortzugehen und hierherzuziehen. Hoffentlich wird dir die Zeit hier nicht lang.«

Lauri schüttelte heftig den Kopf.

»Das brauchst du nicht zu fürchten, ich hab viele neue Hobbys.«

»Wie zum Beispiel?«

»Zum Beispiel Teilzeitlandbau.«

Katharine konnte sich ein kleines Kichern nicht verkneifen. Es fiel ihr sehr schwer, sich Lauri vorzustellen, wie er den Acker bestellte.

»Lach nicht, das ist ziemlich kränkend«, bemerkte Lauri.

»Und was wirst du anbauen?«, fragte Katharine und bemühte sich, ernst zu bleiben.

»Zunächst einmal vor allem Äpfel. Diese Apfelbäume waren

schon da, und sie haben den Vorteil, dass sie allein zurechtkommen, oder zumindest fast allein, ohne dass der Apfelbauer ihnen sofort zu Hilfe eilen muss, wenn ein Unkraut seinen furchterregenden Kopf aus dem Boden steckt.«

»Hast du die Sache nun auch ganz richtig verstanden?«, zweifelte Katharine laut. »Unkraut bekämpft man oft mit etwas anderer Logik als Gangster, die sich in eine Baustelle drängen, um sie zu sabotieren.«

»Mag sein. Aber das Mädchen aus dem Laden für Gartenbedarf hat mir gesagt, ich müsse mir einen kleinen Flammenwerfer besorgen, um das Unkraut in Schach zu halten. Das klang ja nun letzten Endes nicht so schrecklich anders. Flammenwerfer sind ja doch ziemlich militaristische Requisiten. Zumindest finde ich das.«

Beide schwiegen einen Moment, waren einfach still und genossen die Gesellschaft des anderen und das Wiedersehen.

»Zum Speiseplan nur so viel, dass ich heute sogenannte Heringsfilets nach Gentlemanart braten wollte«, sagte Lauri schließlich. »Das ist ein so einfaches Rezept, dass sogar du es lernen könntest. Vielleicht.«

Katharine runzelte die Brauen.

»War das eine Art Spitze gegen mich?«

»Keineswegs!«, beteuerte Lauri eilig.

»Wie geht das?«

»Komm, ich zeige es dir.«

Sie gingen in die Küche. Lauri nahm aus dem Kühlschrank einen großen Beutel Heringsfilets aus dem Laden um die Ecke und stellte den Backofen auf zweihundert Grad ein.

»Gebratene Filets von Ostseeheringen sind ein klassisches finnisches Traditionsgericht«, erklärte Lauri. »Eines der wenigen, die man auch noch im Restaurant bekommt. Auf Englisch heißt der Fisch *Baltic herring*, das ist nicht dasselbe wie der bloße *herring*, der in unserer Sprache *silli* heißt.«

»Sil-li«, sagte Katharine sorgfältig artikulierend. »Ich glaube, ich habe verstanden.«

»*Silakka* ist sonst natürlich genau dasselbe wie *silli*, dieselbe Art, nur dass die *silakka* in der Ostsee und die *silli* in größeren Gewässern leben, und die *silli* haben einen höheren Fettgehalt.«

»Ich werde versuchen, mir das zu merken«, sagte Katharine ernst.

Lauri nahm aus einer Schublade die Plastiktüte eines Supermarktes heraus, dessen Name mit großen Druckbuchstaben darauf stand: Siwa. Katharine lächelte, als sie das Wort sah. Dann kippte Lauri in die Plastiktüte Salz, Pfeffer und Roggenmehl.

»Normalerweise werden die Heringsfilets zum Braten vorbereitet, indem je zwei aufeinandergelegte, gewürzte Heringsfilets in Eigelb gewendet und dann in Semmelbröseln oder in Roggenmehl gewälzt werden. Ein sehr, sehr mühsames Geschäft. Ich mache es lieber so.«

Lauri schüttete die Heringsfilets in dieselbe Plastiktüte, in der sich schon Salz, Pfeffer und Roggenmehl befanden. Er hielt die Tüte zu und schüttelte sie eine Weile kräftig. Dann kippte er den ganzen Inhalt der Plastiktüte kalt und – wie Katharine fand, auch etwas – auf das Ofenblech. Er ebnete den Haufen ein wenig und schob das Blech in den Ofen.

»Voilà«, sagte er. »Ich finde diese Methode viel praktischer als die übliche.«

Katharine grinste.

»Jetzt verstehe ich, warum sie Heringsfilets nach Gentlemanart heißen.«

»Jetzt brauchen wir nur abzuwarten, bis die Filets knusprig gebraten sind. Ach ja, wir könnten auch Kartoffeln kochen. Obwohl zu gebratenen Heringsfilets eigentlich sogenannter Kartoffelbrei gehört. *Finnish mashed potatoes.*«

»Okay, du kannst mir auch das beibringen.«

Katharine stützte den Ellbogen auf den Esstisch, legte den Kopf schräg in die Hand und sah Lauri nachdenklich an.

»Möchtest du ein Glas kühlen Weißwein?«, fragte Lauri.

»Ist es dafür nicht noch etwas zu früh?«

»Die Deutschen sagen, vor Sonnenuntergang sollte man keinen Alkohol trinken. In Finnland funktioniert das nicht besonders gut, zumindest nicht in Lappland, wo die Sonne im Sommer überhaupt nicht untergeht und wo man, den deutschen Regeln entsprechend, im Winter viele Monate lang hintereinanderweg trinken könnte. Andererseits sagen die Dänen, dass ein Mensch nicht dem Alkohol verfällt, wenn er nicht vor Sonnenaufgang anfängt, Schnaps zu trinken.«

Lauri wurde nachdenklich.

»Im Grunde weiß ich nicht, ob das in Lappland nicht auch schlecht funktionieren würde.«

Katharine lachte. Lauri konnte sich nicht erinnern, in ihrer Stimme jemals so viel aufrichtige Lebensfreude gehört zu haben.

»Und in Südfinnland?«, fragte Katharine.

»Na, in Südfinnland ... über Südfinnland könnte man wohl sagen, dass jetzt Sommer ist, dass wir beide in Rente sind und dass Rentner das offizielle, vom Staat zugestandene Recht haben, ihr Leben zu genießen. Wenn wir wollen, können wir also von früh bis spät im Volldusel herumrennen.«

»Also gut, du hast mich überredet«, stimmte Katharine zu.

Lauri holte aus dem Kühlschrank eine Flasche Weißwein,

nahm den Korkenzieher, öffnete die Flasche und füllte zwei Gläser. Das eine gab er Katharine und hob das andere gegen die am Himmel glühende Sonne.

»Auf den Sommer«, schlug er vor. »Der ist hierzulande ziemlich kurz. Anders als in der Sahara.«

»Auf den Sommer«, erwiderte Katharine. »Hoffentlich ist er hier, in der Nachbarschaft des Polarkreises, noch warm genug. Ich bin nämlich nicht hierhergekommen, um zu frieren.«

EPILOG

Ägyptens Westliche Wüste

Eine alte Frau kletterte den Hang einer hohen Barchandüne hinauf. Sie trug ein schön besticktes, türkisfarbenes Gewand, und ihr Gesicht war mit einem dünnen Tuch verschleiert. Die Frau hatte ihren Jeep auf dem Weg abgestellt. Der Aufstieg fiel ihr nicht schwer, denn der Hang der Düne war mit niedrigem Gras bewachsen. Das hielt den Sand fest, sodass ihre Füße nicht darin versanken.

Die Frau erreichte den höchsten Punkt der Düne und blieb stehen, um zu verschnaufen. Das übermannshohe Gras wogte vor ihr wie ein grünes Meer. Der Wind beugte in die Oberfläche des Grasmeers immer neue helle Streifen, die einander verfolgten und sich schnell entfernten wie die Wellen des richtigen Meeres. Inmitten des Grases standen hier und dort kleine Wäldchen wie Hunderte von dunkelgrünen Inseln. Die Frau erkannte unter den Bäumen der nächsten Inseln zumindest Akazien, Feigenbäume und Dattelpalmen. Sie wusste, dass diese Landschaft sich, ziemlich gleichbleibend, über Tausende von Kilometern weit erstreckte. Die ganze Sahara hatte sich in ein Inselgebiet verwandelt.

Auf der Ebene gab es auch wilde Tiere. Die Frau bemerkte sofort mehrere kleine Antilopen- und Zebraherden, und etwas weiter entfernt hoben sich die langen Hälse von zwei Dutzend Giraffen als feine Linien gegen den Himmel ab. Die

Frau war überzeugt, dass eines Tages auch die Elefanten zurückkehren würden.

Zwanzig Kilometer entfernt ragte ein senkrechter Turm in fantastische Höhen auf und zerschnitt Grassteppe und Himmel in zwei Teile. Dahinter gab es fünfzehn ähnliche, aber wegen der größeren Entfernung wirkten sie schon viel niedriger und dünner. Jeden dieser Himmelsschneider umgab ein rundes, in der Sonne funkelndes Gewächshaus.

Das oberste Drittel des nächstgelegenen Sonnenturms war voller Parabolantennen, die in verschiedene Richtungen zeigten. Es waren Tausende, als wäre der Turm dicht mit seltsamen, schüsselförmigen Pilzen bewachsen.

Die Frau wusste, dass der Turm einen großen Teil der Fernseh-, Radio- und Mobiltelefonantennen im Umkreis von fünfhundert Kilometern ersetzte. Seine Parabolantennen übermittelten auch in diesem Augenblick gewaltige Mengen von Daten an die einzelnen Datennetzinseln von Tausenden von Dörfern und ungezählten einzelnen Bauernhäusern über Millionen kleiner, aber genau auf den Turm ausgerichteter Parabolantennen.

Jeder Turm war von einem hell glänzenden, runden Glasdach umgeben. Zwischen den Gewächshäusern gab es Reihen von dunkleren Quadraten wie ein endloses, bis zum Horizont reichendes Schachbrett. Die dunkleren Quadrate waren Solarmodule, die helleren bestanden aus fünfundzwanzig Meter breiten, schüsselartigen Reflektoren, die eine Menge von Sonnenstrahlung auf gekühlte Solarzellen konzentrierten, die viele Tausend Mal größer war als normal. Das vor ihr liegende Feld produzierte einen großen Teil der gesamten Energie, die von Afrika und Eurasien verbraucht wurde. Die in massiven Tunneln verborgenen Bündel von Gleichstromkabeln leiteten den Strom weit nach Osten, bis nach Indien und China. Wenn der Quarzsand der Wüste die Oberfläche der an Satellitenschüsseln erinnernden Reflektoren so zerkratzt haben würde, dass sie das sichtbare Licht nicht mehr wirkungsvoll konzentrieren konnten, würden sie als Radioteleskope ein neues Leben beginnen. All diese in verschiedenen Gegenden der Sahara aufgestellten Reflektoren würden zu dem großartigsten astronomischen Instrument der Geschichte zusammengeschaltet werden. Zu einem gewaltigen mechanischen Ohr, das eines Tages vielleicht die Beweise für die Existenz einer außerirdischen Zivilisation finden würde.

Die Frau zog sich das Tuch vom Gesicht. Es wies große, nur teilweise verheilte Narben auf. Deren Haut war deutlich heller als die übrige.

Sie nahm Sand und feinen Staub in die Hand.

Erde zu Erde, Staub zu Staub, Asche zu Asche, wie die Christen sagen, dachte die Frau. Nur Staub im Winde, nicht wahr.

War es das alles wert gewesen?, dachte sie wieder, zum tausendsten Mal, zum millionsten Mal. War es das alles wert gewesen? Hatte es sich gelohnt, das alles zu tun?

Aber … was nützte es jetzt noch, danach zu fragen? Zu diesem Zeitpunkt? Was getan worden war, war getan worden, und man konnte es nicht mehr ändern. Die Vergangenheit ruhte still und unerschütterlich an ihrem Platz. Für immer und ewig. Nur das Zukünftige konnte man beeinflussen. So war das Weltall nun einmal beschaffen.

Die Frau ließ den Sand durch die Finger rinnen. Die schweren Sandkörner fielen zu Boden, aber der feine Staub schwebte deutlich langsamer hinab.

Erde zu Erde …

Ein feiner Windhauch erfasste den Staub und nahm ihn mit sich fort.

… Staub zu Staub …

Die Frau sah zu, wie der vom Wind mitgenommene Staubwirbel in der Luft vibrierte und flatterte.

… Asche zu Asche.

Eine winzige helle Staubflocke wurde schnell kleiner, sodass sie vor dem blauen Himmel und dem Wüstensand nur noch schwer zu erkennen war.

Dann war sie fort.

NACHWORT

Die im Jahr 1955 gegründete Europäische Gemeinschaft für Kohle und Stahl ist möglicherweise das bisher wichtigste Friedensprojekt der Weltgeschichte. Heute ist es schwer vorstellbar, dass zum Beispiel Frankreich und Deutschland gegeneinander Krieg führen könnten. Denn die Grenze zwischen diesen Ländern kann man inmitten der Besiedlung stellenweise ohne die Hilfe offizieller Landvermesser nicht mehr finden.

Wahrscheinlich wäre es klug, auch zwischen Europa und den islamischen Ländern, die den Kontinent wie einen Halbkreis umgeben, sowie zwischen Indien und Pakistan wirtschaftliche Strukturen zu installieren, die sich auf die Produktion von Solarstrom konzentrieren und an die der Europäischen Gemeinschaft für Kohle und Stahl erinnern.

Die politischen Prozesse allein sind meistens zu sensibel und zu anfällig für Agitation oder gewaltsame Sabotage seitens kleiner extremer Gruppen. Hinter den wirtschaftlichen Strukturen gibt es gleichsam stärkere Kräfte, denen man viel schwerer Widerstand entgegensetzen kann, zumal dann, wenn es um Dinge geht, von denen alle abhängig sind.

Das internationale, von Annelies Schrader und deutschen Gesellschaften geleitete internationale Unternehmenskonsortium SunWind ist ein Produkt der Fantasie. Als ich aber im Juni 2009 das Manuskript von *Gottes Kleiner Finger* überarbeitete, begann die reale Welt, ohne um Erlaubnis zu fragen, die Geschichte des Buches nachzuahmen.

Eine Gruppe von zwanzig deutschen Großunternehmen namens Desertec veröffentlichte nämlich Mitte Juni einen Plan mit dem Ziel, in der Sahara für 400 Milliarden Euro Sonnenkraftwerke und HVDC (High Voltage Direkt Current)-Übertragungsleitungen zu bauen, die elektrischen Strom nach Europa leiten. An dem Projekt beteiligen sich fast alle der größten deutschen börsennotierten Unternehmen wie Siemens, Deutsche Bank und die Energieunternehmen RWE und Eon. Das Vorhaben startet mit einem Pilotprojekt, aber sein langfristiges Ziel ist es, in der Sahara einen großen Teil der gesamten in Europa benötigten Energie zu produzieren. Außerdem teilte ein anderes, von Holländern geleitetes Unternehmenskonsortium im Juli 2009 mit, dass es in Kooperation mit der russischen Regierung auf der Halbinsel Kola einen 620 000-Megawatt-Windpark bauen will.

Momentan ist es, genau genommen, noch unmöglich zu sagen, mit welcher Technik in der Zukunft Sahara-Solarstrom produziert wird. Zwischen den Unternehmen, die die neue Solarstromtechnik entwickeln, tobt ein gnadenloser Verdrängungswettbewerb, dessen endgültige Sieger noch nicht feststehen.

Ich selbst hätte noch im Juni 2008 auf die sogenannte konzentrierende Fotovoltaik (*concentrator* oder *concentrating photovoltaics* oder *cpv*) gewettet. In den konzentrierenden Fotovoltaiksystemen werden die teuren Halbleiter durch Spiegel oder Linsen ersetzt, die das Sonnenlicht konzentrieren.

So haben unter anderem die australische Gesellschaft Solar Systems und die israelische Ben Gurion University of the Negev (BGH) Sonnenstromsysteme entwickelt, die auf sehr großen, schüsselförmigen Reflektoren basieren.

Sonnenkraftwerke in der Form von Antennenschüsseln

könnten tatsächlich auch als Radioteleskope benutzt werden. Da die Radiowellen Millionen Mal kürzer sind als das sichtbare Licht, braucht die Oberfläche eines Radioteleskops nicht ebenso glatt zu sein. Längere Radiowellen können sogar von Maschendraht reflektiert werden. Auch Radioteleskope lassen sich so miteinander verbinden, dass viele kleine Antennen gemeinsam ein gewaltig großes Teleskop bilden. Mithilfe eines Sonnenkraftwerkfeldes, wie es am Ende von *Gottes Kleiner Finger* geschildert wird, wäre es technisch möglich, Nachrichten sogar sehr weit fort in den äußeren Weltraum, in Milliarden von fernen Galaxien, zu senden. Falls wir das eines Tages tun wollen.

Desertec hat von Parabolrinnenkraftwerken gesprochen, die an Frank Shumans ursprüngliches Sonnenkraftwerk erinnern.

Dennoch hat der Rollenprozessor für Dünnschichtsolarzellen (*roll-on-roll thin-film solar cell coater*), den die Gesellschaft Nanosolar mit Hauptsitz in San Jose in Kalifornien, USA, im Juli 2008 der Öffentlichkeit präsentierte, mich ziemlich stark beeindruckt. Wenn die Fertigungslinie von Nanosolar wie geplant funktioniert, werden die auf diese Weise bedruckten Dünnschichtsolarzellen wahrscheinlich die billigste und effizienteste Art sein, Solarstrom zu erzeugen.

Wenn Sie eine Vorstellung davon bekommen wollen, wie die Zukunft der Weltenergieproduktion sich gestalten könnte, sehen Sie sich auf der Homepage von Nanosolar das Video an, das den Rollenprozessor vorstellt. Oder sehen Sie sich eine große Zeitungsrotationsmaschine oder eine Papiermaschine an und ersetzen Sie in Gedanken das Papier durch eine dünne Kunststofffolie und die Druckerschwärze durch eine auf die Oberfläche des Kunststoffs aufgedruckte, Strom produzierende Halbleiterschicht. Eine elegantere Lösung für die Energieprobleme der Welt kann man sich nur schwer vorstellen!

Die GICS-Fotozellen von Nanosolar enthalten unter anderem Kupfer und können, wenn sie in Betrieb sind, pro Gramm fünfmal mehr Energie erzeugen als ein Gramm hoch angereichertes Uran und vierzigmal mehr als ein Gramm Natururan. Danach kann man das Material der Fotozellen recyceln und wiederverwenden.

Die massiven Investitionen Deutschlands in die Produktion von Sonnenenergie haben auch schon ohne das Desertec-Projekt und die Rollenprozessoren die Stückzahlen der Produktionsserien von Sonnenpaneelen so weit anwachsen lassen, das Prognosen zufolge der Preis von Sonnenstrom fast überall in der Welt unter den von Kohlestrom sinken wird. Zum Beispiel fertigt die neueste Produktionslinie der Manz AG schon 5000 Sonnenpaneele pro Stunde. Deutschland hat also der Welt auf jeden Fall schon einen großen Dienst erwiesen, denn wenn die Produktion von Sonnenstrom ohne Subventionen wirtschaftlich rentabel wird, werden auch die anderen Länder ihr auf Kosten von fossilen Brennstoffen und Kernenergie den Vorzug geben.

Und die Sonnenwindkraftwerke? Auch sie könnten in der realen Welt einen Teil des Nachtstroms und des von den Energienetzen benötigten Regelstroms erzeugen. Auch das Ersetzen von Wasserdampf durch Kohlendioxid in Kraftwerken, die geothermischen Strom erzeugen, ist eine interessante Möglichkeit. Ein geothermisches Kraftwerk von hundert Megawatt Leistung, das überkritisches Kohlendioxid nutzt, könnte aus der Atmosphäre das gesamte Kohlendioxid entfernen, das von einem 450-MW-Steinkohle- oder einem Biomassekraftwerk erzeugt wird.

Kleinere Sonnenwindkraftwerke könnte man vielleicht

auch als Klimaanlage ganzer Städte, als eine Art »Superbadgir« verwenden. Die von einem Sonnenkraftwerk erzeugten künstlichen Winde hätten in heißen Ländern eine bedeutende kühlende und den Bedarf an Kühlungsenergie verringernde Wirkung. Ein einziges, relativ kleines Sonnenwindkraftwerk könnte in der Zukunft Millionen von einzelnen, Strom fressenden Klimaanlagen ersetzen!

Da schon ein relativ kleines Windkraftwerk von weiten Gebieten gewaltige Mengen Luft ansaugt, könnte es vielleicht auch als eine Art kommunale Luftreinigungsanlage funktionieren.

Ich habe eine breite Palette anderer Mittel zur Abwehr des Klimawandels unter anderen in meiner Schrift *66 Ways to Absorb Carbon and Improve the Earth's Reflectivity – from Mad Scientist Solutions to Reasonable Options* vorgestellt. Das Buch ist auch kostenlos als pdf-Datei unter www.into-ebooks.com erhältlich.

Die strategischen Visionen der zweiten Generation von al-Qaida-Führern, auf die in *Gottes Kleiner Finger* angespielt wird, sind leider nicht frei erfunden. Sie basieren hauptsächlich auf dem Buch von Fouad Hussein über Abu Musab al-Zarqawi und auf Schriften anderer al-Qaida-Führer sowie auf Interviews, die sie den Medien gegeben haben, zu einem kleineren Teil auch auf einigen anderen zuverlässigen Quellen. Ein kürzeres Resümee der strategischen Überlegungen der zweiten Generation von al-Qaida-Führern findet sich in der ausgezeichneten Abhandlung *Deception* von Adrian Levy und Catherine Scott-Clark.

Drei Generäle der amerikanischen Luftstreitkräfte verfassten im Jahr 1999 eine vernünftige und unaufgeregte Analyse der Frage, was geschehen würde, wenn die Terroristen zehn Kilogramm soeben aus einem Kernreaktor entfernten Kernbrennstoff mit herkömmlichen Sprengstoffen pulverisieren würden. Ein so entstehender radioaktiver Niederschlag von vielleicht drei Millionen Curie könnte laut dieser Untersuchung bei bestimmten Windverhältnissen den größten Teil der ungeschützten Bevölkerung von New York, Washington, Philadelphia und Baltimore töten. Krebstode und angeborene Missbildungen würden im gesamten Gebiet der amerikanischen Ostküste auftreten. Die Netzfassung der Studie (Nichelson – Medlin – Stafford: *Radiological Weapons of Terror*) lässt sich zumindest mit meinem Rechner nicht mehr öffnen, aber die Presseberichte, die seinerzeit darüber veröffentlicht wurden, sind immer noch leicht im Internet zu finden.

Die Sprengung der »größten schmutzigen Bombe der Welt«, das heißt des Dreifachreaktors Olkiluoto, der an der Westküste Finnlands gebaut werden soll, würde, in Curie gemessen, einen mindestens siebzehntausend Mal stärkeren radioaktiven Niederschlag bewirken als die schmutzige Bombe des Szenarios von Nichelson, Medlin und Stafford.

Wenn künftig ebensolche EPR-Druckwasserreaktoren außer in Finnland auch anderswo gebaut werden, würde die Vernichtung von zwei aus vier EPR-Reaktoren bestehenden Komplexen einen radioaktiven Niederschlag verursachen, der mindestens 150 000 Mal größer wäre als der in dem von Nichelson, Medlin und Stafford entworfenen Szenario oder mindestens zehntausend Mal größer als der von dem Reaktorunfall in Tschernobyl verursachte.

Der Gedanke, Kernwaffen gegen Atomkraftwerke einzusetzen, stammt nicht von mir. Nach dem Unglück im Kernkraftwerk Tschernobyl wurde das nahezu eine Zwangsvorstellung unter anderem für Michail Gorbatschow, den damaligen Generalsekretär der Kommunistischen Partei der Sowjetunion. Auch der Präsident der Vereinigten Staaten,

Ronald Reagan, erwähnt in seinen Memoiren Gorbatschows diesbezügliche Kommentare.

Die Industrieländer wenden gegenwärtig jedes Jahr etwa 1500 Milliarden Dollar für Verteidigungsausgaben auf. Diese Gelder können jedoch nicht einmal in der Theorie die Sicherheit verbessern, wenn wir gleichzeitig strahlende Waffen bauen, die viel gefährlicher sind als Atombomben, und sie frei allen Terroristenorganisationen zur Verfügung stellen, die daran möglicherweise interessiert sind.

Selbst Andrej Sacharow, der einen bedeutenden Anteil an der Entwicklung der leistungsstarken sowjetischen Kernwaffen hatte, sowie auch Edward Teller, das Vorbild für »Doktor Strangelove«, haben seinerzeit darauf hingewiesen, dass die Kernkraftwerke aus Sicherheitsgründen tief in den Felsgrund hineingebaut werden sollten!

Einige der in *Gottes Kleiner Finger* auftretenden Forscher und Politiker sowie die Einzelheiten ihrer Erfindungen und Biografien sind real. Jörg Schlaich, John Ericsson, Frank Shuman, Ludwig Elsbett und Amrit Nahata hat es gegeben oder leben noch. Auch Abu Khabab al-Masri ist eine reale Person, aber er ist im Jahr 2006 bei einem Angriff der US-amerikanischen Luftstreitkräfte auf die Nordwest-Provinz Pakistans ums Leben gekommen.

Über das Denken und die Erfindungen von Jörg Schlaich findet man im Internet zum Beispiel unter dem Stichwort solar chimney oder Aufwindkraftwerk viel Material. In der Realität hat er jedoch vorgeschlagen, »nur« einen Kilometer hohe Sonnenwindkraftwerke zu bauen.

Jyrkänkärki – Helsinki
Im Juli 2009
Risto Isomäki